Für Rowan, der die AufregendeAlchemie immer schon gekannt hat.
Und in Erinnerung an Virginia und an die vor langer Zeit verlorenen Tage von Christchurch.

Kate de Goldi

Barney Kettles bewegte Bilder

Aus dem
Englischen von
Ingo Herzke

Aus Barney Kettles Schneideraum
(mit Hilfe der minutiös geordneten Aufzeichnungen von DTS*)

An meine liebe Moo:

Herzlichen Glückwunsch zum Geburtstag.

Beiliegend mein Geschenk für Dich, meine beste Arbeit bisher, glaube ich. Vielleicht findet diese Geschichte einen Verlag. Noch wichtiger aber ist, dass sie Dich findet. Natürlich sehe ich Dich später noch, aber ich wollte, dass das hier mit der Post kommt. Ist doch immer schöner, ein Paket zu bekommen, oder? So aufregend.

Es war gar nicht leicht, in liegender Haltung zu schreiben, noch dazu, wenn sich mehrere Finger verabschiedet haben. Aber es ist ziemlich überraschend, was man mit zwei Zeigefingern und Zielstrebigkeit erreichen kann. (Ach, du meine Güte, ein absichtsloser Alliterationsausbruch.)

Die Krankenschwestern sind wie immer ausgesprochen freundlich. Sie haben das Drucken und Versenden überwacht. Es sind drei Ausdrucke: dieser für Dich, einer für die Familie Kettle und der dritte für mein Archiv. Also, für mein neues Archiv. Das Gründungsdokument.

Ich versuche, nicht allzu viel über die alten Archiv-Aufzeichnungen nachzudenken, Moo, aber realistisch betrachtet muss ich zu dem Schluss kommen, dass sie inzwischen ganz und gar unlesbar geworden sind. Sie werden mittlerweile zügig vor sich hin verrotten, wie alles andere auch. Alle Blumen und Brote und Beistelltische in unserer Wohnung. (Oje, noch mehr Alliterationen.)

Ich hoffe, in dieser Geschichte kommen nicht übermäßig viele Alliterationen vor. Ich habe versucht, sämtliche hervorragenden Ratschläge und Anleitungen umzusetzen, die ich im Lauf der Jahre bekommen habe, und dem unerreichten Vorbild von Mrs K. nachzueifern. Ich habe versucht, klar zu schreiben und meist schnell zur Sache zu kommen – aber ich bin, wie ich bin, und meine Liebe zum Detail ist kaum zu unterdrücken. Außerdem gab es auf dem Weg auch reichlich Ablenkung.

Und manchmal ist bis zum Ende nicht klar, was eigentlich die Sache ist.

Du wirst sehen, dass ich mich selbst in die Geschichte geschrieben habe, Moo, aber wie hätte ich das auch vermeiden sollen? Du bist natürlich auch da. Und Mariko. Und Albert Anderson und Sylvie und Izzy, Dick und Marie und Li Mai … na ja, du kennst ja die Besetzung.

Und natürlich alle Kinder.

Alle sind da. Auch alle Tiere, sogar der verstorbene und betrauerte Rückenschwimmende Kongowels. Jede Ladenfassade und Topfpflanze der ganzen Straße ist da, jeder gemauerte Schornstein und verwitterte Laternenmast und jedes Bogenfenster, jede Seitengasse …

Sie stehen vielleicht nicht alle schwarz auf weiß auf den Seiten, aber sie sind dennoch da, hinter der Geschichte, zwischen den Zeilen; sie sind so deutlich da wie in meinem armen alten verbeulten Schädel.

Sogar der Wecker ist da. Ren hat nachdrücklich darauf bestanden. *Alles an Ort und Stelle,* hat sie gesagt. Weil es eine wahre Geschichte ist, hat sie gesagt. Und das ist es natürlich auch.

In allen Belangen, auf die es ankommt.

Also, liebe Moo. Alles Gute und viel Glück auf die eine oder andere Weise.

D.

* Kleiner Scherz, Moo. Diese Geschichte ist auch eine Hommage an die unvergleichliche Mrs Konigsburg, möge sie in Frieden ruhen. Sie ist der Beweis für die These, dass geliebte Autoren, wenn du sie nur oft genug liest, sich irgendwann in deinem Inneren niederlassen. Insbesondere ihr Buch *DIE HEIMLICHEN MUSEUMSGÄSTE* mit ihrem merkwürdigen Geheimarchiv.

ERSTER TEIL

ERSTES KAPITEL

November: Anfang mit Barney

Barney Kettle wusste, er würde eines Tages ein sehr berühmter Filmregisseur sein, er wusste nur nicht, wann dieser Tag kommen würde. Tatsächlich *war* er schon Regisseur – er hatte vier fünfzehnminütige Kurzfilme gedreht –, doch bisher hatten nur seine Schulfreunde und die Anwohner der High Street sie gesehen. Bis zum Weltruhm war es noch ein weiter Weg. Doch er würde kommen. Da war sich Barney gewiss.

Gewissheit war gut. Gewissheit ermöglichte einem klare Entscheidungen und rasches Handeln. Das war wichtig, wenn man ein berühmter Filmregisseur werden wollte. Ebenso wichtig war eine Vision: Die verlieh einem großes Selbstbewusstsein und Entschlossenheit. Dann konnte man Leuten sagen, was sie tun sollten und wie. Und schließlich – das war besonders verzwickt – schließlich musste man die Menschen noch dazu bringen, dass sie genau das taten, was man ihnen vorschrieb, und zwar *sofort und ohne Widerrede.*

Das waren die Fakten des Filmemachens. Das wusste Barney, weil er alle Fakten in dem Buch *DU WILLST ALSO FILMEMACHER WERDEN* von Felix La Marche und Hal Nicholas gelesen hatte. *DU WILLST ALSO FILMEMACHER WERDEN* war Barneys Film-Bibel. Er hatte es wieder und wieder gelesen, und zwei Jahre lang war er seinen Vorgaben gefolgt, als seien sie in Stein gemeißelt.

Also: Selbstbewusstsein und Entschlossenheit und Vision und Handeln und Anweisungen – das hatte er alles unter Dach und Fach. (Barney sah all diese Bestandteile als ein langes Wort vor sich:

SelbstbewusstseinEntschlossenheitVisionHandelnAnweisungen). Leider war die Sache mit dem Umsetzen der Anweisungen *sofort und ohne Widerrede* absolut nicht geklärt. Ganz im Gegenteil. Mehr als einmal hatten Barneys Ensemble und Filmcrew – alias viele seiner Freunde von der High Street – einfach den Drehort verlassen, und alle hatten ihm auf ihre Weise mitgeteilt, wie unverschämt und anstrengend er sich verhalte und wie schwierig es sei, mit ihm zu arbeiten. Felix La Marche und Hal Nicholas hatten auffallend wenig bis nichts darüber zu sagen, was der Filmemacher in solchen Fällen zu tun hatte.

Barneys Schwester Ren verließ nie das Set. Sie war eine loyale und – so darf man es wohl ausdrücken – leidgeprüfte Assistentin. Allerdings sagte Ren immer, was sie dachte. Für eine Elfjährige war sie sehr unverblümt.

»Du bist größenwahnsinnig«, sagte Ren, nachdem die gesamte Crew von Feliz Navidad den Dreharbeiten den Rücken gekehrt hatte. Edward, Henrietta, Jack, Benjamin, JohnLeo und Lovie gingen alle zusammen die Straße entlang, eine verärgerte und verschwörerische Meute, die zum **Mediterranean Warehouse** zog, um sich ein *Gelato* zu holen. Es war sehr heiß; sie hatten schon seit über einer Stunde nach einer *Gelato*-Pause verlangt. Heute war *Show Day* – der erste Tag der Landwirtschaftsausstellung mit großem Volksfest in Christchurch – und der erste Drehtag. Barney hatte nur die drei Tage des Festwochenendes für die Dreharbeiten zur Verfügung, denn Felix La Marche und Hal Nicholas propagierten Drei-Tage-Drehs. Zeit war kostbar. Also hatte er die Bitten seines Teams abgewiesen.

»Hast du mich gehört?«, fragte Ren. Sie umklammerte ihr Klemmbrett und den HB-Bleistift und starrte Barney durch ihre dicke Brille böse an. Ihre Augäpfel wirkten kugelrund und bedrohlich wie die des Rückenschwimmenden Kongowelses im Aquarium in **Coralie's Café**. »Du bist größenwahnsinnig!«

Albert Anderson hatte während der Dreharbeiten für den vorherigen Silent Movie genau das Gleiche über Barney gesagt. Auch von *dem* Set waren sämtliche Mitwirkenden geflohen, nachdem er sie alle Trottel und Taugenichtse geschimpft hatte. Daraufhin hatte Barney sich in Albert Andersons Comic-Laden zurückgezogen und die fortgesetzte Unzuverlässigkeit seines Ensembles und seiner Crew beklagt. (Die Crew bestand eigentlich nur aus einem Mitarbeiter: JohnLeo. Der redete kaum; er sah sich die Welt lieber aus den Kulissen an.)

»Du hast viele außergewöhnliche Qualitäten«, sagte Albert Anderson. Er öffnete gerade einen Karton mit neuen Comic-Bänden und schwang sein Stanley-Messer mit beängstigender Verve. Das Paketklebeband flog auseinander und wedelte verschreckt durch die Luft. »Aber«, fuhr Albert fort, »du bist auch ein bisschen größenwahnsinnig.«

»Ein *bisschen größenwahnsinnig*?«, fragte Mum später. »Albert ist viel zu wohlwollend.« Mum hatte Barney einmal als angehenden Diktator mit wahnhaften Allmachtsfantasien beschrieben – was im Grunde heißen sollte, dass Barney immer und überall seinen Willen bekommen wollte. Sie könne angehende Diktatoren immer erkennen, sagte sie. Sobald sie in die Schule kamen. Mum war Lehrerin.

»Alle großen und berühmten Filmregisseure sind größenwahnsinnig«, sagte Barney zu Ren, als sie an jenem heißen Novemberfreitag im **Little Wiltshire Park** standen. Die Requisiten von Feliz Navidad lagen verstreut umher: ein Tandem, ein Kinderwagen aus den 1950ern, eine Babymatratze mit Kissen, ein großer Heuballen. Feliz Navidad war ein etwas anderes Krippenspiel. Maria und Josef waren nicht auf einem Esel aus dem 1. Jahrhundert zum Kuhstall gekommen, sondern auf einem Zwei-Personen-Fahrrad aus den Zwanzigern.

Leider waren sie dabei ein wenig übers Ziel hinausgeschossen und geradewegs in den Heuballen gerauscht, den sie halb zerstört hatten. Daraufhin waren Maria und Josef – beziehungsweise Lovie und Jack – vom Tandem gestürzt und brüllend vor Lachen über den Boden gekugelt. Alle anderen hatten sich ebenfalls haltlos auf dem Boden gewälzt und nach *Gelato* geblökt. An diesem Punkt hatte Barney die Kamera sinken lassen und angefangen zu toben.

»Nur so kriegt man überhaupt irgendwas geschafft!«, sagte Barney zu Ren. »Das gehört zum Berufsbild!«

Das hatten Felix La Marche und Hal Nicholas in *DU WILLST ALSO FILMEMACHER WERDEN* betont. Ein guter Regisseur kann sich nicht den Luxus erlauben, den Leuten gefallen zu wollen. Ein guter Filmemacher hat eine Aufgabe zu erledigen. Wenn du Freunde willst, schrieben Felix La Marche und Hal Nicholas, such dir einen anderen Berufszweig. Schönheitschirurgie zum Beispiel. Oder Bühnen-Comedy. Oder Bibliothekswesen.

Während sein meuterndes Ensemble *Gelato* aß, floh Barney wieder zu Albert Anderson, der in **Coralie's Café** an seinem Ecktisch saß und mit Shota, einem der Jazzstudenten von der Musikhochschule, Schach spielte. Albert war Barneys Filmdramen gewohnt. Er war wunderbar tolerant und unerschütterlich und immer zum Zuhören bereit.

»Wieso können sie die Sache nicht ernster nehmen?«, heulte

Barney. »Wieso können sie nicht einfach mitarbeiten?« Wenn alles glattging, war es überhaupt nicht schwierig, mit ihm zusammenzuarbeiten. So einfach war das. Konnte das nicht jeder sehen? Wenn er Film in den Kasten kriegte, war er glücklich. Wenn er das nicht tat, *lebte* er überhaupt nicht. Das Wort *lebte* stieß Barney wie ein verwundeter Operntenor hervor. Albert Andersons Hund Art, der neben seinem Herrchen döste, hob schläfrig den Kopf von den Pfoten, als er Barneys Pein hörte. Barney ließ sich auf den Stuhl und in die Stille von Albert Andersons Café-Ecke fallen und wartete auf Trost.

»Aber im Leben geht es nicht immer nur ums *Tun*«, sagte Albert Anderson nach einiger Zeit – so viel Zeit, dass Barney sich inzwischen von Shotas Schuhen hatte ablenken lassen. Es waren zwei verschiedene. Am linken Fuß trug er ein brauner Lederschuh mit Schnürsenkeln. Am rechten einen schwarzen Turnschuh mit einem Loch an der Spitze. Barney konnte Shotas großen Zeh sehen, der im Takt zu einem inneren Schach-Soundtrack wippte. »Manchmal«, sagte Albert Anderson, »musst du einfach nur sein.«

»Was sein?«

»Einfach *sein.* Existieren. Trödeln. Schauen und lauschen.«

Beim Reden starrte Albert Anderson auf das Schachbrett, ließ Worten Taten folgen. Er hatte die ganze Zeit auf das Brett geschaut und über seinen nächsten Zug nachgedacht. Shota war einer seiner besseren Gegner.

»Ich habe keine Zeit zum Trödeln«, sagte Barney sauer. »Die Zeit wartet auf niemanden.« Das hatte er irgendwo gehört.

Albert Anderson starrte mit zusammengekniffenen Augen aufs Brett.

»Die Zeit bleibt nicht stehen!« Auch das hatte er irgendwo gehört.

»Mag sein«, sagte Albert Anderson. Er berührte die Bischofsmütze des schwarzen Läufers mit der Zeigefingerspitze. »Aber manchmal kann man sie verlangsamen … indem man einfach stillsitzt.«

Diese letzten vier Worte sprach Albert Anderson langsam und mit seidenweicher Stimme, und gleichzeitig schob er den Läufer auf seine Beute zu. Shotas Stirn legte sich ganz leicht in Falten.

»Oder«, fuhr Albert Anderson fort und zeigte Shota ein Krokodilslächeln, »man kann die Zeit, wie soll ich sagen, *einfangen*. Wie in Romanen. Oder Gemälden. Oder natürlich in Comics – Comics sind sehr gut im Darstellen von Zeit. Und den Film wollen wir nicht vergessen, Maestro!«

Er grinste Barney an, und Barney hätte das Grinsen beinahe erwidert. Es freute ihn wirklich, wenn Albert Anderson ihn Maestro nannte. Aber.

»Filme *fressen* Zeit!«, sagte Barney. »Genau das versuche ich doch zu erklären. Ich brauche alle Zeit, die ich kriegen kann. Und wenn man Filme macht, muss alles genauso laufen, wie man will. Ich meine, echt alles. Sonst ist es reine *Zeitverschwendung*.«

»Da stehst du vor einem guten alten Paradox«, sagte Albert Anderson heiter. Wieder betrachtete er das Schachbrett. »Es braucht Zeit, um Zeit zu konservieren. Minus und plus. Wie *interessant*.«

Nicht unbedingt, dachte Barney. Er starrte wütend auf Albert Andersons gesenktes Haupt. Wenn der anfing zu philosophieren, war nichts mehr mit ihm anzufangen.

»Geh spazieren, Maestro«, sagte Albert und beobachtete Shota, der entschieden seinen Springer verschob, einen Rösslsprung nach links. »Hol ein paarmal tief Luft. Und dann geh dich bei deinen Schauspielern entschuldigen.« Das sagte er immer.

»Ein Regisseur sollte sich nicht entschuldigen müssen«, sagte Barney. Auch das sagte er immer.

Barney schob seinen Stuhl zurück und stand auf. »Ein Regisseur muss das Sagen haben. Ein Regisseur muss allen zeigen, wer der Herr ist. Das ist genauso, wie wenn man einen Welpen hat. Die Schauspieler sind der Welpe«, fügte er erklärend hinzu, falls Albert Anderson und Shota ihn nicht richtig verstanden hatten.

Doch bei diesem Satz schüttelten Albert Anderson und Shota sich vor Lachen. Ihre Gesichter waren verzerrt und zerknautscht. Mit den Händen stießen sie ans Schachbrett, Bauern stürzten.

Trottel, dachte Barney. Taugenichtse.

»Maestro«, sagte Albert Anderson und stellte die Figuren wieder auf, wobei seine Finger immer noch vor Belustigung zitterten. »Ach, Maestro. Du bist wirklich der Beste. *Die Schauspieler sind der Welpe.* Das werde ich so schnell nicht vergessen. Könnte der Titel deiner Memoiren werden.«

»Ich gehe«, sagte Barney.

Er hängte sich seine Kameratasche über die Schulter und ging mit durchgedrücktem Kreuz weg vom Schachtisch. Er legte, so fand er, einen missbilligenden Abgang durch die Schwingtüren von **Coralie's Café** hin und trat hinaus auf die High Street.

Doch die High Street missbilligte Barneys Verhalten ihrerseits umgehend: Draußen schien die Sonne. Der Himmel war wolkenlos, die Luft warm an den bloßen Armen. Ein perfekter Sommertag.

Auf den Bürgersteigen drängten sich Kauflustige und Kinder und

Kleinkünstler. Die Luft schwirrte vor Geräuschen: Autos im Leerlauf und Hupsalven, lautes Auflachen, Weihnachtslieder der Jazzstudenten an beiden Enden der Straße, der Chor der Stare in der großen Rosskastanie. Die übliche Szenerie – viel zu sorglos und fröhlich für Barneys Stimmung.

Auf der anderen Straßenseite hängte Bambi inmitten des ganzen Trubels unter der blauen Markise von **Bambi's Health Store** die letzten Dekorationen an ihren großen eingetopften Weihnachtsbaum. Bambis Weihnachtsbaum tauchte immer am Festwochenende auf. Es war eine ganz traditionelle Fichte, ein makelloser Kegel, doch der Baumschmuck war ziemlich exzentrisch: lange rote Chilischoten und auf Hochglanz polierte Paua-Schnecken, die in der Sonne glänzten. Bambi sagte, es sei ein euro-latino-pazifischer Weihnachtsbaum. Im letzten Jahr war ein großes Foto von Baum und Bambi in der Zeitung gewesen.

Barney lächelte. Er hatte es gar nicht vor, er *wollte* auch nicht. Aber der Baum brachte ihn zum Lächeln, genau wie Bambi. Sie sah selbst so sehr nach Weihnachtsschmuck aus in ihrem schillernd roten Oberteil und der grünen Pluderhose. Ihr üppiges goldenes Haar war zu einem Knoten oben auf dem Kopf zusammengebunden, den zwei schwarze Essstäbchen durchbohrten. Bambi war barfüßig, ihre Zehen mit Ringen geschmückt. Die Zehenringe konnte Barney nicht sehen, aber er wusste, dass sie da waren. Auch der Gedanke an die Zehenringe ließ ihn lächeln. Einer hatte Fledermausflügel.

Das war das Schöne an Barney. Er war vielleicht ein bisschen größenwahnsinnig. Er hatte vielleicht gelegentlich wahnhafte Allmachtsfantasien. Aber er konnte sich nie lange ärgern oder schmollen. Im Grunde war es ein großes Ärgernis. Mitten in einer ausgewachsenen, wohlverdienten und soliden Finsterlaune konnte ihm irgendwas ins Auge springen und sein Interesse wecken; etwas lenkte ihn ab, verblüffte ihn oder brachte ihn zum Lachen, und in der nächsten Minute war seine Wut verraucht.

So auch jetzt. Der Anblick von Bambi und ihrem multikulturellen Weihnachtsbaum war unwiderstehlich. Barneys schlechte Laune zerplatzte wie ein Luftballon an einer Stecknadel.

Er würde sich bei seinen Freunden entschuldigen, beschloss er. Und er würde auch ein *Gelato* essen. Eine Kugel Himbeere, eine Zitrone. Und dann würden sie weiterfilmen.

Aber zuerst.

Barney ließ den Träger der Kameratasche von der Schulter gleiten und stellte die Tasche auf den Boden. Er bückte sich, nahm die Videokamera aus der Tasche und klappte den Objektivdeckel auf. Diese vertraute Reihe von Bewegungen brachte ihn immer in Schwung. Das Klirren des metallenen Taschenverschlusses. Das Schnappen des aufspringenden Objektivdeckels. Und dann seine Lieblingsgeräusche: das leise *Ping*, wenn man Schalter von *Aus* auf *An* schob, und das Surren der Aufnahmekassette, wenn sie sich in Aufnahmeposition brachte. *Jetzt geht's los*, schienen diese Klänge zu sagen …

Hinter ihm gab **Coralie's** Schwingtür ihr leises Ächzen und Schaben von sich, als jemand das Café verließ, doch Barney achtete nicht darauf. Jetzt war er ganz und gar in sein Tun vertieft, voll fokussiert, könnte man sagen.

Er wandte sich nach links zum südlichen Ende der Straße und richtete die Kamera auf das Regenbogenbanner, das quer über die Fassade des **Yoga Room** (eröffnet 1985) gespannt war. Er nahm die alte steinerne Inschrift ins Visier, die oberhalb von drei Bogenfenstern prangte: **C F C o t t e r & C o.** Von dort schwenkte er langsam über die gesamte Ostseite der Straße bis zum Hotel **His Lordship's**, wo Dick Scully gerade mit dem Schlauch die Fenster im zweiten Stock abspritzte. Sein Hund Kiwi Keith saß neben ihm, die Schnauze in die Luft, die Zunge herausgestreckt, und fing die fallenden Tropfen auf. Barney filmte Dick und Kiwi Keith ungefähr zehn Sekunden lang und fuhr mit der Kamera dann langsam zurück zu Bambi und ihrem Weihnachtsbaum.

Er zoomte sich an Bambis sommersprossige Arme heran. Sie waren in die Höhe gereckt, und ihre Finger mühten sich, den Stern an der Baumspitze zu befestigen. Der Stern war aus Blech, mit Goldflitter bemalt und hatte hinten eine Drahtschlaufe, um ihn dort zu befestigen. Alle Kinder der High Street hatten vor vier Jahren mitgeholfen, diesen Stern zu basteln. Barney hatte die Drahtschlaufe angelötet.

Barney beobachtete, wie Bambis Finger nicht ganz bis zur Spitze des Baumes reichten, wie ihre Arme niedersanken und sich wieder reckten und wieder sanken. Sein eigener Wille versuchte ihre Arme in die Höhe zu schieben. Er hielt die Luft an, während Bambis Finger tasteten und wackelten und immer noch zu kurz waren.

Und jetzt – ah, es war alles so viel geheimnisvoller und magischer, wenn man durch ein Kamera-Objektiv blickte –, jetzt schob sich ein anderer Arm in den Bildausschnitt, ein Arm in einem Jackett-Ärmel und mit einer großen Hand daran, die Bambi den Stern abnahm und ihn sauber über das blassgrüne obere Ende des Stammes hängte.

Barney schwenkte die Kamera langsam den Arm hinunter zum Gesicht des ritterlichen Retters. Es war Suit – natürlich: niemand sonst würde an so einem heißen Tag einen Anzug tragen. Und natürlich trug er auch ein bis oben hin zugeknöpftes Hemd und eine Krawatte. Barney hielt die Kamera auf Suit gerichtet, als Bambi ihm die Arme um den Hals schlang und mit ihren nackten Füßen vor Dankbarkeit ein wenig auf und ab hüpfte. Suit stand dabei steif wie eine Schaufensterpuppe, die Arme an die Seiten gepresst, und hielt Bambis Kussbombardement mit erschrockener Miene stand.

Barney schwenkte zurück zum Stern und zoomte wieder näher heran, bis der den ganzen Ausschnitt ausfüllte. Lange starrte er auf das glitzernde Gesicht des Sterns, auf die harten, gebogenen Kanten, und lauschte dabei. Und jetzt spielten die Straßengeräusche – das Juchzen, das Plappern, das Hupen und die Lieder – in seinen Ohren eine ganz andere Melodie, einen großen, prächtigen, anschwellenden Refrain.

Oh ja, dachte Barney und stieß einen zufriedenen Seufzer aus. Das war ein sehr guter Soundtrack.

(Das war – *ist* – mein Anfang für diese Geschichte, Moo. Oder vielleicht das Ende meines Anfangs: Wie Barneys Blick über die High Street schweift und den Stern einfängt. Das könnte man Eröffnungssequenz nennen – in mehr als nur einer Hinsicht. Wir wissen nun bereits, dass Barney ein wenig launisch und ziemlich anspruchsvoll ist. Aber dass er auch ein gutes Herz hat.

Und dieser Stern hat auch etwas so Nettes.

Aber, Moo, jede Geschichte hat immer mehr als nur einen möglichen Anfang, darüber haben wir oft gesprochen. Es hängt so sehr davon ab, wer sie erzählt.

Wenn zum Beispiel Albert Anderson diese Geschichte schreiben würde, könnte sie drei Wochen später bei der Weihnachtsfeier der Geschäftsleute und Anwohner der High Street anfangen, als er am frühen Abend in der Küche bemerkte, dass sechs Weihnachts-Knallbonbons fehlten und auch sein Wasabi-Kartoffelsalat auf unerklärliche Weise verschwunden war.

Dick Scully würde womöglich nach dem Frühstück am zweiten Weihnachtsfeiertag beginnen, als er feststellte, dass die blauen Kunststoffkissen von den Außenbänken nicht mehr da waren und dass in der Truhe mit den Merino-Decken für kühle Abende drei Decken fehlten.

Barneys Vater könnte bei der Neujahrsinventur eingestiegen sein, als er die Lücken in seiner Sammlung von Salz- und Pfefferstreuern entdeckte: nur noch staubfreie Abdrücke, wo einmal die Teddybären, das küssende Paar und die Dalmatiner gestanden hatten.

Und wie wäre es bei Henrietta und Edward und all den anderen Kindern der High Street? Wann und wo würden sie anfangen? Am Sonntag des Festwochenendes? Am letzten Tag der Dreharbeiten für Feliz Navidad, als die Tigerkatze zum ersten Mal auftauchte – im Krippenspiel-Kinderwagen?

Vielleicht.

Was Barney angeht, so ist Ren ziemlich sicher, wo er seine Geschichte beginnen lassen würde. Er würde auf der Straße anfangen, sagt sie, damit die Straße ordentlich eingeführt und vorgestellt werden kann. Und er wurde an einem anderen heißen, windstillen Tag anfangen, an dem Tag im Januar, als er mit Ren vor **Coralie's Café** stand und ihnen das **Postamt** einfiel; dem Tag, an dem sie den ersten geheimnisvollen Umschlag fanden.

Ren würde die Geschichte auch auf der Straße beginnen lassen, sagt sie, und zwar am gleichen Tag, denn es war auch der Tag, an dem Barney *DU WILLST ALSO FILMEMACHER WERDEN* endgültig ins Regal verbannte – unwiderruflich auf das oberste Brett des Wohnzimmerregals. An diesem Tag brach Barney mit Felix La Marche und Hal Nicholas und ging seiner eigenen Nase nach. Das, sagt Ren, ist für sie der wahre Anfang.

Und darum habe ich – auch wenn ich zugeben muss, Moo, dass es unüblich ist – einen zweiten Anfang geschrieben. Es stimmt zwar, dass ich die Geschichte schreibe, aber ebenso wahr ist, dass der größte Teil davon Barney und Ren gehört.)

ERSTES KAPITEL (NOCH EINMAL)

Früh im Januar: Anfang (erneut) mit Barney: Szenen eines sonnigen Tages

Der allerbeste Ort, an dem ein Filmemacher leben konnte, dachte Barney oft, war über einem vollgestopften Antiquitäten-Schrägstrich-Trödelladen an der Hauptstraße seines Wohnortes. Manchmal konnte er kaum fassen, wie viel Glück er hatte.

Ein Antiquitäten-Schrägstrich-Trödelladen bot endlose Möglichkeiten für Geschichten, für Kulissen, für Requisiten und Kostüme. Gelegentlich fand man dort sogar Darsteller: Sein Vater, der das Geschäft betrieb, hatte in Barneys Filmen bisher einen Armeehauptmann, einen Einbrecher und einen Betrunkenen gespielt. Rosie, seine Mitarbeiterin, die außerdem Jazzstudentin war, übernahm manchmal die Erzählstimme aus dem Off, oder sie lieferte Geräusche oder stimmungsvolle Begleitmusik auf dem alten Klavier in der Notenabteilung. Einmal hatte eine Dame, die nach alten Teetassen suchte, sich freundlicherweise bereit erklärt, zwanzig Minuten lang eine Frau im roten Mantel an der Bushaltestelle zu spielen.

Barneys Familie wohnte seit fast zwölf Jahren in der Wohnung über **Busby's Emporium** – so hieß der Trödelladen. Sie waren hergezogen, als Barney ein Jahr alt war. Ren war drei Monate später geboren worden – auf einem türkischen Teppich unten im **Emporium**. Sie konnte nicht bis zum Krankenhaus warten; Ren hatte ihr Leben forsch und entschlossen begonnen und schien, als wolle sie so weitermachen. Das Erste, was sie von der Welt sah, war eine Reihe kopfloser Schneiderpuppen. Das, sagte Mum, erklärte womöglich Rens Hang zum Makabren.

Wenn er die High Street entlangging, stellte Barney sich manchmal vor, ein Fremdenführer mit einer Reisegruppe im Schlepptau zu sein. Australier vielleicht, oder Menschen aus Finnland, Botswana oder Japan, oder auch bloß Leute von den entlegenen Randbezirken der Stadt.

»Ein reizendes Ensemble von Gebäuden aus viktorianischer und edwardianischer Zeit«, würde Barney dann sagen. (Das hatte er seinen Vater sagen hören.)

Er stellte sich vor, eine Kamera sei auf ihn gerichtet. Er würde ausladend nach links und rechts deuten, auf die Geschäfte und Wohnungen zu beiden Seiten der Straße.

»Hier sind seit beinahe anderthalb Jahrhunderten Geschäfte eröffnet und wieder geschlossen worden«, würde er fortfahren (wieder Dad). »Und davor – vor Hunderten von Jahren – war es ein Hauptverkehrsweg. Hier kamen die Menschen auf dem Weg zum Fluss entlang. Um Nahrung zu sammeln.«

Die High Street kreuzte in Wirklichkeit vier andere Straßen diagonal, aber für Barney war »die Straße« nur der südlichste Teil zwischen Duncan Avenue und England Avenue, am Rand des Stadtzentrums.

»Am einen Ende haben wir **Garrett's Ballet Academy** (eröffnet 1969)«, könnte er sagen. Vor seinem geistigen Auge würde Sylvie praktischerweise in Tellerrock und Leggings in der Tür stehen. »Und gegenüber von **Garrett's: Little Wiltshire Park.**«

Little Wilt, wie alle ihn nannten, war im Grunde bloß ein etwas erhöhtes dreieckiges Stück Rasen, das der Stadtrat vor einigen Jahren angelegt hatte, als die High Street aufgehübscht wurde. Alle aus dem Umkreis – die Anwohner der Straße, die Käufer und Händler, die Büroangestellten, die Priester aus der Basilika, die Studenten von der Fachhochschule zwei Straßen weiter südlich – alle kamen zur Mittagszeit oder nach der Arbeit hierher, um zu essen und zu trinken und Sonne zu tanken, um Leute zu beobachten, Karten oder Hacky Sack zu spielen oder sich einfach nur hinzulegen, ein paar Minuten die Augen zu schließen und dem Konzert der verrückten Stare im Kastanienbaum (gepflanzt 1869) zu lauschen.

»Am *anderen* Ende der Straße«, sagte Barney, während der kleine Film in seinem Hinterkopf allmählich Fahrt aufnahm, »liegt **His Lordship's Hotel** (eröffnet 1896) und das **Mediterranean Warehouse** (eröffnet 1986), wo das *Gelato* von echten Italienern hergestellt wird.« Das stimmte beinahe. Das *Gelato* wurde in Wirklichkeit von Frank gemacht, der ganz und gar kein Italiener war, doch es wurde oft von Battista serviert, der aus Genua kam und von Marco Polo abstammte.

»Dazwischen liegen Dutzende unterschiedlicher Geschäfte, Restaurants, Büros und Wohnungen, praktisch alles, von Musikalien bis Massagen, von Rechtsberatung bis zum besten Comic-Laden des Landes!« Barney dirigierte mit großer Geste eine imaginierte Fanfare.

»Warum steht dein Mund halb offen?«, fragte Ren. »Du siehst geisteskrank aus.«

Der farbenfrohe kleine Werbefilm für die High Street, gedreht und präsentiert von Barney Kettle, kam im Kopf des Vorführers abrupt zum Stehen. Mit Bedauern kehrte Barney in die wirkliche Welt zurück.

Es war Dienstagnachmittag. Und *so heiß*. Mum und Dad waren schwimmen gegangen. Die meisten ihrer Freunde waren noch im Urlaub, aber Barney und Ren hatten Wichtigeres zu tun. Sie gingen in **Coralie's Café**, um die erste Besprechung des Jahres von Kettle Productions abzuhalten. Das Jahr war erst zwei Wochen alt, und die meisten Menschen waren am Strand oder am Fluss oder am Pool, aber Ren hatte die Besprechung anberaumt. Normalerweise, erinnerte sie ihn, fing Barney sofort nach der Premiere eines Projekts mit der Planung des nächsten an.

Die Premiere von Feliz Navidad hatte während der Weihnachtsfeier der Geschäftsleute und Anwohner der High Street vor einem Monat stattgefunden. Der Film war äußerst positiv aufgenommen worden – wie es in Filmzeitschriften immer hieß –, vor allem die Szene, in der das neue High-Street-Baby tatsächlich in eine Krippe-Schrägstrich-Kinderwagen gelegt wurde. Das war ein Geniestreich gewesen. An die Aufnahme dachte Barney gelegentlich gern zurück.

»Ich dachte gerade, wie perfekt es ist, dass wir in dieser Straße wohnen«, sagte Barney.

»Ach, *das*«, sagte Ren, als wäre es nichts. Sie legte ein erfrischendes Tempo vor; Barney fiel praktisch in Dauerlauf, um Schritt zu halten.

Ren strahlte über die Schulter. »Ich bin ganz deiner Meinung. Unsere Straße ist *molto delizioso.*« Ren warf gern mal einen italienischen Ausdruck ein, wenn sie konnte. Sie schwärmte ein bisschen für Battista.

»Die High Street ist doch nichts zum *Essen*«, sagte Barney.

»Aber sie ist *molto* irgendwas«, sagte Ren.

»*Molto* großartig!«, rief Barney.

Schließlich hatten nicht viele Menschen eine Videothek und ein kleines Kino in ihrer Straße, oder einen altmodischen Süßwarenladen, oder ein Geschäft, in dem man jede erdenkliche Nuss-Sorte kaufen konnte, darunter auch geröstete Maronen im Herbst und Winter. Und nicht viele Menschen wohnten nur vier Türen entfernt von dem berühmtesten Comic-Laden der südlichen Halbkugel (im Besitz einer Erstausgabe von *AMAZING FANTASY BD. 15 (1962)* – mit dem allerersten Auftritt von Spiderman).

Nicht viele Kinder lebten in einer Straße mit mehreren *Dutzend* Geschäften. Und einem Museum.

Wenn man zwischen dem **Nut House** (eröffnet 1993) und **Ping's** – hochwertige Secondhand-Mode (eröffnet 2005) – in die Cedar Lane einbog, gelangte man auf den Luna Square, der von der High Street aus fast nicht zu sehen war. Hier gab es noch mehr Geschäfte, Cafés und Bars, und in die südöstliche Ecke gezwängt das **Living History Museum**, das alle in diesem Teil der Stadt mit großem Stolz erfüllte. Es war ein Stadtteilmuseum, das einzige in der Stadt, erst acht Jahre alt und von den freiwilligen Helfern der Geschichtswerkstatt betrieben.

Barney wandte sich noch einmal seinem inneren Film zu. Er fühlte sich noch nicht fertig an.

»Ich liebe jeden Quadratzentimeter von dieser Straße und diesem Platz«, sagte er ernst und direkt in die Kamera. »Jedes Gebäude hat interessante Bewohner. Jedes Bauwerk quillt über vor Geschichte und bemerkenswerten Geschichten. Ein Paradies für Kinder!«

Sein imaginäres Auge schloss sich zu einem imaginären Blinzeln in die imaginäre Kamera.

»Und auch für Filmemacher.«

Schnitt.

»Aufwachen, Kettle«, sagte Ren. Manchmal redete sie ihn so an, wenn sie geschäftliche Gespräche führten. »Wir sind da.«

Barney gab sich einen Ruck und folgte Ren durch die Schwingtüren von **Coralie's**. Er musste sich sammeln. Szenen eines Straßen-Werbefilms zu fantasieren, der nie gedreht werden würde, war reine Zeitverschwendung. Er musste sich auf den nächsten Kurzfilm konzentrieren. Er musste offen und aufmerksam für die Inspiration sein.

Felix La Marche und Hal Nicholas glaubten, dass nur der bereite Geist inspiriert wurde. Ein großer Regisseur bereitete seinen Geist vor, indem er höchst wachsam visuelle Details und mögliche Geschichten aufnahm. Ein großer Filmemacher, sagten sie, beobachtete und lauschte ständig; ein großer Filmemacher war wie ein Periskop mit Ohren, das sich in alle Richtungen drehte und Informationen aufsaugte.

Um dem angehenden großen Filmemacher die Sache zu erleichtern, rieten Felix La Marche und Hal Nicholas, zunächst so oft wie möglich bekannte Geschichten zu adaptieren. Als Barney das las, war er ungeheuer zufrieden. Sein erster Kurzfilm vor zwei Jahren war irgendwie formlos gewesen. Außerdem vollkommen chaotisch.

»Du brauchst ein gutes Handbuch für Anfänger«, sagte Albert Anderson nach der Preview von Über den Kamm, dem er weitgehendes Fehlen eines Handlungsfadens bescheinigte. Über den Kamm hatte in einem Schützengraben des Ersten Weltkriegs gespielt und fast nur daraus bestanden, dass Figuren aus dem Graben kletterten und erschossen wurden. Am Ende waren alle tot, bis auf einen Soldaten, der in Wirklichkeit ein verkleidetes Mädchen war. Barney hatte eigentlich noch mehr über das verkleidete Mädchen im Film unterbringen wollen, aber die Opferzahlen hatten ihn abgelenkt.

Das Chaos war beim Drehen entstanden. Jeder Darsteller wollte laut und dramatisch und ausgedehnt sterben, vor allem Benjamin, der lange geprobt hatte, wie er im Niemandsland (ein schmaler, schlammiger Durchgang hinter **Busby's**) zuckend, krampfend, kreiselnd und endlos zu Boden sank. Und als er endlich der Länge nach am Boden lag, wollte Benjamin immer noch nicht tot sein; er gab ein lang gezogenes Stöhnen von sich und wurde von wilden Zuckungen geschüttelt, während die anderen erschossen wurden und auf ihn stürzten. Der stetig wachsende Leichenhügel hatte sich als ein weiteres Problem erwiesen.

»Vielleicht ganz aufregend beim Dreh«, sagte Albert, »doch dem fertigen Produkt fehlt es an Dramatik.« Außerdem wiederholte es sich ständig, sagte er. Und war ehrlich gesagt ziemlich langweilig. Das sagte er so nett, wie er nur konnte, aber Barney war dennoch getroffen.

Albert Anderson schlug vor, in die Bücherei zu gehen, zu der er großes Vertrauen hatte, aber Barney war eher so der Internet-Typ. Außerdem war sein Bücherei-Konto mit der Bemerkung *Gesperrt/ Strafgebühr* versehen, als er es online überprüfte. Dort stand, dass er der Bücherei 63 Dollar schuldete, worüber er nur ungern nachdenken wollte, wenn es sich irgendwie vermeiden ließ.

Im Netz hatte Barney dann *film!film!film!fhproductions.com* gefunden, die Webseite von Felix La Marche und Hal Nicholas. Sie zeigte Dutzende Fotos der beiden Männer, den Arm um die Schultern des anderen gelegt. Die Drehorte wechselten, aber die beiden Männer trugen immer Mützen und Schnauzbärte. Sie hatten große weiße Zähne. Sie sahen fröhlich, aber ernsthaft aus, eine Kombination, die er selbst zu kultivieren hoffte.

Die Webseite leitete den Besucher hilfsbereit zu Felix' und Hals zahlreichen Veröffentlichungen, und Barney suchte sich *DU WILLST ALSO FILMEMACHER WERDEN* aus. Ihm gefiel der herausfordernde Titel. Es kostete 55 Dollar plus 25 Dollar Versandkosten. 80 Dollar waren eine Summe, von der Barney nicht einmal träumen konnte, er trat also in Verhandlungen mit seinem Vater.

Seine Eltern hatten nicht viel Geld übrig – mit Unterrichten und Antiquitäten-Schrägstrich-Trödel wurde man nicht reich –, doch manchmal gaben sie finanzielle Zuschüsse im Gegenzug für Barneys und Rens Arbeitskraft. Das hieß normalerweise Hausarbeit oder Aufräumen im **Emporium**, was Barney beides unfassbar langweilig fand. Doch wenn er Filmmaterialien brauchte, war er zu allem bereit, und das wusste sein Vater. Dad hatte einen Riecher für günstige Gelegenheiten.

»*Aufwachen*, Kettle!«, sagte Ren.

Herrje, er hatte es schon wieder getan. Er war in **Coralie's Café** getreten, hatte einen Glasierten (Bio-)Nager bestellt, sich hingesetzt und einmal abgebissen, fast ohne irgendwas davon wahrzunehmen. Barney betrachtete den Keks auf seinem Teller. Es war ein Wiesel mit leuchtend gelber Glasur (mit Kurkuma gefärbt). Der lange Schwanz des Wiesels war schon halb weg. Barney biss auch die andere Hälfte ab.

Glasierte (Bio-)Nager waren eine berühmte Spezialität der High Street. Es waren große Ingwerkekse in Form von Ratten, Mäusen, Wieseln, Stachelschweinen, Eichhörnchen und Bibern. Coralie hatte sie selbst erfunden. Sie hatte die Formen selbst gegossen – mit Hilfe von Albert Anderson, der für fast alles ein Händchen hatte, auch für Metallverarbeitung. Kinder kamen aus der ganzen Stadt, um einen Glasierten Nager zu probieren. (Glasierten *(Bio-)*Nager, darauf bestand Coralie. Sie durften das (Bio-) nicht vergessen. Und auch nicht die Klammern.)

»Unglaublich, dass man das Kurkuma gar nicht schmeckt«, sagte Barney, um irgendwas zu sagen. »Nur den Ingwer.« Und auch den Spinat in der grünen Glasur des Stachelschweins schmeckte man nicht.

Im Café herrschte Nachmittagsruhe, nur ein paar verstreute Gäste saßen hier und dort, die meisten waren Bekannte: zwei Geschäftsleute vom nördlichen Ende der High Street, Laptops und Mobiltelefone griffbereit; Oriana aus dem Ärztehaus und ihre Freundin, die Köpfe im ernsthaften Gespräch gesenkt; der Rechtsanwalt Willy Edwards, dessen Kanzlei über dem Friseursalon **Hair Today** (eröffnet 2006) lag: Er hielt die meisten seiner Besprechungen in **Coralie's Café** ab. Coralie selbst war mit JohnLeo in ihrem Strandhäuschen. Laurel, der Barista, schmiss den Laden.

Zwei Tische neben Ren und Barney saß Suit, der jeden Dienstag, Donnerstag und Samstag um drei Uhr nachmittags ins Café kam, um eine Tasse Earl Grey zu trinken, einen Pflaumenplunder zu essen und die Zeitung zu lesen. Suit war ein Gewohnheitstier.

»Und sein Fell ist der Anzug!«, pflegte Albert Anderson zu sagen.

Suits Leben einschließlich der Ernährung war sorgsam organisiert. Gern erklärte er jedem seinen Stundenplan. Um 6 Uhr 15 stand er auf, um 6 Uhr 25 aß er sein Müsli. Um 6 Uhr 50 verließ er die Wohnung und ging zur Arbeit. Um 10 Uhr aß er einen Apfel oder eine Birne. Mittags aß er seine beiden Käse-Sandwiches im **Little Wilt**. Er war Uhrmacher und arbeitete am nördlichen Ende der

Straße, wo die meisten Leute ihr Mittagessen am Springbrunnen verbrachten, aber Suit blieb **Little Wilt** treu. Nach den Sandwiches ging er eine halbe Stunde im Süden der Stadt spazieren. Samstags ging er mit seinem Netzbeutel auf den Gemüsemarkt. Sonntagmorgens ging er in die Basilika und sang beim Hochamt im Kirchenchor. Sonntagnachmittags ging er zu **Montgomery's** (eröffnet 1984), um sein wöchentliches Buch zu kaufen.

Alle Anlieger der High Street kannten Suits Gewohnheiten. Er hatte sie getreulich bewahrt, seit er vor Jahren hergekommen und zu Mireille über ihren Blumenladen **Forget-Me-Knot** (eröffnet 1995) gezogen war.

Das Eigenartigste an Suit war sein Wecker, den er in seiner Ledertasche überallhin mitnahm. Es war ein altmodischer Wecker mit zwei Glocken obendrauf. Man sah ihn selten, aber jeder hatte ihn schon irgendwann klingeln gehört, oder eher sein gedämpftes Rattern, das Suit an irgendeinen Termin seines Stundenplans erinnerte. Oft hörte man das kräftige Ticken der Uhr. Auch jetzt konnte Barney es hören.

Und Ren ebenso – ihre vergrößerten Fischaugen schwenkten seitwärts zu Suit und rasch wieder zurück zu Barney. Sie lächelten sich an. Barney und Ren mochten Suit. Er war höflich und freundlich und ein wenig schüchtern. Barney gefiel es, dass er immer beim Abwaschen half, wenn er und Mireille zum Abendessen zu ihnen kamen. Ren bewunderte Suits Planung und Organisation. Sie hatte sich zum fünften Geburtstag einen Wecker gewünscht – und bekommen. Der blieb allerdings auf ihrem Nachttisch stehen.

»Gut!«, sagte Ren.

Sie legte das neue Produktionsbuch auf den Tisch (es war ein großes, unliniertes Schulheft von Warwick). Sie zog einen HB-Bleistift aus der Stifttasche und betrachtete zufrieden lächelnd seine geschärfte Spitze. Es war ein ganz neuer mit unbenutztem Radiergummi. Ren verwendete gern für jede Filmproduktion neue Schreibwaren.

»Herbstkurzfilm Nummer fünf, Kettle Productions«, sagte Ren. Das schrieb sie auf den Heftumschlag und schlug die erste Seite auf. »Also. Hast du schon eine Idee?«

Und hier standen sie vor dem ersten Problem: Barney hatte absolut keine Idee. Es war gar nicht so, dass sein Kopf leer war. Ganz und gar nicht. Er war voll mit allem möglichen *Zeugs*, aber man konnte nichts davon eine richtige Idee nennen. Bestimmt keine Idee für den nächsten Kurzfilm von Kettle Productions.

Dieser unbefriedigende Zustand hatte Barney im Lauf der letzten Woche zunehmend zugesetzt. Das war so ungewohnt. So war es bei den drei vorherigen Filmen überhaupt nicht gewesen. Dank der Anweisungen von Felix La Marche und Hal Nicholas hatten sich die letzten drei Kurzfilme schnell und glatt entwickelt. Aus der Vorlage *ROTKÄPPCHEN* war Red Riding Hoodie geworden, aus *OLIVER TWIST* Silent Movie, und abgesehen von gelegentlicher Abwanderung des Ensembles waren beide Produktionen traumhaft gelaufen. (Er hatte nicht den gesamten *OLIVER TWIST* verwendet, nur den Abschnitt, wo Oliver kurz im reichen Teil der Stadt lebt.)

Was Feliz Navidad anging: Diese großartige Idee hatte Barney wie der Blitz an dem Tag getroffen, als Albert Anderson seinem Freund Hwan die Wohnung über dem **Comic Strip** angeboten hatte. Hwan –

ein ziemlich emotionaler Mensch – hatte Albert Anderson mit einer so leidenschaftlichen Dankbarkeit umarmt, dass dessen Hund Art vor Schreck zu bellen anfing.

»Unser Retter!«, hatte Hwan an Albert Andersons Brust geweint. Gott sei Dank, Gott sei Dank, endlich, sie suchten schon seit zwei Monaten, hatte Hwan gesagt, langsam lief ihnen die Zeit davon, das Kind sollte im Dezember kommen, aber anscheinend hatte niemand Raum in der Herberge ...

Meine Güte!, dachte Barney sofort. Er hatte in dem alten Fernsehliegesessel in der Leseecke des **Comic Strip** gelümmelt, in Gedanken mögliche Geschichten für den Sommerfilm hin und her gewendet und dabei Albert Anderson und Hwan mit halbem Ohr beim Plaudern zugehört. Jetzt riss er am Hebel des Sessels und richtete sich kerzengerade auf, sein Hirn lief auf Hochtouren, Ideen explodierten unablässig darin wie Feuerwerkskörper im Hinterhof am *Guy-Fawkes-Tag*.

Ein Krippenspiel für das 21. Jahrhundert! Fern und Hwan könnten Maria und Josef sein! Sie waren perfekt!

Zum einen war Ferns Bauch so groß und rund wie ein Halloween-Kürbis, was sehr realistisch aussah. Dann waren sie *tatsächlich* müde und genervt von der Wohnungssuche, und sie hatten nicht viel Geld und nicht mal ein Kinderbett. (Sie hatten jetzt vor, das Baby in die oberste Schublade von Albert Andersons überzähliger Kommode zu legen, bis wieder Geld da war. Barney nahm an, dass sie die Schublade offen lassen wollten.)

Zwei Tage später war das Tandem in **Busby's Emporium** aufgetaucht, und danach hatte sich eins aufs Herrlichste zum anderen gefügt. Barney fand es einfach großartig, wie das immer lief, wenn er einen Film plante ... immer führte eine Idee zur nächsten, und zur nächsten und nächsten. Zum Beispiel war Ferns Baby zu früh geboren worden, weshalb Lovie einspringen musste, mit einem dicken Kissen vor dem Bauch. Aber dadurch hatten sie zum Glück ein *richtiges* Baby gehabt, das sie in die Krippe legen konnten. *Eins führte zum anderen.* Es war fantastisch. Himmlisch. Es war, sagte Barney ernst zu Ren bei einer ihrer Besprechungen, *die aufregende Alchemie des kreativen Prozesses.* Das hatte er in *DU WILLST ALSO FILMEMACHER WERDEN* gelesen und es in sein unregelmäßig geführtes Filmemacher-Journal abgeschrieben.

Doch leider war die aufregende Alchemie des kreativen Prozesses offenbar auf Tauchstation. Seit Feliz Navidad im Kasten war, hatten Barney keine neuen Ideen mehr heimgesucht. Am zweiten Weihnachtstag war er deshalb nervös und besorgt nach unten ins **Emporium** gegangen und durch die Räume geschlendert, um sich inspirieren zu lassen. Er hatte sich die Kostüme angeschaut; den Nippes und Kleinkram; die alten vollgeklebten Koffer, die Taschenuhren und die hässlichen Schmuckringe; den Schrank voller uralter gefährlich aussehender medizinischer Instrumente. Er hatte die große Glasvitrine mit der Sammlung von Salz- und Pfefferstreuern betrachtet. Er hatte vor Mrs Pankhurst, Kate Sheppard und Susan B. Anthony, den kopflosen Schneiderpuppen, gestanden. Er hatte die Noten in der Musikabteilung durchgeblättert und halbherzig über die alten Titel gelächelt. Nichts.

Dann hatte Barney sich auf ein viktorianisches Liegesofa gelegt und die Seiten von *GRIMMS MÄRCHEN* durchgesehen – eine alte Ausgabe vom Regal antiquarischer Bücher.

Bei einer Illustration der Stiefmutter in *SCHNEEWITTCHEN* blieb er hängen. Sie erinnerte Barney an Mia aus der Videothek **Toto's** gegenüber (eröffnet 1985). Mehr als einmal hatte Mia schon um eine Rolle in einem von Barneys Filmen gebeten. Sie war ganz *vernarrt* in die Leinwand, sagte sie. Und um die böse Königin zu spielen, müsste sie gar nicht viel schauspielern, dachte Barney. Mia war auch im richtigen Leben glamourös und ein bisschen grimmig.

Es gab auch genug Kinder in der High Street, um die sieben Zwerge zu besetzen, wenn man Lovies kleine Schwester Bingo mitzählte – was man aber wahrscheinlich nicht tun sollte. (Bingo hatte die Dreharbeiten zu Red Riding Hoodie zum Erliegen gebracht, indem sie sich weigerte, bewusstlos zu spielen. Barney hatte sie in der Tradition aller großen Filmregisseure sofort feuern wollen, aber Mum hatte es ihm verboten. Alle großen Filmregisseure hatten mit den Launen des Schicksals zu kämpfen, sagte sie, und seine war nun eben Bingo.)

Aber nein, eine Version von *Schneewittchen* konnte er unmöglich drehen. Das wäre respektlos. Schneewitchen und die sieben Zwerge nahm in Barneys persönlicher Filmgeschichte einen besonderen Platz ein. In den Jahren bis zu seinem sechsten Geburtstag hatte er keinen Film so sehr geliebt wie diesen (dann war er durch ein DVD-Box-Set von Star Wars verdrängt worden). Er hegte immer noch zärtliche und ehrfürchtige Gefühle für Schneewittchen. Und für Walt Disney. Er besaß immer noch die schwarzen Pumps und das blaue Schneewittchenkleid, das seine Mutter für ihn aufgetrieben hatte, damit er und Ren endlos Schneewittchen spielen konnten. (Ren war die böse Königin und alle sieben Zwerge.)

Barney hatte umgeblättert und las jetzt *Hänsel und Gretel*, dachte über das Pfefferkuchenhaus nach. Henrietta und Jack könnten die Kinder spielen. Lovie wäre eine gute Hexe – natürlich eine moderne: Vertreterin eines Fast-Food-Konzerns oder eine gierige Immobilienspekulantin. Oder sie könnte Süßwarenherstellerin sein, und dann wäre **Mrs Corry's** (eröffnet 1963) das Hexenhaus.

Ach, nee.

Er dachte über *RUMPELSTILZCHEN* nach, sein Lieblingsmärchen von den Gebrüdern Grimm. Aber darin gab es nicht genug Rollen, bloß jede Menge komischer Namen. Und überhaupt fehlte es all seinen Modernisierungsideen an *Frische* und *Überraschung*, beides Elemente, die Felix La Marche und Hal Nicholas besonders wertschätzten.

Barney hatte *GRIMMS MÄRCHEN* zugeschlagen und zog kurz einen Western mit Wasserpistolen in Erwägung.

Doch in seinem Kopf machte nichts *Klick* oder *Peng*. Die AufregendeAlchemieDesKreativenProzesses war anscheinend erstickt oder erdrückt worden, oder in Ohnmacht gefallen wie Schneewittchen, nachdem sie in den Apfel gebissen hatte.

»Titel?«, fragte Ren und riss die Augen hinter ihrer dicken Brille auf – ihr typischer Fischaugen-Blick.

»Hab noch keinen«, sagte Barney. »Und auch keine Ideen. Keine einzige.«

Er biss noch mal von dem grellgelben Wiesel ab und kaute trübsinnig. Das war ihm noch nie passiert.

So lange er sich erinnern konnte, waren ihm Filmideen zugeflogen. Er wäre nie darauf gekommen, das könnte einmal aufhören. Bei anderen Leuten vielleicht, aber doch nicht bei ihm.

»Was ist denn mit dir?«, fragte er. »Hast *du* eine Idee?« Es gefiel ihm nicht, wie Ren ihn anstarrte.

»Aber ich bin doch nicht die Kreative!«, sagte Ren. Sie wirkte schockiert. »Du bist doch der Autor und Regisseur.«

Das stimmte. Nachdem Barney zum ersten Mal *Du willst also Filmemacher werden* gelesen hatte, wies er Ren und sich selbst sofort offizielle Posten und Betätigungen bei Kettle Productions (KP) zu. Diese Methode, die Beschäftigten zu organisieren, hatten Felix La Marche und Hal Nicholas dringend empfohlen.

Ren war Produzentin/ Regieassistentin/ Besetzungschefin/ Ausstatterin/ Kostümbildnerin/ Location-Scout/ Caterer bei KP. Wer so viele Aufgaben auf sich vereinte, hieß bei Felix und Hal »Schrägstricher/-in«. Barney war natürlich auch Schrägstricher – so fingen alle großen Regisseure an. Doch je größer sie wurden, desto weniger Schrägstriche hatten sie im Titel. In der KP-Hierarchie stand Barney also fünf Schrägstriche über Ren.

Das machte Ren überhaupt nichts aus, weil Barney sich dafür sämtliche Geschichten ausdenken musste. Sie mochte lieber Geschichten, die man sich nicht ausdenken musste. Wahre Geschichten. Echte Menschen. Richtige Dinge. Und Logik. Ren gab Fakten und Strukturen den Vorzug vor Fantasien und Figuren. Sie hatte gern alles geordnet, und dass ein Schritt logisch auf den anderen folgte. Das war ihr hauptsächliches Interesse an KP. Als Schrägstrichkönigin musste/durfte Ren jedes noch so kleine reale Detail von Barneys Geschichten umsetzen. Sie konnte umfangreiche Listen von benötigten Gegenständen oder aufzusuchenden Orten aufstellen, sie konnte die Reihenfolge festlegen, in der alles erledigt werden sollte. Sie konnte Dinge von ihren Listen *streichen,* wenn sie erledigt waren, und Ausstreichen war so ziemlich Rens liebste Beschäftigung auf der Welt.

»Also, Herr Autor/Regisseur«, sagte Ren. »Idee und Drehbuch bitte. Dann kann ich anfangen zu arbeiten.« Sie richtete den Bleistift bedeutungsvoll auf die leere Seite.

Barney blieb stumm.

»Denk dir einfach erst mal irgendwas aus«, drängte Ren. Die Bleistiftspitze schwebte über dem Papier. »Einen *Arbeitstitel.*«

Barney schluckte das letzte Stück Wiesel herunter und seufzte.

»Ich glaube, ich habe eine Schreibblockade.«

Ren fing an, den Bleistift kompliziert zwischen den Fingern kreisen zu lassen, wie immer, wenn sie genervt und frustriert war.

»Passiert allen großen Künstlern«, sagte Barney.

»Davon habe ich noch nie gehört.«

»Das ist eben eine Blockade. Alles ist *blockiert.* Die Ideen und so.«

Bei diesen Worten fühlte Barney sich ziemlich furchtbar. Vielleicht war Schreibblockade ja eine richtige Krankheit. Wenn er es sich recht überlegte, hatte er tatsächlich Kopfschmerzen. Außerdem war ihm zugleich heiß und klamm. Er legte sich den Handrücken an die Stirn, wie Mum es tat, wenn sie krank waren. Eindeutig heiß. (Außerdem lag bei diesem Wetter sein Haar viel zu schwer auf seinem Kopf. Barney hatte eine Menge Haare. Ganz egal, welche Frisur – sein Haarschopf war immer mächtig.)

»Nimm einfach irgendeine andere Geschichte«, sagte Ren. »So wie sonst. Wie es in diesem Buch steht. Es gibt doch eine Million Geschichten, die wir verwenden können.« Sie schrieb Kurzfilm fünf auf die erste Seite, unterstrich die Überschrift und hörte auf, mit dem Stift zu spielen.

»Na komm, tu einfach, was die blöden Felix La Marche und Hal Nicholas sagen. *Los.*«

Barney legte die Arme auf den Tisch und den Kopf auf die Arme.

»Ich habe die Nase voll von Geschichten, bei denen wir schon wissen, wie sie ausgehen«, sagte er.

Er hob den Kopf, überrascht von dem, was ihm gerade über die Lippen gekommen war. Komisch. Er hatte gar nicht gewusst, dass er das dachte.

»Hm«, sagte Barney und setzte sich wieder gerade hin.

»Ich weiß gern das Ende«, sagte Ren. »Dann lässt sich alles so viel leichter organisieren.«

Barney betrachtete seine Schwester. Sie war so *anders* als er. Höchst erstaunlich, dass sie verwandt waren. Aber Ren schien glücklich und zufrieden, das musste er zugeben. Manchmal konnte er nur schwer begreifen, wie Menschen mit ihrem Leben zufrieden sein konnten, wenn sie nicht wie er waren. Mum war der Ansicht, das passe sehr gut zu seinem Größenwahn.

»Du *musst* irgendwelche Ideen haben«, sagte Ren. »Wahrscheinlich hast du sie schon, du weißt es bloß noch nicht.«

Der Stift kreiste.

»Ich könnte ja eine Liste deiner Beinahe-Ideen machen, also deiner Gedanken, einfach irgendwelche Einfälle. Woran hast du so gedacht? Erzähl es mir.« Sie strahlte ihn aufmunternd an, den Bleistift wieder schreibbereit.

Woran hatte er denn gedacht?, fragte Barney sich jetzt und vergaß seinen womöglich schmerzenden Schädel und die feuchtkalte Haut. Über solche Sachen zu sprechen machte immer Spaß; es war stets angenehm, über *sich selbst* zu reden.

Er ließ den bisherigen Tag vor seinem geistigen Auge passieren.

Im Bett hatte er sich heute Morgen zuerst mit Frühstücksmöglichkeiten beschäftigt: Toast mit Vegemite und Banane? Oder Toast mit Erdnussbutter und Banane? Oder Toast mit Banane und diesem komischen Brombeergelee, das ihnen Südinsel-Oma geschenkt hatte?

Nach dem Frühstück war er Albert Anderson und Art besuchen gegangen, die gerade vom Strandurlaub zurück waren. Albert hatte Lakritztee gekocht und eine Packung Kekse aufgemacht – *Chocolate Wheaten*, anscheinend die einzige Sorte, die er jemals aß, auch wenn Barney oft versucht hatte, ihn zu *Sultana Pasties* zu bekehren. Sie hatten über Schwimmen im Meer im Vergleich zu Schwimmen im See diskutiert. Und Marvel Comics im Vergleich zu DC. Art war mit Kopf und Vorderpfoten auf Barneys nackten Füßen eingeschlafen.

»Ich habe eine Weile über Batman und Superman nachgedacht. Und dann über Calvin und Hobbes. Und *dann* über Bluthunde und Schäferhunde und Spaniels, welche Rasse davon am besten ist.«

Ren schrieb *Batman, Spiderman, Calvin, Hobbes, Bluthund, Schäferhund, Spaniel* in einer Liste untereinander.

Barney sah die Wörter bewundernd an. Rens Rechtschreibung war perfekt. Seine eigene war irre.

»Und wofür hast du dich entschieden?«, fragte Ren; Barney merkte, der Bleistift war bereit für eine Unterliste.

»Schäferhund. Ist so schön wölfisch. Spaniels sind zu schusselig.«

»Bluthunde haben schöne Augen«, sagte Ren ein wenig melancholisch.

Sie konnten in ihrer Wohnung keinen Hund halten, aber sie sprachen oft über ihre Lieblingsrassen und dachten sich Namen für imaginäre Hunde aus. Barneys Favorit war derzeit McFly; Ren mochte den Namen Japheth. Hatte sie in irgendeinem Buch gelesen.

Später am Vormittag war Barney ins **Mediterranean** gegangen, um Battista zuzuschauen, wie er Pizzateig machte. Jack, dessen Eltern das **Mediterranean** gehörte, war im Cricket-Camp, aber Barney war auch ohne seinen Freund in der Küche willkommen. Wenn nicht zu viel los was, ließ Battista einen manchmal selbst den Teig kneten und dehnen und ausrollen. Er hatte Barney einen neuen Käse zum Probieren gegeben, ein Endstück Salami und Brot von gestern. Im **Mediterranean** gab es immer leckere Reste.

»Ich habe mir vorgestellt, Marco Polo zu sein«, sagte Barney. »Und die ganze Zeit herumzureisen.« Er dachte oft an Marco Polo, wenn er Battista gesehen hatte. »Marco Polo mit einer Videokamera.«

Ren schrieb *Marco Polo* auf.

Könnten sie einen Film über Marco Polo machen? Man konnte ihn allerdings schlecht die ganze Zeit auf der Seidenstraße herumlaufen lassen. Er musste irgendwo anhalten und eine Geschichte erleben. Aber was für eine Geschichte? Barney versuchte aus der brodelnden Masse *Zeugs* in seinem Kopf eine Idee herauszupressen.

Nichts.

Vom **Mediterranean Warehouse** war er zum **Gilded Palace** (eröffnet 1978) gegangen, um Benjamin zu treffen. Er kaute Salami und Brot und überlegte fröhlich, dass er sich auf der High Street den ganzen Tag reichlich durchfuttern konnte, ohne zwischendurch nach Hause zu gehen oder Geld auszugeben. Es war möglich, herumzuschlendern und seine alten und jungen Freunde zu besuchen und dabei ziemlich ausgewogen ernährt zu werden.

Man fand zum Beispiel immer etwas zu essen im **Sacred Fig** (eröffnet 2001), wo Edward und Henrietta wohnten – Reste vom Menü des vorigen Abends: *Tohu Jo* oder der berühmte Teeblattsalat, oder –

Barneys besonderer Favorit – Zahnkuchen, doch der war so lecker, dass nur selten etwas übrig blieb.

Im **Nut House** konnte man immer auf eine kleine Handvoll zum Mitnehmen zählen – meist Erdnüsse oder Sonnenblumenkerne, aber gelegentlich verteilten Phil und Pete auch frisch geknackte Walnüsse oder geröstete Mandeln.

Kirk, der Barista im **Hole-in-the-Wall** (eröffnet 2008), gab den Kindern der High Street am Ende des Tages immer gern übrig gebliebene Muffins und Kuchenstücke; das Gleiche galt für einen Tag altes Brot in der **Saturn Bar** oder im **Square**, oder leicht schrumplige Äpfel an Ted's Obst- und Gemüsewagen.

»Ich habe jede Menge an Essen gedacht.«

»Was für Essen?«, fragte Ren. »Beschreib es genauer.«

»Nein«, sagte Barney. »Ist doch Banane, eine Essensliste aufzuschreiben.«

Ren schrieb *Bananen* auf.

»Na gut, Nüsse«, sagte Barney widerwillig.

Ren notierte *Nüsse* und legte eine Unterliste mit sämtlichen Nüssen und Körnern an, die man im **Nut House** bekam.

»Ich muss doch irgendwas schreiben«, erklärte sie. »Sonst ist diese Besprechung sinnlos.«

Wenn Barney Benjamin besuchte, durfte er immer mit einer Möhre oder einem Stück Kohlrabi von Benjamins Vater Kazimierz rechnen, der Rohkostfan war. In allen Ecken von Kazimierz' Werkstatt lagen Gemüsetüten, raue, ausgebeulte Gefährten der glänzend polierten Werkzeuge, mit denen er arbeitete.

Gratis-Süßigkeiten gab es überall – Ananaskonfekt bei **Toto's**, mit Schokolade überzogene Kaffeebohnen im **Coralie's**, Fruchtkaubonbons bei **Hair Today**, scharfe kleine Pfefferminzdragees bei Gene, der ständig zu rauchen aufhörte. Und natürlich abgeschnittene Toffee-Ränder und Erdnusskrokantbruch und alte Minzbonbons im **Mrs Corry's**. Bei Bambi gab es Carob-Ingwer-Energieriegel, aber wie Ren einmal bemerkt hatte, rochen die nach Teer und schmeckten nach Schlamm.

Wie zur Bestätigung dieses großartigen Reichtums an Gaben kam Barney gerade rechtzeitig bei Benjamin an, um Kazimierz' Sieben-Gemüse-Rohkostsalat serviert zu bekommen.

»Ein fabulöses Füllhorn verschiedenster Farben«, hatte Kazimierz gesagt, als er Barney einen Teller hinstellte. Kaum zu glauben, dass Englisch nicht Kazimierz' Muttersprache war. Er hatte ein größeres Vokabular als alle anderen Anwohner der High Street. Außerdem war er der Einzige, der Albert Anderson mehr als zwei Mal beim Schach geschlagen hatte: Im **Coralie's** stand hinter der Theke eine kleine Trophäe, die es bezeugte.

»Ich habe überlegt, Vegetarier zu werden«, sagte Barney. »Ungefähr zwanzig Sekunden lang.«

Ren schrieb *Vegetarier, Veganer, Pescetarier, Fleischesser, laktoseintolerant, glutenfrei* und *Paleo-Diät* untereinander. Für jede dieser Kategorien gab es an der High Street lebende Beispiele.

Beim Verzehren des Sieben-Gemüse-Rohkostsalats erzählten Kazimierz und Benjamin Barney von ihrem Urlaub. Barney war ziemlich neidisch auf ihre Höhlenexpedition gewesen. Höhlentrekking klang *molto* toll. Eine Höhle wäre ein großartiges Filmsetting, fand Barney.

»Ich habe darüber nachgedacht, einen Satz Scheinwerfer zu besorgen.«

Ren schrieb *Scheinwerfer* auf, drehte den Bleistift dann geschickt und radierte das Wort wieder aus. Sie schrieb *Benötigte Ausrüstung* auf und darunter wieder *Scheinwerfer*. Und *Stativ*. Und dann – ohne für Barney ersichtlichen Grund – *Staubwedel*.

Nach dem Essen waren Barney und Benjamin zum **Little Wilt** spaziert, um Jonglieren zu üben. Sie probierten verschiedene Auftrittsmöglichkeiten für die offene Kategorie beim Straßenkünstlerfestival. Während sie jonglierten – oder genauer gesagt: Während sie ihre Jonglierbälle fallen ließen und wieder aufhoben –, ging Barney im Kopf alternative Nummern durch: Stelzenlauf; Feuerspucken; Schwertschlucken; Einradfahren … »Ich habe darüber nachgedacht, als lebende Statue bei der Offenen mitzumachen. Eine Leinwandfigur: vielleicht Professor Emmett Brown. Oder Chewbacca. Oder einen Doctor Who. Oder Krusty, oder Wolverine, oder …«

»Du könntest nie im Leben still stehen«, bemerkte Ren entschieden. Sie schrieb trotzdem alles auf. Die Seiten waren inzwischen von Substantiven überflutet.

»*Ich* könnte still stehen«, sagte sie, »aber ich würde keiner von denen sein. Ich wäre Typhus-Mary.«

Typhus-Mary kam in Rens aktuellem Lesestoff vor: *BERÜCHTIGTE FRAUEN DER WELTGESCHICHTE* von Martha G. Tapley, aus dem sie Barney gern laut vorlas. Er hatte die unschöne Geschichte von Typhus-Mary gerade heute Morgen anhören müssen, während er seinen Toast mit Vegemite und Banane aß. Ren arbeitete sich durch die Geschichtsabteilung der Bücherei. Sie war ein ebenso großer Bücherei-Fan wie Albert Anderson. Die Bibliothekare waren ihre Freunde. Sie brachte ihre Bücher immer pünktlich zurück. Neben Rens Namen würde niemals *Gesperrt/Strafgebühr* stehen.

»Es wäre ganz leicht, Kleider dafür zu finden«, überlegte Ren, »das könnte einfach irgendwas sein, aber ich hätte schwarze Hände mit fluoreszierenden roten Flecken, um zu zeigen, dass sie hoch ansteckend war.«

Sie schrieb *Typhus-Mary* auf.

»Das ist *dein* Gedanke«, sagte Barney, »und nicht meiner.«

»Wir brauchen jede Idee, die wir kriegen können«, sagte Ren. »Typhus-Mary wäre *molto* toll! Das sollten wir wirklich machen. Es könnte eine Retro-Typhus-Mary sein, dann würden wir die alten Kleider aus dem Laden nehmen.«

Ren war wirklich ziemlich schräg, dachte Barney nicht zum ersten Mal. Ihre Augäpfel berührten beinah die Brillengläser, so aufgeregt war sie. Alles Grauenhafte oder Katastrophale brachte sie in Fahrt: seltsame Krankheiten mit unaussprechlichen Namen, Mord, Epidemien, Attentate, Missbildungen, unglaubliche Unfälle. Vor Jahren war sie ganz besessen von Enthauptungen gewesen. Zum Einschlafen hatte Dad ihr ein Buch über die Frauen von Heinrich VIII. vorlesen müssen. Vor den *BERÜCHTIGTEN FRAUEN DER WELTGESCHICHTE* hatte Ren eine Geschichte der Pest gelesen – und Barney viel davon hören müssen.

»Nein«, sagte Barney, »es muss etwas sein, was *mich* wirklich fesselt. Ich bin der Regisseur.«

Aber was fesselte ihn denn jetzt gerade? Er wusste es nicht.

»EinRegisseurmussandiekreativeIntegritätseinerGeschichte glauben«, plapperte Barney anstelle einer echten Idee. Das war eine Zeile aus *DU WILLST ALSO FILMEMACHER WERDEN*. Er hatte sie in sein Filmemacher-Journal abgeschrieben, doch was sie genau bedeuten sollte, war ihm nur verschwommen klar.

Hinter ihnen ertönte ein erstaunliches Geräusch – ein ersticktes Husten, ein raues Aufjaulen, ein kurz aufbellendes, abgebrochenes Lachen – schwer zu sagen.

Barney und Ren fuhren herum – und sahen Suit, der sie erschrocken anstarrte, als hätten sie ihn bei einer illegalen Handlung ertappt. Sein sonst bleiches Gesicht war ein wenig gerötet, seine Finger nestelten an einer Papierserviette herum. Wieder machte er das Geräusch – vielleicht war es tatsächlich ein Lachen – und hielt sich hastig, die Augen groß und rund, die Serviette vor den Mund.

»Hi, Suit«, sagte Ren.

»Hallo, Ren«, antwortete Suit mit bebender Stimme. Er ließ die Serviette sinken. »Hallo, Barney.« Er zwinkerte rasch mehrmals hintereinander.

»Ich muss um Verzeihung bitten. Sehr schlechte Manieren, andere zu belauschen. Entschuldigt.« Doch wieder entfuhr ihm ein kurzes Bellen, und Suit presste sich die Serviette an die Lippen, um weitere unbotmäßige Geräusche zu unterdrücken.

Barney und Ren starrten ihn an. Sie wussten nicht recht, was sie sagen sollten.

»Tut mir sehr leid.« Suit ließ die Serviette wieder sinken. »Es war bloß ...« Er hüstelte und räusperte sich. »Es war bloß wegen *Retro-Typhus-Mary*. Wollte ich sagen. Und wegen der kreativen Integrität.« Wieder hob er die Serviette an die Lippen, denen sich dennoch ein Quieken entrang.

Barney war fasziniert. Wenn er es sich recht überlegte, konnte er nicht sagen, dass er Suit schon einmal lachen gesehen hatte. Hier und da ein kleines Lächeln, aber nie richtiges Lachen. Wie *interessant,* wie Albert Anderson sagen würde.

»Ach, du meine Güte«, sagte Suit und holte langsam tief Luft. »Ich glaube, es muss an der Hitze liegen.«

»Trink einen Schluck Wasser«, sagte Ren. Sie warf Barney einen blitzschnellen Blick zu.

»Retro-Typhus-Mary«, wiederholte Suit und nippte vorsichtig an seinem Wasserglas. Er zwinkerte wieder.

»Also wirklich, das ist sehr, sehr lustig«, sagte er sachlich. »Und darüber mit kreativer Integrität nachzudenken. Ihr wisst schon. Ich meine. Was soll ich sagen?« Wieder räusperte er sich.

»Ja«, sagte Suit. »Ja, wirklich.« Er stellte das Glas sachte zurück auf den Tisch und hatte sich wieder erholt.

»Ich bitte um Entschuldigung. Ich weiß, ihr habt eine Besprechung.«

Barney und Ren lächelten ihn an.

»Ideen entwickeln?«, fragte er höflich.

Sie nickten.

»Dann lasse ich euch arbeiten«, sagte Suit. Er stand auf, zog an seinen Manschetten, strich sein Jackett und seine Hosenbeine glatt. Er griff nach seiner Tasche. Er lächelte zaghaft.

»Dann wollen wir das Beste hoffen«, sagte er und ging zur Tür. Barney und Ren starrten ihm hinterher und auf die schwingenden Türen.

»Suit ist *soooo süüüüß*«, sagte Ren in Teeny Weeny Sweetie – das war die Stimmlage, die sie und Henrietta benutzten, wenn sie viel Aufhebens um Welpen oder Kätzchen oder sonst irgendwas Kleines machten – ihre liebsten Salz- und Pfefferstreuer oder die kleinen Brötchen und Fläschchen und Seifenstückchen im Puppenhaus. Oder Ferns und Hwans Neugeborenes Soo – dabei war die kein bisschen süß, fand Barney, sondern sah eher aus wie eine große schrumplige Tomate, ganz rot und zerknittert und als würde sie gleich aufplatzen.

»Was passiert wohl, wenn er jemals seinen Wecker verliert?«, fragte Ren. »Oder wenn es keinen Pflaumenplunder mit seiner Lieblingssorte ›Black Doris‹ gibt? Coralie legt ihm immer eine zurück, aber wer weiß, Black-Doris-Pflaumen könnten ja auch mal knapp werden.«

Ren schrieb *Black Doris* neben *Typhus-Mary* und dachte über das Namenspaar nach.

»Black Doris ist ein *hervorragender* Name. Sie hätte eine Freundin von Typhus-Mary sein können. Genau wie Mad Annie.« Sie schrieb auch *Mad Annie* auf, was in Wirklichkeit ein Rum-Cocktail war, den Coralie gern trank.

Es war nett von Coralie, dass sie Suit immer einen Black-Doris-Plunder aufhob, fand Barney. Und es war nett von Albert Anderson, sich bei seinen Mini-Filmfestival-Abenden nie über das laute Ticken des Weckers aufzuregen. Und nett von Pater Barry und Fern und Hwan, dass es ihnen gar nichts ausgemacht hatte, als der Wecker während des Taufgottesdienstes für die kleine Soo in der Basilika aus Versehen geklingelt hatte.

Die Menschen von der High Street waren ziemlich nett, fand er.

»Ich wollte schon immer mal zuschauen, wie Suit eine Armbanduhr macht«, sagte Ren versonnen.

Aber *machte* Suit tatsächlich Uhren, dachte Barney, oder reparierte er sie bloß? Und wie viele Leute trugen eigentlich heute noch Armbanduhren? Suit musste im Juwelierladen auch noch andere Sachen machen. Komisch, sie wussten alles über Suits Angewohnheiten, aber nichts über seine Arbeit.

Ren schrieb *Armbanduhren* auf.

Darunter schrieb sie *Blumen, Farne, Weiden, Karten.*

Darunter *Comics.*

Dann *Stifte, Pinsel, Farbe.*

Barney sah tatenlos zu und dachte über Suit und seine komische Art nach, über seine kleinen Geheimnisse. Aber alle Menschen hatten ihre kleinen Geheimnisse, nahm er an. Sie hatten Mütter, die man nicht kannte, oder unbekannte Freunde unter den Kollegen oder Lieblingsfiguren im Fernsehen, oder sie hatten Angst vor Autowaschanlagen, oder sie aßen niemals Weingummi, oder sie konnten nicht schwimmen, oder sie hatten mal in Dar-es-Salaam gelebt oder solche Sachen. Albert Anderson zum Beispiel. Dessen Eltern hatte Barney noch nie gesehen; er hatte immer geglaubt, Albert Anderson sei als Erwachsener geboren worden. Oder Bambi. Erst neulich hatte Mireille ihnen erzählt, dass Bambi zwölf Jahre lang als Trapez-Artistin im Zirkus aufgetreten war!

Ren schrieb jetzt sehr flüssig und zügig, so wie bei ihren Schulaufgaben, die immer viele Seiten lang wurden. Wie ihre Briefe. Sie schrieb Briefe an ihre beiden Großmütter, aber gelegentlich auch an den Stadtrat oder an Geschäfte oder öffentliche Einrichtungen, um deren Augenmerk auf bestimmte Unannehmlichkeiten zu richten. Aber das hier waren bloß Substantive. Was sollte man mit Substantiven anfangen? Das waren doch keine Ideen. *Postkarten, Gaslampen, Figurenkrüge* – das ergab alles keinen Sinn.

Reis, schrieb Ren. *Süßsaure Suppe, Teeblattsalat, Algengelee.*

Aha, so ging das also. Man konnte die Substantive in Mengen zusammenfassen. Süßsaure Suppe, Teeblattsalat und Algengelee war gleich …

»**The Sacred Fig**«, sagte Barney. Er las die Liste noch einmal.

Armbanduhren, Blumen, Farne, Karten, Comics, Bleistifte, Pinsel, Farbe, Süßsaure Suppe, Teeblattsalat, Algengelee …

Brasilien, schrieb Ren.

Brasilien? Was zum …?

Pekan, Mandel, Macadamia –

»Nüsse«, sagte Barney. »Das **Nut House**. Die hast du doch schon alle aufgeschrieben.«

»Jetzt mache ich was ganz anderes«, sagte Ren.

Stecknadeln, Nähnadeln, Baumwolle, Maßband …

Barney stand auf und schaute seiner Schwester über die Schulter. Jetzt war es ein Spiel: Rens Hand und der Bleistift rasten wie verrückt und fütterten Barney mit Hinweisen. Hastig blätterte sie um und schrieb weiter, die Bleistiftspitze wurde rasch weicher und breiter, die Buchstaben dicker.

Nähmaschine, Overlock, Schneiderkreide …

»**Zipper**!«, sagte Barney.

Kleider, Lederjacken, Röcke, Schneiderpuppen, Klavier, Salz- und Pfefferstreuer …

»Unser Laden!«, rief Barney. »Ich weiß, was du machst!«

Busby's Emporium lag neben der Änderungsschneiderei **Zipper** (eröffnet 2003), die wiederum über **Ping's** lag, und im Haus daneben war das **Nut House**, und daneben **Sacred Fig**, und daneben **Comic Strip**, und daneben schließlich **Forget-Me-Knot**!

Ren und ihr Bleistift wanderten auf der Ostseite die High Street entlang. Sie schrieben die Dinge auf, die man in all den Geschäften fand, all die Sachen, die Leute dort machten, verkauften, kochten, sammelten, reparierten ...

»Du hast Hwan und Fern vergessen.«

»Aber deren Arbeit ist nicht in ihrer Wohnung«, sagte Ren ganz vernünftig. »Und ich glaube, Hwan bewahrt alle seine Arbeitsgeräte im Laster auf.« Hwan war Gärtner. Fern war Gefängnisaufseherin, machte allerdings gerade ein Jahr Babypause.

Zwischen den Blumen und den Comics fügte Ren in ganz kleiner Schrift *Handschellen* ein und *Brown Betty* – so hieß ein Nachtisch im Gefängnis –, aber als Barney den Namen jetzt geschrieben sah, fiel ihm auf, dass es auch eine weitere potenzielle Freundin von Typhus-Mary sein könnte.

Und Ren schrieb immer noch: *Lavendelöl, Wassermusik, Decke aus Kusufell, Walfotos (**Stella's Massage**, eröffnet 2005). Kokos-Pilze, englisches Toffee, Birnen-Drops, Pfefferminz (**Mrs Corry's**). Papier, Kopierer, Heftmaschine (**Dale's Copy Centre**, eröffnet 2009) ...*

Barney spürte das ganz leise *Plopp* einer Idee, weit hinten in einem Winkel seines Hirns. Er wollte sie noch nicht näher betrachten, weil sie womöglich wieder verschwand.

»Ich bin *fertig* mit Felix La Marche und Hal Nicholas«, sagte er stattdessen.

Wieder war er überrascht. Er hatte nicht gewusst, dass er das dachte, bis er es aussprach. Aber jetzt erkannte er, dass es stimmte. Für ihn war die Zeit gekommen, sich von Felix und Hal zu trennen. Es war genauso wie vor ein paar Jahren, als er gedacht hatte, Wilton Maxwell würde für immer sein bester Freund bleiben, bis er eines

Dienstags in der Schulmittagspause plötzlich begriff, dass er Wilton Maxwell eigentlich gar nicht leiden konnte, denn er jammerte ziemlich viel und machte manchmal gemeine Witze über Ren und ihre dicke Brille.

Du willst also Filmemacher werden war hilfreich gewesen, das ließ sich nicht leugnen, aber tatsächlich hatte Barney die Nase voll von Hals und Felix' rechthaberischen Vorschriften. Von ihren ganzen *sollte* und *muss* und ihrem ständigen Herumreiten auf der *Heldenreise*. Er musste ausbrechen. Das war vielleicht illoyal, aber er musste einfach etwas anderes machen, er brauchte …

»*Ich* habe schon immer die Nase voll von ihnen gehabt«, sagte Ren, die fieberhaft kritzelte. »Die glauben, sie regieren die Filmwelt. Und sie haben gruselig weiße Zähne. Guck mal! Ich bin jetzt schon auf der anderen Straßenseite. Wer ist das? Füllfederhalter, Aktenordner, rosa Gummibänder, Büroklammern, iPhone, die Mail.«

»Willy Edwards«, sagte Barney unkonzentriert. Sein Kopf war mit einem aufblühenden Gedanken beschäftigt.

Er beobachtete Rens Hand und den Bleistift und die wackligen Worttürme; sie sahen aus wie verschnörkelte Säulen, die von oben nach unten gemeißelt wurden. Das Ploppen in Barneys Hinterkopf wurde lauter und ein wenig hartnäckiger.

Rens schräge Säulen, diese Listen, waren eine Art Code, dachte Barney. Sie waren eine Wörter-Zeichnung der High Street, ihrer Geräusche und Gerüche und Gestalt, ihrer Geschäftigkeit und Gewohnheiten. Sie waren so etwas wie die Kulissen, Requisiten und Kostüme eines Films. Und all diese Wörter, diese Dinge, diese *Substantive* waren auch ein Code für einen Haufen Leute: die Menschen der High Street. Die *Figuren* der Straße. Die *Beset…*

Ein knallbuntes Kaleidoskop aus Farben und Geräuschen explodierte in Barneys Kopf.

»Oh mein Gott, Ren«, sagte er. »Ich glaube, ich habe gerade eine Idee.«

»Na *endlich*«, sagte Ren. »Mein brillanter Plan funktioniert. Ich bin so ein Genie.«

»Die *High Street* kann die Geschichte sein«, sagte Barney. »Alle, die an der Straße leben und arbeiten, sind die Besetzung. Wir haben also das Ensemble und die Location und die Kulissen und die …«, Barney unterbrach sich und holte tief und zittrig Luft, »… wir haben *alles* – es ist alles *da.* Verstehst du nicht?«

»Nicht direkt«, sagte Ren. Sie blätterte wieder um und schrieb *Yukata, Obi, Hakama, Zori, Washi …*

»Es wird ein *Dokumentarfilm*«, sagte Barney und hörte das Wort leicht erschrocken und überrascht. Es kam ihm vor, als würden die Worte, die über seine Lippen drangen, ihm etwas erzählen, als würde er Dinge erst ein paar Millisekunden nachträglich erkennen, *nachdem* er sie gesagt hatte. Das war heute schon mehrere Male passiert. Er musste in eine neue kreative Zone vorgedrungen sein. Die AufregendeAlchemie war endlich doch voll funktionstüchtig.

»Es wird um die High Street gehen und um alle ihre Menschen. Und es ist genau das, was ich vorhin gesagt habe. Nur habe ich es da nicht geschnallt. Bin ich ein Trottel!«

Er schaute Ren ernst an. *»Jedes Gebäude hat interessante Bewohner. Jedes Bauwerk quillt über vor Geschichte und bemerkenswerten Geschichten. Ein Paradies für Filmemacher.«*

»Das hast du überhaupt nicht gesagt.«

»Aber gedacht«, sagte Barney, der sich wieder erinnerte. Schien schon sehr lange her zu sein. »Das war eine Idee, aber ich habe es nicht gemerkt.«

»Aber in einem Dokumentarfilm gibt es keine Schauspieler«, sagte Ren. »Und man braucht keine Kulissen und Requisiten zu organisieren. Da ist alles schon da.«

»Keine Schauspieler ist doch toll!«, sagte Barney. »Niemand, der vom Set wegläuft. Es sind bloß wir und alle, die wir kennen, und die sind *sie selbst* …« Er stand auf, ganz überwältigt von der Pracht seiner Idee. Jetzt fühlte er sich kein bisschen mehr blockiert, auch nicht erhitzt oder müde. Er fühlte sich großartig.

»Wir gehen einfach in alle Läden und stellen ihnen Fragen, und dann *passiert* der Film einfach. Brillant. Genial. *Perfekt.*«

»Wenn du *wir* sagst, meinst du eigentlich *dich*«, sagte Ren. Ihr Ton hatte eine gewisse Schärfe. »Du wirst die Kamera halten. Wie üblich. Ich sehe da für mich überhaupt nichts zu tun.«

Sie neigte den Kopf und fing wieder an zu schreiben. Sie blieb so beharrlich dran wie Kiwi Keith an einem Knochen.

Anzüge, Krawatten, Hüte, Socken, Schirme, Einstecktücher …

Brummel's: Men's Design (eröffnet 2002).

»Aber warte mal, *warte.*« Barney griff nach Rens nicht schreibendem Arm. »Zum Beispiel **Brummel's**. Da gehen wir rein und bringen Claude dazu, über seine seltsamen Ansichten zum Thema Männermode zu sprechen. Und dann fragen wir ihn Sachen wie ›Warum hast du deinen Namen von Kevin zu Claude geändert?‹ und ›Wieso glaubst du, dass Flipflops das Ende der Zivilisation bedeuten?‹. Und dann lassen wir uns von ihm seine Lieblings-Outfits vorführen. Und er könnte Ratschläge zur richtigen Kleidung geben. Er könnte mich als Modell nehmen …«

»Du hast Hausverbot«, sagte Ren und schüttelte seine Hand ab. Sie schrieb *Brieftasche, Männerduft, Manschettenknöpfe.*

»Nicht ich«, sagte Barney. »Bloß mein T-Shirt.«

Claude hatte Barneys Lieblings-T-Shirt als abartig und als Schandfleck beschrieben, als eine Beleidigung der edlen Tradition der Herrenbekleidung. Das T-Shirt war ausgeleiert und schmuddelig, hintendrauf stand in großen Lettern DIRECTOR, vorne war ein Bild von George Lucas' haarigem Gesicht. Barney hatte es in der **T-Shirt Factory** am nördlichen Ende der High Street drucken lassen. Er war sehr zufrieden mit dem Ergebnis und erlaubte nur sehr selten, dass es gewaschen wurde.

»Klingt immer noch nicht so, als hätte ich irgendwas zu organisieren.« Sie zog den Reißverschluss ihrer Federtasche auf, nahm den Anspitzer heraus und begann ihren Bleistift anzuspitzen. Dabei starrte sie Barney mit ihren Fischaugen an.

»Da wird es jede Menge geben«, sagte Barney. »Keine Angst. Zunächst mal Einverständniserklärungen. Davon brauchen wir einen ganzen Haufen. Wir müssen von allen die Erlaubnis einholen. Das sind richtige Verträge. Willy Edwards wird uns helfen. Du machst so gern Formulare, weißt du doch.«

Barney plapperte, und das wusste er selbst; er hatte den Tonfall angeschlagen, mit dem er Ren immer zu überzeugen versuchte und den er im Lauf der Jahre perfektioniert hatte. Ren war unverzichtbar. Er übertrieb gar nicht – es würde tatsächlich jede Menge zu organisieren geben. Und Ren war so gut darin; sie war der geborene Schrägstrich, sie machte all die Sachen, die er nicht ausstehen konnte. Sie hielt ihm den Rücken frei für die AufregendeAlchemieDesKreativenProzesses.

Gerade jetzt wollte Barney zum Beispiel ausschließlich über das

Ensemble nachdenken, das ein Dokumentarfilm möglich machte, ein brandneues, völlig anderes: ein kooperatives Ensemble, davon war er überzeugt. Da waren Phil und Pete: Sie konnten endlose Geschichten über ihre Reisen auf der Suche nach Nüssen erzählen. Und Li Mai und Ping würden über China reden und wie sie ihre Zelte auf der High Street aufgeschlagen hatten. Willy Edwards konnte von den Todesdrohungen berichten, die er bekommen hatte. Und Dick Scully – der sprach immer von der Geschichte der Straße, er kannte sie ganz von Anfang an, als die Gegend wirklich noch ein Sumpf gewesen war.

Und man konnte so viel zeigen, dachte Barney verzückt. Die Straße selbst natürlich – das ständige Kommen und Gehen; die Außenansichten von Gebäuden, die wirklich von historischer Bedeutung waren (Dads Worte); der prachtvolle Kastanienbaum ... Und dann das Innere der Geschäfte und Häuser, das war auch alles ziemlich interessant, wenn man es sich so überlegte – das Bajonett aus dem Burenkrieg im **His Lordship's**, die Reihen herrlicher Kimonos und Origami-Vögel, die im **Mulberry's** (eröffnet 1997) von der Decke hingen, das eigenartige würfelförmige Bauwerk im hinteren Teil des **Comic Strip**, das vollständig aus *Beano*-Comicmagazinen bestand, die raffinierten Skulpturen und Schmuckstücke aus Fundsachen, die Izzy auf den Regalen ihres Ateliers ausstellte ...

»Also, Herr Autor/Regisseur«, sagte Ren. »Bisher habe ich genau eine Sache zu organisieren.« Sie stach mit dem frisch gespitzten Bleistift auf die Seite des Produktionsbuchs ein, und ärgerliche kleine Löcher erschienen überall auf dem Blatt.

Barney riss sich selbst aus den Gedanken über die Ausstattung der High Street und betrachtete Rens pockennarbige Heftseite.

Dokumentarfilm: Die High Street hatte sie die Seite überschrieben. Darunter stand *A: Einverständniserklärungen*.

Er schnappte Ren den Bleistift aus den Fingern und schrieb *B:*

»Wie schreibt man ›Vorproduktionsrecherche‹?«, fragte er. Ren schnappte sich den Bleistift zurück und schrieb das Wort auf.

»Und das«, sagte Barney, »ist eine Menge Arbeit. Das ist ein ganz eigener Schrägstrich. Und *C:*« – jetzt zählte er an den Fingern ab – »*Fragen*. Du musst mir helfen, welche auszudenken. *D: Zeitplan* natürlich. Du musst ausarbeiten, welcher Laden wann und in welcher Reihenfolge und so weiter und so fort.«

»Wenn du ›und so weiter und so fort‹ sagst, ist das normalerweise ein gutes Zeichen«, sagte Ren.

Sie schenkte Barney ein Beinahe-Lächeln. »Das heißt, du bist in der Zone.«

Sie schaute die neue Liste an und blies zustimmend die Backen auf.

»Gut«, sagte sie. »Jetzt bin ich auch in der Zone. Dieser Zeitplan wird *riesig* werden. Dafür brauche ich ein größeres Buch.«

»Na los«, sagte Barney. »Fangen wir gleich an. Wir *können* nämlich gleich anfangen, weil wir keine Schauspieler brauchen. Los, wir gehen die beiden Seiten der Straße entlang und fragen die Leute. Komm, komm!«

Auf einmal war Barney wieder ganz heiß, aber diesmal lag es an den vielen Möglichkeiten und dem Ziel, das vor ihm lag. In seinen Adern sprudelte das Blut, wie immer am Anfang eines Films. Er wollte in fünfzig verschiedene Richtungen gleichzeitig starten. Er fühlte sich leicht und schwungvoll und ein bisschen taumelig, so wie eins der Flugzeuge aus Balsaholz, die Albert Anderson und Gene am *Poppy Day* zur Erinnerung an die Toten der Weltkriege immer in Schwadronstärke bei **Montgomery's** vom Balkon fliegen ließen.

»Los!«

Ren klappte das Produktionsbuch zu und steckte Bleistift und Anspitzer wieder in die Federtasche. Sie schien nachzudenken.

»Da ist bloß noch eine Sache.«

»Was denn?«

»Es gibt im Grunde keine Geschichte«, sagte Ren ein wenig widerstrebend. »Es gibt Geschich*ten*, klar, die Geschichten von allen Leuten. Aber keine richtige Geschichte mit Anfang und Mitte und Ende. Du hast keinen Helden.«

»Von dem ganzen Kram habe ich genug«, sagte Barney. Er strich sich mit großer Geste die Haare aus dem Gesicht und ging auf die Schwingtüren zu. »Außerdem *haben* wir einen Anfang. Wir fangen mit **His Lordship's** an. Und dann gehen wir auf der Straßenseite Richtung Norden und dann auf dieser Straßenseite wieder südwärts und enden am **Mediterranean**. Also, da haben wir ja auch ein Ende. Und die High Street ist der Held.«

»Ich dachte, du hast genug davon, das Ende schon zu wissen.«

Ren war so *pingelig*.

»Wir wissen nur *wo*, nicht *wie*«, sagte Barney. Was für eine hervorragende Antwort, dachte er.

Sie schoben sich durch die Tür hinaus auf die Straße und blinzelten ins grellweiße Sonnenlicht.

»Unser neuer Drehort.« Barney lächelte die Straße mit großem Wohlwollen an.

Sie betrachteten die Aussicht in nördlicher Richtung – die Sonnenbadenden am **Little Wilt**; das Regenbogenbanner am **Yoga**

Room, der schlaff in der Nachmittagsflaute hing; die alte Parkbank unterm Kastanienbaum, auf der nie jemand saß, wegen des vielen Starendrecks.

Sie schauten nach Süden, vorbei an der Klapptafel vor **Montgomery's**, auf der in einem Buchstabenquadrat senkrecht, waagerecht, diagonal und rückwärts das Wort *Books* zu finden war; vorbei an Claudes erlesen gekleideter Schaufensterpuppe »Beau«, die sich im Eingang von **Brummel's** leger auf ihren Weißdorn-Spazierstock stützte; vorbei am **Gilded Palace**, aus dessen offenem Fenster die hellen Saitenklänge einer Mandoline drangen; vorbei an den hohen Gebäuden der Fachhochschule; an den grünen Kronen breiter Eichen; an den Kuppeln der Basilika; ganz bis hin zu den Port Hills, die strohgelb und dunstig in der Ferne schimmerten.

»Weißt du, was?«, sagte Ren.

»Was denn?«

»Das **Mediterranean** ist gar nicht das letzte Gebäude auf dieser Seite. Das ist das **Postamt**. Da muss der Film enden.«

Das **Postamt**. Natürlich.

Das imposante alte Bauwerk war schon seit Jahren kein **Postamt** mehr, obwohl über den Fenstern des obersten Stockwerks immer noch POST OFFICE in den Stein gehauen war. So war das bei vielen anderen Geschäften der High Street. Sie verrieten ihr früheres Leben immer noch der vorbeiziehenden Welt – verwittert oder gesprungen oder übergestrichen: STACK'S BICYCLES stand über **Ping's**; SQUIRE'S FINE MEATS unter der Markise des **Nut House**; und über den Fenstern von Izzys Wohnung prangte die verschnörkelte Inschrift AMODEO & CO.

Seit es kein **Postamt** mehr war, hatte das Gebäude – in dieser Reihenfolge – ein Steuerbüro, ein Tätowierstudio, eine anarchistische Kunstgalerie und ein griechisches Restaurant beherbergt, doch jetzt stand es schon eine ganze Weile leer. Es wartete auf jemanden mit einer guten Geschäftsidee, um es wiederzubeleben. Die Fenster des mehrstöckigen Hauses waren mit Brettern vernagelt, da die Scheiben eingeschlagen worden waren.

Dick Scully war ganz und gar nicht glücklich über den Anblick des verwahrlosten Gebäudes und hatte ein Schild gemalt, das quer über die Doppeltür des Haupteingangs hing. BETRETEN VERBOTEN stand in massigen Großbuchstaben darauf. Und darunter: ZUWIDERHANDLUNG WIRD BESTRAFT. AUSNAHMSLOS. Einmal hatte jemand mitten in der Nacht die Aufschrift verändert, so dass dort stand: ZUWIDERHANDLUNG WIRD BEZAHLT. AUSNAHMSWEISE.

»Das **Postamt** vergesse ich immer«, sagte Barney abwesend. Ihm war etwas ins Auge gesprungen. Er hockte sich hin und steckte den Kopf unter einen von **Coralie's** Außentischen. »Es tut mir irgendwie leid.«

»Es ist so groß, aber wir sehen es trotzdem nie so richtig«, sagte Ren. »Was machst du denn da?«

Barney war inzwischen ganz unter den Tisch gekrochen und hob eins der schweren eisernen Stuhlbeine an. Unter dem Fuß war etwas eingeklemmt.

»Da ist was«, sagte er, kroch rückwärts heraus und stand auf, wovon ihm leicht schwindelig wurde.

Er drehte das »Was« um. Es war ein weißer Umschlag, auf den vorn ein einziges Wort geschrieben stand: DU.

»DU wer?«, fragte Ren und musste lachen. Sie nahm Barney den Umschlag aus der Hand und befühlte ihn am Rand.

»Ich?«, sagte Barney. »Ich habe ihn gesehen.« Er beobachtete Ren, wie sie den Umschlag untersuchte. »Aber den konnte jeder sehen. Du hättest ihn auch vor mir entdecken können.«

»Irgendwas Flaches und fast Quadratisches«, sagte Ren. Sie waren erfahrene Umschlagtaster. Die Briefe von Nordinsel-Oma waren zu langen Rechtecken gefaltet und dick wie Bücher; manchmal fanden sich Überraschungen zwischen den Seiten: kleine Papiergeschenke oder Abzeichen oder flache Süßigkeiten.

»Du kannst DU sein«, sagte Ren und gab ihm den Brief zurück. »Du hast ihn ja gefunden.«

Jeder Gedanke an den Dokumentarfilm war für den Moment ausgelöscht. Sie standen beide ganz still und starrten den Umschlag an, der schmucklos und fesselnd auf Barneys Handfläche lag. Das DU war von Hand geschrieben, mit einem dünnen schwarzen Filzstift, und zweimal kräftig unterstrichen.

»Vielleicht hat jemand ihn aus Versehen da liegenlassen.«

»Den Stuhl hebt man nicht aus Versehen hoch«, sagte Barney.

Es war natürlich gar nicht korrekt, Briefe an andere Leute zu öffnen. Das wussten sie beide.

»Vielleicht hat ihn jemand unter ein wackliges Stuhlbein gesteckt und ihn dann vergessen. Vielleicht sollten wir Laurel fragen.«

Barney sah noch einmal auf die Rückseite des Umschlags. Kein Absender.

Sie sahen einander an, dann den Brief.

Dann beugte sich Ren vor. Ihre Augen schienen zu pulsieren.

»Mach ihn auf!«, sagte sie.

(Das war der allererste Umschlag, Moo. Ich habe den Inhalt natürlich erst sehr viel später gesehen. Genau wie alle anderen. Barney und Ren wussten nämlich von Beginn an: Dieses Geheimnis würden sie für sich behalten. Sie wussten gar nicht genau, wieso sie niemandem davon erzählten. Vielleicht war das ein Fehler. Schwer zu sagen.

Ich habe dir ja schon von den Umschlägen erzählt. Aber ich habe dir nicht verraten, was drinsteckte.

Dies ist ein offenes Kapitelende, Moo. Du musst umblättern, wenn du es herausfinden willst.)

ZWEITES KAPITEL

Ende Januar: Buch auf, Kamera ab

Ren lag zusammengerollt und zufrieden auf der Strickdecke auf ihrem ordentlich gemachten Bett. Ihr Kopf war aufs Kissen gebettet. Sie las *Obacht! Lumpenpack* von Kate Beaton, ihrer liebsten Webcomic-Zeichnerin. Deren Netzkarikaturen waren jetzt zum ersten Mal als Buch erschienen, und an diesem Nachmittag hatte Ren es endlich vom **Comic Strip** nach Hause tragen können. Albert Anderson hatte es hinter der Ladentheke für sie aufbewahrt, bis sie es vollständig abbezahlt hatte. Es hatte fünf Wochen und einen eifrigen Frühjahrsputz gebraucht, Mum das Geld zu entlocken.

Barney war unten im **Emporium** und arbeitete für Dad. Auch er verdiente Geld, um ein Dreifuß-Stativ abzuzahlen. Unerlässlich für die Doku, sagte er.

Solange Barney arbeitete, hatte Ren den Umschlag in Verwahrung. In der letzten Woche hatte Barney ihn in Besitz genommen, hatte ihn in der Hosentasche mit sich herumgetragen. Er schaute ihn sich gern noch mal an, erzählte er Ren; ihm gefiel die Überraschung, das DU wieder vor sich zu sehen. Er tat gern so, als wüsste er nicht, was drinsteckte, und öffnete den Umschlag dann und …

Ren lehnte *Obacht! Lumpenpack* an den Bücherstapel auf ihrem Nachttisch. Es war auf der Seite mit den »Radiumaugen« aufgeschlagen, was so ziemlich ihr liebster Strip war: Marie Curies Augen, aus denen tödliche Radiumstrahlen schossen.

»Wieso hast du so viel Spaß am Makabren?«, hatte Mum mal wieder gefragt. »Das ist eine höchst unschöne Neigung.«

»Aber es ist witzig«, sagte Ren. Sie war ihrer Mutter durch die Wohnung gefolgt und hatte laut »Huaah ha ha!« gerufen, wie Marie Curie in dem Comicstrip, »Huaah ha ha!«. Sie hatte eine Version der Radiumaugen ausprobiert. »Siehst du?«

Ihre Mutter sah leidend aus. So wurde sie meist in den Ferien. Sie hatte zu viel Zeit: Also nahm sie Ren und Barney genau unter die Lupe und beschloss, dass sie problematische Neigungen entwickelt hatten. In der Schulzeit war es besser, weil sie da genug mit ihrer Klasse beschäftigt war; es war sehr viel einfacher, wenn sie fünfundzwanzig andere Kinder unter die Lupe nehmen konnte.

Ren zog den weißen Umschlag unter ihrem Kissen hervor. Auf keinen Fall durfte sie ihn auf dem Nachttisch oder der Kommode herumliegen lassen, wo ihre Eltern ihn sehen konnten.

Sie hob die Umschlaglasche und zog den Inhalt heraus. Barney hatte Recht. Es war jedes Mal wieder überraschend.

Im Umschlag hatten sie ein »Zine« gefunden: ein Heftchen, bestehend aus einem DIN-A4-Blatt, so clever gefaltet, dass daraus ein kleines achtseitiges Büchlein ohne Bindung wurde, zehn mal sieben Zentimeter groß.

Ren und Barney hatten es sofort erkannt. Sie wussten alles über Zines. Albert Anderson hatte eine beträchtliche Sammlung im **Comic Strip**, alle Größen und Themen, alle mit ganz einfachen Mitteln gefertigt (Stifte, Papier, Klebstoff, Hefter, vielleicht ein bisschen Kopieren) und alle zum Preis von zwei Dollar zu haben. Barney hatte Ren eines zu ihrem letzten Geburtstag geschenkt; es hieß *SACHEN, DIE ICH AUF KEINEN FALL ZUM GEBURTSTAG KRIEGEN WILL*. Zu diesen Sachen gehörten: eine Stoffpuppe mit nur einem Auge, ein Büßerhemd, ein zuckerfreier Kuchen und ein Hello-Kitty-Teppich. Der Autor hatte jeden Gegenstand gezeichnet und ihre Geschichte beschrieben. Es war zwar nicht Kate Beaton, brachte Ren aber trotzdem zum Lachen.

In der Schule hatten sie im letzten Jahr selbst Zines gebastelt. Barney und Ren waren im selben Kurs gewesen: Er war aus zwei Jahrgängen zusammengestellt und Ren hatte die fünfte Klasse übersprungen. Edward war das ganze Schuljahr an Barneys Stelle empört gewesen.

»Du dürftest einfach nicht deine *Schwester* in der Klasse haben«, sagte er. »Das ist doch unnatürlich. Du solltest dich weigern, zur Schule zu gehen. Ich würde das, wenn Henrietta eine Klasse überspringt.« Das hatte er in Rens Beisein gesagt, aber sie war nicht beleidigt. Edward war ein bisschen wie sie: Er sagte, was er dachte.

»Dann ist sie eben schlau«, sagte Barney. »Daran bin ich gewöhnt. Aber ich bin immer noch älter.«

»Das stimmt«, sagte Ren. »Und immer noch größenwahnsinnig.«

Es war interessant, in Barneys Klasse zu sein, vor allem wegen Barneys häufiger Meinungsverschiedenheiten mit Ms Temple.

Da war zum Beispiel das Zine-Projekt. Die hervorstechende Eigenschaft eines Zines, hatte Ms Temple der Klasse gesagt, war seine Kürze. Sie konnten schreiben oder zeichnen, was sie mochten, aber sie hatten dafür *nicht mehr* als acht Seiten Platz. Das sei eine hervorragende Disziplin-Übung, sagte Ms Temple, die eine große Freundin von straffen Regeln war. Sie würden lernen, auszuwählen, zu verfeinern, zu bearbeiten.

Wie so oft, wenn er mit Ms Temples Vorgaben konfrontiert wurde, hatte Barney irgendwie festgestellt, dass er sich gerade an die

Beschränkung auf acht Seiten *nicht* einlassen wollte. Es waren ja eigentlich bloß sechs, beschwerte er sich bei Ren, weil zwei davon ja Titel und Rückseite waren. Also hatte er stattdessen vier Acht-Seiten-Zines gefaltet und sie alle zusammengeheftet, so dass zweiunddreißig Seiten daraus wurden.

Das entsprach jedoch nach Ms Temples Ansicht ganz und gar nicht dem Geist der Zine-Übung. Barney hatte ihr direkt widersprochen, dass sowohl seine Idee als auch die AufregendeAlchemieDesKreativenProzesses für acht Seiten zu groß seien. Ms Temple hatte Barney so lange angestarrt, dass es sehr unbehaglich wurde. Dann hatte sie schwer geseufzt und bemerkt, dass Barney noch keiner Bedingung oder Regel begegnet war, die er sich nicht zu umgehen genötigt fühlte.

»Aber«, fügte sie im Weggehen hinzu, »diese enttäuschende Angewohnheit ist *dein* Problem, Barney, nicht meines.«

Dieser Dialog war beispielhaft für zahlreiche Auseinandersetzungen zwischen Barney und Ms Temple. Ren nahm es Ms Temple nicht übel; sie kannte Barney ja. Sie wusste Ms Temple zu schätzen, denn die war wunderbar organisiert. Außerdem eine große Freundin von Vernunft und Logik. Ren war sehr zufrieden damit, noch ein weiteres Jahr in Ms Temples Klasse zu verbringen. Barney war höchst erfreut, sie loszuwerden.

Barneys Zine war ein ausgefeiltes Szenenbuch für einen kleinen Film namens Invasion der Aliens. So hieß er vor allem wegen Barneys äußerst limitierter Zeichenkünste – bauchige Außerirdische mit ovalen Köpfen und Froschaugen waren seine Spezialität. In Invasion der Aliens gab es exotische Schauplätze, ein ungeklärtes Geheimnis und einige exzellente Explosionen – auch die konnte Barney ohne große

Probleme zeichnen. Ms Temple hatte das Werk mit »C minus« benotet und vorgeschlagen, er solle erstens den Lesern die Befriedigung eines *aufgedeckten* Geheimnisses bieten und zweitens in zukünftigen Erzeugnissen sinnlose Gewalt und übertriebenes Chaos vermeiden.

Der Rest der Klasse hielt sich klaglos an das Acht-Seiten-Limit.

Benjamin hatte sechs Haikus über Glasierte (Bio-)Nager geschrieben.

Lovie hatte sechs Tuschzeichnungen von Figuren der High Street angefertigt, darunter Izzy, die einen langen goldenen Zopf wie Rapunzel trug, und Darius, den Jazzstudenten, der gelegentlich als lebende Statue Geld verdiente.

Jack hatte eine Anleitung zum Backen einer echten neapolitanischen Pizza in sechs Schritten geschrieben und kleine Fotos dazugeklebt.

Ren hatte ein Gedicht in sechs Versen über das Dahinscheiden einer Familie in der Pestzeit verfasst und mit Mikroskop-Aufnahmen von Flöhen illustriert.

Man konnte sein Zine danach der Schulbibliothek spenden, so dass alle an der **Kate Sheppard School** es lesen konnten, doch Barney hatte von dieser Möglichkeit keinen Gebrauch gemacht, und Ren wusste auch, warum nicht. Er wollte nicht, dass irgendjemand die schlechte Note sah.

Es war natürlich möglich, dass das Zine, welches Ren jetzt in Händen hielt, von irgendjemandem aus Ms Temples Klasse gemacht worden war.

»Und falls es jemand aus unserer Klasse war«, hatte Barney überlegt, »dann müsste es doch ein Kind sein, das an der High Street wohnt, meinst du nicht?«

»Nein«, antwortete Ren. »Erstens kommen die anderen Kinder auch andauernd hierher. Zweitens sind außer Jack und Benjamin alle weg. Drittens, wenn es Jack oder Benjamin gewesen wären, dann wüssten wir es. Die können kein Geheimnis für sich behalten.« Makellose Logik.

Das Zine hieß *ORANGE BOY LEBT*. Der Titel war in sauberen Großbuchstaben auf die Vorderseite geschrieben, aber im Inneren fand sich kein einziges Wort: Die Geschichte war in Bildern erzählt, in kleinen, sorgsam ausgeführten Bleistiftzeichnungen, die Ren und Barney inzwischen praktisch auswendig kannten.

Ren mochte Geschichten ohne Worte ganz gern, wenn sie gut waren, aber Barney war ein richtiger Fan. Sein absolutes Lieblingsbuch war Shaun Tans *EIN NEUES LAND*, das seine Geschichte vollständig in Bildern erzählte. Es war ein Stummfilm als Buch.

»Das ist das Tollste an Büchern ohne Worte«, hatte er zu Ren gesagt. »Die sind praktisch wie ein Film.«

Und das Tolle am Film war, sagte Barney immer, dass man nichts *lesen* musste – ausgenommen natürlich Filme mit Untertiteln. Die mied er aber wie der Teufel das Weihwasser. Er wollte hören und schauen, aber nicht auf Wörter, wenn es sich irgendwie verhindern ließ; besonders gern hatte er es, wenn er sich *nicht* mit Schriftlichem aufhalten musste.

ORANGE BOY LEBT war also genau sein Fall.

»Dabei kriege ich ein ganz komisches Gefühl«, sagte er am ersten Abend zu Ren, als sie es wieder und wieder lasen. »Jedes Mal, wenn ich es anschaue, kommt mir der Gedanke, dass ich *tatsächlich* das DU auf dem Umschlag bin. Unheimlich.«

Aber *warum*?, fragte sich Ren. Sie fanden keine Antwort.

Orange Boy war ein magerer Junge mit dünnen Haaren und einem kleinen Gesicht. Er trug eine Daunenjacke, die ihm beinahe bis zu den Knien ging. Es war nicht ersichtlich, wieso er Orange Boy hieß, denn die Bilder waren schwarz-weiß. Vielleicht war es seine Jacke. Vielleicht waren es seine Haare. Vielleicht auch seine Sneaker: Die waren ebenfalls übergroß und hingen wie Soßenschüsseln am Ende seiner spindeldürren Beine.

»Vielleicht isst er Orangen«, sagte Ren.

Ren stand nicht auf komische Gefühle, aber Orange Boy interessierte sie trotzdem. Jedes Mal, wenn sie das Heftchen ansah, mochte sie ihn lieber. Ihr gefiel die kleine Lücke zwischen seinen unteren Schneidezähnen. Ihr gefiel, dass er ein Nachthemd trug und keinen Pyjama. Ihr gefiel, dass seine Knubbelknie unterm Nachthemd hervorschauten.

Sie hatten die Seiten gemeinsam betrachtet und zu begreifen versucht. Jede Seite war in kleinere Panels unterteilt; jedes Panel zeigte eine Szene aus Orange Boys Tagen und Nächten. Orange Boy mit seiner schläfrigen Katze. Orange Boy geht mit seinen beiden langbeinigen Hunden eine Vorstadtstraße entlang. Orange Boy schießt mit Freunden einen Rugbyball durch die Gegend. Orange Boy malt ein Gesicht auf einen Rugbyball. Orange Boy spielt Schlagzeug. Orange Boy zu Hause mit zwei Erwachsenen, die zu beiden Seiten eines Kamins saßen und lasen. Orange Boy in der Nacht, eine schmale Mondsichel war durchs Fenster zu sehen, zwei Teddybären unter seinem Bett verstaut.

Weit und breit war keine Orange zu sehen, allerdings jede Menge andere Lebensmittel: Orange Boy isst mit seiner Familie Hühnchen zu Abend. Orange Boy sitzt mit einem Kumpel auf einer Parkbank und isst ein Subway-Sandwich. Orange Boy isst an Weihnachten eine Zuckerstange von unten nach oben.

»Also«, fasste Ren zusammen, denn so ging sie Rätsel immer an, »*ORANGE BOY LEBT*. Er hat eine Katze und zwei Hunde und heimlich Teddys. Er wohnt in einem kleinen Haus mit seinen Eltern …«

»Großeltern«, sagte Barney. »Sie sehen eher nach Großeltern aus.«

»Sie sehen aber nicht wie unsere Großeltern aus«, sagte Ren, und das stimmte auf jeden Fall. Nordinsel-Oma war groß, trug einen Bob und schicke Kleider; sie arbeitete in einem Ministerium. Oma und Opa von der Südinsel waren kräftig gebaut und abgehärtet und trugen meistens Outdoor-Kleidung, denn sie hatten eine Obstplantage. Die Großeltern von Orange Boy waren klein und ein wenig gebeugt und trugen Brillen. Ihre Kleidung war altmodisch. Der Mann benutzte manchmal einen Gehstock; die Frau trug oft einen Korb.

»Sie sind wie Großeltern aus *Geschichten*«, sagte Barney, und Ren erkannte sofort, dass er Recht hatte. Und dann sah sie, dass auch die langbeinigen Hunde Geschichten-Hunde waren – Dalmatiner. Und die schläfrige Katze und die Teddybären waren wie jede dösige Katze und jeder glasäugige Teddy, die man in Dutzenden Bilderbüchern über Katzen und Teddys gesehen hatte.

»Aber wer *ist* er?«, fragte Ren.

»Orange Boy? Oder der Zeichner?«

»Könnte derselbe sein«, sagte Ren. »Es könnte autobiografisch sein.«

»Wahre Geschichten«, fügte sie nach kurzer Pause hinzu, als wüsste Barney das nicht. »Meine liebste Art von Literatur.«

»Das hieße *definitiv* ein Besucher der High Street. Aber wir haben hier niemanden gesehen, der aussieht wie er, und auch keine Dalmatiner.«

Hin und her und her und hin drehten sie alles, spekulierten wild über die Bilder, über die Identität des Autors – ein *echter* Orange Boy oder ein ausgedachter?

Und wie war es mit der Möglichkeit von Geheimkurieren? Vielleicht war das ein Spiel, das der stets listige Albert Anderson sich ausgedacht hatte – der schließlich auch in den letzten fünf Jahren die große High-Street-Ostereiersuche organisiert hatte und auf jeden Fall alles über Zines wusste. Oder könnte es einer der Künstler der Straße sein? Oder ein Schach spielender Student? Aber Izzy war mit ihrem Freund, dem Unveröffentlichten Dichter, in Urlaub gefahren. Genau wie Thomas, der Designer, der über dem Landkartenladen am Square wohnte. Genau wie alle Studenten der Fachhochschule, die sich am Ende des Semesters sofort in Luft auflösten; es würde noch zwei Wochen dauern, bis sie wieder auftauchten.

»Es könnte jemand sein, auf den wir nie kommen würden«, sagte Barney. »Jemand mit einem verborgenen Talent. Der eigentlich etwas ganz anderes macht. Jemand wie …«

»Dale?«, sagte Ren. Das fanden sie beide sehr witzig. Dale gehörte **Dale's Copy Centre**, und er redete hauptsächlich über thermochromatische Druckertinte und Risographie oder den Toshiba Studio 3055c mit 35 S/M mehrfarbig und 65 S/M schwarz-weiß und digitalem Multifunktionsdisplay. Dale hatte anscheinend keinerlei Interesse an Kunst und schon gar nicht an Kopierkunst, an der Barney und Jack sich einmal versucht hatten, indem sie ihre Hände und Gesichter auf Dales hochgeschätztem ColorQube 8900 kopierten.

Insgesamt war es sehr unwahrscheinlich, dass Dale der Autor

von *Orange Boy lebt* sein könnte. Bei jeder Menge Leuten von der High Street war es ebenso unwahrscheinlich. Marcel aus dem **Toto's** zum Beispiel, der schmerzhaft introvertiert war und meistens im Hof hinterm Laden saß, wo ihn kein Fremder ansprechen konnte. Oder Dr. Beverley aus dem Ärztezentrum, der seine Zeit, wenn er sich nicht um Patienten kümmerte, ausschließlich mit Krocket verbrachte – mit Spielen, Zuschauen, Darübernachdenken. Oder Mary Scully, die fünfzehn Enkelkinder hatte, aber keine Ahnung von Dingen wie Smartphones oder Snapchat oder Online-Shopping oder Zines.

»Aber«, sagte Barney bei einer dieser längeren Diskussionen, »mal ehrlich, *ganz ehrlich,* was wissen wir schon? Wer weiß, was Marcel im Hinterhof von **Toto's** treibt? Er könnte ein heimliches Zine-Genie sein.«

»Er bestellt neue Filme«, sagte Ren. »Und liest Filmzeitschriften. Und macht um die Ecke gedachte Kreuzworträtsel.«

»Und löst sie meistens«, fügte sie nach kurzem Nachdenken an.

»Siehst du«, sagte Barney, »das wussten die meisten wahrscheinlich nicht von ihm. Ich wusste es auch nicht.«

Ren wusste es, weil sie manchmal selbst in den Hof hinter **Toto's** ging und mit Marcel Kreuzworträtsel löste. Ren löste sie immer vollständig.

Die Wahrheit war aber auch, dass Dale zwar fast ausschließlich über Kopierer sprach und seine Geräte jeden Morgen liebevoll mit einer eigens angemischten alkoholischen Reinigungslösung einsprühte, aber auch erstaunlich viel über alte Western wusste. Damit hatte er alle bei Albert Andersons Mini-Western-Festival verblüfft. Barney hatte Recht. Bei Menschen lernte man *nie* aus.

»Und Dr. Beverley hat mir mal erzählt, dass sein Name ›Biberfluss‹ bedeutet«, sagte Ren.

»Was hat das denn mit irgendwas hier zu tun?«

»Weiß ich eigentlich auch nicht«, sagte Ren.

(Es war der Überraschungseffekt, fiel ihr später ein. Dr. Beverley plauderte nicht, wenn man ihn im Ärztezentrum aufsuchte. Er war immer sehr geschäftlich und redete nur über Symptome und Rezepte. Aber diese Information hatte sie auch eines Nachmittags an Teds Obst- und Gemüsewagen bekommen. Dr. Beverley kaufte gerade Saubohnen.

»Da ist ja die kurze Kettle«, sagte Ted, als sie auf seinen Wagen zuging.

Und da hatte Dr. Beverley ihr erzählt, dass sein Name Biberfluss bedeutete.

Seit der Entdeckung des Zines hatten Barney und Ren viel Zeit damit verbracht, alle Anwohner der High Street im Hinblick auf eine mögliche Autorschaft zu beurteilen. Das war ziemlich unterhaltsam. Das Rätsel war gerade mal eine gute Woche alt, aber es hatte den letzten Tagen ihrer Ferien schon ein neues Aroma, eine neue *Wachheit* verliehen. Jetzt kamen ihnen alle, denen sie auf der Straße begegneten, eine Winzigkeit faszinierender vor.

Und jetzt steckte auch die Straße selbst voller neuer Möglichkeiten. Sie suchten sie nach neuen Päckchen ab, nach aufblitzendem Weiß, nach dem dreieckigen Rand eines Briefumschlags: unter einem Stuhlbein; in eine Ritze des Rinnsteins geklemmt; oben auf einer Ladenmarkise; raffiniert in eine Schaufensterdekoration eingebaut oder ganz dreist auf einer Ladentheke.

Das taten Barney und Ren, weil sie sicher waren, dass ein weiterer Umschlag auftauchen würde. Es war bloß eine Frage der Zeit und ihrer Wachsamkeit. Sie waren aus einem guten Grund so sicher über den zweiten Umschlag. Unter den Worten *ORANGE BOY LEBT* auf dem Titel des Zines hatte die römische Ziffer *I* gestanden. Der richtige Titel lautete also *ORANGE BOY LEBT I*. Und ein *I* zog unweigerlich ein *II* nach sich. Vielleicht sogar ein *III* und ein *IV*. Wer konnte schon wissen, wie viele?

Aber auf jeden Fall würde es ein zweites geben.

Ren schob *ORANGE BOY LEBT* wieder in den Umschlag, steckte die Lasche in die Rückseite und legte den Umschlag wieder unter das Kissen.

Ihr hellblauer Wecker auf dem Nachttisch zeigte 14 Uhr 58. Sie wartete.

Genau um 15 Uhr krachte Barney in ihr Zimmer. Er hatte Dads Handy mit Rens Wecker synchronisiert. Drei Uhr nachmittags war der vereinbarte Termin für eine Krisensitzung von Kettle Productions in Rens Zimmer. (Barneys Zimmer war zu chaotisch; in der Unordnung konnte Ren nicht richtig denken.)

Die Krisensitzung war die Folge ihres ersten Drehtags für Die Unerzählte Geschichte. (Den Titel hatte Ren sich ausgedacht. Sie war sehr zufrieden damit.) Der erste Tag war mit großer Euphorie losgegangen und sehr schnell außer Kontrolle geraten.

»Bereit?«, fragte Barney.

»Bereit.« Ren griff nach *OBACHT! LUMPENPACK* und schlug die Seite mit *Anne von den Ärmeln* auf. Insgeheim fand sie, dass Kate Beatons Darstellung der *ANNE AUF GREEN GABLES* ihr ziemlich ähnlich sah – Ren von **Busby's Emporium**. Annes Haare waren zu Zöpfen geflochten, so wie Rens auch manchmal, und über ihre Wangen und Nase zog sich ein reizender Streifen Sommersprossen. Insgeheim fand Ren ihre eigenen Sommersprossen bezaubernd.

Barney warf sich in den ramponierten Sitzsack, den Ren nur in ihrem Zimmer duldete, damit Barney sich nicht auf ihrem Bett breitmachte. Sie hasste es, wenn ihr Bett zerwühlt wurde. Im Sitzsack war nicht mehr genug Füllung, so dass Barney sich erfreulich hineinlümmeln konnte. Das tat er nun und schlug einen seiner liebsten Tim-und-Struppi-Bände auf – *Flug 714 nach Sydney*. Sie lasen beide, entschlossen und schweigend.

Krisensitzungen begannen immer mit stillem Lesen, denn Barney behauptete, so könne man am besten über Filmprobleme nachdenken. Das Entscheidende dabei sei, sagte er, eben *nicht* zu denken, sondern in seinem Fall, *Tim und Struppi* zu lesen, und in Rens Fall – irgendwas zu lesen. Und irgendwie – das Werk der AufregendenAlchemie, glaubte Barney – irgendwie würde dann ein Teil ihres Hirns Tim und Struppi folgen – oder wem auch sonst –, während in einem geistigen Hinterzimmer gleichzeitig große und kleine Filmprobleme gelöst würden. Es war überraschend, wie oft so tatsächlich Probleme gelöst wurden, auch wenn Ren die Logik keineswegs einleuchtete.

Barney las sehr langsam und bedächtig und kaute dabei auf der Unterlippe. Ren blätterte rasch um und versuchte, nicht laut aufzulachen (das störte, sagte Barney), obwohl das heute schwerfiel, denn die Comicstrips waren rasend komisch. Und ganz bestimmt nicht für Mutteraugen bestimmt. Ren las gerade *Muttermord*, als Barney *Flug 714* knallend zuklappte, zur Seite warf, seinen langen Körper streckte und den Sitzsack platt drückte, bis er praktisch waagerecht lag. Er faltete die Hände auf der Brust und schloss die Augen. Seine Haare standen überm Kopf ab wie ein exzentrischer Hut.

»Wirst du mir jetzt deine Träume erzählen?«, fragte Ren.

»Witzig«, sagte Barney humorlos.

Ren wartete wieder. Sie hatte Erfahrung darin, sich in Geduld zu üben. Das gehörte dazu, wenn man Barneys Schwester und Schrägstrichkönigin war. Filmemachen, hatte Albert Anderson einmal gesagt, war die Kunst der Geduld. Da Barney in dieser Hinsicht keinerlei Fähigkeiten besaß, nahm Ren an, dass sie diese Kunst umso perfekter beherrschen musste.

»Die Sache ist die«, sagte Barney mit geschlossenen Augen und sehr langsam, als würde er beim Sprechen etwas durchdenken: »Es gibt *immer* Probleme. Filme machen heißt Probleme lösen.«

»Vielen Dank, Felix La Marche und Hal Nicholas«, sagte Ren abfällig. Trotz seines Bruchs mit Felix und Hal zitierte Barney sie noch ziemlich häufig.

»Und unser Problem ist, dass Leute *vom Thema abweichen*«, sagte Barney.

Ren kicherte. *Vom Thema abweichen* war ein Lieblingsausdruck von Ms Temple, den sie oft auf Barney bezog.

»Also«, folgerte Barney, »ist die Sache ganz einfach. Wir müssen die Leute *beim Thema halten.*« Er drehte den Kopf, schlug die Augen auf und sah Ren an.

»Vielen Dank, Albert Einstein«, sagte Ren. Als wäre sie darauf nicht schon selbst gekommen.

Gestern hatten sie Dick und Marie Scully in der Bar des Hotels **His Lordship's** gefilmt. Es war überhaupt nicht gut gelaufen.

Die Planung und Vorbereitung für Die Unerzählte Geschichte war ziemlich geradlinig gewesen. Im Lauf der letzten Woche waren sie auf der High Street von Tür zu Tür gegangen und hatten Teilnehmer angeworben. So gut wie alle waren angetan, die Reaktionen hatten von vorsichtiger Unterstützung bis zu vollständiger Begeisterung gereicht.

»Gar keine so dumme Idee«, sagte Dick Scully, der sich oft in Verneinungen ausdrückte.

»Ein hervorragendes Projekt«, sagte Suit. »Bitte lasst mich wissen, wenn ich irgendwie behilflich sein kann.«

»Ich freue mich *wahnsinnig*«, sagte Sylvie. »Wirklich *wahnsinnig*, dass ihr meine Geschichten hören wollt. *Und* mich beim Tanzen filmen wollt. Jetzt werde ich noch mehr üben.« Sie hatte den Fuß auf die Barre gelegt und den Körper nach hinten gebogen. Sie sah aus wie ein seltenes Satzzeichen.

Sogar Marcel war bereit mitzumachen. Mia hatte ihn überraschend angeboten.

»Er hat gar kein Problem damit, in die Kamera zu sprechen«, sagte Mia. »Nur Menschen findet er schwierig.« Marcel hatte, verriet Mia ihnen, in einigen Studentenfilmen von der Fernsehakademie mitgespielt.

Bei Menschen lernte man wirklich *nie* aus.

Der Einzige, der die Mitarbeit verweigerte, war Izzys Freund, der Unveröffentlichte Dichter. Seine Zeit war kostbar, sagte er, er brauchte jeden freien Augenblick zum Schreiben. Ren war nicht überrascht. Der Unveröffentlichte Dichter war ein empfindlicher Mensch. Seine Reaktionen konnte man nie vorhersehen. Aber es war schade, dass er nicht im Film auftreten würde. Er sah sehr gut aus. Und seine Kleidung war stets verwegen: Er trug gestreifte Hosenträger und lila Wildlederschuhe, und manchmal, im Sommer, einen steifen Strohhut.

Nach der Einwilligung der meisten Anlieger hatten Barney und Ren sich fieberhaft in die Vorproduktion gestürzt. Ren hatte einen Zeitplan erarbeitet. Den ursprünglichen Gedanken, die Straße auf einer Seite aufwärts und auf der anderen wieder zurück abzuarbeiten, hatten sie fallengelassen, da auf alle beruflichen und häuslichen Verpflichtungen Rücksicht genommen werden musste. Doch immerhin würden sie mit **His Lordship's** anfangen und am **Postamt** aufhören. Da es im **Postamt** weder Kunden noch Angestellte gab, hatten sie vor, die Geschichte des Gebäudes selbst zu erzählen.

Ren hatte Freigabe-Erklärungen aufgesetzt, wie Barney sie ihr diktiert hatte, und Willy Edwards hatte einen Blick darauf geworfen. Barney hatte seinen Kontostand überprüft und festgestellt, dass sich sein Guthaben auf genau 3 Dollar 25 belief. Nicht annähernd genug für ein Stativ.

»Hütet euch vor allen Unternehmungen, die neue Kleider verlangen«, sagte Dad, als Barney ihn um einen Kredit in Höhe von 35 Dollar 75 bat, den er mit harter Arbeit im **Emporium** zurückzahlen wollte. »Das hat Henry David Thoreau gesagt. Und der wusste so ein oder zwei Sachen.«

»Ich will das Ding ja nicht *anziehen*«, sagte Barney. »Es ist ein Werkzeug. Ein unverzichtbares.«

»Das sagst du immer«, antwortete Dad.

Das stimmte allerdings. Aber meistens hatte er auch Recht, überlegte Ren, und diesmal ganz bestimmt. Die Interviews würden lange dauern, und es würden viele sein. Barneys Arm würde müde werden und schmerzen. Ohne Stativ würde er sehr schlechte Laune kriegen.

Dad hatte sich schließlich bereit erklärt, die 35 Dollar 75 vorzuschießen, aber erst, nachdem er online gesucht und sich für ein Dreifuß-Stativ ausgesprochen hatte, das bloß 19 Dollar kostete.

»Für bessere Qualität muss man auch mehr bezahlen«, sagte Barney. »Dafür hält sie länger. Wieso musst du immer feilschen?«

»Ich bin ein Trödelhändler«, sagte Dad. »Kaufen und Verkaufen ist mein Beruf. Feilschen liegt mir im Blut. Und du, mein lieber Freund, hast einen kostspieligen Geschmack.«

»Trödelhändler« klang so, als würde Dad mit einem alten Karren herumfahren und Ramsch verkaufen – aber das tat er nicht. Und Feilschen lag ihm auch ganz bestimmt nicht im Blut. Sein Vater war Lehrer gewesen und hatte nie im Leben irgendwas verkauft. Dad übertrieb gern mal.

Barney übertrieb ebenso gern. Das hatte Ren unzählige Male erlebt. Er konnte es einfach nicht abstellen. *Das* war es, was ihnen im Blut lag.

»Dieser Dokumentarfilm wird *grandios*«, verkündete Barney am ersten Drehtag.

Sie waren auf dem Weg zu **His Lordship's**, die Kamera umgehängt, das brandneue Weifeng WT-330a-Dreibeinstativ in der zugehörigen Tasche und dazu noch eine dritte Tasche. Darin befanden sich Rens Klemmbrett und ihre Federtasche; Barneys Segeltuch-Klappstuhl; zwei Wasserflaschen; eine Packung *Huntley & Palmer Cracker*; eine Packung *Sultana Pasties* – Schokoladenwaffeln mit Rosinenfüllung, ihr liebster Dreh-Snack; und eine Tüte Äpfel einer alten Sorte von der Plantage ihrer Großeltern. Es war noch früh – 6 Uhr 49. Sie hatten vier Stunden Zeit zum Filmen, bis die Hotelbar um 11 Uhr öffnete, und eine lange Liste von Fragen für Dick und Marie.

»Das wird *grandios*, Ren. Und außerdem bahnbrechend«, sagte Barney.

Ren beobachtete Barney aus dem Augenwinkel. Seine Schultern waren nach hinten gedrückt, er ging und sprach schneller als üblich, er sah größer aus, sogar sein Haar wirkte noch üppiger. Bestimmt hatte er dieses luftige Gefühl im Kopf, von dem er ihr schon so oft erzählt hatte. So war Barney immer am ersten Drehtag: überzeugt von der unerreichten Pracht und Genialität des im Entstehen begriffenen Films. Es war ansteckend.

»Wir sind so gut vorbereitet und organisiert«, sagte Ren. »So gut vorbereitet und organisiert waren wir noch nie. Ich bin ungewöhnlich entspannt.«

»Das liegt daran, dass es keine Schauspieler gibt«, sagte Barney. »Die sind immer das drohende Gewitter. Sie bringen die traumhafte Grandiosität immer zum Platzen.«

»Hallo, Barney. Hallo, Ren.«

Die Stimme kam aus dem Nichts, und beide zuckten erschreckt zusammen.

Es war Suit, der genau um 6 Uhr 50 aus seiner Seitengasse kam und zur Arbeit ging.

»Hallo, Suit«, sagte Ren und blieb stehen. Suit trug seinen Anzug für montags, mittwochs und freitags. Es war ein glänzend grauer Anzug aus Kammgarn; die Krawatte war blassblau mit schwarzen Schrägstreifen.

»Der erste Drehtag, wenn ich mich nicht irre«, sagte Suit. »Ich hoffe, es läuft gut.«

»Wir sind *sehr* gut organisiert«, sagte Ren. »Und optimistisch.«

Suit blieb nicht stehen. Er winkte auf seine unbestimmte Art, bog elegant vom Fußweg auf die High Street ein und ging Richtung Norden.

»Die Sache ist doch«, fuhr Barney fort, als hätte es gar keine Unterbrechung gegeben, »dass kein Schauspielen nötig ist, und das ist gut. Das ist sogar das Beste. Und Dick und Marie sind erwachsen. Sie benehmen sich immer gut. Wir können uns absolut darauf verlassen, dass sie keine Probleme machen werden.«

Doch wie sich herausstellte, konnten auch Erwachsene auf ganz unerwartete Art Probleme machen. Die Scullys spielten nicht übertrieben und stritten auch nicht mit Barney und verließen auch nicht das Set. Natürlich nicht. Sie waren voller Freude und Begeisterung. Sie waren gastfreundlich, boten Mineralwasser und Chipstüten von der Bar an. Sie waren in jeder Hinsicht ungeheuer kooperativ, abgesehen von der Kleinigkeit, dass sie keine von Barneys und Rens Fragen wirklich beantworteten. Oder vielmehr, dass sie nur die erste Frage beantworteten, und das *absurd* lange.

Barney hatte Dick und Marie auf Barhocker vor die Theke gesetzt, damit die Fotos, Erinnerungsstücke und Postkarten hinter der Theke mit im Bild waren. Kiwi Keith stand eifrig hechelnd neben Dick. Natürlich würde er das ganze Interview über sabbern, wusste Ren, und das war ziemlich eklig, aber Die Unerzählte Geschichte sollte eine ganz und gar ungeschminkte Doku werden.

»Also«, sagte Barney, schaltete die Kamera ein und grinste Ren an, während die Kassette in Position glitt. »Wie schon gesagt, es ist alles ganz entspannt. Wir stellen Fragen, und ihr seid ganz ihr selbst.«

»Wir haben vergessen, wie sie selbst sind«, stöhnte Ren später.

»Grrrfaglrglm«, spuckte Barney (oder so ähnlich). Nach dem Scully-Interview war er so niedergeschlagen gewesen, dass er sich mit dem Gesicht nach unten auf den Sitzsack geworfen und jeden Kommentar verweigert hatte.

Dick Scullys Selbst war eine Mischung. Er war freundlich und leutselig und immer hilfsbereit, doch er war außerdem – das ließ sich nicht leugnen – ein großer Besserwisser, und wenn er mal mit einer Geschichte oder einer Beschwerde losgelegt hatte, war es ungeheuer schwer, ihn zu stoppen. Maries Selbst war dagegen ganz gradlinig: Sie war praktisch und nüchtern und hörte Dick immer gern zu.

»Mein Name ist Richard John Scully«, beantwortete Dick Rens erste Frage. (*Sagt uns, wer ihr seid und was ihr tut.*) Sein mächtiges Kinn war vorgeschoben, und er sprach die Kamera in ungefähr der gleichen Tonlage an wie Ms Quinn bei der Morgenfeier die gesamte **Kate Sheppard School** in der großen Halle.

»Ich bin das zweite von neun Geschwistern – fünf Jungen und vier Mädchen –, geboren und aufgewachsen an der Westküste dieser Insel. Meine Eltern haben ebenfalls ein Hotel betrieben. Sie waren harte Arbeiter irischer Abstammung. Ich wurde nach dem großen Pre-mi-er-minister Richard John Seddon benannt, einem früheren Einwohner Westlands.«

Ren hörte auf, sich zu ihrer großartigen Vorproduktionsorganisation zu beglückwünschen, oder zu der noch großartigeren Liste von Fragen auf ihrem Klemmbrett, und machte sich bewusst, dass Dick höchst eigenartig klang. Er sprach langsam und monoton und schien sich einen seltsamen neuen Akzent zugelegt zu haben.

»Vielleicht liegt doch mehr in einem Namen, als die Menschen sich vorstellen, ho, ho, ho«, sagte Dick.

Ren rückte nah an Barney heran, der auf seinem Klappstuhl saß. Sie kniff ihn sanft in den Rücken. Barney blieb entschlossen nach vorn gewandt und behielt den LCD-Bildschirm im Auge.

»... denn *ebenso* wie Richard John Seddon bin ich ein Gast-wirt, oder, wie manche es nennen, ein Ho-te-li-er, oder, wie viele heutzutage in diesen modernen Zeiten sagen ... ein *Barmann.* Mit meiner Ehefrau Marie betreibe ich seit drei-und-zwan-zig Jahren und vier Monaten **His Lordship's Hotel** hier in der High Street ...«

Hier holte Dick kurz Luft, zwinkerte Marie zu – die stocksteif auf ihrem Barhocker saß und ernst in die Kamera starrte – und tätschelte Kiwi Keith freundlich den Kopf – dem jetzt tatsächlich ein langer Faden elastischer Spucke vom Maul hing.

»In diesen drei-und-zwan-zig Jahren und vier Monaten haben sich die unterschiedlichsten Dinge hier auf der High Street er-eig-net, wie wir euch berichten können«, leierte Dick. »Im allerersten Jahr unserer Geschäftsführung gab es bei-s-piels-wei-se zwei eigenartige Vor-komm-nisse, die in die Annalen der Straße eingegangen sind. Anwohner der High Street haben oft schon ge-äu-ßert, dass ich der Hüter dieser Annalen sei – das kom-mu-na-le Ge-dächt-nis sozusagen –, und daher ist es mein Vorrecht und Vergnügen, sie euch nun alle dar-zu-bie-ten. Der erste Vorfall traf uns aus hei-te-rem Himmel an einem frostigen Julimorgen ...«

Unaufhaltsam schwadronierte Dick weiter. Die Fakten und Ereignisse und Personen, von denen er erzählte, mochten ja interessant gewesen sein, aber Dicks behäbiges Deklamieren und seine seltsame Haltung machten das Ganze schier endlos, tödlich langweilig und zugleich schrecklich komisch. Es war irgendwie unmöglich, ihn zu unterbrechen, obwohl Ren Barney noch mehrmals in den Rücken kniff und sich einmal sogar um ihn herumschob und ihm besonders spektakulär aufgerissene Fischaugen präsentierte.

Um Viertel vor neun stand Barney abrupt auf und hob die Hand.

»Tut mir leid, Leute, *tut mir leid*, ich glaube, da stimmt was mit dem Band nicht.« Mit großer Geste drückte er den Kameraschalter. »Wir müssen eine Pause machen. Überhitzung, passiert manchmal …«

Marie sackte auf ihrem Hocker zusammen. »Meine Güte, hab ich einen steifen Nacken.« Sie schwenkte die Arme und ließ den Kopf kreisen, so dass Barney und Ren es knacken hörten.

»Sehr schön!«, sagte Dick und schlug sich anerkennend selbst aufs Knie. »Das macht mir richtig Spaß. Schon fast bis zum Großen Brand von 1985.«

Der Große Brand war in Wirklichkeit bloß ein sehr kleines Feuer fast ohne Flammen gewesen. Barney und Ren kannten die Geschichte. Dicks und Maries Enkel, die anscheinend alle immer mit einem Bein im Gefängnis standen, waren auf das Hoteldach geklettert, um ihren Vorrat an illegalem Feuerwerk zu zünden. Außerdem hatten sie einen Sack Kiefernzapfen mit nach oben genommen und ein kleines Lagerfeuer entfacht, um Würstchen zu braten. Irgendjemand hatte von der Straße den Rauch gesehen und die Feuerwehr gerufen. Die Brandgefahr war minimal gewesen, denn das Dach war aus Beton, aber Dick machte sie gern ein bisschen größer.

»Ich muss mir das in besserem Licht ansehen«, sagte Barney und hob die Kamera vom Stativ. »Ihr könnt euch ein bisschen entspannen. Könnt ihr bestimmt gut gebrauchen. Komm, Ren.«

Ren folgte Barney hinaus in den Flur und durchs Foyer zum Seiteneingang des Hotels.

»Über*hitzung*?«, flüsterte Ren. »Das Band?«

Barney jedoch hatte gerade einen extravaganten Anfall – wenn auch größtenteils stumm. Er fuhr sich durch seinen dicken Haarschopf und riss daran, er kratzte mit den Fingernägeln über die Wangen, er legte beide Hände um die Kehle und tat so, als würde er sich selbst erwürgen, dann sackte er zu Boden und stöhnte mitleiderregend.

Ren ihrerseits bekam einen Kicheranfall. Stummes Lachen war immer doppelt so witzig wie lautes. Und doppelt so schwer zu stoppen.

»Hör auf, Barney«, zischte sie. Sie fühlte sich hilflos und ein bisschen durchgedreht, wie man von solchem Lachen eben wird. Barney zuckte inzwischen in albernen Krämpfen auf dem Boden herum. *»Hör auf! Womöglich kommen sie gleich raus.«* Ren stupste seinen kreisenden Körper mit dem Fuß an und versuchte, beruhigende Atemzüge zu machen. Sie machte sich an der Kamera zu schaffen.

»Ach so, ich *verstehe*«, sagte sie laut, wobei ihr Tonfall schrecklich aufgesetzt klang. Sie öffnete das Kassettenfach. »Aha, *da* liegt das Problem ... *hör auf, Barney!*«

Oje, oje, es war so schrecklich und herrlich gewesen, im Seiteneingang von **His Lordship's** hysterische Lachanfälle zu unterdrücken, sich ängstlich nach Dick und Marie umzusehen, dabei möglichst nicht Barney anzuschauen, der den Irren spielte.

Irgendwann schafften sie es, sich hastig und leise über Dicks endlose Antwort zu unterhalten, und gingen wieder hinein, um es mit einer neuen Frage zu versuchen. Doch Dick ließ sich nicht von seinem gewählten Weg abbringen. Er hatte sich eine detaillierte Darstellung aller Ereignisse vorgenommen, ob groß, ob klein, die im und um **His Lordship's Hotel** vorgefallen waren, seit er darin wohnte.

Um elf Uhr waren sie erst bis 1986 gekommen, also Jahre vor Barneys und Rens Geburt. Ur- und Frühgeschichte.

»Das wird der langweiligste Dokumentarfilm aller Zeiten«, sagte Barney verbittert, als sie sich nach Hause schleppten. »Ein totaler und *monumentaler* Flop.«

Doch jetzt, gerade mal einen Tag später auf Rens Sitzsack, schien Barneys Laune sich zu bessern. Inzwischen sah er auch die komische Seite des Interviews.

»Es war, als ob Marie stumm wäre. Oder eine aufblasbare Puppe. Sie war so *stocksteif.*«

Ren kicherte. »Sie war ein Stummfilm.«

»Wahrscheinlich können wir ein paar von Dicks Geschichten verwenden«, sagte Barney. Er richtete sich auf und sah entschieden aus. »Ich werde es einfach heftig zusammenschneiden.«

»Und wenn jetzt alle vor der Kamera so seltsam werden?«

»Wir müssen es besser erklären«, sagte Barney. »Wir müssen ihnen sagen, dass sie nicht so viel drüber nachdenken sollen. Nichts vorbereiten.«

»Und in normalem Ton reden«, sagte Ren.

Barney stand umständlich auf. Er zog die Schultern zurück und schob das Kinn nach vorn. »Mein. Name. Ist. Ri. Chard. John. Scul. Ly«, leierte er.

»Erwachsene sind so komisch«, sagte Ren.

Am nächsten Morgen war der Himmel blau und die Luft frisch, und Ren und Barney sprangen mit neuem Elan und Optimismus aus den Betten. Sie hatten beschlossen, den Rest von Dicks Interview zu verschieben. Seine Geschichten von 1986 bis in alle Ewigkeit konnten sie auch später aufnehmen. Oder auch gar nicht mehr. Es waren noch acht Tage, bis die Schule wieder anfing. Sie würden den Zeitplan anpassen und in anderer Reihenfolge weiterfilmen – und zwar Menschen, die sich vor der Kamera nicht in lebende Statuen verwandelten. So konnten sie nicht so schnell entmutigt werden.

»Beim Filmen geht es vor allem darum, optimistisch zu bleiben«, sagte Barney.

»Haben das deine Exfreunde Hal und Felix gesagt?«, fragte Ren.

»Nein! *Ich* sage das. Ich spreche aus Erfahrung. Ich habe zwei Jahre Ochsentour in der Filmindustrie hinter mir«, entgegnete Barney mit verletztem Stolz.

Der beste Mensch, um neu anzufangen, da waren sie sich einig, war Lovies und Bingos Mutter Sally. Sie war die Kuratorin des **Living History Museum** und hatte schon oft im Fernsehen über das Museum gesprochen.

»In gewisser Weise«, sagte Barney auf dem Weg zum Square, »ist das Museum das Gleiche wie Die Unerzählte Geschichte. Es geht um das Leben in der Südstadt, und dazu gehört eben auch die High Street.«

»Es ist Die Erzählte Geschichte«, sagte Ren. Sie schaute beim Gehen nach links und rechts, sah jede Kleinigkeit genauer an, immer auf der Suche nach weißen Umschlägen.

»Aber Film ist immer besser«, sagte Barney. Er hatte sein altes Selbstbewusstsein vollständig wiedergewonnen. Er ging und sprach zügig.

»Ich mag Sally sehr gern«, sagte Ren. »Sie ist die beste von allen Eltern. Ihre Stimme ist so …« Sie unterbrach sich und suchte nach dem richtigen Wort – und wollte sich außerdem ein Stück Papier genauer ansehen, das an der Ecke Luna Square und High Street aus einem Mülleimer ragte. Sollten sie jetzt auch alle Mülleimer durchsuchen?

»Tief«, sagte Barney. »Ihre Stimme ist ein bisschen wie von einem Mann.«

»*Melodiös*«, sagte Ren. Sallys Stimme war dunkel und ausdrucksstark und sehr gut beim Vorlesen.

»Und sie hat tolle Haare.«

»Wie ein Königspudel«, sagte Barney. Sallys Haare waren wild gelockt, und sie versuchte sie mit einem Sortiment von Strickmützen im Zaum zu halten.

»Und sie weiß so viel über so viele *Sachen*: Archäologie und Rockmusik und Tiere und Politik und Folksongs und …«

»Mit all den Sachen kennt Kazimierz sich auch aus.« Barney widersprach bloß, weil er widersprechen wollte; er fand Sally auch *molto* großartig.

»Er versteht aber nichts von Marionettentheater und Würmerfarmen und kennt nicht alle Tim-und-Struppi-Bücher rückwärts.«

Dagegen ließ sich nichts sagen.

Das Beste an Sally war, dass sie so vernünftig war. Sally war demokratisch. Sie glaubte, alle sollten ihre Meinung sagen dürfen. Inklusive Kinder. Und dafür räumte sie viel Zeit ein. Sie war nie in Eile wie andere Eltern. Sie sagte nie, es sei leichter, wenn die Erwachsenen entscheiden. Sie interessierte sich immer dafür, was man dachte.

»Aber wer will schon wissen, was *Bingo* denkt?«, sagte Barney dazu, denn er grollte immer noch wegen Red Riding Hoodie. »Gut, dass sie nicht da ist.« Lovie und Bingo waren bei ihrem Vater am anderen Ende der Stadt. Der hatte ein großes Haus mit Swimmingpool und noch mehr Kinder.

Sally saß vor dem Museum, als sie ankamen, trank schwarzen Kaffee und las die Zeitung.

»Licht! Kamera! *Action!*«, rief sie und schlug eine imaginäre Klappe zu. »Was meint ihr? Eine türkise Mütze oder eine mit Perlen?«

Sally kannte die High Street seit frühester Kindheit. Ihr Vater hatte dreißig Jahre lang den **Pancake Palace** am nördlichen Ende der Straße betrieben, und Sally hatte nach der Schule dort mitgeholfen. Inzwischen war der **Pancake Palace** ein koreanischer Mittagstisch, und Sallys Vater lebte in einem Pflegeheim. In den Jahren dazwischen war Sally Rockmusikerin, Kindermädchen eines Filmstars, Museumsmitarbeiterin und Hilfslehrerin gewesen.

»Und so bin ich auch wieder in der High Street gelandet«, sagte sie zwanzig Minuten später lächelnd in Barneys Kamera-Objektiv. Sie standen im Empfangsbereich, wo eine Plakette über die Geschichte des Gebäudes hing. Vor hundert Jahren war es eine Textilfabrik gewesen.

»Ich habe einen Job an der **Kate Sheppard** bekommen. Ungefähr zu der Zeit, als der Stadtrat anfing, die High Street wieder aufzupeppen. Ich fing an, mich für die Geschichte des Viertels zu interessieren, und ich fand, wir sollten sie dokumentieren, und zwar *jetzt*, während sie sich ereignet. Fotos machen, Dinge sammeln, Geschichten aufzeichnen, mit allen Menschen reden, die hier leben oder hierherkommen, und herausfinden, was sie den ganzen Tag machen.«

»Warum?«, fragte Ren, obwohl sie die Antwort wusste.

»Aus zwei Gründen«, sagte Sally. »Damit die Menschen in hundert Jahren sehen können, wie wir gelebt und was wir hier getrieben haben. So viele Sachen gehen verloren und werden vergessen. Auch Menschen gehen verloren und werden vergessen!«

»Und was war der andere Grund?«

»Damit wir unsere Geschichte jetzt betrachten können, *während sie gemacht wird* – Sachen aus dem letzten Jahr oder sogar aus der letzten Woche. Es ist unglaublich, wie schnell wir Sachen aus dem Gedächtnis verlieren. Also«, sagte Sally und neigte leicht den Kopf in Richtung Kamera, zu ihrem zukünftigen Publikum. »Willkommen in unserem **Living History Museum**. Wollen wir uns umsehen?«

Sie ging in den ersten Ausstellungsraum. Barney hielt die Kamera auf Sally gerichtet. Er drehte sich um und grinste Ren fröhlich an.

»Nicht vergessen, *lebende* Geschichte«, sagte Sally wenige Sekunden später, drehte sich um und ging rückwärts weiter, in die Kamera schauend. »Und *Alltagsgeschichte.* Also nicht Premierminister und Kriege und dergleichen – es sei denn, es ist relevant –, sondern womit die Menschen ihren Lebensunterhalt verdienen, was sie an den Wochenenden tun, was sie essen, was sie kaufen. Jährliche Veranstaltungen, gemeinschaftliche Aktivitäten – so was wie die Südstadtgala oder der Lagerverkauf bei **White and Willis**, oder die Ostereiersuche auf der High Street.«

Ren lächelte still. Henrietta und sie waren bei der letzten Eiersuche das Gewinnerteam gewesen. Sie hatten das begehrte geschnitzte Holzei gefunden, im Regal zwischen *Der kleine Hase und das Ei* und *Ein Tag auf dem Spielplatz* in der Kinderbuchabteilung von **Montgomery's**. Das war ein sehr guter Tag gewesen.

Zum ersten Mal hielten sie im »Heute-Zimmer« an, wo in den Vitrinen Leben und Arbeit in den zehn Häuserblöcken des Südstadtbezirks genau jetzt – oder eher in der letzten Woche – gezeigt wurde.

»Erzählst du uns etwas über einige dieser Gegenstände?«, fragte Ren. Sie klang erfreulich wie eine Fernsehmoderatorin.

Sally schloss die Tür der größten Vitrine auf.

»Wir tauschen die Ausstellungsstücke alle zwei Monate aus. Man kann danach natürlich nicht alles lagern, vielleicht bloß ein einzelnes Stück. Aber wir fotografieren alles und bewahren es in unserem digitalen Archiv auf: *yourlivinghistory.com*, wo es jede und jeder jederzeit und überall anschauen kann.«

Ren und Henrietta und Lovie loggten sich oft in das Archiv ein. Sie betrachteten gern die Fotos, auf denen sie selbst zu sehen waren. Davon gab es einige: auf der Ostereiersuche, beim Straßenmusikfestival im letzten Jahr, bei der Arbeit in ihren Klassenzimmern an der **Kate Sheppard School**.

»In diesem Schaukasten«, sagte Sally, »geht es um lokale Cafés und Restaurants. Seht ihr, Fotos von den Schildern – von denen kann man eine Menge über die Moden der Typografie lernen. Beispiele verschiedener Speisekarten – das Gleiche. Ein paar brandaktuelle Kochutensilien.«

Sally hielt die Speisekarte der Teestube **Melting Moments** hoch. Dann einen blauen Teigschaber aus Silikon. Sie hielt die Dinge lange genug in die Kamera, dass man sie in Ruhe anschauen konnte. Sie war ein Profi.

»Und dann gibt es noch ein paar interessante Informationen – zum Beispiel«, Sally hielt eine Karteikarte hoch, »steht hier, dass die frischen Kräuter im Greenhouse von **McCulloughs Bio-Bauernhof** unten bei den Hügeln stammen. Ein kleines Stück Handels- und Ernährungsgeschichte. Wenn man das mit all den anderen Informationen zusammenfügt, bekommt man ein Bild eines Ortes und einer Zeit.«

Barney trat näher an den Schaukasten heran und fuhr mit der Kamera von einem Ausstellungsstück zum anderen.

»In fünfzig Jahren –«, sagte Sally, »oder vielleicht auch in nur fünf – werden die Leute nicht mehr so essen wie heute. Könnte sein, dass Salate dann ganz anders sind. Oder Kuchen. Oder Sandwiches. Vielleicht ist dann der Muffin endgültig ausgestorben. Geschmäcker ändern sich. Koch- und Backmethoden, Werkzeuge, das ändert sich auch. Ebenso die Inneneinrichtung von Cafés.«

Coralie's Café war vor drei Jahren umgestaltet worden. Die Wände waren cremefarben angestrichen und mit Werken von Kunststudenten behängt worden. Die harten Stühle wurden durch weichere Sitze ersetzt. Das riesige Aquarium war eingebaut worden. Damals waren der Taubenblut-Diskusfisch, der Pfauenbuntbarsch und der Rückenschwimmende Kongowels in die High Street gekommen, und die Kinder wurden zu Experten für Tropenfische.

»Hier zum Beispiel ist die Straßenfassade von **Plato's Fish Shack**«, sagte Sally gerade, »aber Plato geht nach Griechenland zurück, weil seine Mutter krank ist, darum macht er den Imbiss zu. Wirklich schade. Er hat erst vor zwei Jahren eröffnet, und es lief richtig gut. Aber jetzt haben wir für immer eine Erinnerung an Plato und seine Fischbude. Wir werden ihn nicht vergessen, und erst recht nicht ...«, Sally hielt die Speisekarte hoch, »... *Plato's Psari Plaki*! Ohne dies hier wäre es womöglich in Vergessenheit geraten. Zwei Jahre, das ist gerade mal ein Wimpernschlag.«

Sally und Barney gingen weiter zum nächsten Schaukasten, der Werke von Künstlern aus der Südstadt zeigte, aber Ren blieb stehen und schaute sich die Speisekarte an, dachte an Plato und seine kranke Mutter und an die Möglichkeit, dass Kuchen oder Sandwiches verschwinden könnten. Wie traurig!

»Was ist mit Glasierten (Bio-)Nagern?«, rief sie, denn in ihrem kleinen Kummer hatte sie die Kamera völlig vergessen. »Meinst du, die werden in zwei Jahren noch laufen?«

»Schnitt!«, rief Barney. Er ließ die Kamera sinken und starrte Ren grimmig an. Das war *so* amateurhaft, einfach loszuplappern, während die Kamera noch lief.

»Will ich hoffen«, sagte Sally. »Aber wer weiß? Dinge ändern sich. Das ist mein neuer Wahlspruch. Dinge *ändern* sich.«

Dieser melancholische Gedanke verstörte Ren eine Weile, trotz der Schaukästen und der interessanten Sachen, die Sally zu erzählen hatte.

Wieso mussten Sachen sich ändern, fragte sie sich. Ehrlich gesagt hätte sie es lieber, wenn in ihrem Leben alles so lange wie möglich gleich blieb. Sie wäre absolut zufrieden damit, mehrere Jahre lang elf zu bleiben. Das war definitiv ihr bestes Alter bisher.

Als Sally im Heute-Zimmer neben dem Kindheits-Schaukasten stand und die beliebten Spielzeuge und Spiele aus der Weihnachtssaison 2000 mit der Weihnachtssaison vor ein paar Monaten verglich, fühlte sie tiefe Trauer um all die vergessenen Spielzeuge ihres elfjährigen Lebens.

Wie hatte sie nur so achtlos sein können? Gelegentlich baute sie immer noch ihr Puppendorf auf – wenn Henrietta oder Lovie vorbeikamen –, aber Mum hatte sie überredet, all ihre *My Little Ponys* und ein paar alte Stofftiere an die Stadtmission zu verschenken. Wie hatte sie da nur einwilligen können? Sie hatte immer noch ihr russisches Blechkaleidoskop, aber was war aus ihrem Schlafanzugbeutel in Form der Cheshire-Katze geworden? Aus ihrem Springseil mit den Glitzergriffen? Und aus Penny, der alten gesichtslosen Stoffpuppe vom Basar der Waldorfschule? Sie war ihnen entwachsen, das war passiert; sie hatte sie ignoriert, und sie waren verblasst und verschwunden, ohne dass sie es bemerkt hätte. Es war genau wie in Toy Story.

Im Gestern-Zimmer führte Sally sie durch die Fotoausstellung der Geschäfte und Läden im Lauf der Jahrzehnte.

Diese Orte und ihre Menschen waren wie alte Freunde. Ren hatte schon viel Zeit damit verbracht, sie alle anzustarren. Zum Beispiel die Innenansicht von **Squires Fine Meats**. Die gefiel ihr sehr. Fünf stiernackige Schlachter in gestreiften Schürzen. Tierleiber, die an großen Haken von der Decke hingen. Hinter dem Tresen standen zwei Damen in langen Röcken und gestärkten Blusen; ihre Gesichter waren verschwommen: Sie hatten sich während der Aufnahme bewegt. Besonders gern mochte Ren die verschnörkelte Registrierkasse und die furchterregenden Fleischerbeile auf dem Hackblock und die Wurstketten, die zwischen den toten Tieren hingen. Vor zwei Jahren hatte sie an die Puppenhaushersteller in Japan geschrieben, sie sollten doch bitte eine Fleischerei ins Programm aufnehmen, mit Wurstketten und allem.

Ren blieb hinter Sally und Barney zurück, während sie die Wand abschritten. Sie widmete gern jedem Bild ein wenig Zeit. Die Reihe der Maschinennäherinnen in der **Athena Gowns Factory**, alle über verschiedene Stoffe gebeugt. Mr Adamson, stolzer Besitzer von **Adamson's Fine Wines**, mit seinem aufgeplusterten Seidenhalstuch. Der Uhrmacher Mr Kenwyn, der im sonnenhellen Ladenfenster eine Uhr reparierte. Miss Minnie Goulding, Bardame im **Grenadier Hotel**, mit ihrem Mops namens General Haig.

Die meisten von ihnen hatten vor fast hundert Jahren gelebt, als die High Street erst zur Hälfte bebaut und oft noch schlammig war und Kutscher verächtlich auf Autos und Motorräder herabblickten. Ren starrte Miss Minnie Goulding an, die General Haig im Arm hielt. Sie sahen sich eigenartig ähnlich. Beide hatten breite, zerknitterte Gesichter und dicke Tränensäcke. Miss Minnie trug einen großen Ring an der fleischigen Linken, General Haig ein reich verziertes Halsband, das sich in seinen dicken, kurzen Hals grub. Ren hätte gern mehr über die beiden gewusst. Aber es gab bloß dieses eine Foto mit ihren Namen auf der Rückseite.

»... und darum«, sagte Sally gerade, »haben wir beschlossen, dass wir Geschichten brauchen, um die Bilder für die Zukunft zu unterfüttern. Das war der Startschuss für das Archiv.«

Gut. Das Geschichtenarchiv heiterte sie auf. Alle Kinder der High Street liebten es. Sie kamen alle darin vor.

An einem Donnerstag jedes Monats nahm Sally ihren Klapptisch (der in Wirklichkeit ein antikes Bügelbrett aus **Busby's Emporium** war), ihre beiden Klappstühle, den Laptop, das Mikrofon und die Handykamera und eröffnete irgendwo in der Südstadt eine Geschichtenarchiv-Station. Im Sommer setzte sie sich in die Nähe von Imbisswagen; im Winter eher in die Einkaufszentren, wo die Menschen zum Aufwärmen hingingen.

Izzy hatte ihr einen Klappbrett-Aufsteller gemalt, auf dem stand:

Erzähl mir eine Geschichte. Das waren magische Worte, sagte Sally, die beste Art von Zauber. Selbst verärgerte oder sehr beschäftigte Menschen blieben stehen, von dieser Einladung angelockt. Ehe sie sich's versahen, hatten sie sich schon hingesetzt und sprachen ins Mikrofon. Sally war es, die sie verzauberte, sagte Mum, und Ren war ihrer Meinung. Sally hinter ihrem Bügelbrett hatte etwas sehr Ermutigendes: wie wild ihre Haare unter der Wollmütze hervorstanden, wie freundlich ihre braunen Augen schauten.

Die Menschen erzählten alle möglichen Geschichten. Sie berichteten von Abenteuern daheim und fern der Heimat. Sie sprachen über Rätsel und Geheimnisse in ihrem Leben. Über das Verlieben. Über das Knüpfen von Wandteppichen, über Karaoke und Schweinejagd, über ihre Silvesterparty oder ihre Bohnenernte, über den Chor, in dem sie seit neununddreißig Jahren sangen. Sie redeten über ihre Träume, ihre Schicksalsschläge, ihren Kummer und ihr großes Glück. (Ein Mann hatte seine Freundin am Schauplatz eines Autounfalls kennengelernt.)

Manche Menschen hatten weit zurückreichende Erinnerungen an die Südstadt. Manche waren nur zu Besuch. Manche wohnten hier, in alten Wohnungen über den Geschäften und Betrieben oder in schicken neuen Apartments in den oberen Stockwerken. Die meisten Bewohner der High Street hatten zum Geschichtenarchiv beigetragen.

Die Kinder waren dabei besonders eifrig.

Ren hatte ihren Schulweg dargestellt, alle Leute und Dinge, die ihr darauf begegneten. Benjamin hatte die wilde Verfolgungsjagd seiner Klasse aus der Südstadt bis in die Port Hills und wieder zurück geschildert. Henrietta hatte von ihrem ersten öffentlichen

Ballettauftritt erzählt und dabei in allen Einzelheiten ihr Tüllkleid beschrieben. Bingo hatte »Happy Birthday« auf Maori, Samoanisch und Italienisch gesungen.

Wenn eine Geschichte zu Ende war, fotografierte Sally den Erzähler oder die Erzählerin, nur ein rascher Schnappschuss, kein Getue, wie sie sagte. Dann wurden Foto und Geschichte auf der Webseite des Geschichtenarchivs abgelegt. Man konnte sich beides im Museum oder zu Hause am eigenen Computer ansehen und -hören.

Wäre Sally doch nur schon da gewesen, als Miss Minnie Goulding in der High Street arbeitete, dachte Ren. Natürlich gab es damals noch keine Laptops, überhaupt keine digitalen Geräte. Es gab kaum mechanische Aufzeichnungsmöglichkeiten.

Traurig, aber wahr, sagte Sally: Manche Menschen blieben für immer ein Geheimnis.

Ren seufzte und verabschiedete sich von Miss Minnie und General Haig. Sally und Barney waren inzwischen an der anderen Wand und näherten sich dem Ende der Fotogalerie. Sie hatte keine Ahnung mehr, wovon Sally gerade redete. Aber Sally brauchte auch keine Nachfragen mehr von Ren. Die Ausstellungsstücke stellten die Fragen.

Es war fast schon Mittag. Ren beendete ihren privaten Rundgang im Schnelldurchlauf und grüßte dabei im Geiste die vorbeiziehenden, längst verblichenen Freunde: den Filialleiter der Bank, Mr Fitzmaurice und seine Frau, prachtvoll gekleidet bei der Eröffnung der **Bank of New Zealand** vor neunzig Jahren. Miss Marr, die Bezirkskrankenschwester, sehr groß und aufrecht, die den Fotografen mit kühlem Blick fixierte. Die hübsche Frau ohne Namen, die auf den Stufen von Stringers Gemäldegalerie saß. Die Gruppe lachender

Frauen in Hut und Mantel vor dem Kaufhaus **White and Willis**, die Köpfe unter Schirmen zurückgeworfen, obwohl es gar nicht regnete.

Das letzte Foto war Rens liebstes: Mr. P. D. Garfield vom Elektrogeschäft **Edison Hall** neben seinem frisch eingetroffenen Grammophon, Modell *Edison Triumph*, mit seinem Ackerwinden-Schalltrichter.

Der Trichter des Grammophons war beeindruckend breit und ragte auf seinem starren Metallstängel nach vorn wie die sonnenhungrige Blüte einer Winde.

Genauso eine hatte Ren im Garten von Südinsel-Oma gesehen, eine himmelblaue Windenblüte, früh erwacht, glänzend vom Tau und weit zum jungen Tag hin geöffnet.

P. D. Garfields Hand lag auf dem Windentrichter, und er zeigte der Kamera seine schiefen Zähne, stolz wie Oskar auf seine neueste Handelsware. Er trug einen schicken Anzug und Manschettenknöpfe. Er hatte es zu etwas gebracht. Aber P. D. Garfield und sein Grammophon interessierten Ren nur flüchtig. Der Bildhintergrund zog sie in den Bann.

Hinter P. D. sah man die mächtige Ladentheke von **Edison Hall** und dahinter über die ganze Breite des Raumes Regale voller Edison-Produkte: Phonographen-Walzen, Aufbewahrungskästchen dafür, Schallplatten, Edison-Kataloge. Rechts des Tresens lehnte ein Junge am Regal, vielleicht elf oder zwölf Jahre alt, vielleicht auch älter – schwer zu sagen. Die Hose des Jungen wurde an der Hüfte von einer Schnur zusammengehalten, außerdem trug er ein Hemd ohne Kragen und eine Jacke, die ihm eindeutig zu eng war. Er hatte die Arme verschränkt und starrte nicht direkt in die Kamera, sondern auf Mr P. D. Garfields Rücken. Der Ausdruck seines knochigen Gesichts war äußerst undurchdringlich.

»Mysteriös«, schlug Sally eines Tages vor, als sie ihn gemeinsam betrachteten. »Und namenlos. Vielleicht nicht gut genug gekleidet für einen Ladenangestellten. Oder auch für einen Kunden. Ein weiteres Rätsel. Was meint ihr?«

Ren kam regelmäßig, um »Mystery Boy« Hallo zu sagen, wie sie ihn insgeheim nannte. Er *konnte* Garfields Angestellter gewesen sein – immer im Hintergrund, hatte er vielleicht die Nase voll davon, stets bloß der Laufbursche zu sein und beim Fotografieren ignoriert zu werden. Oder er war der Sohn eines anderen Ladenbesitzers, der bloß herumlungerte. Vielleicht hatte er auch die Schule geschwänzt. Vielleicht war er bloß für diesen einen Tag vom Land gekommen und erforschte die Innenstadt Geschäft für Geschäft.

Wer er auch war, Mystery Boy blieb immer gleich alt und stand auf ewig in seiner engen Jacke und mit der Hosenschnur in der **Edison Hall**. So als hätte er sein ganzes Leben auf diesem Foto verbracht. Er hatte die **Edison Hall** nie verlassen, war nie groß geworden, hatte sich nie in die Welt hinausgewagt, nie ein Auto gefahren, nie eigene Kinder gehabt, wie das Erwachsene offenbar unweigerlich taten. Er hatte sich immer weiter auf das Regal gestützt, seine Gedanken für sich behalten, nicht ganz gelächelt.

Ren war ganz und gar fasziniert von Mystery Boy. Manchmal wirkte sein Blick beinahe traurig, manchmal ein wenig verächtlich, vielleicht spöttisch. Jedes Mal, wenn sie sich das Foto anschaute, sah er ein wenig anders aus, und das war zugleich seltsam und interessant. Und noch etwas: Abgesehen vom Bild des 1937 frisch eröffneten Ausstellungsraums bei **A. J. Perkins Furniture** – auf dem ein kleines Mädchen wie betäubt auf einem Essstuhl saß – war Mystery Boy der einzige junge Mensch in der gesamten Gestern-Sammlung des **Living History Museum**.

»Wieso hat man nie Fotos von Kindern gemacht?«, fragte Ren Sally. »Wo *waren* die ganzen Kinder?«

»Zu Hause? Bei ihren Kindermädchen und Pflegerinnen?«

»Oder in der Schule, nehme ich an«, sagte Ren. Natürlich waren Kinder auf den alten Bildern von der **Kate Sheppard School** zu sehen, aber das war ein eigener Ausstellungsbereich.

»Es gab auf jeden Fall Straßenkinder«, sagte Sally. »Es gibt immer Straßenkinder. Aber vielleicht sind sie Fotografen aus dem Weg gegangen. Oder vielleicht haben die Menschen auch keine Notiz von ihnen genommen.«

Von Mystery Boy jedoch musste man einfach Notiz nehmen, fand Ren. Sobald man ihn auf dem Foto der **Edison Hall** entdeckt hatte, konnte man nicht mehr aufhören, ihn anzuschauen. Er war so ein verlässliches Rätsel. Es würde niemals gelöst werden, dachte sie zufrieden. Er würde immer hier sein, unveränderlich unerklärt.

»Bis später«, murmelte sie, wandte sich von dem Foto ab und folgte den beiden anderen aus dem Gestern-Zimmer. Sie schloss die Tür hinter sich und hielt die Klinke noch ein paar Sekunden in der Hand, starrte auf die Großbuchstaben, die zum AUSGANG wiesen. Irgendwas spukte in ihrem Hinterkopf herum, irgendwas im Zusammenhang mit Mystery Boy. Was war es nur? Hatte er sie an etwas erinnert? Oder vielleicht an jemanden? Aber wer könnte das sein? Jemand aus dem Fernsehen? Eine Begegnung auf der Straße? Ein Gast bei **Coralie's**?

Vielleicht erinnerte Mystery Boy sie bloß an ihn selbst, an das letzte Mal, als sie ihn angeschaut hatte. Schließlich schaute sie ihn sehr häufig an.

Jedenfalls hatte sie sich im Gestern-Zimmer gründlich ablenken lassen, dachte Ren. Sie war *vom Thema abgekommen*! Vielleicht hatte der beschäftigte Barney es gar nicht bemerkt. Der Vormittag war sowieso gut gelaufen. Jetzt hatten sie richtig angefangen. Und als Nächste kam Sylvie. Der Nachmittag würde *molto* lustig werden. Sylvie konnte gut erzählen und es kaum erwarten, vor der Kamera zu tanzen. Barney und Ren hofften auf *fouettés en tournant* – Sylvie der Kreisel, wie die Kinder der High Street das nannten. Das war Sylvies Spezialität.

Ren ging langsam und stocherte nach dem ungreifbaren Schatten in ihrem Gedächtnis, halb Gedanke, halb Erinnerung. Ihr Magen knurrte laut und klagend. Sie hatte Hunger. Dreharbeiten machten immer heißhungrig. Aber Sally hatte Kekse und Bagel.

Der Lunch wurde im Nachrichten-Zimmer serviert, einem riesengroßen Raum, der in drei Abschnitte unterteilt war: eine abgeschirmte Ecke, die Sallys Büro bildete, eine Teeküche mit Stühlen und Sofas für die freiwilligen Mitarbeiter und eine Mediathek, in der die Besucher Zugang zum Ausstellungsarchiv und zum Geschichtenarchiv hatten. Man konnte mit Sally und den Mitarbeitern plaudern. Man konnte Vorschläge für neue Ausstellungsstücke aufschreiben. Man konnte eine Nachricht an der Gemeinschafts-Pinnwand unter dem großen Flügelfenster hinterlassen.

Sally verteilte Ingwerkekse. Sie war sehr großzügig, was Kekse vor den Mahlzeiten betraf. Barney legte sich auf ein Sofa. Es sah aus, als würde er drei Kekse auf einmal essen. Ren nahm je einen Vorspeisenkeks in jede Hand und ging zur Pinnwand.

»Was ist denn mit dir passiert?«, fragte Barney laut. Er *hatte* es bemerkt. »Hast du das Bewusstsein verloren oder so was? Bist du durch Raum und Zeit gereist? Hat man dir das Hirn teleportiert? Du hast uns absolut im Stich gelassen, Schrägstrichkönigin.«

»Wir sind sehr gut zurechtgekommen«, sagte Sally friedfertig. »Ich brauchte bloß die ersten paar Fragen, und die waren sehr gut.«

»Ich bin abgelenkt worden«, sagte Ren. Das stimmte einigermaßen.

Sie stand vor der Pinnwand, überflog die Nachrichten und knabberte sorgfältig den Rand der Ingwerkekse ab, die sie so am liebsten aß. Sie hatte verschiedene Systeme für verschiedene Kekse.

An der Pinnwand war kein Zentimeter freier Kork zu sehen. Sie war von Mitteilungen übersät: freie Wohnungen; Mitbewohner gesucht; Arbeit gesucht; Kajaks zu verkaufen; Musikinstrumente zu vermieten; Welpen zu verschenken. Es gab Ankündigungen für Gottesdienste, für Wing-Tsun-Kurse, Tai-Chi-Kurse, Zumba-Kurse, Yoga, Kochen, Tauchen, Buchbinden, Glasblasen. Klavierstunden. Eine Broschüre zu den Konzerten des Symphonieorchesters. Ein Flyer für das *Kapa Haka Festival*, einer für den Stock-Car-Club. Ein Plakat für das Sommerstück des **Malthouse Theatre**: »Saitenweise«. Ein Plakat für die jährliche Müllsammelaktion am Fluss. Ein Zettel zeigte an, dass ein Schildpatt-Kätzchen vermisst wurde, ein anderer das Verschwinden zweier Rosenköpfchen-Papageien. *Sehr gesellig. Bitte 021 169 26883 anrufen. Besitzer untröstlich.*

Es war immer sehr unterhaltsam, die Pinnwand zu lesen. Manchmal pinnte Ren selbst Nachrichten an, meist in der Abteilung »Vermischtes«: Ein einfaches Rezept für Schokoladen-Fudge, das sie sich mit Lovie ausgedacht hatte. Eine Empfehlungsliste von Horrorfilmen. Die Einladung zum Massenbegräbnis der fünf Saugmaulwelse, die an der Oberfläche von **Coralie's** Aquarium treibend gefunden wurden. Todesursache: Überfütterung.

Manchmal schrieb Ren auch die Notizen anderer Leute aus dem Vermischten ab. Zehn Tipps für eine aufgeräumte Küche. Die hatte sie Mum gegeben. Eine Strickanleitung für ein Kusu als Wärmflaschenüberzug – für Südinsel-Oma. Filmempfehlungen. Gedichtverse: »Heimat. Wo / das Herz am / heftigsten schlägt.«

»Möchten Sie Zucker in Ihren Tee, Fräulein Abgelenkt?«, rief Barney.

»Du weißt doch, dass ich keinen Zucker nehme«, sagte Ren, allerdings so leise, dass Barney es nicht hören konnte.

Sie las die Tagesordnung für das bevorstehende Treffen der lokalen Selbsthilfegruppe »Nach der Geburt«. Fern war Gastrednerin, das Thema ihres Vortrags lautete: »Mit dem Baby unterwegs«.

»Vielleicht brauchst du noch ein Mittagsschläfchen, ehe wir zu Sylvie gehen.«

Manchmal fand Barney einfach kein Ende.

Ren las jedes Wort auf dem Poster für den Kurs in Irischem Tanz und spürte einen kleinen Stich im Herzen.

Drei Jahre lang hatte sie Henrietta um ihre Tanzschuhe und ihre blonde Perücke beneidet. Die Schuhe hießen Ghillies, waren aus weichem Leder und wurden mit langen Lederbändern wunderhübsch um die Fesseln geschnürt. Die Perücke war ein aufgeplusterter Berg üppiger Locken. Ren hatte sie oft aufgesetzt und ihre eigene faszinierende Erscheinung in Henriettas Spiegel angestarrt. Mum jedoch meinte, Irischer Tanz sei bekloppt und Mädchen mit Lockenperücken geradezu krank.

Das Tanzposter hing schräg, weil eine der Stecknadeln fehlte. Ren suchte die Pinnwand nach einer freien Nadel ab.

»Ich esse deinen Anteil Ingwerkekse!«, brüllte Barney.

Es schien keine freien zu geben, also fing sie an, die Stecknadeln neu unter den Zetteln aufzuteilen, so wie sie die Wäscheklammern sparsam für mehrere Geschirrhandtücher einsetzte, wenn sie für Mum Wäsche aufhängte. Wenn man jedoch einmal mit dieser Neuverteilung anfing, konnte das leicht zur Umstrukturierung der gesamten Pinnwand führen. Ren trat einen Schritt zurück, um die Situation im Überblick zu beurteilen, und bemerkte dabei zum ersten Mal ein kleines Plakat in der linken unteren Ecke der Wand. *Rückspiegel* stand darauf. Und: *Ein Rückblick über Ihr Jahr.* Und: *Wie Sie das nächste Jahr noch besser machen können!* Darauf war ein Foto von Menschen, die Sternsprünge machten.

Rens rascher Blick erfasste das alles, ohne es wirklich zu bemerken, denn nicht das Plakat war interessant, sondern was dahintersteckte. Der Gegenstand hing schräg über einer Nadel und würde wegen seines dicken Inhalts irgendwann herausrutschen.

Der Gegenstand war rechteckig und weiß. Ein Umschlag.

Rens Hand streckte sich fast von allein aus, ganz langsam und ein wenig verträumt, und dabei wusste Ren, sie *wusste* es einfach, auf dem Umschlag stünde, wenn sie ihn ganz herauszog, das Wort DU.

(Moo, meine Liebe, bist du traurig, weil du über das Museum und die verblassenden Spuren der Geschichte liest? Ich glaube, du wirst traurig sein. Es ist mir selbst manchmal schwergefallen, darüber zu schreiben.

Doch jetzt hat sich der zweite Umschlag offenbart, und die neue Spur führt ein wenig weiter. Der neue Mystery Boy.

Es war natürlich Orange Boy, der an jenem Tag im Museum am Rand von Rens Erinnerung schwebte. Es war Orange Boy mit seiner zu großen Kleidung und seinem dünnen Haar und seinem fast fahlen Gesicht in den Panelrahmen des Zines, an den sie sich erinnert fühlte, als sie den Mystery Boy längst vergangener Zeiten anstarrte – der für immer in seinem Bilderrahmen festsaß, in der **Edison Hall**, im Gestern-Zimmer, im **Living History Museum**, an der High Street der Stadt.

Lies weiter, Moo.)

DRITTES KAPITEL

Januar, noch später: Rahmenhandlung (geschnitten und geklaut?)

Barney neigte die Kamera minimal, um Albert Andersons Gesicht besser im Ausschnitt zu platzieren. Wenn man sein Gesicht durch den Sucher betrachtete, war es ziemlich lang, und der einigermaßen neue Vollbart machte es noch länger. Albert ließ sich immer einen Bart wachsen, wenn er ein Schachspiel verlor. Am 23. Januar war er vom Unveröffentlichten Dichter geschlagen worden, und dieses Ergebnis hatte die gesamte Straße überrascht, vor allem den Sieger selbst. Seither war der Unveröffentlichte Dichter sehr viel freundlicher geworden.

Albert saß hinter der Ladentheke im **Comic Strip**, die Hände hinter dem Kopf verschränkt, und erzählte, wie er vor zehn Jahren seinen Klempnerbetrieb zugemacht und einen Comic-Laden eröffnet hatte.

»Versteht mich nicht falsch, ich habe die Klempnerei geliebt. Und alle mögen Klempner! Ist ja klar. Der Klempner zieht einen ganz buchstäblich, wenn ihr mir die volksnahe Ausdrucksweise verzeihen wollt, aus der Ess Ce Ha Eh Ih Ess-Zett Eh«, sagte Albert. Dabei machte er mit den Fingern Gänsefüßchen in die Luft.

»Aber dann haben mich die Comics gepackt.« Albert klang sehr fröhlich angesichts dieses Schicksals.

Barney saß vor dem Tresen, die Kamera stand rechts neben ihm auf dem Stativ. Auf der anderen Seite neben der Kamera stand Edward, im Arm Rens Klemmbrett mit der Liste von Fragen für Albert Anderson.

Ren war irgendwo auf der Straße unterwegs, vielleicht bei **Montgomery's**, vielleicht bei **Coralie's**, wer konnte das wissen?

Sie machte Detektivarbeit.

Es war der letzte Ferientag, und in der vorigen Woche war eine Menge passiert, große wie kleinere Dinge.

Und jetzt war ihr Leben sehr plötzlich in zwei sehr unterschiedliche Bereiche zerschnitten worden: Dreharbeiten und Detektivarbeiten. Zwei konkurrierende Handlungsfäden lenkten ihre Schritte: Die Unerzählte Geschichte und *ORANGE BOY LEBT.*

Meine Güte. Das Leben war wirklich mehr als ein Vollzeitjob. Wie Barney es sah, blieb nicht eine Minute für die Schule übrig.

Es war wirklich unglaublich, wie lange Barney und Ren davon abgehalten worden waren, den zweiten DU-Umschlag zu öffnen. Manchmal war es unerträglich, ein Kind zu sein.

Zuerst mussten sie mit Sally Mittag essen. Das war einfach eine Frage der Manieren. Und der Dankbarkeit. Aber Bagels mit Frischkäse waren ihnen noch nie so zäh vorgekommen, hatten sich noch nie so quälend langsam verzehren lassen. Noch nie hatte Sally sie so großzügig bewirtet, nicht nur einmal, sondern zweimal nachgereicht. Noch nie hatte sie so viel Wohlwollen gezeigt und so viel Zeit zum Plaudern gehabt.

Darum bot sich auch gar keine Chance, schnell hineinzuschauen, bevor sie ihren Krempel hastig die High Street entlangschleppen mussten, zum Nachmittagsinterview mit Sylvie. Drei Stunden lang plapperte und sprang und schwärmte Sylvie, und die ganze Zeit wartete der Umschlag in einer Außentasche von Barneys Kameratasche. Es war ihnen echt schwergefallen, sich zu konzentrieren.

Barney hielt die Kamera ruhig auf Sylvies Gesicht und ihren Schwanenhals gerichtet, sah ihre scharf gezeichneten Augenbrauen auf und nieder wandern, während sie von den glorreichen Tagen am Royal Ballet mit Madama Giuletta erzählte. Er zoomte auf das Porträt von Madama, das über ihr an der Atelierwand hing. Sie war herrisch und majestätisch und in dunklen Pelz gehüllt. »Immer noch bei uns«, hauchte Sylvie heiser. (Nerzmörderin, dachte Barney. Tierkillerin.)

Er verfolgte Sylvie mit der Kamera, auf und ab und rundherum, wie sie einen *grand battement avec pirouettes* vollführte und einen *grand battement en cloche* und einige raffinierte *sissones.* Normalerweise hätte eine solche Bravourleistung Ren und Barney in den Bann gezogen – Junge, Junge, diese *sissones* waren abgedreht –, doch stattdessen ertappte Barney sich dabei, wie sein Blick alle paar Minuten zur Kameratasche schweifte – und dorthin glotzte auch Ren, deren verschwommene Augen hinter der Brille noch mehr in Bewegung waren als sonst.

Und als sie dann nach Hause rannten, um den Brief ungestört und zeremoniell in einem ihrer Schlafzimmer zu öffnen, war Mum auf dem Kriegspfad, erzürnt über den Zustand von Barneys Zimmer. Nicht eine Minute länger wolle sie warten, und nicht eine Minute Film würde gedreht werden, bis das Zimmer aufgeräumt war.

Mindestens einmal pro Ferien schimpfte Mum Barney wegen seines unordentlichen Zimmers und seiner unzureichenden Körperpflege aus – ein weiterer Beweis für die These, dass sie in ihrer Schule besser aufgehoben war: In der Schulzeit traten solche Probleme nicht auf. In solchen Augenblicken war rasches und kollektives Handeln angesagt. Ren war äußerst kooperativ. Sie freute sich sogar über die logistische Herausforderung, die Barneys Zimmer darstellte.

»Du hast überhaupt keine Hilfe verdient«, rief Mum an der Schlafzimmertür. Dort hatte sie vorübergehend Hauptquartier bezogen, wie ein General, der den Fortgang der Schlacht überblickt.

»Du sagst doch immer, am besten funktioniert die Familie, wenn sie zusammenarbeitet!«, rief Barney zurück. Er versuchte ohne Erfolg, einen Stapel Comics, eine von Feliz Navidad-Requisiten überquellende Einkaufstüte und einen Haufen Schulsachen in seine alte Truhe zu stopfen. Die Truhe war bereits voll mit vorzeitlichem Spielzeug, Requisiten und Kostümen, die Barney nicht wegwerfen mochte. Er war ein zwanghafter Sammler. Das war nicht zu leugnen.

»Schlimm genug, über einem Trödelladen zu wohnen«, sagte Mum, »aber muss mein Zuhause auch wie ein Recyclinghof aussehen?« Auch nicht zu leugnen war, dass Mum bei Streitigkeiten nie fair spielte. Ständig verschob sie die Basis der Auseinandersetzung.

»Wie du weißt, räume ich gern auf«, sagte Ren im Tonfall einer Fernsehmoderatorin. In gleichmäßigem Rhythmus hob sie Barneys Sachen vom Boden auf und stapelte sie ordentlich aufs Bett. Mit dem zerknüllten Bettzeug, den nassen Handtüchern und dem verstaubten Krimskrams auf seinen Nachttischen hatte sie bereits kurzen Prozess gemacht.

»Und du musst zugeben, dass ich unglaublich gut darin bin«, fügte sie selbstzufrieden hinzu.

»Und wieder mal räumt ein Mädchen hinter einem nichtsnutzigen Jungen her!«, sagte Mum. »Das ist einfach nicht richtig. Ich habe dich nicht dazu erzogen, den männlichen Vertretern der Gattung gefällig zu sein.«

»Aber es ist doch bloß Barney«, sagte Ren mit bewundernswerter Gemütsruhe. »Der ist ein Bruder. Das ist ein ganz eigenes Geschlecht.«

Mum blieb mit verschränkten Armen und versteinerten Zügen in der Tür stehen, bis sie den Zustand des Zimmers widerwillig abnickte. Aber dann ließ sie Barney zur Strafe noch die Körbe zu erledigender Wäsche in maschinenfertige Haufen sortieren. Danach musste er seine Fußmatten draußen ausschlagen. Danach saugen und wischen.

Dann war Zeit fürs Abendessen, das Dad zubereitete, und satt und voll von Spaghetti Carbonara, wurde er gesellig und gesprächig und wollte alle Einzelheiten ihres Drehtages erfahren. Nach dem Essen musste wie immer abgewaschen werden, und der wie Gummi an den Tellern klebende geschmolzene Parmesan machte sie wahnsinnig. Im Haushalt der Kettles gab es keine Spülmaschine; von denen hielt Mum nichts. Barney schrubbte und kratzte und spritzte, bis er glaubte, in tausend winzige Stücke zerspringen zu müssen.

Erst um zwanzig nach neun konnten sie sich in Rens Zimmer treffen.

»Findest du nicht, dass das Warten die Sache *molto* spannend gemacht hat?«, sagte Ren. Ihr Gesicht war vor Aufregung rosig gefleckt.

»Nein, finde ich nicht!«, sagte Barney. »Bloß *molto* irre. Schnell, bevor ich platze!« Er zog den Umschlag aus seiner Kameratasche und hielt ihn ihr hin.

»Schließlich hast du ihn gefunden.«

»Mein Herz schlägt gerade sehr laut«, sagte Ren und drückte sich den Umschlag ungefähr dorthin, wo dieses Organ saß.

»Aahrrrrrgh!«, rief Barney.

Ren klappte die kleine Nagelfeile an ihrem Schweizer Taschenmesser auf und schob sie ganz langsam unter die Lasche.

Und da war es. *ORANGE BOY LEBT II*. Es war genau, wie sie erhofft, sogar erwartet hatten, doch zugleich war es unendlich überraschend.

Sie setzten sich nebeneinander aufs Bett und lasen gemeinsam, langsam und sehr aufmerksam.

Zehn Minuten später schauten sie einander verblüfft an.

»Was soll das denn?«, fragte Barney. »Was ist mit seinen Großeltern?«

Ren schwieg.

»Und den Hunden? Und allem?«

Barney klappte das Heftchen zu, schlug dann wieder die erste Seite auf und starrte sie an, als stünde dort jetzt womöglich etwas anderes.

»Es ist Zeit vergangen.« Er zeigte auf Orange Boys Daunenjacke. Sie wirkte geschrumpft, genau wie seine Sneaker und sein Nachthemd: Er war gewachsen.

Sie fingen noch einmal an zu lesen.

»Es ist eine ganz andere Welt«, sagte Ren sachlich.

Das Zine war wieder ohne Worte, aber Orange Boys kleine Geschichte war dennoch eindeutig. Er war umgezogen, in einen anderen Vorort, vielleicht sogar in eine andere Stadt. Die alte Bilderbuchstraße mit den kleinen Häuschen, die Gärten voller Blumen, der Park mit der Raupenrutsche, die freundlichen Großeltern und die Haustiere – das war alles verschwunden.

Die neue Umgebung war ebenso genau wiedergegeben wie zuvor, aber die weichen Bleistiftzeichnungen waren von schrofferen Linien abgelöst worden. Der Zeichner hatte mit Tinte gearbeitet: Die Bilder glänzten schonungslos. Die neue Straße wirkte streng und wenig einladend – prächtige Villen und gepflegter Rasen. Winterliche Bäume. Im neuen Haus wohnten neue Erwachsene, die sich kerzengerade hielten und nicht lächelten.

»Keine Eltern«, sagte Barney, weil er es nicht so haben wollte.

»Onkel und Tante?«, fragte Ren. »Oder eine Stiefmutter oder ein Stiefvater. Mr Murdstone.«

Ren hatte letztes Jahr *DAVID COPPERFIELD* gelesen und Barney das ganze Ausmaß des Grauens geschildert, das Mr Murdstone und seine Schwester darstellten.

»Vielleicht war das mit den Großeltern bloß Urlaub. Vielleicht ist das hier sein richtiges Zuhause.«

Ob richtiges Zuhause oder nicht, Orange Boy verbrachte jedenfalls wenig Zeit mit den Elterngestalten. Ohne seine vierbeinigen Gefährten wirkte er jetzt traurig und einsam. Er ging allein zur Schule. Er saß allein und irgendwie geschrumpft auf dem Rücksitz des Familienkombis. Er stand abseits der Menge an der Seitenlinie eines Rugbyspiels. Er wartete ein Stückchen neben der Schlange vorm Subway im Einkaufszentrum.

Lange Zeit starrten sie die letzte Seite an, denn sie wollten nicht, dass die Geschichte ein zweites Mal zu Ende war, wollten sich die Veränderungen nicht eingestehen.

»Immerhin gibt es neue Haustiere«, sagte Barney.

Auf der letzten Seite sah man Orange Boy mit einem Paar weißer Ratten. Er hatte sie in einer Tierhandlung gekauft und in sein

Zimmer geschmuggelt. Sie lebten in einem Käfig in seinem Kleiderschrank, aber nachts holte er sie heraus und ließ sie durchs Zimmer und über sich selbst huschen. Die letzten Panels zeigten sie alle zusammen im Bett, Orange Boys Kopf ruhte auf dem Kissen, die schnurrhaarigen Dreiecksnasen der Ratten lugten unter seinem Nachthemd hervor.

»Aber er lächelt gar nicht«, sagte Ren ganz leise. »Nicht ein einziges Mal.«

Barney dachte mal wieder über seine Schwester nach. Was war sie doch für eine seltsame Mischung! Einerseits waren da ihre grausigen Geschichtsbücher. Andererseits hatte sie sich stets geweigert, das Ende von *Wilbur und Charlotte* anzuhören. Als Dad ihnen das Buch vor Jahren vorlas, hatte Ren laut »Nein! Nein!« geschrien, als sich abzeichnete, dass Charlotte sterben würde. Sie hatte sich die Ohren zugehalten und war aus dem Zimmer gerannt.

»Und was ist mit diesen hier?« Ren stach mit dem Finger auf ein Bild ein.

In vielen Zeichnungen schwebten kleine Denkblasen über Orange Boys Schädel. Doch sie waren alle leer. Offenbar hatte Orange Boy nichts im Kopf. Aber wie er sich fühlte, das konnte man sehen, denn die Umrisse der Blasen verrieten seine Stimmung: Mal waren sie zart und schlingernd, mal fest und schwarz und eckig, oder explosiv und scharfkantig wie ein Maul voller gefährlicher Zähne. Manchmal waren sie kaum vorhanden, bloß geisterhafte Konturen tot geborener Gedanken.

»Okay«, sagte Barney. »Es ist irgendwie traurig …«

»*Molto* traurig«, sagte Ren mit Grabesstimme.

»Aber die Ratten sind doch etwas Positives. Vielleicht geht es beim nächsten Mal nur um seine neuen Rattenfreunde. Du weißt schon, dass sie mal rauskommen und Sachen machen.« Abgesehen von gelegentlichen Einbrüchen nach Filmkatastrophen war Barney ein äußerst optimistischer Mensch.

Ren war zusammengesackt. »Ich hoffe, die nächste Ausgabe kommt bald. Diese hier macht mich *molto* schwermütig.«

»Und warum magst du Comics so gerne?«, fragte Edward Albert Anderson.

Barney unterdrückte eine Grimasse. Edwards Aufnahmestimme klang ein wenig wie die von Dick Scully. Er sprach ein bisschen zu laut und ein bisschen zu langsam. Aber eigentlich war es auch egal. Edward wusste es noch nicht, aber Barney würde alle seine Fragen herausschneiden. Löschen, löschen, löschen. Barney liebte den Schnitt. Der perfekte Tummelplatz für Größenwahnsinnige.

Ren und er hatten sich das bisherige Interviewmaterial angeschaut. Das taten sie am Ende eines jeden Drehtages – so wie alle Regisseure und Cutter. Sie hatten sich Sally und Sylvie und alle anderen angeschaut und entschieden, dass die Aussagen aller Beteiligten auch ohne die Fragen genug Sinn ergaben. Die Fragen brachten sie nur zum Reden.

Und hört euch das an, jetzt wiederholte Albert auch noch ganz hilfreich die Frage:

»Warum ich Comics so gern mag? Interessant.«

Albert dachte eine Weile nach. Barney zoomte näher an sein Gesicht heran, damit man sein Nachdenken sehen konnte. Er saß ganz still, aber seine Miene veränderte sich im Lauf der folgenden zehn Sekunden unmerklich. Wäre das hier ein Comic, dachte Barney, würde Alberts Denken auf vier oder fünf Panels verteilt werden. Und dann käme ein letztes Panel, in dem Albert sich vorbeugte und verlegen sagte:

»Klingt banal, aber es sind wohl die Bilder. Geschichten und Figuren in Bildern. Oder, wie wir Akademiker sagen, die sequenzielle Kunst des Erzählens.«

Die meisten Kunden hatten davon keine Ahnung, aber Albert war in Wirklichkeit Dr. Albert Anderson. Er hatte über Comics promoviert und 80 000 Worte über die Brüder Hernandez geschrieben. Barney hatte sich die Doktorarbeit einmal angesehen. Es war ein richtiges Buch, eine höchst eindrucksvolle Sache mit lauter Ausdrücken wie SequenzielleKunstderErzählung und RegionaleKarikatur-Tradition, enthielt aber keine befriedigende Menge von Bildern.

»Durch diesen Laden konnte ich meine Comic-Käufe von der Steuer absetzen«, sagte Albert. »Außerdem ist mir oben in der Wohnung der Platz ausgegangen.«

Albert war als Interviewpartner unschlagbar, fand Barney. Er interviewte sich im Grunde selbst – glitt elegant von einem Aspekt seines Lebens und seiner Arbeit zum nächsten. Sie hatten schon eine komplette Ladenführung im Kasten – angefangen mit der Vorstellung von Art, der den größten Teil des Tages im Eingang zum **Comic Strip** verschlief. Der Gang durch das Geschäft wurde von Alberts lebhaften Kommentaren begleitet – er konnte aufs Geratewohl irgendeine Graphic Novel aus dem Regal ziehen und eine Anekdote über den Autor oder ein Stück Comic-Geschichte oder eine lustige Begebenheit mit einem Kunden daran aufhängen. Der **Comic Strip** lockte eine Menge ungewöhnlicher Menschen an, und das gefiel Albert.

»Das ist eine richtig tolle Gegend hier«, sagte Albert. »Alle Arten von Leuten. Eine eigene Welt. Und die Anwohner verstehen sich alle so erstaunlich gut.«

Albert zwinkerte demonstrativ in die Kamera.

»Cut«, sagte Barney.

»Konnte nicht an mich halten«, sagte Albert grinsend.

Er hatte Recht, die Anwohner der High Street verstanden sich erstaunlich gut. Meistens. Natürlich brachen gelegentlich kleine Scharmützel aus. Das war ganz natürlich, sagte Mum. Die Straße war bloß eine größere Version eines Klassenzimmers. Oder eines Lehrerzimmers. Da konnten unmöglich alle die ganze Zeit mit allen anderen auskommen.

Im Augenblick boykottierte zum Beispiel Dick Scully das **Nut House**, weil Phil und Pete etwas dagegen hatten, dass Kiwi Keith mit seiner Sabberschnauze ihren Laden betrat.

Sylvie hatte während ihres Interviews eine politische Meinungsverschiedenheit mit Sarah Montgomery eingeräumt, die sich vor langer Zeit ereignet hatte, auf der Wahlparty der Scullys. Sie waren sich immer noch nicht wieder ganz grün.

In den vier Wochen seit Weihnachten hatte Solomon mehrfach streng mit Kazimierz über sein spätabendliches Mandolinenspiel gesprochen. Kazimierz' Wohnzimmer lag nur wenige Meter von Solomons und Hanas Schlafzimmer entfernt. Das Gezupfe und das Tremolo der Mandoline förderten nicht gerade den Schlaf, sagte Solomon.

Und Clifford und Sabrina hatten seit der Woche vor Halloween kein Wort mehr gewechselt, seit Sabrina ihr saisonales Konfekt in

Mrs Corry's Schaufenster dargeboten hatte: Augapfel-Trüffel, Abgetrennte Finger aus Weingummi und Schoko-Spinnen. Das hatte Clifford veranlasst, Sabrina zu beschuldigen, sie sei auch nicht besser als ein Drogendealer, nur dass sie das weiße Gift unter die Leute bringe – womit er Zucker meinte. Clifford verabscheute Zucker, sämtliche Süßigkeiten und besonders Halloween. Er ernährte sich vollständig zuckerfrei und fand, das sollten alle Menschen tun.

Auch die Kinder der High Street hatten gelegentlich Streit. Natürlich. Vor allem Barney und Edward. Und just wegen ihres letzten Zanks saß Edward jetzt neben der Kamera und stellte für Die Unerzählte Geschichte die Fragen.

Vor fünf Tagen war Barney morgens gleich nach dem Aufstehen mit einer ausgewachsenen Krise konfrontiert worden.

Es stellte sich nämlich heraus, dass es zwar gut fürs störungsfreie Filmemachen war, das traditionelle Ensemble und Team außen vor zu lassen, aber sehr schlecht für die Freundschaft. An jenem sonnigen Mittwoch hatte eine Delegation seiner High-Street-Freunde vor Barneys Schlafzimmertür gestanden, genauer gesagt Edward und JohnLeo.

»Wieso macht ihr den neuen Film ganz allein?«, fragte Edward, der nie um den heißen Brei herumredete. Seine Miene wirkte äußerst kampflustig.

Barney rieb sich die Augen. Er war verwirrt.

»Ihr seid wieder da«, sagte er schließlich. Edward und Henrietta waren drei Wochen lang zu Besuch bei ihren Verwandten in Australien gewesen, JohnLeo mit seinen Cousins und Cousinen in Coralies Strandhäuschen.

»Wie spät ist es eigentlich?«

Edwards wütendes Klopfen hatte Barney aus einem verrückten Traum geweckt, in dem Schlamm, eine Kamera-Ausrüstung, weiße Ratten, Suit, Suits Wecker und Izzy vorkamen. (Izzy und ihr langer goldener Zopf waren schon mehr als einmal in Barneys Träumen aufgetaucht, was er unbedingt Ren hatte erzählen müssen.)

»Spät genug, uns zu erzählen, wieso wir nicht in deinem Film vorkommen«, sagte Edward. JohnLeo nickte unfreundlich zustimmend.

»Wie seid ihr reingekommen?«, fragte Barney. Er konnte sich nicht orientieren, wusste kaum, welcher Tag war.

»Judy«, sagte Edward. »Sie ist zur Lehrerkonferenz gegangen. Sie hat gesagt, das sollen wir dir ausrichten. Und dein Vater ist unten. Aber was ist mit diesem Film? Und was ist mit uns?«

»Moment!«, sagte Barney. Er knallte ihnen die Tür vor der Nase zu und schüttelte heftig die Haare – was ihm manchmal eigenartigerweise half, einen klaren Kopf zu kriegen. Dann suchte er den Fußboden nach seinen Kleidern ab. Sein Zimmer kehrte erfreulich schnell zum gewohnten Chaos zurück.

Meine Güte. Wieso hatte er das nicht bedacht? Nicht eine Sekunde hatte er an die anderen Kinder gedacht. Vielleicht war er wirklich größenwahnsinnig. Aber wieso war Ren nicht darauf gekommen? Barney zwängte sich in eine Shorts und ein T-Shirt, machte die Tür wieder auf, starrte Edward und JohnLeo böse an und schrie nach Ren.

»Ihr wart beide nicht da«, sagte er zu den beiden Jungen.

»Benjamin war da. Den lasst ihr auch nicht mitmachen«, sagte Edward.

Das stimmte leider. Aber es hatte eben für niemanden sonst etwas zu tun gegeben. Und Benjamin …

»Der ist zu so einem Improvisationstheater-Dings gefahren!«, fiel Barney wieder ein. »Drei Tage lang! Wir mussten doch loslegen!«

»Gestern hatte er nichts vor. Und vorgestern auch nicht. Und an den Tagen habt ihr gedreht.«

Es war so nervig, dass alle in der High Street allen alles erzählten. Nie konnte man irgendwas unterm Radar halten. Hatten sie allerdings auch gar nicht versucht. Ach, das war alles so kompliziert.

Barney machte sich bereit, ihnen zu erklären, wie wenig Team eigentlich für einen Dokumentarfilm benötigt wurde und wie schnell Die Unerzählte Geschichte Fahrt aufgenommen hatte.

Das Problem mit Edward war, dass er die AufregendeAlchemieDesKreativenProzesses nicht verstand. Er war zu sachlich. Er wollte Strafverteidiger werden, wenn er groß war, und übte sich jetzt schon in der Kunst des Kreuzverhörs. Seine Fragen prasselten auf dich ein wie ein feindlicher Pfeilhagel. Er nagelte dich fest.

»Wieso setzt du uns andere Kinder nicht ein?«, fragte Edward. »Was ist los? Was ist mit der High-Street-Treue? Hast du die vergessen?«

Mit acht Jahren hatten Edward und Barney den Street Club gegründet. Um Mitglied zu werden, musste man an der High Street wohnen. Man musste acht Jahre oder älter sein. (Henrietta und Ren waren damals sieben gewesen.) Es gab einen Treffpunkt – die Kinderbuchabteilung bei **Montgomery's** – und einen Blutschwur – »Für immer High-Street-Treue«: Sie hatten Nadeln heiß gemacht und echtes Blut fließen lassen. Edward war diesem Schwur immer noch in kindlicher Loyalität ergeben, was Barney absurd, sogar peinlich fand. Sie waren schließlich inzwischen so gut wie dreizehn. Wie dem auch sei …

»Natürlich habe ich die nicht vergessen«, sagte Barney entrüstet. »Im Film geht es ja um die High Street. Das ist praktisch die Definition von Treue!«

»Aber es war unfair, uns nicht einzubeziehen!«, brüllte Edward.

»Es war ja keiner da!«, brüllte Barney zurück. Nach ein bisschen Gebrüll war Edward die Treppe hinunter und aus dem Haus gerannt, JohnLeo dicht auf seinen Fersen. So endeten die Streitigkeiten zwischen Barney und Edward meist – Edward stürmte wütend davon, einen Gefolgsmann im Schlepptau.

Kaum war die Wohnungstür zugeknallt, kam Ren aus ihrem Zimmer, fertig angekleidet und bereit für den Tag, die Haare zu einem praktischen Pferdeschwanz gebunden, die Augen hinter der Brille groß aufgerissen und wach. Sie sah erfrischt und entschlossen aus.

»Na, vielen Dank, Schwester«, sagte Barney. »Du warst mir eine große Hilfe.«

»Es hat überhaupt keinen Zweck, sich zwischen dich und Edward zu stellen.« Ren klang schon genau wie Mum.

»Aber entspann dich«, fuhr sie mit wippendem Pferdeschwanz fort. »Ich weiß genau, was zu tun ist.«

Ren war ein Genie, überlegte Barney etwas später, den Mund voll mit Armer Ritter, das Herz voller Dankbarkeit. Der salzige Schinken und der süße Ahornsirup kitzelten seine Geschmacksknospen. Edward hatte wieder gute Laune. JohnLeo sah nicht mehr unfreundlich aus. Ren hatte sie beide besänftigt: Edward sollte sich die Fragen für das Interview mit seinen Eltern ausdenken! JohnLeo würde Berater für die Aufnahmen bei **Coralie's**! Alle Kinder würden die Recherche für die Gespräche mit ihren eigenen Eltern übernehmen. Es lag auf der Hand.

»Wie dumm von uns, dass wir nicht gleich darauf gekommen sind«, sagte sie unendlich raffiniert zu Edward.

»In Wirklichkeit«, sagte Ren jetzt und goss sich Sirup über das gebratene Brot, »wollen alle außer Edward bloß im Film drin sein. Den anderen sind die Recherche und der ganze andere Kram völlig egal. Aber in Edward schlummert tief drinnen ein Produzent-Schrägstrich-Regisseur. Und der will raus.«

»Ein angehender Diktator«, sagte Barney düster. »Wusste ich's doch.«

Ren schnaubte. »Und wenn wir Edward mit ins Produktionsteam holen? Ihn zum Produktions- und Recherche-Assistenten machen? Ein Schrägstrich. Dann wäre er glücklich.«

Ren hatte das Produktionsbuch zur Hand. Schon trug sie die neuen Personalien mit gespitztem Bleistift ein.

»Und außerdem – weißt du, was?« Ren unterstrich *Produktions-/Recherche-Assistent* und bohrte einen dunklen Punkt dahinter.

»Was?«

Barney erinnerte sich an Edwards Verhalten bei Silent Movie und Feliz Navidad. Er hatte wirklich viel zu viel zu sagen gehabt. Mehr als einmal hatte er sich mit Barney über die Regieanweisungen gestritten. Mit dem Regisseur zu diskutieren ging gar nicht. Andererseits war das Filmemachen nach Ansicht von Felix La Marche und Hal Nicholas eine gemeinschaftliche künstlerische Tätigkeit. Alles sehr verwirrend.

»Wir haben total vergessen, dass wir die anderen auch interviewen müssen«, sagte Ren. »Und uns selbst haben wir auch vergessen! Ohne uns Kinder kann es doch keine richtige High-Street-Doku werden.«

Stimmt, hatten sie. Wie witzig. Was für ein Versehen. Aber das war das Problem, wenn man in der AufregendenAlchemie drinsteckte – die Feinheiten fielen dann leicht mal hinten runter. Das lag am HalsüberKopfRauschderInspiration – noch so ein Ausdruck, den Barney in sein Filmemacher-Journal geschrieben hatte.

Ren wandte sich der Mittelseite des Produktionsbuches zu. Ihr Interview-Zeitplan lag in seiner ganzen komplexen Schönheit vor ihnen – ein zehnwöchiger Drehkalender.

»Die Frage ist«, sagte Barney, »sollten wir uns Kinder alle einzeln aufnehmen oder als Gruppe?« Ihm wurde ein wenig flau. »Wenn wir es als Gruppe machen, ist es ein bisschen wie beim Spielfilm. Chaos. Ich plädiere für einzeln.«

»Dafür haben wir nicht genug Zeit«, sagte Ren mit Nachdruck. »Die Schule fängt an.«

Barney wurde noch flauer. Schule. Was für ein Riesennerv.

»Aber ein Gruppeninterview macht bestimmt Spaß!«, sagte Ren. »Wir können uns alle gegenseitig Fragen schreiben. Das machen wir als Letztes. Dann haben wir alles andere schon im Kasten, und du bist froh und glücklich und voller Wohlwollen.«

»Alles fertig bis auf den Schnitt«, sagte Barney. »Der dauert noch Wochen.«

»Weiß ich doch«, sagte Ren und deutete mit dem Bleistift auf den Plan. Sechs Wochen zum Drehen. Vier Wochen zum Schneiden.« Die Premiere der Doku hatten sie für die Party nach der Ostereiersuche geplant.

Barney warf Ren einen, wie er glaubte, liebevollen Blick zu. Mit Sicherheit würde sie irgendwann ein großes Unternehmen leiten.

Ren gab noch mehr Daten ein. Dann zog sie einen Schlussstrich. Sie klappte das Produktionsbuch zu und lächelte undurchdringlich und selbstzufrieden.

Barney zog den Reißverschluss der Stativtasche zu und verstaute sie zusammen mit seiner Kamera hinter dem Stand mit den Zines. Albert durchsuchte mit einem Kunden eine Kiste mit alten Ausgaben von *STAR TREK*. In einer Minute würde er sich und Barney Pfefferminztee kochen. Edward war nach Hause gegangen. Er musste vor der Schule noch häusliche Pflichten erledigen.

Schule. Barney schnappte sich ein Zine, um sich vom hartnäckigen und höchst entmutigenden Gedanken daran abzulenken. Das Heft hieß *VERWANDTE WEIHNACHTEN* und zeigte die Ansammlung von Geschwistern, Großeltern, Onkeln, Tanten, Stiefonkeln, Stieftanten und seltsamen Cousins, mit denen der Autor Weihnachten verbringen musste. Einigermaßen witzig, dachte Barney beim Durchblättern. Durchschnittliche Zeichnungen. Aber natürlich kein Vergleich mit Orange Boy. Der spielte in einer anderen Liga. Und war im Augenblick außerdem in Rens Besitz. Sie teilten sich das Heft halbtagsweise. Sie mussten die beiden Orange-Boy-Zines unbedingt kopieren. Es wäre schrecklich, sie zu verlieren.

Sie waren in höchster Alarmbereitschaft wegen der dritten Folge. Barney hatte bereits alle Regale und Oberflächen des **Comic Strip** abgesucht. Das machte er inzwischen schon automatisch. Auf dem Weg zu Albert Anderson hatte er die sommerlichen Schaufensterpuppen von **Ping's** untersucht. Er hatte auf ihre Jacken- und Hemdtaschen geschaut, in die Taschen und Accessoires und nach Hinweisen auf den weißen Umschlag geforscht. Er war auch rasch ins **Nut House** gegangen und hatte die *Nut News* gescannt – die kleine Korkwand, an die Phil und Pete Informationen über Nüsse hefteten (Erntezeiten; Rezepte für Pinienkerne und Pekannüsse; Nusskrankheiten aus aller Welt und dergleichen): Das schien ihm ein nahe liegender Ort, ein Zine abzulegen. Barney wollte auf dem Heimweg noch den Grußkartenständer bei **Forget-Me-Knot** checken und die Kisten mit alten Postkarten bei **Montgomery's**. Die High Street steckte voller Möglichkeiten, ein Zine zu tarnen. Und jeder Ort musste täglich überprüft werden.

In der Woche hatte Ren ein neues Notizbuch angefangen. Die Lektüre von *ORANGE BOY LEBT II* hatte sie runtergezogen, aber ein neues Notizbuch anzufangen heiterte sie immer auf. Sie spitzte mehrere neue Bleistifte an und schrieb alles auf, was sie über Orange Boy wussten – oder zu wissen glaubten. Dann schrieb sie alle Fragen auf, die sie zu ihm hatten, alles, was sie wissen wollten. Nur so ließen sich Gedanken ordnen, sagte Ren.

»Es lässt sich auf folgende Fragen reduzieren«, verkündete sie, nachdem sie das Geschriebene durchgesehen hatte. »Erstens: Wer legt diese Zines ab? Zweitens: Warum werden sie abgelegt? Drittens: Ist Orange Boy ausgedacht oder eine wahre Geschichte? Ist er der Junge in der Geschichte und der Junge, der die Geschichte schreibt? Oder hat ihn sich jemand anders ausgedacht? Wenn du verstehst, was ich meine. Viertens: Wie finden wir die Antworten auf diese Fragen?«

»Wir können auf keinen Fall bloß rumsitzen und warten, bis das nächste Heft auftaucht«, sagte Barney. Er nahm einen Schluck aus der Flasche Eiswasser, die er sich an die Wange gehalten hatte. Schon wieder so ein heißer Tag. Offenbar gab es eine richtige Hitzewelle.

Barney hatte Rens verschiedene Listen angestarrt. Orange Boy: Wahrscheinliche Fakten. Orange Boy: Fragen. Orange Boy: Wahrheit, Fiktion oder beides. Orange Boy: Rätselhafte Dinge. Und so weiter und so fort. Die Listen wirkten wie entfernte Verwandte der bauchigen Wortsäulen, die Ren an jenem fernen Tag in **Coralie's Café** aufgestellt hatte – meine Güte, das war gerade zwei Wochen her, es kam ihm wie Jahre vor –, doch statt der einfachen Substantive, die solide und greifbare Gegenstände bezeichneten, steckten diese Listen voller vager Vorstellungen wie Sommer/Großeltern? Echte Tiere oder Bilderbuchtiere? Wo ist zu Hause? Diese Formulierungen machten Barneys Kopf ganz weich und seine Glieder schlaff, irgendwie konnte er gar nicht mehr denken. Die Wirkung war ganz ähnlich wie die von Ms Temples liebsten Rechenaufgaben von der Sorte, die mit solchen Sätzen anfing: Wenn Danny und Cara und Jackson je $ 9,50 haben und jeder von ihnen zwischen 8 und 11 Kartenspiele kauft, von denen einige 75 Cent das Stück kosten, andere 60 Cent das Stück, und Cara bla, bla, bla, bla, bla …

»Wir müssen …« Barney hielt sich die Plastikflasche über den krausen Kopf und drückte sanft. »Wir müssen …« Der dünne Strahl kalten Wassers tropfte höchst erfrischend auf seine Kopfhaut.

»Wir müssen richtige Detektivarbeit leisten!«, sagte er. Hervorragend. Kaltes Wasser war die Lösung. Er drückte noch einmal.

»Was machst du da!«, quiekte Ren. Das Wasser lief in kleinen Bächlein Barneys Hals hinunter und tropfte auf das Notizbuch.

»Wir müssen diesen Kerl finden«, sagte Barney. »Ist ja schön und gut, Sachen aufzuschreiben, aber Taten sagen mehr als Worte, das weißt du doch!« Das war einer von Dads liebsten Redensarten. Er hatte sie von Nordinsel-Opa geerbt, er ruhe in Frieden. Barney warf den Kopf zurück, hielt ihn weg vom Tisch und Rens kostbarem Notizbuch, hielt sich die Flasche übers Gesicht und drückte fest zu.

Ren quiekte noch mehr, doch Barney leckte sich das eiskalte Wasser vom Gesicht; es kühlte seine Augen, Wangen, Kehle und spülte irgendwie auch sein Hirn durch.

Das war es. Sie mussten auf der Straße sein, wachsam und bereit, auf alle Spuren achten, die Orange Boys Kurier hinterlassen könnte, die Augen nach Orange Boys richtigem, nicht fiktionalen Selbst offen halten – oder nach seinem Schöpfer. Barney erinnerte sich an die unsterblichen Worte von Felix und Hal: Wie große Filmemacher mussten sie Periskope mit Ohren werden, die sich in alle Richtungen drehten. Ganz logisch. Das Schnüffeln wäre wie das Filmemachen. Sie konnten sogar schnüffeln, während sie den Film drehten. Multitasking. Und Aufgaben verteilen.

»Mal im Ernst«, Barney stand auf und wischte sich das Gesicht mit einem Küchenhandtuch trocken. »Die Sache wird kompliziert. Wir haben jetzt zwei Jobs. Zwei Riesenjobs. Da kommen uns Edward und die anderen gerade recht. Und …« Nein. Konnte er das zulassen? Ganz bestimmt nicht. Aber es schien unvermeidlich. »Und – ich kann selbst kaum fassen, dass ich das sage – du wirst auch mal die Kamera führen müssen.«

»Echt?« Ren riss staunend die Augen auf. Sie drückte das Orange-Boy-Notizbuch schützend an die Brust. »Ich kann es auch nicht fassen. Wirst du krank?«

»Nein«, sagte Barney. »Ich werde pragmatisch.«

»Du bist nie pragmatisch. Du musst wirklich krank sein.«

»Halt den Mund«, sagte Barney. »Ich bin pragmatisch. Alle großen Regisseure müssen pragmatisch sein. Und größenwahnsinnig. Beim Filmemachen geht es vor allem um Logistik. Hab ich dir doch schon mal erklärt.«

»Hast du?«

»Logistik: *die detaillierte Organisation und Umsetzung jeder größeren und komplexen Operation* – mit anderen Worten, ein Film.« Auch das stand in seinem Film-Journal geschrieben. Barney hatte es auswendig gelernt.

Ren schien nicht überzeugt.

»Und ich bin eben bei den Einzelheiten nicht so gut«, sagte Barney, der jetzt in Schwung kam. »Und da kommst du ins Spiel. Ich bin fürs große Ganze zuständig.«

Er gab *DU WILLST ALSO FILMEMACHER WERDEN* wieder. Hal und Felix waren in den Ruhestand auf dem obersten Regalbrett im Wohnzimmer versetzt worden, doch ihre Perlen der Weisheit hatten sich in Barneys Hirn festgesetzt, ganz ähnlich wie die Verse von *STILLE NACHT* oder dem Kinderbuch *HAIRY MACLARY* oder dem Kinderlied *HICKORY DICKORY DOCK*. Und diese Perlen waren nun fertig geformt herausgekommen, dank der kräftigenden Wirkung eiskalten Wassers.

»Und das große Ganze ist«, fuhr Barney fort, »dass wir jetzt im Grunde zwei Schauplätze haben: Die Unerzählte Geschichte, der ist sozusagen öffentlich, das geht einfach weiter, wer eben gerade gefilmt wird, bla, bla, bla. Und der geheime Schauplatz, das ›Orange-Boy-Set‹ sozusagen – und das kann jederzeit und überall sein. Ein wanderndes Set ...«

Meine Güte, schwer beeindruckend. Ein wanderndes Set. Er hatte einen kleinen Alchemie-Ausbruch. Echt Wahnsinn, wie das einfach so aus einem heraussprudelte. Von nun an musste er immer eine Flasche Eiswasser griffbereit haben.

»... denn wer weiß schon, wo das hinführt.«

»Wollen wir Orange Boy filmen? Wie denn? Er existiert doch gar nicht in menschlicher Form.« Ren wurde mürrisch. Sie konnte es nicht leiden, wenn Barney von einer Idee zur nächsten polterte. Sie kritzelte lieber in ihr Buch und dachte in ordnungsgemäßer Reihenfolge über alles nach.

»Aber der Lieferant von Orange Boy existiert. Wir haben ihn bloß noch nicht ausfindig gemacht. Aber wir werden ihn aufspüren. Mit einer Kamera. Und das ist, wenn du drüber nachdenkst, definitiv eine Aufgabe für mich. Du kannst dann den Ersatz-Kameramann beim UG-Dreh machen« – UG war inzwischen ihr Kürzel für die Doku – »und ich gehe aufspüren.«

»Erstens«, sagte Ren und stellte sich auf die Zehenspitzen, um besser diskutieren zu können, »wenn ich dein Ersatz wäre, dann wäre ich eine Kamerafrau. Zweitens haben wir nur eine Videokamera.« Ihr Tonfall war eine unangenehme Mischung aus Mum und Ms Temple in beißendster Form. »Drittens ...«

»Drittens«, sagte Barney, »haben wir in Wirklichkeit zwei Kameras. Du hast die von Nordinsel-Oma vergessen.«

»Oh«, sagte Ren und ließ sich wieder auf die Fußsohlen sinken.

Dann setzte sie sich wieder an den Tisch und schlug erneut das Heft auf. »Hm.«

Nordinsel-Oma hatte Barney vor Jahren ihre Videokamera gegeben, als er unbedingt alles filmen wollte. Seine geliebte PD170 war dann kurz darauf ein Weihnachtsgeschenk aller Großeltern zusammen gewesen. Inzwischen war Omas kleiner Camcorder meist mit Mum in der Schule, aber am Ende des Schuljahres brachte sie ihn immer mit nach Hause. Er lag im Wohnzimmerschrank neben dem *Spiel des Lebens* und *Balderdash* und *Cluedo*.

Ren griff wieder zum Bleistift. Sie überschrieb eine neue Doppelseite mit Zeitplan für zwei Sets.

»Aber wie kann man denn mit einer Kamera aufspüren?«, fragte sie. »Das ist doch keine Lupe. Und du bist nicht Sherlock Holmes. Und wieso ist es definitiv eine Aufgabe für dich, Orange Boy aufzuspüren? Wenn ich bei UG filmen kann, dann kann ich es auch überall sonst.«

Barney ignorierte sie.

»Irgendwie habe ich das Gefühl«, sagte Ren, während sie mit dem Lineal die Linien für die neue Zeitplan-Tabelle zog, »dass deine Diktatur allmählich zu Ende geht.« Sie nummerierte die Tage des Monats. »Ein sehr starkes Gefühl.«

Du träumst wohl, dachte er.

Barney stellte *VERWANDTE WEIHNACHTEN* zurück und nahm sich das Zine daneben: *DIE SIEBEN FRISUREN DER MENSCHHEIT*. Es war ein Zine mit Ziehharmonikafaltung, und es zeigte die Haarschnitte des Autors aus seinen Kinder- und Teenagertagen. Sie reichten von passabel bis Riesenfehler. Barney hatte selbst ganz ähnliche Frisuren erlitten, bis zu seinem letzten Geburtstag, als er von Mum eine Flasche Haarpflegemittel und einen handgeschriebenen Gutschein bekommen hatte, der ihm zusicherte, dass er von nun an seine Kleidung selber kaufen und seine Frisur selbst bestimmen konnte sowie nicht mehr zwei Sportarten ausüben musste. Moms Geburtstagsgutscheine waren richtig wertvoll. Wenn man sie im Jahr zuvor geschickt genug beeinflusste, konnte man meist die Abschaffung einer lästigen elterlichen Forderung erreichen.

Barney stellte *DIE SIEBEN FRISUREN* zurück und wählte *BESCHÄFTIGUNGSMÖGLICHKEITEN* aus.

Art erwachte aus seinem Vormittagsschlaf, schlurfte durch den Laden und in den Hinterhof.

Zur Schule gehen war natürlich die lästigste – und unerschütterlichste – elterliche Forderung. Bei deren Abschaffung war Barney noch keinen Schritt vorangekommen. Es sah so aus, als wäre die Highschool unvermeidlich. Trübe Aussichten.

»Tee, Herr Pfarrer?«, rief Albert Anderson.

Barney nahm *BESCHÄFTIGUNGSMÖGLICHKEITEN* mit zu dem tragbaren Teetisch von Albert, der seine Zeit meist in der Nähe der Hintertür zubrachte. Der Tisch folgte normalerweise dem Sonnenlicht, doch heute saßen sie im schmalen Schatten des Zwergahorns beim Hintereingang von **Forget-Me-Knot**. Art machte es sich unterm Tisch bequem, wollte schon wieder einschlafen. Schlafen war seine Hauptbeschäftigung. Er war ein sehr alter Hund.

Die Hintereingänge aller Geschäfte an der Ostseite der High Street gingen auf den Luna Square hinaus. Wenn man an Alberts Tisch Pfefferminztee trank, konnte man sie alle vorbeiflanieren sehen: Kauflustige auf dem Weg zu Boutiquen und Designerläden, oder schon fündig gewordene; Museumsbesucher; Menschen, die an den Hoftischen der **Saturn Bar** ihre Mittagspause sehr weit ausdehnten.

Die Jazz-Studenten von der Hochschule waren wieder am Start: Ein Quartett spielte am Nordrand des Platzes. Alle vier trugen Sonnenbrillen. Auf dem Platz trugen alle Sonnenbrillen, außer Darius, der als lebende Statue in der Mitte stand. Eine Sonnenbrille wäre für ihn heute ganz und gar unangemessen gewesen, denn er stellte einen griechischen Athleten dar. (Besonders gut bei großer Hitze: erforderte nur sehr leichte Bekleidung. Andererseits musste er die ganze Zeit in der vorgebeugten Haltung des Diskuswerfers kurz vorm Wurf verharren.) Barney beobachtete Darius bewundernd. Seine Konzentration und Ausdauer waren unfassbar. Allein vom Zuschauen wurde Barney hibbelig und kribbelig.

»Dreh läuft nach Plan?«, fragte Albert. Er reichte Barney die Packung Schokoladenkekse.

»So ziemlich«, sagte Barney. »Morgen ist Mariko dran. Nach der Schule. Sie ist wieder da. Interview und vielleicht Origami-Vorführung.« Er verschlang einen Keks, schnappte sich den nächsten und überlegte, wie es wohl bei Ren und den alternativen Dreharbeiten lief.

Barney konnte immer noch nicht fassen, dass er eingewilligt hatte, Ren den ersten Detektivdreh zu überlassen. Allerdings hatte er kaum eine Wahl gehabt. Offenbar hatte die Saat der Rebellion in Rens Herz gekeimt. Die bloße Erwähnung der Möglichkeit, sie könne hinter einer Kamera stehen, hatte einen Putsch ausgelöst. Kettle Productions müsse demokratischer werden, sagte sie, sonst würde sie nicht weiter mitmachen. Barney hatte zuerst verblüfft, dann ungläubig, dann empört reagiert. Es kam so plötzlich. So etwas hätte er von Edward und JohnLeo erwartet, aber nicht von seiner treuen Schrägstrichkönigin. Das war so, als würden die Höflinge den König absetzen. Als würde Struppi sich gegen Tim wenden. Pech für dich, sagte Ren, die Arme verschränkt wie Mum beim Ausbruch von

Feindseligkeiten, und ihre Pupillen pulsierten wie die des Rückenschwimmenden Kongowelses.

Am Ende hatten sie eine Münze geworfen, wer als Erster an die Detektivkamera durfte, und kaum zu glauben: Ren hatte gewonnen.

Jetzt streifte sie also durch die High Street und Umgebung, die Augen weit offen und Omas Camcorder griffbereit. Vielleicht war sie gerade jetzt auch auf dem Luna Square. Offiziell – sollte irgendjemand nachfragen – war Ren das zweite Drehteam und nahm einrahmende und überleitende Szenen für UG auf. Mit dieser Legende für Ren war Barney sehr zufrieden. Er war überhaupt mit so vielen Aspekten ihres aktuellen Filmalltags zufrieden. Das milderte die Auswirkungen von Rens Meuterei ein wenig.

Es war so ungeheuer erfreulich, ein Geheimprojekt am Laufen zu haben. Das Leben war so viel aufwühlender. Natürlich war es auch schon *molto* aufregend, über alles zu reden, über Orange Boy und seinen geheimnisvollen Schöpfer zu spekulieren und Strategien zur Lösung des Rätsels zu entwickeln. Aber auch ganz gewöhnliche und unspektakuläre Tätigkeiten wie Frühstück machen oder für Mum zum Obst-und-Gemüse-Stand gehen oder duschen (was Barney nach Kräften zu vermeiden suchte) oder Dad helfen, schwere Gegenstände im **Emporium** herumzuschieben – all das war beinahe interessant oder zumindest ganz erträglich geworden. Alles, was man tat, war vom Kitzel des geheimen Wissens begleitet. Ihre Tage summten, vibrierten geradezu. So eine Art Hundepfeifengeräusch, das nur Barney und Ren hören und spüren konnten.

Gelegentlich hatte Barney Gewissensbisse, dass er das Wunder Orange Boy vor Jack und Benjamin verborgen hielt. Und es kam ihm auch nicht ganz richtig vor, an Albert Andersons Teetisch zu sitzen und ein Erlebnis zu verheimlichen, das Albert mit Sicherheit faszinieren würde. Noch dazu, wenn Zines im Spiel waren. Trotzdem, weder er noch Ren wollten Orange Boy teilen. Jedenfalls noch nicht.

Barney nahm noch einen Keks und biss seine Bedenken weg.

»Das ist ganz gut«, sagte Albert und nahm *BESCHÄFTIGUNGSMÖGLICHKEITEN* in die Hand. »Ein Mädchen von der Highschool. Bringt jeden Monat einen ganzen Haufen vorbei. Meistens nehme ich ein paar.« Er blätterte es durch. »Sie hat so eine gewisse ironische Zartheit.«

Barney griff nach seinem vierten Keks und dachte über die Möglichkeit nach, dass Orange Boys Zeichner-Schrägstrich-Kurier ein Mädchen sein könnte.

»Dies hier gefällt mir«, sagte Albert und reichte Barney das aufgeschlagene Heftchen.

Szene: Das Wartezimmer einer Tierarztpraxis. Auf den Stühlen saßen drei Menschen mit ihren Miezekatzen in Tragekäfigen, und der Tierarzt rief gerade den nächsten Patienten herein. *Veterinärmedizin,* lautete die Unterschrift, *bietet die besten Möglichkeiten, jede Menge »Cool Cats« kennenzulernen.* Der Tierarzt hatte Schnurrhaare und kleine pelzige Katzenohren.

»Gute Katzen«, sagte Barney. Er biss vom Keks ab und nahm einen Schluck Tee. Pfefferminz-Schokolade. Lecker. Er suchte den Platz nach Ren ab.

»Was ist los, Maestro? Katzenjammer? Du bist so still.«

»Muss über den Dreh nachdenken«, sagte Barney, was im Grunde stimmte.

»Benehmen sich denn alle vor der Kamera?«

Barney hatte Albert die Aufnahmen von Dick Scully gezeigt, und

Albert musste so heftig lachen, dass er sich tatsächlich einen Muskel gezerrt hatte.

»Ziemlich gut, ja«, sagte Barney. »Erstaunlich, was die Leute so erzählen.«

»Erstaunlich, was die Leute so machen«, sagte Albert und fuhr sich durch den Zweiwochenbart. »Der Unveröffentlichte Dichter hat mich zu einem Rückkampf aufgefordert. Mit Publikum.«

Barney überlegte, einen fünften Keks zu nehmen.

Und eine ungeschminkte Doku machte auch viel Freude, fanden Barney und Ren übereinstimmend. Es war wirklich überraschend – und einfach nur großartig –, wie redselig und indiskret die Leute vor der Kamera waren. Wenn sie einmal ins Reden kamen, vergaßen sie anscheinend, dass sie gefilmt wurden oder dass der Film irgendwann auch angeschaut werden würde.

Solomon hatte zum Beispiel vor der Kamera erklärt, wenn er keine Aufenthaltsgenehmigung bekäme, würde er mit Hana in die Berge flüchten. Wie Gesetzlose. Sie würden ihre Schlafsäcke mitnehmen, sagte Solomon, und alles, was man brauchte, um sein Abendessen zu jagen und zu häuten. Er könne mit ganz wenigen Hilfsmitteln im Freien kochen, das könne man ihm glauben.

Barney glaubte es. Solomon war der Chefkoch der **Saturn Bar** und hatte beim Erzählen einen großen Tarakihi entschuppt und filetiert, hatte den Fisch hochgehoben, gewendet, abgekratzt und sein Messer dabei sagenhaft schnell und geschickt geführt.

Bei **Hair Today** hatte Deirdre ganz ungehemmt und mit ihrer typischen eigenwilligen Betonung über den Gefängnisaufenthalt ihres zweiten Mannes geredet. Er war wegen Betrug eingesperrt worden, und deshalb war Deirdre gezwungen gewesen, ihr Leben in Muße aufzugeben und ihren ersten Friseursalon zu eröffnen – womit für sie eine absolut fantastische Lebensphase angebrochen war, sagte Deirdre, denn ihr Salon hatte sich nicht bloß als enorm erfolgreich erwiesen, sondern sie hatte auch ihren dritten Ehemann kennengelernt, der den Eisenwarenladen nebenan betrieb. War das Leben nicht unglaublich?

Bei Deirdres Interview waren gleich noch ein paar andere abgefallen, denn während Barney und Ren im Friseursalon waren, hatte Deirdre Billy Montgomery die Haare geschnitten und gefärbt und Stella – der Masseurin, die über Bambis Gesundheitsladen praktizierte – rundum Strähnchen gemacht. Henriettas und Edwards Mutter Doris bekam ebenfalls eine Farbauffrischung, doch sie musste den größten Teil der Zeit stillhalten und konnte nicht sprechen, damit ihre Gesichtsmaske keine Risse bekam. Barney hatte sie aber trotzdem mit ins Bild gelassen, eine surreale Erscheinung: weißes Gesicht, angeklatschte Haare, stumm. Und unheimlich reglos – bis auf ihre Finger, die mit teuflischem Tempo Wolle und Nadeln bewegten. Sie strickte eine Krabbeldecke für die kleine Soo.

»Ein Friseursalon ist echt das Beste«, sagte Barney, als sie sich die Aufnahmen ansahen. »Wie das Set eines Fantasy-Films: lauter bizarre Köpfe. Und wenn es ein Spielfilm wäre, bräuchte man eigentlich gar kein Drehbuch mehr. Es passiert einfach so viel.«

Das stimmte auf jeden Fall. In den vier Stunden, die sie dort filmten, war eine Kundin laut in Tränen ausgebrochen (die Enthaarungscreme hatte ihre Haut gereizt und eine Art rötlichen Schnurrbart auf der Oberlippe hinterlassen), und ein kleiner Junge hatte die Hände in seine Locken gekrallt, die Augen zugekniffen und endlos lange »KeineSchere KeineSchere KeineSchere« geschrien, während seine Mutter und Lehrling Chrissy hilflos danebenstanden. Der Haarpflegevertreter hatte dem Laden an diesem Tag seinen monatlichen Besuch abgestattet; er feuerte seine temporeichen und leicht anzüglichen Vertretersprüche auf Deirdre ab, die schamlos zurückflirtete und alle seine Verkaufsversuche gekonnt abwehrte. Es war fast wie Improvisationstheater, fand Barney. Oder ein Comedy-Duo. Am Ende hatte Deirdre sich ein halbes Dutzend Gratis-Tester der No-Tangle-Pre-Styler-Sprühlotion von Macadamia gesichert.

Als der Vertreter den Salon verließ, kam die namenlose Tigerkatze herein, tappte sorglos ins Hinterzimmer, wo offenbar eine Schale voller Katzenfutter auf sie wartete.

Seit sie während der Krippenszene von Feliz Navidad ganz cool in den Kinderwagen gesprungen war, hatten Barney und Ren die Tigerkatze oft gesehen. Sie tauchte – anscheinend aus dem Nichts – eines Morgens im mit Lavendel bepflanzten Innenhof des **Mediterranean Warehouse** auf; sie schlenderte über den Rasen, sprang auf die Holzbank und ließ sich auf Barneys Schoß nieder. Barney fühlte sich seltsam geschmeichelt. Auch bei **Toto's** waren sie ihr schon begegnet, wo sie mit wachsam gekrümmtem Buckel auf einem Stuhl in der Abteilung Independent-Filme saß. Sie hatten sie bei **Coralie's** getroffen, wo sie sich auf dem warmen Zement vor der Schwingtür sonnte, und etwas später im Café, wo sie stocksteif wie eine Statue unterm Aquarium stand und die Fische anstarrte, wobei bloß ihr rechtes Ohr sich hob und zuckte.

»Denk nicht mal dran, Tigermädchen«, sagte Ren. Sie hatte sich neben die Katze gekniet und sie hinter den Ohren gekrault, und die Tigerkatze hatte laut geschnurrt. Sie war eine freundliche Katze.

Tatsächlich hatte sich Tigermädchen fast bei der ganzen High Street eingeschmeichelt. Sie war inzwischen eine mehr oder weniger feste Einrichtung hier, wenn auch ohne festen Wohnsitz. In mehreren Geschäften standen Futternäpfe bereit, zwischen denen sie fröhlich hin und her streifte. Es gab auch Wassernäpfe, sagte Deirdre, aber – sie hatten alle ihre Beobachtungen verglichen – anscheinend trank das Tigermädchen am liebsten fließendes Wasser. Und einen Augenblick später hatte die Katze diese Vorliebe auch schon unter Beweis gestellt: Sie kam aus dem Hinterzimmer, sprang auf eines der Haarwaschbecken und leckte elegant Wasser vom tropfenden Schlauch.

Niemand an der High Street erhob Anspruch auf die Katze.

Izzy hatte ein Porträt von ihr für ein Plakat gezeichnet, und der Unveröffentlichte Dichter hatte ein kleines Gedicht mit dem Titel »Bist du mein Besitzer?« geschrieben.

Weit von daheim
Unterwegs durch die Menge doch
Allein.
Vermisst du
Mich? Greif zum
Telefon,
Wähl
3556 353.

Sie hatten das Plakat überall in der Südstadt an Laternenmasten geklebt. Bedeutete das, der Unveröffentlichte Dichter war jetzt veröffentlicht? Niemand sprach ihn darauf an.

Und kein Besitzer meldete sich.

»Wenn man vom Teufel spricht«, sagte Albert Anderson und goss die letzten Tropfen aus der Teekanne.

Die Tigerkatze bog aus der schmalen Gasse zwischen **Forget-Me-Knot** und **Comic Strip** und spazierte auf Albert und Barney zu.

Barney schluckte seinen sechsten Schokokeks herunter und schwor sich, dass es der letzte sein würde. Ihm war schon ein bisschen schlecht. Manchmal waren seine Augen größer als sein Mund. Das war Tatsache.

»Die neue Königin der High Street«, sagte Albert anerkennend. »Sie verdient einen besseren Namen als ›Tigermädchen‹.«

»Brown Betty«, sagte Barney wie aus der Pistole geschossen. Das Fell der Katze war dunkelbraun und rostbraun gestreift und gekringelt. Ganz ähnlich wie der Guss auf dem Gefängnispudding; Fern hatte mal für ein Straßenfest Brown Betty gemacht.

»Ah, sehr gut«, sagte Albert. »Bei uns haben Sie ihn zuerst gehört, meine Damen und Herren.«

Brown Betty stand neben dem Tisch und schätzte die Möglichkeiten ab, offensichtlich unbeeindruckt von dem großen Hund unmittelbar neben ihr.

»Der Inbegriff der Sorglosigkeit«, sagte Albert.

Brown Betty sprang mit fließender Anmut auf Barneys Schoß und machte es sich zum Schlafen bequem.

»Sie mag mich«, sagte Barney. »Keine Ahnung, wieso, ist aber Tatsache. Mich hat noch nie eine Katze gemocht.«

Es hatte in den letzten Jahren jede Menge streunende Katzen auf der High Street gegeben. Die meisten waren gekommen und wieder gegangen, wie Katzen das eben tun, manche waren von Anwohnern aufgenommen worden. Eine hatte in der Leseecke des **Comic**

Strip Junge bekommen, direkt unterm Regal mit den Jahrbüchern für Mädchen. Phil und Pete hatten zwei der Kätzchen mit zu ihrer Nussplantage auf dem Land genommen. Coralie hatte eins im Café aufgenommen – war immer gut, einen Mäusefänger zu haben. Suit und Mireille nahmen das vierte, zusammen mit der Mutter. Inzwischen waren alle ausgewachsen und prächtig gediehen.

Es hatte auch eine Vielzahl an anderen Haustieren an der High Street gegeben. Hunde natürlich. Eine ganze Reihe von Wellensittichen bei Edward und Henrietta. Benjamins Ameisenzucht und seine beiden Wüstenrennmäuse Schulze und Schultze. Jacks extrem freundliche Kaspische Bachschildkröte Marco Polo, die leider an einer Atemwegserkrankung gestorben war. Die Fische bei **Coralie's**, die der ganzen Straße gehörten, starben auch gelegentlich, allerdings fiel es schwerer, um sie zu trauern, wenn sie keine erkennbare Persönlichkeit entwickelt hatten wie der Rückenschwimmende Kongowels. Das Leben auf der Straße konnte auch für Katzen ein wenig riskant sein, trotz des Tempolimits von 25 Stundenkilometern. Es hatte schon mehrere Todesopfer gegeben.

»Aber unsere Betty ist schlau«, sagte Albert. »Sie kennt die Verkehrsregeln. Ich schwöre dir, neulich habe ich sie nach rechts und links und noch mal nach rechts schauen sehen, bevor sie die Straße überquert hat.«

Die Türglocke des **Comic Strip** bimmelte und kündigte einen Kunden an.

»Ach, der Nachmittagsansturm«, sagte Albert und streckte sich gemächlich. Er stand auf und sammelte Kekse und Tassen ein. »Ich sag's nur ungern, aber du solltest besser die Tür verriegeln, wenn du wieder reinkommst.«

»Mache ich«, sagte Barney. »Bis dahin stehen wir Wache.« Er knetete Brown Betty den Nacken. »Nicht wahr, Art?« Er stieß den Hund mit dem Fuß an. Art stöhnte leise im Schlaf.

»Furchterregend«, sagte Albert spöttisch. »Wirklich schlimm, dass wir das machen müssen.«

»Was. Wird. Nur. Aus. Un-se-rer. Straße?« Barney gab eine passable Persiflage auf Dick Scully ab.

Das wirkliche Großereignis der letzten Woche war die halb dringliche Versammlung der Anwohner und Gewerbetreibenden der High Street gewesen, die Dick einberufen hatte und bei der die Anlieger beinahe vollzählig erschienen waren.

Anliegerversammlungen waren nur für Erwachsene. Sally fand das nicht in Ordnung und brachte mindestens einmal pro Jahr den Vorschlag ein, die Sitzungen für Menschen jeden Alters zu öffnen. Schließlich, so ihr Argument, betraf alles, was auf der High Street passierte, unvermeidlich auch die Kinder. Doch Sallys Anträge wurden regelmäßig abgelehnt; allerdings ließen Barneys und Rens Eltern sich nicht entlocken, wie die einzelnen Teilnehmer abstimmten. Bestimmte Menschen waren zuverlässig kinderfreundlich – Sally natürlich. Und Albert, auch das lag auf der Hand. Barney und Ren hatten begründete Vermutungen zu den übrigen: Coralie, Suit, Mireille, Li Mai und Ping. Willy Edwards. Mariko. Hana. Wahrscheinlich auch Phil und Pete. Ansonsten – wer konnte das schon wissen? Selbst ganz anständige Erwachsene konnten seltsame Ansichten zu Kinderrechten haben. Mum und Dad zum Beispiel. Barney und Ren trauten ihnen durchaus zu, gegen ihre Beteiligung gestimmt zu haben.

Dick Scully hatte die Versammlung anberaumt, als er ernsthafte Plündereien bemerkte. Im Lagerraum von **His Lordship's** war ein Dutzend Päckchen scharfer Bratwürste aus der Kühltruhe verschwunden, ein großer Karton mit kleinen Chipstüten (Geschmacksrichtung Salt & Vinegar) war praktisch geleert worden, und der Vorrat an Ingwerbrause war um fast fünfzig Dosen vermindert.

Diese traurigen Fakten hatte er Battista unterbreitet, als er im **Mediterranean Warehouse** eine Salsiccia-Pizza aß. Daraufhin waren Battista die beiden Panettone und mehrere Packungen Schokoladenpralinés eingefallen, die nach Weihnachten aus dem Sonderangebotsständer am Ladeneingang geklaut worden waren.

Nun fielen wiederum Dick die Kunststoffkissen und die Merinodecken ein, die um Weihnachten herum bei **His Lordship's** gestohlen worden waren. Er beschloss, bei den anderen Anliegern nachzufragen, und fing auf der Ostseite der Straße an. Als er bis zu **Busby's Emporium** gekommen war, hatte er schon eine ganze Liste eigenartiger Verluste zusammengestellt – plus einen Zugewinn.

Als Edwards Familie verreist und das **Sacred Fig** drei Wochen geschlossen war, hatte jemand vorsichtig die Scheiben aus dem Fenster der Toilette gelöst und war in das Restaurant eingedrungen – womöglich mehr als einmal. Zwei komplette Gedecke waren gestohlen worden (Essstäbchen, Suppenlöffel, Reisschalen, Tischsets und Servietten); außerdem eine Teekanne aus Porzellan, Tassen und eine ganze Reihe Soßenflaschen.

Im **Nut House** waren die Regalfächer mit den gemischten Nüssen und den Trockenfrüchten zum Teil geplündert worden.

Ping's war um ein Herrenhemd aus schwerem Tuch, einen seidenen Morgenmantel und zwei Paar Hausschuhe aus der Schuhabteilung erleichtert worden.

Eine kleine Metallgießkanne war bei **Forget-Me-Knot** verschwunden; außerdem zwei übrig gebliebene Weihnachtssterne.

Albert Anderson – der gleichzeitig Stellungen auf drei verschiedenen Schachbrettern und den Standort fast aller Comics in seinem Laden im Kopf behalten konnte – war ziemlich sicher, dass bei ihm nichts gestohlen worden war. Allerdings, gab er zu, konnte er sich keinen Reim darauf machen, wieso die Glasschüssel wieder aufgetaucht war, in der er seinen Wasabi-Kartoffelsalat am Nachmittag der Weihnachtsfeier zuletzt gesehen hatte. Als er aus dem Urlaub zurückkam, hatte die Schüssel abgewaschen auf der Schwelle seiner Hintertür gestanden.

An dieser Stelle von Dicks Vortrag hatte Dad sich an die Stirn geschlagen und die eigenartigen Vorgänge des Ringtauschs bei den Salz- und Pfefferstreuern erzählt. Dad, Dick, Barney und Ren waren in Kolonne hinunter ins **Emporium** marschiert, um sich die Vitrine mit den Streuern anzuschauen.

»Als ich im Januar Inventur gemacht habe, fehlten drei Paar. Das wusstet ihr doch.«

»Ich nicht«, sagte Barney. Er hatte in den letzten beiden Wochen nichts anderes als Die Unerzählte Geschichte und Orange Boy im Kopf gehabt.

»Ich schon«, sagte Ren. Ihr entging nichts.

»Diese Woche waren dann zwei wieder da, aber dafür zwei andere weg: die Varieté-Beine und der Dackel-Einteiler.«

»Nein!«, rief Ren. Der Dackel-Einteiler war ihr Lieblingsstreuer. Er spendete Salz aus dem Kopf und Pfeffer aus dem Hinterteil.

»Das Komische ist«, sagte Dad, »dass diese Vitrine immer abgeschlossen ist. Und das Schloss ist nicht aufgebrochen. Und wir haben ja den Kontrollspiegel.«

Sie schauten alle hoch zum gekrümmten Spiegel, und ihre grotesk ausgebeulten Gesichter schauten zurück.

»Aber man kann ja nicht alles sehen. Wer weiß, an welchem Tag sie ausgetauscht wurden?«

»Wie interessant«, sagte Barney.

»Wenn du meinst«, knurrte Dad. »Ich habe eine Stange Geld für diesen Dackel bezahlt.«

»Vielleicht tauscht er noch mal um«, sagte Dick.

»Er?«, fragte Ren.

Die Anliegerversammlung kam zu dem Schluss, dass die Diebstähle unglaublich eigenartig waren. Genau diese Worte standen im Protokoll, verfasst von Marie Scully, der unermüdlichen Schriftführerin der Anliegergemeinschaft.

»Eine bahnbrechende Erkenntnis«, lautete Mums vernichtender Kommentar. Sie fand die Anliegerversammlungen eine echte Geduldsprobe. Sie gaben bloß den dominanten Leuten in der High Street ein Forum, und damit meinte sie Dick, Clifford und Mia.

Das Protokoll zeigte auch, dass es unterschiedliche Theorien über den Dieb gab. Oder die Diebe. Ein zufälliger Besucher? Jemand, der auf Bestellung klaute? Eine Bande?

»Jemand Hungriges«, sagte Ren. »Ist ja vor allem was zu essen.«

Bambis zweifelhafte Energieriegel waren vollständig geplündert worden. Bei **Toto's** hatte man raffiniert Pakete Jaffa-Kekse und Schoko-Fische mitgehen lassen (die lagen direkt neben der Kasse aus). Kazimierz' Bio-Gemüsekiste, die jeden Dienstag vor seiner Tür abgestellt wurde, war verschwunden, bevor er sie hereinholen konnte. Zwei Mal war Claudes Bento-Box vor der Mittagspause aus dem kleinen Kühlschrank am Hintereingang von **Brummel's** geklaut worden.

»Jemand Hungriges, der außerdem seine Garderobe vergrößern möchte«, sagte Dad. Kleidung war nicht nur bei **Ping's**, sondern auch bei **Brummel's** gestohlen worden – zusammen mit Claudes berühmter karibischer Zitronenseife und einer Kiste Taschentücher aus weißem Jacquard.

»Jemand mit erlesenem Geschmack«, sagte Barney. Taschentücher waren ein solides Weihnachtsgeschenk für Südinsel-Opa, aber die aus Jacquard hatten Barneys Budget immer weit überstiegen. Was war Jacquard überhaupt?

»Oder«, sagte Mum, »jemand, der sich eine Wohnung einrichtet.« Sie zählte an den Fingern ab: »Essen, Kleidung, Seife, Geschirr, Decken, Topfpflanzen ...«

Die Versammlung hatte außerdem festgestellt, dass die Diebstähle sich bereits seit einiger Zeit ereigneten – vielleicht schon seit Anfang November, als Gene bei **Montgomery's** bedeutende Lücken in den Abteilungen Anthroposophie, Archäologie und Biografie entdeckt hatte.

An dieser Stelle hatte Albert Anderson eingeworfen, dass der Dieb – oder die Diebe – womöglich alphabetisch vorging und sich vielleicht jemand beim Regal Biologie oder Blumenzucht auf die Lauer legen solle.

Letztendlich beschloss die Versammlung, dass es kein Auflauern geben werde – das war nicht der Stil der High Street.

Man kam vielmehr überein, dass sich alle mehr um Sicherheitsvorkehrungen kümmern müssten: die Hintertüren abschließen; auf ungewöhnliche Vorkommnisse achten; Kunden im Blick behalten, die sich als Ladendiebe herausstellen könnten; und ganz allgemein ein Auge auf die High Street haben.

Wie am Ende einer jeden Anliegerversammlung üblich schob Izzy am Ende der Sitzung Mum die Zeichnung herüber, die sie währenddessen angefertigt hatte. Sie hieß »Ein Auge auf die High Street« und zeigte ein großes, glibberiges Auge mit spindeligen Armen und Beinen, das eine russische Fellmütze trug, wie Clifford im Winter. Das Auge linste mit geweiteter Pupille und zittrigen Spinnenfingern um die Ecke von **His Lordship's.**

Izzys Zeichnungen waren der eigentlich Grund, wieso Mum zu den Versammlungen ging. Sie ließen einen die Langeweile ertragen, sagte Mum. Die Skizzen wurden in der Toilette der Kettles aufgehängt, wo die Dargestellten sie kaum zu sehen bekommen würden.

Barney und Ren fanden die Vorstellung von einem ganz eigenen Straßendieb – oder Straßendieben – faszinierend, sogar erregend. Ihr Appetit auf Geheimnisse war durch Orange Boy angeregt worden und wuchs täglich.

Doch diese Ansicht teilten sie niemandem mit. Sie waren überzeugt, sie käme nicht gut an. Sicher, Stehlen war nicht recht. Natürlich. Einbrechen auch nicht. Viele Anlieger waren von dem Gedanken beunruhigt, in ihr Heim oder ihr Geschäft könnte eingebrochen werden. Die Diebstähle waren der Polizei gemeldet worden. Im Lauf der Zeit würde Sergeant Taiaroa vom Polizeirevier Südstadt alle Anwohner und Gewerbetreibenden befragen. Aussagen würden protokolliert, Berichte geschrieben, vielleicht der Dieb – oder die Diebe – verhaftet werden. Das war alles ganz richtig so, wussten Barney und Ren. Doch ihr Gefühl war ein anderes.

»Die Sache ist doch«, sagte Barney, »das ist kein gewöhnlicher Dieb – oder Diebe. Welcher Dieb bringt Sachen zurück?«

»Nette Diebe«, sagte Ren. »Oder verwirrte Diebe.«

»Er ist ein Zufallsdieb«, sagte Barney. »Die Sachen, die er klaut, sind *molto* beliebig: Bücher? Topfpflanzen? Kartoffelsalat?«

»Wer sagt, dass es ein Er ist?«

Barney ignorierte den Einwurf. Er war zu sehr damit beschäftigt, den Dieb zu bewundern.

»Er ist so schlau. Denk doch mal drüber nach. Niemand hat ihn bemerkt, obwohl er es meistens am helllichten Tag getan haben muss. Und er hat die Diebstähle klug verteilt. Darum hat es ewig gedauert, bis alle gemerkt haben, wie viel tatsächlich geklaut wurde. Er ist irgendwie ein Künstler.«

»Mir gefällt, dass sie nicht so gierig sind«, sagte Ren. »Sie haben bloß zwei Gedecke und Besteckätze mitgehen lassen. Dabei hätten sie auch dreißig klauen können. Sie hätten zweimal Seife und Taschentücher nehmen können statt bloß einmal.«

»Willst du damit sagen, dass es zwei sind?«

»Nicht unbedingt. Ich will eigentlich bloß sagen, dass auch Mädchen stehlen können. Wenn sie wollen«, hängte Ren an und starrte Barney mit Fischaugen an.

»Wenn du meinst.« Barney war es eigentlich egal, ob der Dieb männlich oder weiblich war. »Aber wenn das ein Film wäre, dann würden wir bestimmt wollen, dass der Dieb gewinnt. Ob Mädchen oder Junge.«

»Was gewinnt?«

Barney hatte versucht, sich den Dieb vorzustellen. Oder die Diebe. Aber er konnte sich nichts Greifbares vor Augen rufen. Bloß so ein allgemeines Gefühl, dass dieser Dieb – ob nun Einzahl oder Mehrzahl – ganz bestimmt nicht bösartig war. Er – oder sie – war, na ja, im Grunde rücksichtsvoll.

»Was gewinnt?«, wiederholte Ren.

»Das ist noch nicht klar«, sagte Barney und machte eine geheimnisvolle Geste.

Noch einmal ließ Barney den Blick über den Luna Square schweifen. Er musste die Augen zusammenkneifen: Sie fingen an zu tränen. Er hatte wieder mal seine Sonnenbrille verloren. Und auch die billige Ersatzbrille, die Mum ihm unter den Weihnachtsbaum gelegt hatte. Das passierte jeden Sommer. Es war durchaus möglich, dass beide irgendwo auf seinem Zimmerfußboden lagen.

Keine Spur von Ren. Sie wollten sich um 16 Uhr im **Comic Strip** treffen. Sie hatten beschlossen, wer als Detektiv im Einsatz war, sollte aufmerksam Luna Square und High Street überwachen – natürlich ganz unauffällig –, hier und dort haltmachen, in Läden hineingehen, filmen, wenn nötig Notizen machen, beobachten, beobachten. Mindestens zwei Runden, kamen sie überein. Wenn genug Zeit war, auch drei.

»So fallen dir Muster auf, Menschen, die sich ungewöhnlich verhalten«, sagte Barney. »Bei der ersten Runde bekommst du einen allgemeinen Eindruck, und dann fällt bei der nächsten Runde alles Eigenartige umso mehr auf.«

»Hast du so was schon mal gemacht?«

»Natürlich nicht«, sagte Barney. »Ich weiß es bloß aus Film und Fernsehen. Das ist meine wahre Schule, wie du weißt. Ich sage dir doch andauernd, die richtige Schule ist totale Zeitverschwendung.«

»Also«, Ren fasste noch einmal zusammen, »mein Auftrag ist: Erstens nach Orange Boy oder Orange Boys Kurier Ausschau zu halten, also nach allen, die irgendwie in Frage kommen oder verdächtig wirken. Zweitens nach dem Umschlag selbst zu suchen. Drittens aufzupassen, dass ich nicht so aussehe, als würde ich Ausschau halten.«

»Kor. Rekt«, sagte Barney mit Dick'scher Betonung, was sie beide zum Lachen brachte.

»Stell dir mal vor, ich würde tatsächlich Orange Boy sehen, wie er tatsächlich einen Umschlag versteckt. Das wäre *molto* großartig.«

»Aber auch *molto* unwahrscheinlich«, sagte Barney. »Da bisher niemand irgendwas gesehen hat.«

Sie hatten Sally nach dem Umschlag an der Museums-Pinnwand sehr vorsichtig befragt. Auch mit Laurel im Café hatten sie am Tag nach dem ersten Umschlag gesprochen. Sogar Suit hatten sie interviewt. Nichts.

Jetzt merkte Barney in der sengenden Sonne des Luna Square, wie seine Lider schwer wurden. In einer Minute wären es drei schlafende Lebewesen. Er versuchte sich langsam und vorsichtig von seinem Stuhl zu erheben und dabei die zusammengerollte Betty Brown von seinem Schoß zu schieben. Doch die Katze wachte auf und sprang zu Boden, wo sie vorwurfsvoll miaute.

»Tut mir leid«, sagte Barney. Das meinte er ganz ernst. Betty Brown warf ihm einen langen, verärgerten Katzenblick zu, drehte sich um und schlenderte davon. Barney fühlte sich gründlich getadelt.

Im **Comic Strip** war es erfreulich kühl. Genau wie der abgeschabte Kunstlederbezug des Fernsehsessels. Barney legte sich hinein und sah sich *BESCHÄFTIGUNGSMÖGLICHKEITEN* richtig an. Die Szene: Eine geschmeidige Figur im Schattenriss seilte sich an der Seitenwand eines palastartigen Hauses ab. Wie Cary »Die Katze« Grant in Über den Dächern von Nizza. Das hier war jedoch eine richtige Katze im hautengen Kostüm, die aufgestellten Ohren leuchteten im Mondlicht. Unterschrift: *Fassadenklettern hält die Katze fit und reich.* Barney schaute auf dem Titel nach dem Namen der Verfasserin. Catriona Kitson. Witzig.

Albert war gerade mit einem Kunden fertig. Barney hörte sie Nettigkeiten austauschen, wie Erwachsene das taten. Heiß genug? Oh, sicher. Anscheinend eine richtige Hitzewelle. Wirklich? Alberts Registrierkasse, die knallend zuschnappte. Die Türglocke. Alberts unmelodiöses Pfeifen. Barney kannte alle Geräusche des **Comic Strip** auswendig.

Seine Uhr zeigte 15 Uhr 45. Zwölfdreizehnvierzehnfünfzehnplusfünfundvierzig. Viertel vor vier. Felix und Hal rieten zu 24-Stunden-Uhren für höchste Effizienz beim Dreh, darum hatte Barney sich eine zum letzten Geburtstag gewünscht. Aber er konnte sich nie merken, was die Stundenangaben am Nachmittag bedeuteten. Immer musste er von zwölf aufwärts oder abwärts nachzählen – mit den Fingern. Kostete nichts als Zeit – ha.

Wieder klingelte die Türglocke. Womöglich kam Ren früher. Barney stemmte sich aus dem Liegesessel. Meine Güte, war das harte Arbeit, in dieser Hitze einfach nur seinen Körper herumzuschleifen. Vielleicht sollte er sich *BESCHÄFTIGUNGSMÖGLICHKEITEN* kaufen. War ziemlich gut. Und vielleicht auch *DIE SIEBEN FRISUREN DER*

MENSCHHEIT. Er betrachtete Zines inzwischen mit ganz neuem, kritischem Blick. Vielleicht könnte er eine Sammlung begründen.

Es war Suit, der hereingekommen war und jetzt an der Ladentheke mit Albert plauderte.

»Guten Tag, Barney«, sagte Suit.

»Hey«, antwortete Barney und schleppte sich zu ihnen. Er ließ hörbar Luft ab und schielte Suit an.

»Überhitzt? Ich empfehle mit Gurken aromatisiertes Eiswasser. Mireille hat zu Hause einen Krug bereitstehen. Der Gedanke daran hat mich aus der Bibliothek gelockt.«

»Wie läuft es denn da?«, fragte Albert. Suit hatte mittwochs nur den halben Tag geöffnet. Den Nachmittag verbrachte er in der Bücherei. Barney hatte keine Ahnung, was er dort trieb. Bücher lesen, nahm er an. Barney hatte die Bücherei schon seit über einem Jahr nicht mehr betreten. Er hielt sich lieber fern, um die Bibliothekare nicht an seine Straffälligkeit zu erinnern.

»Langsam, aber stetig«, sagte Suit.

»So wie ich selbst auch«, fügte er schüchtern lächelnd hinzu.

Albert gluckste fröhlich.

Suit war tatsächlich langsam, aber stetig. Er schwitzte nie, obwohl er den ganzen Sommer sein komplettes Anzug-Outfit trug. Sein bleiches Gesicht war nie gerötet, nicht mal an brütend heißen Tagen. Er keuchte oder prustete nie und wischte sich nie die schweißnasse Stirn ab wie Dad oder Dick Scully. Die meisten Leute hasteten und polterten herum, wenn man mal drüber nachdachte. Nicht so Suit. Er bewegte sich im entspannten – allerdings verlässlichen – Takt. Seine Bewegungen waren gemessen. Seine Sätze ebenso: sorgfältig formuliert, präzise ausgedrückt.

Albert reichte Suit ein Päckchen.

»Vom Verlag in deine Hände in nur vier Tagen.«

»Ich bin dir außerordentlich dankbar«, sagte Suit.

»Wer ist heute Abend dran?«, wollte Albert wissen.

Mittwochabends gingen Suit und Mireille einen Film im **Little Theatre** neben **Toto's** anschauen. »Ins Lichtspieltheater gehen« nannte Suit das ziemlich altmodisch. Sie saßen dabei abseits von den restlichen Zuschauern, damit niemand beim Filmgenuss durch das Ticken des Weckers gestört wurde. Bei der Auswahl des Films wechselten sie sich wöchentlich ab. Mireille mochte Liebesfilme und Komödien; Suit bevorzugte Dramen. Das fand Barney witzig. Suit selbst war genau das Gegenteil von dramatisch.

»Heute ist Mireille dran«, sagte Suit. »Ich glaube, eine romantische Komödie. Dennoch, man kann von jedem Film lernen. Ich habe mir inzwischen angewöhnt, Notizen zu machen.«

Wofür?, fragte sich Barney. Romantische Ratschläge? Er versuchte sich Suit in romantischer Stimmung mit Mireille vorzustellen, die ziemlich klein war, genau ein Meter dreiundfünfzig, und sehr schmal. Auch ihre Hände waren sehr klein, wie die eines Kindes. Suit kam ihm immer eher wie ein wohlwollender Vater als wie ihr Freund vor. Oder Verehrer, wie er wahrscheinlich sagen würde.

Voller Hoffnung wühlte Barney in seinen Hosentaschen nach Kleingeld. Nichts. Er ging zu seinem Kamerakoffer, um auch dort die Taschen zu überprüfen.

Albert und Suit redeten jetzt über Komödien, über den unterschiedlichen Humor der Menschen. Suit hatte einen ziemlich schrägen Humor, fand Barney, als er sich an die seltsamen kleinen Ausbrüche in **Coralie's Café** vor ein paar Wochen erinnerte.

In den verschiedenen Taschen seines Kamerakoffers lagerten verschiedene Münzen. Zusammen ergaben sie einen erfreulich schweren Haufen in der Handfläche.

»Du bist doch Fan von Edward Gorey, oder?«, fragte Albert Suit.

»In der Tat«, antwortete Suit. »Vor allem die Illustrationen zu *TREEHORN*.«

Barney breitete die Münzen auf dem Boden aus: Es waren zumeist silberne, dazu ein paar lästige 10-Cent-Stücke. Wieso wurden die nicht endlich abgeschafft?

»Das ist komisch«, sagte Albert.

»Wohl wahr«, sagte Suit, »aber zugleich recht melancholisch, findest du nicht auch?«

»Nein … ich meine, ja … aber ich meinte ein anderes Buch … ich bin sicher, ich habe es …«

Drei Dollar vierzig in Silbermünzen zählte Barney. Und dazu noch sechs Zehner? Nein, es waren nur fünf. Typisch. Selbst fünf 10-Cent-Stücke waren in der Summe letztlich nutzlos.

»Ich wollte dir so eine Gorey-Parodie zeigen«, sagte Albert. »Das Buch ist letzte Woche reingekommen – und vor einer Minute hatte ich es noch hier.«

»Darf ich dir zehn Cent schuldig bleiben, Albert?«, rief Barney.

»Kein Problem«, sagte Albert geistesabwesend. »Hast du das Buch von Kate Beaton gesehen? Ich hatte es hundertprozentig hier.«

»Könntest du es wieder ins Regal gestellt haben, ohne es selbst zu bemerken?« Suit versuchte zu helfen. »Ich stelle fest, dass mir so etwas immer häufiger passiert.«

»*OBACHT! LUMPENPACK*?«, rief Albert.

»Das ist ziemlich witzig«, sagte Barney. »Ren spielt immer Szenen daraus nach.« Auf der Suche nach den *SIEBEN FRISUREN DER MENSCHHEIT* ließ er den Blick über den Ständer mit den Zines schweifen.

»Ich meine, hast du es hier gesehen, hier auf dem Tresen? Verkauft sich wie geschnitten Brot. Aber es ist noch keine zehn Minuten her, da hatte ich das letzte Exemplar hier liegen.«

Barney machte den Mund auf, um zu antworten, aber genau in dem Augenblick geschahen mehrere Dinge mehr oder weniger gleichzeitig:

Erstens fing Suits Wecker – in der Tragetasche, die an die Ladentheke gelehnt war – mit seinem erschreckend lauten Gerassel an, denn es war vier Uhr, zweifellos der Zeitpunkt, an dem Suit zum Nachmittagstee bei Mireille erscheinen sollte, zu dem heute Eisgurkenwasser gereicht wurde. Barney suchte das Zine, das offenbar nicht mehr dort war, wo er es vor einer Stunde hingesteckt hatte, und konnte den bimmelnden Beutel aus dem Augenwinkel sehen. Durch das heftige Klingeln zuckte und rutschte er zentimeterweise vorwärts wie ein seltsames Tier ohne Glieder.

Zweitens ging gleichzeitig abrupt und drängend die Türglocke; die Ladentür flog auf, und Ren stürmte herein, die Videokamera in der Hand, den Rucksack hinter sich herschleifend.

Drittens haute Albert mit der flachen Hand auf die Ladentheke und fluchte mit großem Nachdruck.

»Dieser verdammte Kunde muss das Buch geklaut haben! Der letzte Kunde. Was für eine Frechheit! Direkt unter meiner Nase, der dreiste Drecksack!«

Viertens schien Ren Albert und Suit gar nicht zu bemerken, geschweige denn sie zu grüßen. Sie kam direkt auf Barney zu, atemlos und rosig, die Augen groß, der Blick durchdringend. Sie packte ihn am Arm und schoss eine Salve heißer Wörter in sein Ohr.

»Ich hab's grad erst gemerkt wieso sind wir nicht drauf gekommen ist so offensichtlich Orange Boy ist es, muss es sein! Orange Boy ist der Dieb! Ich weiß es einfach er muss es sein passt alles zusammen weil es gleichzeitig passiert zwei seltsame Sachen passieren auf der High Street das muss die gleiche Person sein es muss ...«

Und schließlich – während Ren seinen Arm quetschte und ihm EsmussdiegleichePersonseinesmuss ins Ohr flüsterte und Albert den verbrecherischen Kunden verfluchte und Suit in seinem Beutel wühlte, um den Wecker zum Schweigen zu bringen – fiel Barneys Blick endlich auf *Die sieben Frisuren der Menschheit*, in der vierten Etage des Zine-Ständers. Es steckte zwischen *Schlagbohrer und Schleifpapier: Heimwerkerkatastrophen* und *Süsses und trauriges Lied*. In der letzten Stunde hatte irgendjemand die vierte Lage sorgfältig alphabetisch geordnet. (Barney bemerkte dieses Detail gar nicht. Weil seine Beziehung zu Buchstaben grundlegend gestört war, hätte er es vielleicht nie bemerkt. Ren sah die Sortierung später.)

Was Barney jedoch bemerkte – hinter *Schlagbohrer und Schleifpapier* und *Sieben Frisuren* versteckt, aber nicht vollkommen verborgen, steckte ein rechteckiger Umschlag.

Barney nahm *Die sieben Frisuren* vom Ständer, und der Umschlag war freigelegt.

Das DU sprang ihn geradezu an.

(Und, Moo? Bist du überrascht?

Vielleicht hattest du die Möglichkeit, dass Orange Boy der High-Street-Dieb war, schon selbst in Betracht gezogen. Aber es ist etwas anderes, wenn man die Informationen so dargeboten bekommt, findest du nicht auch? Barney und Ren hatten mehr Informationen zur Verfügung als alle anderen, aber eins und eins und eins ergibt nicht immer sofort drei.

Und was hältst du von Rens Beförderung an die Kamera?

Zwei Kameras, zwei Filmsets, zwei Geschichten. Geschichten in Geschichten in Geschichten.

In der Tat keine Zeit für die Schule.

Aber das ist eine andere Geschichte.)

VIERTES KAPITEL

Februar (Schulplage)

Ren konnte sich nicht erinnern, dass es je so heiß gewesen war. Sie war jetzt elfeinhalb Jahre auf der Welt, und noch nie hatte sie sich so klebrig und gelähmt gefühlt. Sie war ganz sicher: Die Welt verbrannte wirklich, genau wie alle sagten.

»Die Welt verbrennt wirklich«, sagte sie zu Mum.

»Quatsch«, sagte Mum. »Das ist bloß eine Hitzewelle. Zieh so wenig wie möglich an zur Schule.«

Ren wählte einen papierdünnen Baumwollrock und ein Top mit Spaghettiträgern sowie ihre Stroh-Zories von **Mulberry**, wünschte sich aber trotzdem noch, sie könnte mehrere Schichten Haut und Fleisch ablegen. Am Schultisch schlüpfte sie aus den Strohsandalen und stellte die bloßen Füße auf die Bodendielen, doch auch die hatten sich während der Ferien erwärmt.

Ms Temple ließ im Klassenzimmer drei Ventilatoren laufen, aber trotzdem hingen alle schlaff an den Tischen und seufzten und waren nicht arbeitsfähig.

»Die Luft ist so dick«, flüsterte Ren Henrietta zu. Sie waren in diesem Jahr in derselben Klasse und saßen nebeneinander. Henrietta nickte schläfrig. Es war eigentlich zu heiß zum Reden. Es war auch zu anstrengend, einen Stift zu führen oder auf eine Tastatur zu tippen.

Es war der erste Schultag nach den Ferien. Ms Temple ließ den Blick über ihre Klasse schweifen.

»Oje«, sagte sie.

Ihr Thema war eigentlich Kreatives Schreiben, nur dass niemand kreativ war. An der Tafel standen fünf Einstiegssätze, aber die hatten bloß dafür gesorgt, dass alle sich von der Hitze noch gelähmter und hilfloser fühlten. In ihr neues Arbeitsheft »Kreatives Schreiben« hatte Ren bisher nur eine halbherzige Liste von Heiß-Wörtern geschrieben: *siedend, schwül, Suppe …*

»Noch fünfunddreißig Minuten bis zum Klingeln«, sagte Ms Temple. »Ich lese euch stattdessen lieber was vor.« Sie wedelte mit einem Buch.

Die ganze Klasse seufzte erleichtert auf.

»Ihr könnt gern den Kopf auf den Tisch legen. Es stört mich auch nicht, wenn ihr einschlaft«, sagte Ms Temple. »Es ist durchaus möglich, dass ich selbst wegnicke. Obwohl das hier ein hervorragendes Buch ist.«

Eigentlich war Ms Temple doch ganz in Ordnung, fand Ren. Jedenfalls begann sie das Schuljahr bester Laune, trotz der Hitze und der kleinen Schweißperlen, die sich auf ihrer gepuderten Stirn bildeten und die sie oft mit ihrem geblümten Taschentuch abtupfte. Wahrscheinlich war sie ausgesprochen froh, dass Barney nicht mehr in ihrem Klassenzimmer saß.

»Ich renne«, begann Ms Temple.

Was für ein schrecklicher Gedanke, zu rennen. Ebenfalls unmöglich.

Henriettas Kopf lag schon auf dem Tisch. Auch Ren ließ ihren sinken.

»Das ist meine erste Erinnerung. Dass ich renne.«

Ms Temple konnte gut lesen. Nicht so gut wie Sally, aber so gut war niemand, nicht mal Dad.

»Jemand verfolgt mich. ›Haltet den Dieb!‹ Ich renne. Menschen. Schultern. Schuhe. ›Brotdieb!‹«

Hm. Dieb.

Sieh mal einer an, würde Südinsel-Oma sagen.

»... während ich Eistee umrühre ...«

Eistee. Wie schön wäre das? Vor allem über den Kopf gegossen.

»... wer mich verfolgt und ...«

Es war nicht nur die Hitze, die Ren so müde machte. Die ganze Nacht hatte sie ruhelos wach gelegen, über die Ereignisse des vorigen Tages nachgedacht und über die seltsamen Schlussfolgerungen, zu denen sie und Barney gekommen waren. Die Bilder von *ORANGE BOY LEBT III* waren wie eine ungeordnete Diashow durch ihren Kopf gezuckt und geflackert. Am Morgen war ihr Kopf schwer und angestrengt gewesen.

»Und?«, hatte sie Barney gefragt, als sie beide träge ihren Toast beschmierten. »Was machen wir jetzt?«

»Eins ist sicher«, hatte Barney mit großem Nachdruck geantwortet. »Ich muss was wegen der Schule unternehmen.«

Gestern Nachmittag, in den Minuten, nachdem sie in den **Comic Strip** gestürmt war, Albert Anderson den Diebstahl verkündet und Barney das dritte Orange-Boy-Zine gefunden hatte, hatte Ren sich sehr schnell wieder gefangen. Barney zeigte ihr den Umschlag und legte den Finger an die Lippen, aber da war Ren schon wieder ganz ruhig. Und sie dachte angestrengt nach. Barney auch, das sah sie.

Leise steckte er den Umschlag ins Seitenfach seiner Kameratasche. Dann nahm er *DIE SIEBEN FRISUREN* und *BESCHÄFTIGUNGSMÖGLICHKEITEN* und seine Handvoll Münzen und ging zur Ladentheke.

Ren hatte Albert noch nie so verärgert erlebt.

»Ein weiterer dieser unerfreulichen Diebstähle«, erklärte Suit. »Und ein ziemlich unverfrorener Dieb.«

»Unerfreulich!«, sagte Albert. »Ich kann nicht fassen, dass ich das kleine Ar...«

»Kinder«, unterbrach Suit sehr nachdrücklich.

»Tut mir leid, Kinder«, sagte Albert, »aber man lässt sich nicht gern so schamlos ausnehmen.«

»Kannst du dich erinnern, wie er aussah?«, fragte Suit. »Was er anhatte? Ich habe jemanden den Laden verlassen sehen, als ich hierher unterwegs war. Aber ich war noch ein ganzes Stück weg.«

»Natürlich!«, rief Albert.

Sofort war er hinter der Theke hervorgeschossen und aus dem Geschäft gerannt. Barney, Ren und Suit sahen durch das Schaufenster, wie Albert einen Augenblick angespannt und wachsam vor der Tür stand und zum nördlichen Ende der Straße blickte. Dann sprang er los wie eine Raubkatze auf ihre Beute.

»Nein«, blökte Suit vergeblich dorthin, wo Albert eben noch gestanden hatte. »Falsche Richtung. Ach je.«

Er schaute auf seine Aktentasche, dachte vielleicht an den ausgestellten Wecker und seine Verabredung mit Mireille.

»Hast du zufällig einen Blick auf ihn werfen können?«, fragte Ren. Sie versuchte ganz unbeteiligt zu klingen. »Als er ging? Und du gekommen bist?« Sie lächelte Suit strahlend an.

Barney türmte einen Münzenstapel auf den Tresen. »Und was ist mit seinem Gesicht?«, fragte er ebenso nebenbei. »Hast du es gesehen? War er jung oder alt?«

»Leider habe ich sein Gesicht nicht gesehen.« Suits eigene Miene legte sich in bedauernde Falten. »Ich bekam lediglich eine Rückansicht. Und das, wie gesagt, aus einiger Entfernung.«

»Kannst du dich denn an die Kleidung erinnern?«, fragte Barney.

»Nun ja.« Suit wedelte unbestimmt mit seinen großen Händen. »Ihr wisst doch, wie das ist. Man ist nicht in jedem Augenblick gleich aufmerksam – vor allem dann nicht, wenn es anscheinend keinen Grund dazu gibt. Manchmal ist man auch mit seinen eigenen Geschichten beschäftigt. Ich glaube nicht, dass ich mich daran entsinnen kann.« Er schloss kurz die Augen und ließ die Szene über die Innenseite seiner Lider laufen. »Könnte er vielleicht ein weißes Hemd getragen haben?«

Suit schlug die Augen auf und sah sie beide durchdringend an. »Ja. Ich glaube, es war ein weißes Hemd. Ich weiß noch, dass mir auf einmal der Gedanke kam: Wie selten junge Menschen doch heutzutage weiße Hemden anhaben. Es sei denn, sie müssen eine bestimmte Schuluniform tragen. Oder wenn sie Kricket spielen.«

»Ha!«, sagte Barney.

»Er könnte also jung sein«, sagte Ren.

»Womöglich«, sagte Suit. »Seine Figur, seine Halt...«

Die Türglocke bimmelte, als Albert in den Laden zurückkehrte. Er war verschwitzt und kleinlaut.

»Ich muss dir leider sagen, dass du in die falsche Richtung gelaufen bist, Albert«, sagte Suit.

»Hatte sowieso keinen Zweck«, keuchte Albert. »Was habe ich mir bloß dabei gedacht? Ist zehn Minuten her, dass er weg ist. Mindestens. Typische Flucht-oder-Kampf-Reaktion. Total überdreht.« Keuch, keuch. »Und was meine Ausdauer angeht ...« Er holte ein paar Mal zitternd Luft. »Die ist, glaube ich, verpufft.«

Halb setzte er sich, halb fiel er auf den Stuhl neben der Ladentheke. Er schaute zu ihnen auf – Suit, Ren, Barney. Sie erwiderten seinen Blick. Albert lachte.

»Was ist los, Leute?«

»Suit glaubt, der Dieb habe ein weißes Hemd getragen«, sagte Ren. »Aber was ist dir aufgefallen, Albert? Du hast ihn doch bedient.«

»Das ist es ja«, sagte Albert. »Ich habe gerade darüber nachgedacht. Ich habe nur ganz vage Eindrücke. Hellbraune Haut. Kann nicht behaupten, dass ich mich an ein weißes Hemd erinnere. Aber ich merke mir auch nie Klamotten.«

»Und was ist mit dem Gesicht?«, fragte Ren. »Zähne zum Beispiel?« Sie dachte an die reizende Lücke zwischen Orange Boys unteren Schneidezähnen. »Oder Augenfarbe? Oder vielleicht Tattoos?«

»Es mag seltsam scheinen«, sagte Albert, »aber ich neige nicht dazu, mir die Augenfarbe meiner Kunden zu merken. Ich glaube nicht, dass ich ihnen jemals in die Augen schaue. Ich meine, ich weiche ihrem Blick auch nicht aus, aber ich, na ja, ich starre sie nicht bedeutungsvoll an, ich tauche nicht in ihre Pupillen. Was mir manchmal auffällt, ist der Zahnzustand meiner Kunden, aber in diesem Fall ist mir nichts bewusst.«

»Es muss doch irgendwas hängengeblieben sein«, sagte Barney. Er versuchte, geduldig zu bleiben; das konnte man hören. »Seine Haare zum Beispiel. Seine Frisur. Oder die Farbe.«

Rote Haare, dachte Ren.

Albert starrte ausdruckslos vor sich hin. »Hatte er eine Mütze auf?«, fragte er sich.

»Ich glaube nicht«, sagte Suit plötzlich mit Überzeugung. »Ich glaube wirklich nicht, dass da eine Mütze war, Albert. Jedenfalls nicht auf seinem Kopf. Nicht, als ich ihn gesehen habe – auch wenn es nur kurz war. Und in Rückansicht. Aus einiger Entfernung.«

»Genau das passiert auch bei Geschworenen«, sagte Ren. Darüber hatte sie in Sachbüchern gelesen, als sie sich für Verbrechensgeschichten interessierte. »Das ist ein großes Problem. Man kann Zeugen nämlich nicht trauen. Zwei Leute sehen eine Sache fast nie übereinstimmend. Und sie sehen Sachen, die gar nicht da waren. Könnt ihr überhaupt sagen, ob er alt oder jung war? Oder irgendwo dazwischen?«

»Jung«, sagte Albert.

»Vielleicht«, sagte Suit.

»Und nicht dick«, sagte Albert.

»Oh ja, auf jeden Fall dünn«, stimmte Suit zu. Er schloss wieder die Augen. »Ich habe so einen Eindruck von biegsam und gertenschlank.«

»Aber.« Albert stand auf und räumte die Papiere auf der Ladentheke zusammen. »Die entscheidende Frage ist doch: War es unser dreister High-Street-Dieb?«

»Die Möglichkeit ist sicher nicht auszuschließen«, sagte Suit. »Sogar wahrscheinlich.« Er bückte sich nach seiner Aktentasche.

»Ich muss mich für den abrupten Abgang in einem so kritischen Augenblick entschuldigen, aber ich komme schon zu spät zum Tee mit Mireille. Vielleicht wollt ihr jedoch alle mitkommen? Ein beruhigendes Getränk und Selbstgebackenes? Shortbread, glaube ich. Mireilles Shortbread ist sehr gut, wie ihr wisst.«

»Was hat er gekauft?«, fragte Barney ein wenig verzweifelt. »Er hat doch etwas gekauft, oder? Ich habe die Kasse gehört. Was hat er gekauft? Was hat er sich angeschaut?«

Albert sah Barney neugierig an. War auch kein Wunder, dachte Ren. Barney hatte den gleichmütigen Tonfall abgelegt. Seine Fragen kamen im Maschinengewehrtempo, wie die von Edward, wenn er in Fahrt war.

»Er hat drei Zines gekauft«, sagte Albert. »Er hat insgesamt ganze sechs Dollar hiergelassen – und ein Buch für dreißig Dollar gratis dazubekommen. Nicht dass es mir ums Geld ginge.«

»Er war also am Ständer mit den Zines«, sagte Barney zufrieden. »Was hast du da gemacht? Wann hätte er die Gelegenheit gehabt, das Buch zu greifen?«

»Und hatte er eine Tasche?«, fragte Ren. »Oder könnte er es unters Hemd gesteckt haben? Aber unter einem Hemd würde man es bemerken.« Sie dachte laut.

»Nun, Sherlock, nun, Doktor Watson«, sagte Albert, »ich glaube mich zu erinnern … auch wenn das, wie ihr freundlicherweise schon bemerkt habt, wenig Wert hat … ich glaube mich zu erinnern, dass ich unseren Dieb … nicht dass ich zu dem Zeitpunkt schon wusste, dass er unser Dieb war, wie ihr euch denken könnt … dass ich unseren Dieb am Zine-Regal sah und dann um die Ecke zum Buchstaben H ging, weil ich auf einmal das dringende Bedürfnis nach einem Heft von den Brüdern Hernandez hatte. Und als ich zurückkam, stand der Typ …«

Albert hielt inne und starrte einen Augenblick nachdenklich vor sich hin. Er schaute kurz auf den Papierstapel in seiner Hand und sprach dann weiter. »… an der Ladentheke und wollte etwas kaufen.«

»Und in dem Augenblick muss er es getan haben!«, sagte Barney. »Als du dir das Hernandez-Heft geholt hast.«

»Präzise Schlussfolgerung, mein lieber Watson«, sagte Albert. »Ich würde sagen, du liegst haargenau richtig.«

»Ich wäre nicht Dr. Watson«, sagte Barney. »Ich wäre Sherlock Holmes.«

»Du träumst wohl«, sagte Albert.

Ren war seiner Meinung. Es wäre so viel naheliegender, dass sie Sherlock war.

»Suit, mein Guter,«, sagte Albert. »Ich brauche nach meinem heldenhaften Sprint ein großes Glas Eiswasser mit Gurken-Aroma. Soll ich dich zum Krug begleiten? Vielleicht kann unser Detektivduo auf den Laden aufpassen.«

Albert bedachte Barney und Ren mit einem ziemlich prüfenden Blick.

»Zehn Dollar die Stunde pro Nase?«

»Wir brauchen keine Bezahlung«, sagte Barney empört.

»Die Worte eines ehrbaren Amateurs«, sagte Albert. »Ich bringe euch Shortbread mit.«

»Und wenn der Dieb wieder auftaucht?«, fragte Suit.

»Unwahrscheinlich.« Albert riss die Tür schwungvoll auf, und die Glocke protestierte klirrend. »Zu riskant. Und ich vertraue voll und ganz darauf, dass diese beiden mit …«

Wieder hielt Albert Anderson inne. Er hielt die Tür offen.

»Es ist bloß«, sagte er. Er kniff die Augen zusammen. Er schien erneut sein inneres Auge zu konsultieren.

»Da war etwas … ich stelle mir gerade vor, wie der Typ am Tresen stand … er war nicht unbedingt groß, aber auch nicht klein. Und ziemlich dünn, wie Suit gesagt hat.«

»Gertenschlank«, half Suit aus.

»Eben«, sagte Albert. »Und ich bin ziemlich sicher, dass er eine lange Hose anhatte ... vielleicht eine Jeans.«

»Ja«, sagte Suit. »Da könntest du Recht haben.«

»Und womöglich ein weißes Hemd«, sagte Albert.

»Das glaube ich tatsächlich.«

»Aber unabhängig von der Kleidung«, sagte Albert, »es war so, dass wir an der Ladentheke ein paar Worte gewechselt haben, und ich muss gerade an die Stimme denken: Sie war nicht hoch und nicht tief. Vielleicht war er ein Typ ... oder schien wie einer – wenn ihr versteht, was ich meine.«

»Nicht ganz«, sagte Suit.

Aber Ren wusste, was Albert sagen wollte.

»Ich überlege schon die ganze Zeit, wie ich darauf komme«, sagte Albert. »War es die Haltung? Was hat mich denken lassen ... oder irgendwie eher unbewusst spüren lassen ...«

»Ja?« Suit sah ihn flehentlich an.

»Du glaubst, er war ein Mädchen«, platzte Ren heraus. Albert brauchte wirklich ewig.

»Bingo.« Albert zielte mit dem Zeigefinger auf Ren.

Barney und Suit wandten sich im Gleichtakt zu Ren um. Und dann wieder zu Albert.

»Ich weiß nicht, was es war«, sagte Albert Anderson. »Aber ich glaube, dass ich Recht habe. Wirklich.«

»Grundgütiger«, sagte Suit.

Barney schwieg.

»Könnt ihr für eine Stunde oder so den Laden schmeißen?«, fragte Albert.

»Klar«, sagte Ren.

Jetzt richtete Albert seine Fingerpistole auf Barney.

»Tut mir leid, Maestro«, sagte er, »aber Sherlock wäre definitiv sie.«

»Auch egal«, sagte Barney.

Albert Anderson und Suit verließen das Geschäft durch die Eingangstür, und die Glocke sang kurz zum Abschied.

Sekunden später waren Barney und Ren an der Kameratasche, und dann lasen sie *Orange Boy lebt III*.

Es war viel länger als die ersten beiden. Der Künstler hatte vier achtseitige Zines zusammengeheftet. Die Zeichnungen waren freier, skizzenhafter, beinahe hastig. Es machte den Eindruck, als sei das Heft mit den eilig aneinandergereihten Bildern immer mehr angeschwollen.

Die Daunenjacke war weg. Ebenso Orange Boys Nachthemd. Seine Haare waren lang. Und erneut hatten sich seine Lebensumstände geändert.

»Gut, dass wir diese schrecklichen Menschen los sind«, sagte Ren.

»Aber die Ratten«, sagte Barney traurig. »Die Ratten mochte ich wirklich.«

Sein neues Heim war ein großes, schäbiges Haus, umgeben von Wiesen und Zypressen. Orange Boy lebte bei einem neuen Paar und anderen halbwüchsigen Jungen.

»Das muss eine Art Waisenhaus sein«, sagte Barney.

»Es gibt keine Waisenhäuser mehr. Hat Mum gesagt.«

»Muss es doch.«

»Nur in Büchern.«

Man sah, dass das Paar freundlich war, aber auch kurz angebunden und sehr beschäftigt – kochen, putzen, Holz hacken, Zäune reparieren, am Computer arbeiten, die Jungen organisieren.

Aber es gab jede Menge Haustiere – mehrere Katzen, Meerschweinchen, einen Hund. Pferde. Orange Boy hatte einen Zimmergenossen: einen Jungen mit Zahnlücken. Manchmal spielten sie Karten oder hörten zusammen Musik, oder sie spielten mit anderen Jungen Fußball. Orange Boy verbrachte viel Zeit mit den Tieren.

»Aber er wirkt nicht so allein wie im letzten«, sagte Ren. »Ich glaube, er ist nicht mehr so einsam. Die Atmosphäre ist ganz anders.«

Sie nahm *ORANGE BOY LEBT II* aus ihrem Rucksack und legte es neben ihren neuen Fund.

»Band zwei ist irgendwie leer«, sagte Barney. »Und alles kommt einem so kalt vor. Hier ist viel mehr los, alles ist belebter.«

»Und wärmer.«

Die Jungen fuhren alle zusammen in einem Kleinbus zur Schule. Nach der Schule fuhren sie oft an den Strand; sie schwammen oder bodysurften und brieten Würstchen am Lagerfeuer. Zu Hause übten sie auf der Wiese hinter dem Haus Rugby-Tacklings. Er ritt die Pferde ohne Sattel. Jungen kamen und gingen, trugen ihre Habseligkeiten in ausgebeulten Rucksäcken bei sich.

Orange Boy bekam die Haare geschnitten. Seinem Zimmergenossen wuchsen neue Zähne. Er und Orange Boy kletterten auf einen riesig hohen Baum und knoteten ein Band an den höchsten Zweig. Orange Boy lernte ein paar Griffe auf der Gitarre. Zum Geburtstag bekam er ein Buch. Die Hausmutter backte zur Feier des Tages einen Kuchen: dreizehn Kerzen.

»Ich kann nicht erkennen, ob er glücklich ist.«

Das Heft war wieder ohne Worte, aber es gab auch keine leeren, wütend-traurigen Denkblasen.

»Er ist jedenfalls nicht unglücklich.«

In der Mitte der Geschichte blätterte Ren um und stieß einen kleinen Aufschrei aus, weil in jedem Panel ein roter Fleck aufleuchtete. Dieser plötzliche Farbausbruch war ein bisschen aufregend. Das Rote war eine Jacke, und die gehörte einem Mädchen in der Schule. Sie hatte kurze Haare, praktisch nur Stoppeln. Sie war mager wie Orange Boy, aber groß und hatte braune Haut. Sie lächelte nicht, schaute aber auch nicht böse. Sie stand meistens abseits und beobachtete alles wachsam.

Orange Boy und das Mädchen freundeten sich an. Sie hingen in den Pausen zusammen ab. Sie unterhielten sich. Sie lernten Karate von einem Gastlehrer. Sie spielten Touch-Rugby. Sie spielten auch *Himmel und Hölle*, obwohl das ein Spiel für kleine Kinder war. Das Mädchen brachte Steine zum Werfen mit zur Schule und schlug Orange Boy ohne Probleme.

»Er lacht!«, sagte Ren. Das war das erste Mal. Was natürlich auch irgendwie traurig war.

Oft kam das Mädchen nicht zur Schule, und Orange Boy vermisste sie. Wenn sie zur Schule kam, saßen sie manchmal draußen auf der Treppe vor den Klassenräumen, und beim Reden malte das Mädchen mit einem Stift Bilder auf die eigenen Hände und Arme und Beine, überall auf ihre nackte Haut. Orange Boy sprach mit einem Lehrer, und bald tauchte ein Stapel Papier auf. Jetzt wurde immer schneller gezeichnet; das Mädchen bemalte Blatt um Blatt, in der Mittagspause, im Unterricht, in der Schulversammlung, auf dem Rasen, wo sie auf Orange Boys Kleinbus und den Schulbus warteten. Die Bilderstapel wuchsen, sie flatterten als Papierschwärme um sie herum. Sie verschenkte sie: an Orange Boy, an Lehrer oder an kleine Kinder. An den Busfahrer und den Karate-Sensei, an den Jungen mit den neuen Zähnen.

Und dann griff auch Orange Boy zum Stift. Langsam und ein wenig schüchtern fing er ebenfalls an zu zeichnen. Seine Bilder zeigten größtenteils Tiere, selten auch mal Menschen: Ein Mann, der den Boden fegte. Ein Kind auf einem Flughund. Ein Junge am Schlagzeug. Zwei gebeugte Gestalten vor einem kleinen Häuschen.

»Die Großeltern«, seufzte Ren. Es kam ihr vor, als habe sie alte Freunde wiedergetroffen, Menschen, die sie vermisst hatte, ohne sich richtig darüber im Klaren zu sein.

In einer verregneten Mittagspause saßen Orange Boy und das Mädchen an seinem Tisch, eine kleine Insel aus zwei Menschen im Körpermeer des Klassenzimmers. Das Mädchen nahm ein neues Blatt Papier und faltete es mehrmals, bis sie ein kleines achtseitiges Büchlein erhielt.

Barney und Ren sahen einander fragend an.

»Dabei kriege ich ein ganz komisches Gefühl«, sagte Barney. »So als ob ich die Geschichte schon kenne, als ob ich sie schon mal gehört habe, aber ...«

Er dachte darüber nach.

»Ein Film«, sagte er schließlich. »Das ist wie ein Film ... eine Wiederholung ... also, man hat ihn schon mal gesehen, nur die Kameraeinstellungen und ein paar Szenen sind verändert, so als hätte jemand anders Regie geführt.«

Danach machten Orange Boy und das Mädchen jede Menge Zines. Manchmal tauschten sie untereinander. Manchmal nahm Orange

Boy seine mit nach Hause und legte sie in die Schublade neben seinem Bett. Oder er faltete sie auf und heftete sie auf seiner Seite des Zimmers an die Wand und an die Decke.

Gegen Ende von *Orange Boy lebt III* stürzte das Mädchen unglücklich und brach sich den linken Arm – ihren Zeichenarm. Mürrisch saß sie auf den Stufen vor der Schule. Sie trug den Arm in Gips, der sich weiß von ihrer Haut abhob. Der Ärmel der roten Jacke hing leer und unbeholfen herab. Orange Boy kam und setzte sich zu ihr. Er zog einen Stift aus der Tasche. Sanft zog er den Stoff der Schlinge beiseite und fing an, auf dem Gips zu zeichnen.

Das letzte Panel war eine Nahansicht der Gipszeichnungen: Die beiden saßen dicht aneinander auf der Schultreppe, ganz bei sich und abgeschieden vom Rest der Welt, während Beine im Licht des späten Nachmittags an ihnen vorbeihasteten. Doch sie schauten einander nicht an. Sie starrten beide in die Ferne, hinaus in die Welt jenseits der Schule, jenseits dieses Tages, dieses Augenblicks, hinaus aus dem Zine.

Darunter stand geschrieben: *Orange Boy und Crimson Girl. Für immer.*

Ms Temples Stimme schlängelte sich durch Rens schläfrige Gedanken. Sie hörte der Geschichte nicht richtig zu. Sie drang nur stückweise zu ihr, das meiste wurde von den wimmelnden Gedanken verdrängt, die ihren Kopf mit Beschlag belegten.

»Er brachte mich zu den anderen«, las Ms Temple.

Als Ren und Barney gestern *Orange Boy lebt III* zu Ende gelesen hatten, waren sie eine Weile still gewesen und hatten Geschichte und Bilder sacken lassen. Und dann hatten sie beide beinahe im gleichen Moment Luft geholt und Wortsalven abgeschossen: aberglaubstdudenndass, aberichverstehenichtwie, aberwassolldasbedeuten, aberweristdannundwiekann ... aberaberaberaberaberaberaber, so hatte Ren es in Erinnerung behalten.

»Der Graue kackte.«

»Jetzt wird es ernst«, sagte Barney. »Die Sache spielt jetzt in einer ganz anderen Liga.«

Er blätterte die Seiten des Zines hin und her, vor und zurück, suchte nach weiteren Erkenntnissen.

Ren hatte Notizbuch und Federtasche aus ihrem Rucksack genommen.

Barney stöhnte auf. »Nicht das Notizbuch! Ich kann es nicht mehr sehen.«

»Das hilft mir beim Denken. So lässt sich alles ordnen.«

»Schreib nichts auf«, befahl Barney. »Sag es einfach.«

»Ich kann beides gleichzeitig«, sagte Ren. »Du weißt doch, ich bin eine hoch qualifizierte Multitaskerin.«

Sie hatten an Albert Andersons Ladentheke gesessen, und praktischerweise war eine Weile niemand in den Laden gekommen.

»Ich schätze, es liegt sowieso alles auf der Hand«, sagte Barney. Er legte das Zine weg. »Jedenfalls wenn du Recht hast.«

»Was ich normalerweise habe.«

»Orange Boy – der Zeichner – könnte ein Mädchen sein.« Er klang ein bisschen enttäuscht. »Falls er der Dieb ist. Und wenn der Dieb ein Mädchen ist, wie Albert meint.«

»Vielleicht«, sagte Ren. Sie notierte eine Überschrift und unterstrich sie. »Wahrscheinlich.«

»Wieso bist du überhaupt so sicher, dass Orange Boy der Dieb ist?«

»Das ist mir eingefallen, als ich vor **Coralie's** stand«, sagte Ren. »Und filmte.« Sie dachte an die langen Minuten, an das Durcheinander von Farbe und Bewegung, an das Schwingen und Schlagen der Türen, an die Sonne, die ihr auf den Nacken brannte, an den Schmerz in den Armen, nachdem sie stundenlang die Kamera gehalten hatte. »Die Leute, die rein- und rausgingen. Überall Sachen. Es war das zweite Mal.«

Ren schrieb beim Reden. Sie schrieb drei Zeilen untereinander, ließ dann eine aus und schrieb noch drei. Sie schrieb und redete gern über verschiedene Sachen gleichzeitig. Ihr gefiel das Gefühl, dass ihr Denken dabei in der Mitte geteilt wurde.

»Alle sehen so komisch aus, wenn man sie durch eine Kamera sieht. Als ob sie tatsächlich in einem Film sind. So als wäre alles ein Film, der die ganze Zeit läuft. Und nicht das richtige Leben. Oder es ist gleichzeitig ein Film und das richtige Leben.«

»Das liebe ich«, sagte Barney.

»Ich finde es unheimlich«, sagte Ren. Sie zog einen Strich quer über die Seite.

»Jedenfalls fühlte ich mich seltsam, darum habe ich versucht, nicht darüber nachzudenken. Stattdessen habe ich über den Dieb – oder die Diebe – nachgedacht. Dass sie vielleicht schon seit November klauen. Und dass dann also jemand ziemlich oft in der High Street gewesen sein muss, ohne dass wir ihn bemerkt haben. Und dass wir auch nicht bemerkt haben, wer Orange Boy immer versteckt hat. Und ich weiß auch nicht, wieso, aber irgendwie bin ich dann darauf gekommen, dass es derselbe Mensch sein könnte. Und je mehr ich darüber nachdachte, desto richtiger schien es mir.«

Es war eine grauenhafte Erklärung, fand Ren, als sie jetzt mit dem Kopf auf dem Schultisch lag und der schwache Geruch von Putzmittel ihr in die Nasenlöcher stieg.

Irgendjemand hatte in den Ferien alle Schultische in der **Kate Sheppard School** abgewischt. Eine Putzkraft. Eine unbemerkte Putzkraft.

»Jemand, den wir nicht bemerkt haben?«, sagte Barney mit von Spott triefender Stimme. »Plus jemand anders, den wir nicht bemerkt haben? Ist gleich dieselbe Person?! Ren, das ist soo unlogisch! Das merke sogar ich. Das ist echt *molto* irre.«

»Ich weiß«, gab Ren zu. »Und es sieht mir gar nicht ähnlich. Ich schäme mich irgendwie ein bisschen. Aber«, sie schob Barney das Notizbuch hin, »was ist damit?«

Orange Boy ist der Dieb.

Der Dieb ist ein Mädchen.

Orange Boy ist ein Mädchen.

»Ein Syllogismus! Igitt.« Barney war angewidert. »Nimm das weg!« Er schob ihr das Notizbuch wieder hin.

Ren lächelte, als sie sich an Barneys Abscheu erinnerte. Sie spürte ihr Lächeln, denn ihre Wange schob sich dabei klebrig über die Tischplatte. Neben ihr schien Henrietta schon zu schlafen. Sanfte, gleichmäßige Atemzüge und ein leises, kicherndes Geräusch drangen aus dem großen Büschel Henrietta-Haar.

»Sogar der flache Kopf eines Fuchspelzes lugte heraus.«

Ms Temple hatte die Klasse im letzten Jahr mit Syllogismen vertraut gemacht. In der Unterrichtseinheit Philosophie hatte Ms Temple an das Whiteboard geschrieben:

Alle Sterblichen sterben.

Alle Menschen sind sterblich.

Alle Menschen sterben.

Ren verspürte den leisen Kitzel der Korrektheit. Sie erkannte Logik, wenn sie welche hörte. Sie rief das gleiche sehr angenehme Gefühl hervor, wie wenn ihr Zimmer vollständig aufgeräumt war oder sie einen komplizierten Drehplan für Kettle Productions fertiggestellt hatte. Oder eine von Ms Temples Textaufgaben gelöst.

Barney jedoch verabscheute die Philosophie-Einheit im Allgemeinen und Syllogismen im Besonderen. Vom Schulschluss bis nach dem Abendessen hatte er über die Syllogismus-Hausaufgabe gewütet. Doch dann hatte er im Internet einen Syllogismus entdeckt, den er als seinen eigenen ausgeben konnte:

Keine Hausaufgaben machen Spaß.

Syllogismen sind Hausaufgaben.

Keine Syllogismen machen Spaß.

»Deine Grundannahme ist irrig, Barney«, sagte Ms Temple, als sie die Sätze las. »Dein breites Grinsen beweist nämlich das Gegenteil. Diese Hausaufgabe amüsiert dich offenbar; also hat sie Spaß gemacht. Noch dazu ist der Satzbau beklagenswert.«

»Deine Grundannahme ist irrig«, sagte Barney jetzt im **Comic Strip** zu Ren. »Du rätst bloß, dass Orange Boy der Dieb ist. Du machst einen irrationalen logischen Sprung.« Mit diesem Satz war er ungeheuer zufrieden. Er stand auf und tat einen richtigen Sprung. Seine Haare hoben sich vom Kopf. »Oh ja!«

»Ich weiß«, sagte Ren. »Dafür muss es eine Erklärung geben. Die suche ich später. Aber was ist hiermit?« Wieder schob sie Barney das Heft hin.

Crimson Girl kannte Orange Boy (den Jungen) + Orange Boy (der Zeichner) ist wahrscheinlich ein Mädchen.

Crimson Girl kann zeichnen.

Orange Boy (der Zeichner) ist in Wirklichkeit Crimson Girl.

Barney stieß einen seiner grauenerregenden Gurgelschreie aus, kratzte sich mit den Fingern durchs Gesicht und schlug den Kopf auf den Tresen.

»Das ist doch nichts als Kauderwelsch!« (Das Wort schrie Mum gelegentlich in Richtung Fernseher.)

»Ich weiß, es ist kein richtiger Syllogismus, aber es ist auch kein Kauderwelsch. Hör zu, Barney.«

Sie hatte seinen Kopf an den dicken Haaren zur Seite gezogen. Nicht sehr fest.

»Denk mal darüber nach –« Ren wedelte mit *ORANGE BOY LEBT III* vor seiner Nase. »Es könnte sein, dass Crimson Girl diese Zines von Anfang an gezeichnet hat – vielleicht erzählt sie die Geschichte ihres Freundes Orange Boy. Nehmen wir einfach mal an. Vielleicht erinnert sie sich an ihre gemeinsame Schulzeit oder so. Und das würde passen, wenn wir Recht haben und der Dieb tatsächlich der Zeichner-Schrägstrich-Kurier von Orange Boy ist. Und es würde auch passen, wenn der Dieb ein Mädchen ist.«

»Mir tut der Kopf weh«, sagte Barney sauer. »Und das nicht, weil ich ihn auf den Tresen geschlagen habe.«

An der Stelle hatte die Türglocke geklingelt. Fern und die kleine Soo waren in den Laden gekommen, weshalb Barney und Ren zu zanken aufhören und stattdessen freundlich mit Fern plaudern mussten. Ren nahm das Baby auf den Arm. Die Kleine war inzwischen elf Wochen alt und lächelte zahnlos. Ihr Kopf wackelte, ihre Hände ballten sich zu Fäustchen und ihre Haare schienen zu zittern. Für ein Baby hatte sie höchst ungewöhnliches Haar. Es war sehr schwarz und voll und stand wie Stacheln vom Kopf ab. Sie sah aus wie die Großaufnahme einer Raupe. Mehr als einmal hatte Barney schon gesagt, dass Soo wegen ihrer Haare aussah wie eine Erwachsene im Körper eines Babys, und das machte ihn ganz verrückt.

»Der Fuchspelz segelte davon.«

Doch der Besuch von Fern und der kleinen Soo beruhigte Barney und Ren ein wenig, und als sie wieder allein waren, klang Barney vernünftiger.

»Okay. Ich sage dir, was ich glaube. Vielleicht ist die ganze Orange-Boy-Crimson-Girl-Sache total ausgedacht. Könnte eine Zeichnerin sein, aber auch ein Junge. Vielleicht ist der Dieb eine Diebin, hat aber gar nichts mit den Zines zu tun. Wir wissen gar nichts sicher.«

Barney schob seinen Hocker zurück und stand auf, als wollte er die folgenden Gedanken dem leeren Laden verkünden.

»Was ich wirklich wissen will: Warum werden diese Zines abgelegt? Und wieso werden sie für uns hinterlegt?«

»Woher weißt du denn, dass sie für uns abgelegt werden?«, fragte Ren. »Wir könnten sie doch auch zufällig gefunden haben.

»Das glaube ich nicht«, sagte Barney.

Und dann erzählte er Ren vom dritten Umschlag – dass der noch nicht da gewesen sei, als er vorher den Stand mit den Zines durchgegangen sei, während er auf Albert Andersons Pfefferminztee wartete.

Sie waren zum Ständer gegangen, um ihn zu untersuchen.

»Als ich wieder reinkam«, sagte Barney, »habe ich nach den *Sieben Frisuren der Menschheit* gesucht, und das steckte hundertprozentig nicht mehr da, wo ich es hingesteckt hatte. Ich hatte es in die zweite Reihe getan, und eine Stunde später – als du reinkamst – habe ich es in der vierten Reihe wiedergefunden. Und der einzige Mensch, der zwischendurch in den Laden gekommen ist, war Alberts Dieb oder Diebin. Und Albert hat gesagt, er – oder sie – war am Zine-Ständer, also muss es dieselbe Person gewesen sein, die den Umschlag dahin gesteckt hat – hinter *Die sieben Frisuren*. Und das bedeutet, dass Orange Boy der Dieb sein muss.«

»Wenn Alberts Dieb auch der High-Street-Dieb ist«, sagte Ren. »Und ich glaube, das muss er – oder sie – sein.«

»Sagen wir einfach sie – Mehrzahl«, sagte Barney.

»Aber der Umschlag könnte auch schon da gewesen sein«, wandte Ren ein. »Vielleicht hast du ihn bloß nicht gleich bemerkt, sondern erst, als du nach den *Sieben Frisuren* gesucht hast.«

»Nein, war er nicht«, sagte Barney voller Überzeugung. »Ich hatte schon alle Regale und Ständer nach Umschlägen abgesucht. Ich war voll auf Zine-Suche gepolt. Bin ich schon die ganze Woche. Wenn er da gewesen wäre, hätte ich ihn definitiv gesehen.«

Beide starrten gedankenverloren den Ständer an.

»Also«, sagte Ren, fand aber keine Worte, die darauf folgen könnten.

Ihr Blick ging die Zine-Titel durch, während ihr Geist das riesige Durcheinander an Spekulationen und Thesen durchging und zu ordnen versuchte. *ABWASCHLIEDER. EXPERIMENTE DER LIEBE. DAS ZIMMER MEINER MUTTER.* Der High-Street-Dieb ist Alberts Dieb. *BYE-BYE BALLONKUNST. HAIKU-URLAUB.* Alberts Dieb ist (womöglich) ein Mädchen. *SCHLAGBOHRER UND SCHLEIFPAPIER: HEIMWERKERKATASTROPHEN. SCHWÄNE UND ANDERE LANGHALSIGE VÖGEL. SEHR SCHRÄGE GEDANKEN.* Alberts Dieb hat das Zine versteckt. *SOCKENMUSTER FÜR JEDERMANN. SO GESCHEHEN IM LETZTEN WINTER. SONDERBARE HEILIGE.* (Wieso ist die vierte Reihe alphabetisch geordnet?) *SONNENWURZEL: LOBLIED AUF VERGESSENE GEMÜSE. SÜSSES UND TRAURIGES LIED.* Alberts Dieb ist der Zeichner von Orange Boy. *SUPPENSCHÜSSELLAND.* Der Zeichner von Orange Boy ist (womöglich) ein Mädchen.

Aber.

»Aber!«, sagte Ren. »Selbst wenn die Diebe-Schrägstrich-Orange-Boy-Schrägstrich-das-Mädchen den Umschlag dann erst versteckt haben, muss das noch nicht heißen, dass er für uns ist. Sie wussten doch gar nicht, dass wir hier sind.«

Barney machte den Mund auf, um ihr zu widersprechen. Und dann wieder zu.

»Denk doch mal drüber nach. Sie kennen uns gar nicht.«

»Aber wir sind die Einzigen, die die Umschläge gefunden haben«, sagte Barney trotzig. »Wie kann es denn dreimal Zufall sein?«

Darauf folgte wieder ein langes Schweigen; Barney blieb eine Weile vor dem Zine-Stand stehen, Ren kehrte zu ihrem Stuhl hinter Alberts Ladentheke zurück und starrte auf die Syllogismen, die sie in ihr Notizbuch geschrieben hatte, ohne sie richtig zu sehen. Die Geräusche des Spätnachmittags drangen durch das offene Fenster über der Theke: die gemächlichen Schritte der Passanten; die eigenartige Musik verschiedener gleichzeitig stattfindender Gespräche;

eine entfernte Sirene und der gedämpfte Lärm der Stare im Kastanienbaum am Ende der Straße.

Ren wühlte in ihrer Federtasche nach ihrem besten Anspitzer und spitzte, einen nach dem anderen, sehr sorgfältig all ihre Bleistifte an. Sie betrachtete die spiraligen Holzspäne, die in erfreulichen Mustern auf die Thekenplatte fielen. Sie hörte Barney in den hinteren Teil des Ladens gehen, zum Fernsehsessel; sie hörte, wie er sich in den großen Sessel fallen ließ, schwer aufseufzte und am Hebel zog, um die Lehne nach hinten zu klappen.

Sie dachte über den Dieb des Kate-Beaton-Buches und den einbrechenden High-Street-Dieb nach, beide raffiniert, beide schwer zu fassen – sowohl persönlich als auch begrifflich: Waren sie weiblich oder männlich? Eine Person oder zwei? Zine-Zeichner oder Überbringer? Zine-Figuren? Echt oder ausgedacht?

Sie reihte die Bleistifte auf der Ladentheke auf, eins zwei drei vier fünf sechs sieben, die stumpfen Enden in einer Linie; die geschärften Minen deuteten drohend auf das Regal mit den Graphic Novels gegenüber.

Sie dachte über ihren Nachmittag nach, über den Blick durch den Sucher der Kamera, der die Straße und ihre Menschen so verändert hatte. Wie verstört sie sich gefühlt hatte.

Es hatte nicht viel genützt, dachte Ren. Sie schob ihre Bleistifte immer weiter nach vorn, einen nach dem anderen, Zentimeter um Zentimeter, bis sie alle ganz am Rand der Theke balancierten. Sie hatte nirgendwo auf der High Street irgendwas Ungewöhnliches gesehen. Nicht dass sie wüsste. Und inzwischen waren die wirklich wichtigen Sachen dort passiert, wo die Kamera nicht war. Es war absolut möglich, tagelang mit der Kamera Detektiv zu spielen und nichts zu ermitteln. Es kam ihr beinahe so vor, als wüssten die Diebe-Schrägstrich-Orange-Boy-Schrägstrich-das-Mädchen, wie man sich verborgen hielt. Wie man unbemerkt blieb.

Aber trotzdem selbst bemerkte.

Ren blickte von ihren balancierenden Bleistiften auf und sah den Zine-Ständer an. Sie hatte das eigenartig schwebende Gefühl im Kopf, das sich immer einstellte, wenn sie kurz davor war, etwas zu begreifen, zum Beispiel eine schwierige Kreuzworträtselfrage oder eine mathematische Gleichung.

Und wenn Barney nun Recht hatte? Wenn die Umschläge keine Zufälle waren? Wenn sie tatsächlich von Anfang an für Barney und sie gedacht gewesen waren? Aber wie konnte das sein?

Ren hatte ganz, ganz still gesessen. Leichte Gänsehaut kribbelte an ihrem Arm. Allmählich füllte sich ihr Kopf mit höchst angenehmer Leichtigkeit.

Aus dem Hinterzimmer des **Comic Strip** ertönte ein Jubelschrei, und man hörte, wie jemand aus einem Fernsehsessel sprang.

Natürlich, dachte Ren.

»Natürlich!«, rief Barney, als er in den vorderen Teil des Ladens polterte.

Vor der Ladentheke blieb er strahlend stehen.

»Sie haben uns beobachtet«, sagte Ren für sie beide. Ihre Stimme klang ganz klar und nüchtern. »Er oder sie oder sie beide haben uns beobachtet. Und zwar schon lange. Seit vor dem ersten Umschlag. Vielleicht schon seit November.«

Barney boxte in die Luft und machte wieder einen kleinen Luftsprung. »Oh ja!«

»*›Heute Nacht schläfst du auf dem Boden‹*«, las Ms Temple.

Die Ventilatoren surrten. Die Klasse regte sich schläfrig an den Tischen.

Wieder musste Ren lächeln, wenn sie an diesen Augenblick gestern dachte.

Wie interessant, sagte Barney später. Die gleiche Schlussfolgerung mehr oder weniger gleichzeitig. Er war wieder zum Bersten voll mit Selbstvertrauen und Entschlossenheit gewesen.

»Vorwärts, Kettle Productions!«, hatte er gebrüllt. Da waren sie in seinem Zimmer. Er hechtete vom Fenstersitz aufs Bett.

Ren war erleichtert. Darum hatte sie das Gefühl gehabt, Orange Boy und der Dieb wären ein und dieselbe Person, erklärte sie Barney. Irgendwie hatte sie ganz hinten im Hinterkopf geahnt, dass die High Street den Dieb zwar gar nicht, der Dieb aber alles bemerkt hatte. Und ebenso verhielt es sich mit dem Umschlag-Kurier – Orange Boy oder das Mädchen. Niemals hatten Ren oder Barney sie gesehen. Doch sie hatten – wie der Dieb – alles beobachtet. Ergo waren sie ein und dieselbe Person. (Komm mir nicht mit »ergo«, sagte Barney.) Ihr Unterbewusstsein hatte die Lösung gefunden, erklärte sie ihm. Es hatte ihrem Bewusstsein bloß nicht die logischen Schritte dahin mitgeliefert.

Auch egal, hatte Barney gesagt.

Die Beobachter hatten Barney und Ren also kennengelernt. Heimlich. Ohne sich sehen oder hören zu lassen. Sie hatten ihre Gewohnheiten und ihre Lieblingsplätze beobachtet. Vielleicht sogar ihre Gespräche belauscht. Sie hatten sich Zeit gelassen. Und erst dann, als sie so weit waren, hatten sie ihren ersten Umschlag überbracht.

Sie hatten gewusst, dass Barney und Ren in **Coralie's Café** waren. Sie hatten gewusst, dass die Geschwister aus der Schwingtür treten, wahrscheinlich stehen bleiben und sich umsehen würden. Sie hatten sich darauf verlassen, dass Barney oder Ren den ersten Umschlag entdecken würden, der draußen, eingeklemmt unter dem Stuhlbein, auf sie wartete.

Das DU auf dem Umschlag war nicht für irgendwen gedacht. Es war nicht wahllos. Aber es galt auch nicht einem bestimmten Menschen. Sondern zweien. Es bedeutete ganz präzise: Du, Ren, und Du, Barney. Einer von euch oder beide.

»Ich sagte: ›Womit bin ich dran?‹«

Ren hob den Kopf vom Schultisch. Sie gähnte und streckte sich und verpasste den letzten vorgelesenen Satz. Sie hatte überhaupt das meiste von der Lesung versäumt. Ihre Multitasking-Batterien waren alle. Sie hatte keinen Schimmer, worum es gegangen war. Aber sie würde irgendwen fragen. Oder im Buch nachschauen.

Ms Temple sah über den Rand des Buches die Klasse an.

»Auf den Punkt genau drei Uhr«, sagte sie, offensichtlich zufrieden mit ihrem Timing.

Sie schlug das Buch zu und legte es in die oberste Schublade. »Geht nach Hause und kühlt euch ab. Keine Hausaufgaben diese Woche.«

Ren und Barney gingen nie zusammen von der Schule nach Hause. Jedenfalls nicht richtig. Die Kinder der High Street gingen alle zusammen – und doch getrennt. Ren ging mit Henrietta und Lovie und Bingo. Barney ging ein paar Meter vor oder hinter ihnen, ein dichter, verschwitzter Haufen mit Jack, Benjamin, JohnLeo und Edward. Niemand hatte diese Geschlechtertrennung verordnet, aber es war immer so gewesen. Sie gingen alle im gleichen trägen Tempo und hielten so einen mehr oder weniger gleichbleibenden Abstand zwischen den beiden Gruppen.

Albert Anderson nannte diese Schulwegs-Schlange »Ambulatorix«: Er sagte, sie wären wie das vordere und hintere Ende eines schwerfälligen prähistorischen Organismus mit winzig kleinem Hirn, dessen Mittelteil unsichtbar sei.

An manchen Tagen schälten sich die einzelnen Bestandteile des Ambulatorix ab – in gleichmäßigen Etappen, immer ein oder zwei Kinder vor ihrem jeweiligen Zuhause –, bis am Ende bloß noch JohnLeo aufs Café zusteuerte. An anderen Tagen verteilten sie sich in verschiedenen Kombinationen zum nachschulischen Unterhaltungsprogramm.

Barney und Ren könnten zum Beispiel mit JohnLeo zum Café gehen, einen Glasierten (Bio-)Nager essen und Albert Andersons aktuelle Schachpartie verfolgen oder sich am stets faszinierenden Rückenschwimmenden Kongowels und seinen Gefährten im großen Aquarium erfreuen. Sie könnten auch mit Benjamin im **Mediterranean Warehouse** einkehren, sich ein Eis holen und mit Battista plaudern. Oder mit Lovie und Bingo das Museum ansteuern, um sich neue Ausstellungsstücke anzuschauen und ins Geschichtenarchiv zu gehen. Mindestens einmal im Monat kamen Lovie, Bingo, Jack und Benjamin ins **Emporium**, und Barney bereitete die Nachmittagsspezialität zu, für die er zu Recht berühmt war: Toastkuchen. Der bestand aus sehr dicken Scheiben Toastbrot, auf die ein kuchenartiger Berg aus Butter, Nutella, Erdnussbutter, Bananenscheiben, einer Handvoll Rosinen, Salz, geriebenem Käse, ein klein wenig schwarzem Pfeffer und Schokoladenstreuseln gehäuft war; das Ganze wurde leicht überbacken, so dass der Käse und die Streusel schmolzen.

Edward und Henrietta gingen nach der Schule immer direkt nach Hause. Sie hatten ein sehr anspruchsvolles Nachmittagsprogramm, bestehend aus Sport, Tanzstunden und Musikunterricht, Mathenachhilfe und Französischkurs.

Wenn Barney und Ren mitten im Drehplan für einen Film steckten, war klar, dass sie nach der Schule nicht viel Zeit hatten. Darum bogen sie am ersten Schultag ohne Begleitung ab und ohne dass jemand ihnen Fragen stellte. Sie gingen direkt nach Hause, um die Ausrüstung für das geplante Interview mit Mariko zu holen.

Barney war ganz klar dafür gewesen, alle Interviews für die Woche abzusagen. Er war viel zu beschäftigt mit dem Geheimnis ihrer ungesehenen Beobachter.

»Ich kann sowieso an nichts anderes denken. Lass uns das einfach zuerst lösen. Wir sollten Prioritäten setzen.«

Ren hatte Nein gesagt, und zwar aus zwei Gründen.

»Wenn du jetzt ›erstens, zweitens, drittens‹ sagst, dann steche ich mir die Augen aus«, sagte Barney. »Das hasse ich noch mehr als deine Notizbücher.«

»A«, sagte Ren streng. »Der Zeitplan ist viel zu eng. Wir müssen uns strikt an den Drehplan halten, sonst können wir den Ostertermin nicht halten. Es ist meine Verantwortung als Co-Produzentin und Regieassistentin, die Einhaltung des Termins gnadenlos durchzuziehen.« Sie rieb Barney seine eigenen Sprüche unter die Nase.

»Vielleicht verstehst du das nicht richtig«, seufzte Barney im Tonfall des sensiblen Künstlers – eine Kombination aus Herablassung und verletzten Gefühlen. Er zerwühlte sich theatralisch die Haare. »Ein großes Projekt erfordert totale Konzentration, und das ist nicht so leicht. Ein Regisseur sollte vor allen Ablenkungen geschützt werden. Und vor Anstrengungen. Ich werde mich nicht fokussieren können.«

Er seufzte noch einmal, um der Klage Nachdruck zu verleihen. Wie Mum, wenn sie Geduld aufbrachte.

Aber Ren war nicht in Stimmung für Künstlerlaunen.

»B. Wir müssen uns weiterhin normal verhalten. Denk doch mal nach. Wir sind jetzt im Vorteil – wir haben herausgefunden, dass SIE uns beobachten. SIE wissen, was wir tun ...«

»Sagst du SIE in Großbuchstaben?«, fragte Barney in ganz normalem Tonfall.

»Ja.«

»Ich auch.«

»Wir haben ein paar kleine Einzelheiten zur Beschreibung«, sagte Ren. »Und natürlich wollen wir herausfinden, wer SIE sind ...«

»... SIE demaskieren ...«

»... aber wir können nicht einfach alles stehen und liegen lassen und bloß noch nach IHNEN suchen. Dann werden SIE misstrauisch. Wir müssen vorsichtig Ausschau halten – und der Dreh der Doku ist dafür die perfekte Tarnung.«

Nach weiteren Seufzern und halbherzigem Widerspruch hatte Barney widerwillig zugestimmt.

»Aber weißt du, was echt schräg ist?«, fragte er.

»Einfach jede Kleinigkeit von dieser ganzen Geschichte.«

»Ja, das auch, aber findest du es nicht auch total seltsam, dass wir niemals, nicht ein einziges Mal, irgendjemanden auf der High Street bemerkt haben, der uns beobachtet haben könnte? Nicht mal in den letzten drei Wochen, also seit wir das erste Zine gefunden haben. Also, ich meine, SIE müssen echt oft in der Nähe sein, um alles über, na ja, über uns rauszufinden – und die Zines zu verstecken. Wie kann es sein, dass wir das nie mitgekriegt haben? Vor allem, wenn SIE keine Dauergäste sind?«

Darüber hatten sie beide lange nachgegrübelt.

»Zauberei«, sagte Ren schließlich.

»Ha, ha.«

Ren war kein Fan von Zauberei. Oder von Geschichten, in denen Magie vorkam. Die waren so unlogisch.

»Ich habe mir wirklich sehr viel Mühe gegeben, ein Periskop mit Ohren zu sein«, sagte Barney. »Guck mal.« Er stellte ein Periskop dar: streckte sich in die Höhe und machte sich steif, drehte sich langsam um die eigene Achse, hielt an, lauschte, drehte sich wieder zurück. Er sah aus wie ein Erdmännchen mit Perücke. Ren kicherte.

»Ich kann es einfach nicht fassen, dass dabei nichts herausgekommen ist.«

»Vielleicht sind SIE Spione«, sagte Ren. »Vielleicht sind SIE darauf trainiert, Leute zu beschatten.«

»Oder wir werden digital überwacht. Mit Drohnenkameras.«

Bei diesem Gespräch hatten sie auf dem Ledersofa vor **Busby's Emporium** gelümmelt, und Barney hatte tatsächlich den Himmel nach einem unbemannten fliegenden Auge abgesucht. Doch es waren nur die Dachfirste der High-Street-Häuser und der klare blaue Himmel zu sehen.

Trotzdem, dachte Ren, als sie an diesem ersten Schulnachmittag mit Barney die Hintertreppe zur Wohnung hinaufstapfte, war es eine unheimliche Vorstellung, dass irgendjemand dich beobachtete, während du deinem Alltagsleben nachgingst, während du die ganzen gewöhnlichen Sachen machtest, aus denen dein Leben bestand. Die Schaufenster der High Street angucken. Stehen bleiben und Art im Eingang vom **Comic Strip** streicheln. Zu **Toto's** gehen und eine DVD ausleihen. Sich mit Barney streiten. Bei **Montgomery's** einen alten Kinderkrimi aus der Reihe *BABY-SITTER'S CLUB* lesen. Zum **Yoga Room** laufen, um den Schal zu holen, den Mum dort liegengelassen hatte. Vor dem **Emporium** sitzen und zehn Minuten im Leben der gerade so getauften Brown Betty genießen: wie sie sich in einem Sonnenfleckchen vor **Montgomery's** entrollte und streckte, entschlossen die Straße hinab zum Friseursalon trottete, in einem anderen Fleckchen Sonne liegen blieb, fünf Minuten lang sehr sorgfältig ihr Fell pflegte, weiterging, schließlich elegant abbog und in der kleinen Gasse neben dem alten **Postamt** verschwand ...

Anscheinend hatte jemand – oder zwei Jemande – Ren und Barney eine lange Zeit überwacht, zusammen und einzeln, hatte alle diese Tätigkeiten beobachtet, hatte bestimmte Dinge über sie herausgefunden, hatte sich ausgerechnet, wo sie zu verschiedenen Zeiten verlässlich auftauchen würden. Der-Dieb-Schrägstrich-die-Diebe hatten Schlussfolgerungen gezogen und Vorhersagen getroffen. Es war ein wenig riskant. Aber auch logisch.

Da sie so rational vorgingen, war Ren den Spionen gegenüber grundsätzlich positiv gestimmt; dennoch war es beunruhigend, sich vorzustellen, dass ständig fremde Augen auf einem ruhen konnten. Vielleicht schauten sie jetzt gerade her, dachte sie, und oben an der Treppe fuhr sie rasch herum, um sie zu erwischen. Barney schloss die Tür auf und ging hinein, aber Ren blieb noch einen Augenblick draußen stehen und suchte den Hinterhof und den Luna Square und die Seitenwände der Nachbarhäuser ab – weite Flächen aus altem, verwittertem Backstein, unterbrochen nur von vier kleinen Fenstern. Doch die einzigen Gesichter, die ihren Blick erwiderten, waren die gelben Dahlien, die sie aus einer Vase im Schaufenster des **Zipper** anstrahlten.

Auf dem kurzen Weg zu **Mulberry** lieferte Barney seinen alljährlichen Ersttagsbericht über die neue Lehrerin. Auch der war kurz. Diese Ersttagsberichte hatten eine Konstante: Sie waren ausnahmslos negativ. Ren konnte sich tatsächlich noch an Barneys allerersten Bericht erinnern. Da war sie fast vier Jahre alt und Barney noch nie so lange von ihr getrennt gewesen. Sie war mit Mum zur **Kate Sheppard School** gegangen, um ihn abzuholen, und von Stolz und zugleich auch Sehnsucht überwältigt worden, als sie seinen Garderobenhaken und den Aufkleber darüber sah, mit dem Namen *Barney Kettle* darauf.

Barney hatte den Haken blöd genannt. Sein Tisch war offenbar genauso blöd. Auch das Buch, das man ihm zu lesen gegeben hatte. Und die Bodenmatte, auf der sie ewig sitzen mussten. Die Lehrerin für die Schulanfänger war besonders blöd gewesen, weil sie noch kein einziges Mal Schneewittchen und die sieben Zwerge gesehen hatte.

Seither hatte Barney es sich zur Gewohnheit gemacht, jede neue Lehrkraft – normalerweise gleich am ersten Tag – zu fragen, was ihr Lieblingsfilm war, ob sie Schneewittchen und die sieben Zwerge gesehen hatte, und wenn ja, was sie davon hielt. Es machte jedoch kaum einen Unterschied, ob ein Lehrer oder eine Lehrerin Schneewittchen tatsächlich gesehen hatte und mochte – Barney würde *sie* nie mögen, genauso wenig wie Schule überhaupt. Er ertrug die Schule nur.

»Name: Ms Bloodworth«, sagte Barney. Beim Gehen und Reden aß er einen Apfel, jeder Biss war ein Satzzeichen.

»Muss ein schlechtes Omen sein.« Kracks.

»Charakter: Anscheinend freundlich.« Kracks. »Aber in der ersten Woche tun sie immer so.« Kracks.

»Klassenzimmerregeln: Keine Schuhe. Vorgeschriebene Sitzordnung.« Kracks.

»Lieblingsfach: Mathe. Katastrophe.« Kracks.

»Lieblingsfilm.« Barney blieb plötzlich stehen, den Apfel vor dem Mund. In seiner Miene lag Fassungslosigkeit. »Jetzt pass auf.«

Das tat Ren. Konnte es sein, dass endlich einmal jemand als Lieblingsfilm Schneewittchen und die sieben Zwerge angab?

»Tatsächlich Liebe.«

»Echt?«, fragte Ren. »Das ist jetzt schon die dritte Lehrerin. Wie interessant?«

»Nein, ist es nicht«, sagte Barney. »Es ist ein Skandal. Schlussfolgerung: Dieses Jahr wird genauso wie alle anderen Schuljahre seit Anbeginn aller Zeiten werden. Nur mit mehr Mathe.« Kracks.

Ren hatte Ms Bloodworth in der Mittagspause auf dem Schulhof gesehen und gefunden, dass sie ziemlich toll aussah. Sie trug ein grünes Kleid mit Tellerrock und einen breiten weißen Gürtel. Ihre Sandalen waren auffällig gelb. Ihr dichtes, silbriges Haar fiel ihr auf die hellen Schultern. Aber es hatte gar keinen Zweck, Barney solche Beobachtungen mitzuteilen. Das würde ihn nur noch mehr nerven.

Sie ging um Barney herum auf seine andere Seite, wo keine Kameratasche hing, und rückte ganz dicht an ihn heran. Sie senkte die Stimme. »Fällt dir jetzt gerade irgendjemand Verdächtiges auf der Straße auf? Hast du die ganze Zeit hingeschaut, während du geredet hast? Ich nämlich schon.«

Barney warf seinen Apfelrest im Vorbeigehen in Richtung eines Mülleimers.

»Ja«, sagte er in normaler Lautstärke, womöglich sogar ein bisschen lauter. »Ich auch. Bisher nichts.«

Sie kamen zu **Mulberry** und blieben in unausgesprochener Übereinstimmung vor dem Schaufenster stehen, um die Dekoration zu bewundern. Ren und Barney verliehen im Stillen ständig Auszeichnungen an High-Street-Schaufenster, und **Mrs Corry's** gewann ständig den Preis für das appetitlichste Fenster, doch **Mulberry** hatte mit Abstand das schönste.

Marikos Schaufenster war nie vollgestopft und nur selten in leuchtenden Farben dekoriert. Manchmal war nur ein Gegenstand ausgestellt – vielleicht Tischsets aus *Washi*-Papier, die auf einem flachen Tisch aufgefächert waren. Oder schmale *Tenugui*-Handtücher in Erdfarben, über schwarze Kleiderbügel drapiert und in verschiedener Höhe aufgehängt, so dass sie wie ein Schwarm geheimnisvoller langschwänziger Vögel aussahen, mitten im Flug erstarrt. Einmal hatte sie eine ganze Reihe von Zahnbürsten präsentiert, mit schwarzen Borsten aus *Bincho-tan*-Holzkohle und Griffen in allen Farben des Regenbogens. Sie waren zu Tanzpaaren aufgestellt, in der Bewegung eingefroren, und der Tanzboden war ein langer, schwarz lackierter Tisch.

Heute stellte das Schaufenster einen kleinen Raum für eine Teezeremonie dar, mit *Tatami*-Matten und einem Holztisch und allen Utensilien zur Teezubereitung. Neben dem großen Tisch stand ein kleinerer, darauf eine Vase mit einer blassrosa Blume und einem Farnzweig. Darüber hing ein Rollbild mit Kalligrafie.

»*Chabana*«, sagte Ren.

»*Tatejiku*«, sagte Barney.

Mariko hatte im letzten Jahr für die Kinder der High Street eine Teezeremonie abgehalten. Es war ein gemeinsames Geburtstagsgeschenk für Ren und Lovie gewesen. Sie hatten alle das richtige Vokabular für die Teezeremonie gelernt. Manchmal fragten sie einander ab.

»Harmonie und Reinheit«, sagte Ren. Das Ritual wurde von vier Prinzipien bestimmt, hatte Mariko ihnen erklärt. »Die anderen beiden fallen mir nicht ein.«

»Respekt«, sagte Barney sehr betont, als wollte er andeuten, dass er davon augenblicklich zu wenig bekam.

»Ach ja«, sagte Ren, »Harmonie, Reinheit, Respekt und Ruhe. Ist fast wie bei der Logik, wenn man es sich überlegt.«

»Nein, ist es nicht!«, sagte Barney. »Ich habe absolut die Nase voll davon, dass du ständig von Logik redest! Ich verbiete dir, dieses Wort zu verwenden – einen Monat lang! Das meine ich ernst.«

Innerlich seufzte Ren leise. Bei Barney schien der Schulanfang frische Begeisterung für das Diktatorische hervorzurufen.

Die neue, silberhaarige, Mathematik liebende Ms Bloodworth tat ihr ehrlich leid.

Sie begannen das Interview mit Mariko vor dem ersten der faltbaren Wandschirme, die ihr Geschäft in verschiedene Räume unterteilten. Dieser Paravent bestand aus drei Rahmen, deren Bespannung mit Kiefern bemalt war. Mariko hatte ihn aus Japan mitgebracht, als sie von dort ausgewandert war.

»Dieser Wandschirm ist seit hundertfünfzig Jahren im Familienbesitz«, sagte sie in die Kamera. »Aber es ist das erste Mal, dass ein Mitglied meiner Familie außerhalb von Japan lebt. Meine Eltern wollten, dass der Schirm mich begleitet. Kiefern sind ein Symbol für ewiges Glück.«

Mariko hatte Japan mit ihrer Freundin Yoko verlassen, die Ärztin und Expertin für Pflanzenheilkunde war. Yoko war Mums Ärztin und brachte sie zum Lachen, was nach Mums Ansicht ebenso gut war wie Medizin. Außerdem, sagte Mum, hatte sie bei Yoko volles Vertrauen, dass sie den Beschwerden ihrer Patienten ihre ganze Aufmerksamkeit widmete und nicht über Krocketschläge nachdachte, was man bei Dr. Beverly bestimmt nicht sagen konnte.

»Als ich Yoko kennenlernte, hätte ich schon wissen können, dass ich Japan verlassen würde«, sagte Mariko. »Ihr Name bedeutet ›fremdes Meereskind‹.«

»Und was bedeutet dein Name?«, fragte Ren, obwohl sie es natürlich wusste.

»Ich bin das wahre Dorfkind«, sagte Mariko. »Es war mein Schicksal, hier an der High Street zu arbeiten. Wir sind doch wie ein kleines Dorf, findet ihr nicht?«

Marikos Stimme war sanft, und im **Mulberry** war es sehr still und ruhig, selbst wenn zahlreiche Kunden da waren. Wenn Menschen das Geschäft betraten, senkten sie anscheinend automatisch die Stimme. **Mulberry** zu betreten war ein bisschen wie die großen Holztüren der Basilika zwei Straßen weiter zu öffnen. Die riesige

Kathedrale war dunkel und roch nach kaltem Stein und muffigen Ecken und einem Hauch von Weihrauch, wohingegen das Geschäft von mildem Licht und dem zarten Aroma von Tee und duftenden Hölzern erfüllt war, doch in beiden Gebäuden bewegte Ren sich achtsamer und sprach beinahe flüsternd. Selbst Barneys lärmende Entschlossenheit wurde im **Mulberry** gedämpft.

Mariko beschrieb ihre Kindheit in Fukui, ihre Mutter, ihren Vater, ihren Bruder und ihre beiden Schwestern. Ferien am Meer. Schule. Harfenunterricht. Besuche bei Großeltern. Einmal hatte sie ein Fotoalbum mitgebracht und den Kindern der High Street gezeigt, und Ren war insgeheim enttäuscht gewesen, dass die zehnjährige Mariko Jeans und T-Shirt trug. Sie hatte sich ein japanisches Leben im traditionellen Kimono vorgestellt und in diesen knöchellangen Socken mit dem abgeteilten großen Zeh. Doch Kimono, Geta und Tabi hatte Mariko in ihrem Leben nur zur Hochzeit ihres Bruders und zur Beerdigung ihres Großonkels Susumu getragen. Auch die Teezeremonie hatte sie erst gelernt, als sie in Amerika studierte. Und sie hatte keinen einzigen Origami-Kranich gefaltet, bis sie anfing, ihren Laden zu planen.

Dann erst, sagte Mariko in die Kamera – und zu mehreren Kunden, die aufgehört hatten zu stöbern und sich erfreut das Live-Interview anhörten –, als sie anfing, *Washi*-Papier und Seidenstoffe, hölzerne Reisschalen, Teedosen aus Porzellan und Strohsandalen zu sammeln, dann erst hatte sie allmählich die Gefäße und Materialien ihrer anderen Welt verstanden. Erst als sie fern von Fukui und vom Japanischen Meer war, fern von den sorgfältig gestalteten Gärten und Steinmauern des ländlichen Japan, lernte sie die Schattierungen und Aromen und Formen ihrer Vergangenheit wahrhaft zu schätzen. Im **Mulberry** zu sein, sagte Mariko, war so, wie ein kleines bisschen in ihrem früheren Leben zu sein – gerade genug.

Aber wie musste es sein, so weit von seiner Familie wegzugehen? Und zwar für immer?

Das hatte Ren sich schon mehrmals gefragt, seit sie angefangen hatten, Die Unerzählte Geschichte zu filmen. In der High Street gab es jede Menge Menschen, die von anderswoher kamen. Bambi stammte zum Beispiel aus Manitoba in Kanada, wo es Schneestürme und Prärien und Tornados gab. Sie hatte mehrere Kontinente bereist – mit drei verschiedenen Zirkusfamilien. Sie war in zahllosen großen Zirkuszelten am Dreifachtrapez aufgetreten; sie hatte Wagen an Wagen mit Clowns gelebt.

Und Solomon kam aus Ghana. Zu Hause fiel er in einer Menschenmenge überhaupt nicht auf, sagte er in die Kamera. Doch die Liebe – in Form von Hana, die an der Hochschule unterrichtete – hatte Solomon auf die High Street verschlagen. Und er blieb gern hier, sagte er. Klar, er vermisste seine Heimat, klar, auch seine Familie, aber er hatte seine Musik, er spielte in einer guten Fußballmannschaft, das Klima war erträglich, die Eingeborenen zahm. Bei der Erwähnung der zahmen Eingeborenen musste Solomon wie verrückt lachen. Sein Lachen war wie ein seltsames Lied – sein Mund öffnete sich weit, und heraus strömte Grollen, Jaulen und Schnurren.

Im **Mulberry** neigte Mariko kurz den Kopf in Richtung der Kamera und des kleinen Publikums.

»Und jetzt, bitte, möchte ich euch mein Geschäft zeigen.«

Sie drehte sich um und ging hinter den Wandschirm, und Barney folgte ihr mit erhobener Kamera. Ren bedeutete den Zuschauern, ebenfalls zu folgen. Sie bildeten eine ordentliche Karawane aus fünf Personen. Ren kannte keinen von ihnen. Zwei trugen Caps und Sneakers und kleine Rucksäcke. Auf jeden Fall Touristen. Wahrscheinlich Amerikaner.

Barney und Ren hatten schon mehrere Male während der Interviews für UG Zuschauer angelockt.

»Berufsrisiko«, sagte Barney gereizt. »Dokus sind unvorhersehbar.«

Das war, unmittelbar nachdem sie Phil und Pete im **Nut House** interviewt hatten und regelmäßig von Kunden unterbrochen worden waren, die über verschiedene Walnuss-Sorten oder den erstaunlichen Suchtfaktor von geschälten und gesalzenen Pistazien oder dergleichen reden wollten.

Doch als Barney und Ren sich die Aufnahmen später anschauten, beurteilten sie die Störungen anders. Sie hatten ihnen gefallen. Sie machten die Sache bunt. Sie waren ungeschminkt.

»Wir sind so blöd!«

Barney war vom Sofa aufgesprungen und hatte sich in Vortragspose vor Ren aufgebaut. »Kunden gehören doch auch zur High Street! Sie müssen im Film auftauchen. Sie sind gar keine Störungen! Sie sind die Doku, ebenso wie Phil und Pete und alle anderen.«

Natürlich. Natürlich bestand die Straße nicht bloß aus den Menschen, die hier lebten und arbeiteten. Sondern auch aus allen, die hierherkamen – allen, die hier Kaffee oder Wein oder Smoothies oder grünen Tee tranken, die hier schlenderten und Schaufensterbummel machten und stöberten und plauderten.

Manches begriffen sie wirklich langsam, dachte Ren. Sie lernten eine ganze Menge dazu.

Als sie also Kazimierz interviewten – dessen Werkstatt zufälligen

Besuchern offenstand – hatten Barney und Ren das meiste aus den Kunden herausgeholt. Und die Kunden hatten, wie sich herausstellte – natürlich! – selbst gute Geschichten beizutragen: die traurige Geschichte von einem Familienhund und einer kaputten Geige; eine Frau mit rosa Haaren, deren guter Vorsatz fürs neue Jahr war, sich selbst eine Laute zu bauen – war Zedernholz besser für den Resonanzboden oder Zirbenholz? (Zirbenholz.) Kazimierz selbst erzählte die Geschichte von dem Barbat, an dem er gerade arbeitete: ein Instrument, das mit seinem Besitzer den ganzen Weg aus dem Iran hierher zurückgelegt hatte, ein Instrument, dessen Geschichte mehrere Tausend Jahre zurückreichte.

Während Kazimierz arbeitete und redete, waren die Kunden näher gekommen.

Sie lauschten, als Kazimierz über seine Kindheit in Bielsko-Biała in Polen sprach, über Schlösser und Kirchen und Flugzeugfabriken und Blutwurst zum Frühstück. Sie lauschten der Geschichte seiner Familie, alle weggegangen im lang vergangenen Krieg, nur seine Eltern jetzt auf dem alten Friedhof begraben. Da hatten Kazimierz' Augen zu glänzen begonnen, genau wie die Augen einiger Kunden, und wieder hatte Ren darüber nachgedacht, wie es fern von der Heimat sein mochte, fern von den Menschen, die man liebte. Wie zuvor versuchte sie sich vorzustellen, wo sie wohl leben würde, wenn sie älter wäre. Immer wenn sie das versuchte, drängte Barney sich irgendwie ungestüm mit ins Bild.

Im **Mulberry** trippelten die Zuhörer jetzt hinter Mariko her durch die Abteilungen. In jedem Raum scharten sie sich um sie, und sie erzählte ihnen von den gezeigten Gegenständen, von ihrer Herstellung und Geschichte. Die Sprache des **Mulberry** war wieder eine andere Art von Musik, dachte Ren. Sie unterschied sich von Kazimierz' und Solomons, von Sylvies und Deirdres und Phils. Das Leben und die Arbeit aller Menschen hatten ihre eigene Sprache, eigene Klänge und Rhythmen, ein ganz bestimmtes Knacken und Summen und Seufzen, volle Noten und schmale Töne.

In den verschiedenen Räumen konzentrierte Ren sich auf Marikos Sprachmusik. Sie formte die Laute mit den Lippen nach.

»*Kozo*«, sagte Mariko in der Papierabteilung. »*Mitsumata, Gampi.*« Sie deutete auf die Hängelampen, die Fächer und die kleinen Trennschirme. Vorsichtig hielt sie die Schalen aus *Washi* hoch.

»*Tengoju. Sekishu. Chiyogami, Ikazaki.*«

Im Raum mit den Stoffen schauten sie hoch zu den Kimonos, die sanft an ihren Hängestangen schwangen. »*Maemigoro*«, sagte Mariko, während sie die einzelnen Teile des Gewandes durchging. »*Sodeguchi, Tamoto, Susomawashi, Ushiromigoro.*«

Sie beendeten den Rundgang in der Geschenkabteilung, wo Mariko dem Kundenpublikum die Zeichenstifte von *Mitsu-Bishi* in Zinnoberrot und Preußischblau zeigte, das hölzerne Notizbrett von *Kizara*, die wunderschönen *Furoshiki*-Tücher, die man als Tragetasche oder zum Verpacken verwenden konnte. Und sie stellte ihnen die Sammlung vor, die alle Mädchen der High Street am liebsten hatten – die Menagerie kleiner, aus Paulownienholz geschnitzter Tiere. Ren und Lovie und Henrietta hatten die Kreaturen schon oft und lange bewundert. Letztes Jahr hatten sie sich gegenseitig welche zum Geburtstag geschenkt: den Hund mit den einnehmenden Zügen für Henrietta; den kleinen Esel mit dem geneigten Kopf und den langen Wimpern für Lovie; den geschmeidigen Gepard für Ren.

Sogar Mum hatte eine Schwäche für die hölzernen Tiere. Ren hatte ihr zu Weihnachten ein Capybara geschenkt, hauptsächlich weil ihr der Name so gut gefiel. Sie wollte Barney zum Geburtstag einen Schwarzbüffel schenken; der sah genau aus wie Barney, wenn er von einer Idee gepackt wurde – die Augen blickten ein bisschen irre, der Kopf war angriffslustig gesenkt.

»Hey, Schrägstrich«, sagte Barney und ließ die Kamera sinken. Die Zuschauer hatten sich verteilt, Mariko ließ die Bambusjalousie am großen Schaufenster herunter. Bald würde sie schließen.

»Wie wollen wir diesmal enden?«

»Das ist so was von klar«, sagte Ren. Sie schloss die Hand zu einer lockeren Faust und schüttelte sie kurz.

Barney blickte verständnislos. Dann begriff er.

»Ha. Okay.«

Barney hatte beschlossen, dass die Interviews nicht einfach so auslaufen dürften, sondern mit einer abrundenden Szene beschlossen werden sollten, nur einen Augenblick lang, der aber haargenau zur befragten Person passte. Ren hatte sich in dieser Hinsicht als perfekte Regieassistentin erwiesen. Schlüsse konnte sie offenbar besonders gut.

Phil und Pete knackten gleichzeitig Paranüsse mit ihren Krokodil-Nussknackern.

Deirdre drehte das Schild an ihrer Salontür von »Heute hier« auf »(Bis) Morgen fort«.

Sylvie vollführte eine *grand reverence*, was eine ausgefeilte Verbeugung war – ein Finale und ein Dankeschön.

Alberts Abschluss kam noch: Sie würden einen Comic abfilmen, den Izzy gerade zeichnete: Albert, der einen Comic der Hernandez-

Brüder durchblätterte, dann zuschlug und wieder ins Regal schob, vielleicht mit einem freundschaftlichen Klaps.

Ren hatte Marikos Schlussszene von Anfang an gewusst: Nicht Mariko im Kimono oder bei der Teezeremonie oder beim Falten eines Origami-Kranichs, nichts so Offensichtliches. Marikos Interview würde so enden, wie ein Besuch in ihrem Laden immer endete: Mariko würde *Sayonara* (Auf Wiedersehen) und *Gokun o inorimasu* (Viel Glück) sagen, und dann – das war das Tolle – die schlanke Messingglocke von ihrer Ladentheke anheben und kurz schütteln. Der herrliche Klang der Glocke begleitete einen durch die Ladentür bis hinaus auf die Straße. Das war ein sehr guter Schluss.

Aber als sie das Mariko vorschlugen, verzog sie das Gesicht.

»Unmöglich«, sagte sie und führte sie durch alle Abteilungen zurück zur Ladentheke. »Sie ist weg. Ebenso mein *Ogon Koi.*«

Es stimmte. Auf der Ladentheke waren nur noch Marikos Laptop, die Schreibtischunterlage und das Glas mit Bleistiften.

»Außerdem ein paar Bleistifte. Und ein *Puchi Puchi*-Handtuch. Und ein Glasring.«

»Der Dieb«, sagte Ren. Sie spürte, dass ihr Gesicht rosa anlief. Die unbehagliche Wahrheit war nämlich, dass der Gedanke an einen neuen Diebstahl aufregend war.

»Yoko und ich waren im Urlaub, als die Versammlung abgehalten wurde. Aber Mireille hat mir alles erzählt.«

»Und wann?«, fragte Barney.

»Verschiedene Male«, sagte Mariko. »Das ist ein sehr beschäftigter Dieb, aber auch sehr vorsichtig. Manche Sachen vor Weihnachten. Doch die Glocke und der *Ogon Koi* waren erst vor zwei Tagen. Kurz vor Ladenschluss.«

»Wenn man eine Glocke klaut«, sagte Barney, »muss man wirklich besonders gut aufpassen, damit sie nicht klingelt.«

»Ich habe schon eine neue bestellt. Aber den *Ogon* hatte Yoko extra machen lassen.«

Der *Ogon Koi* war ein dekorativer Fisch aus Platin. Er symbolisierte Glück und Erfolg im Geschäft. Yoko hatte ihn Mariko zur Eröffnung des Ladens geschenkt.

Mariko lachte. »Jetzt hat das Unglück den *Ogon* getroffen.«

»Hast du jemand Verdächtigen beobachtet?«, fragte Barney. »An dem Tag, als er gestohlen wurde?«

»Relativ jung?«, fragte Ren. »Nicht besonders groß, aber auch nicht gerade klein?«

»Ja«, sagte Mariko.

»Echt?« Beide konnten ihre Überraschung nicht verhehlen.

»Nicht unbedingt verdächtig. Aber auf jeden Fall jung und … vielleicht ein Meter siebzig groß.«

»Du hast den Dieb tatsächlich gesehen?« Barney stemmte die Hände in die Hüften, seine Lippen formten ein empörtes O. Ren musste ein Kichern unterdrücken. Barney merkte gar nicht, wie oft er Mum ähnelte.

»Ich glaube schon«, sagte Mariko. »Sie war meine letzte Kundin.«

»Sie?« Allmählich klangen sie wie ein Komödienchor.

»War es tatsächlich eine Sie?«, fragte Ren. »Ein Mädchen?«

»Eine junge Frau«, sagte Mariko. »Sie hat zwei Bögen *Gampi*-Papier gekauft. Es kann nur sie gewesen sein. Ich habe es ein paar Minuten später gemerkt. Aber auf der Straße war keine Spur mehr von ihr. Sie ist einfach verschwunden.« Mariko schnippte locker mit den Fingern. »Wie die Blüte einer Pusteblume.«

Ren und Barney saßen auf dem Ledersofa vor **Busby's**. Die Straße war jetzt ruhiger, die Kunden gingen nach Hause, die Restaurantgäste trudelten allmählich ein. Der Nordwestwind nahm zu und schubste Staub und altes Laub durch den Rinnstein. Auf der anderen Straßenseite schlang Claude die Arme um Schaufensterpuppe Beau und trug ihn über Nacht nach drinnen. Auf dem Balkon über dem Eingang von **Montgomery's** blies Gene eine trotzige Rauchwolke in die Luft. Diesmal hatte er es fünf Wochen ohne Zigaretten ausgehalten. Ein neuer Rekord.

»Sie muss irgendwo in der Nähe wohnen«, sagte Barney.

Ms Bloodworth und die Aussicht auf Mathematik schien vertrieben zu sein. Barney war wieder prächtiger Laune, eindeutig aufgeheitert – sie hatten Mariko im Kasten und weitere wichtige Informationen über die Diebin.

»Ja«, sagte Ren. Sie las Ms Temples Buch. Die hatte es ihr über Nacht ausgeliehen, unter der Bedingung, dass sie nicht weiter las, als sie beim Vorlesen gekommen war. »Vielleicht irgendwo die Billens Street runter. In einem dieser großen alten Häuser.«

»Da wohnen Studenten von der Hochschule«, sagte Barney. »Die würden niemals hier auf der High Street klauen.«

»Die Jazzstudenten bestimmt nicht«, sagte Ren. »Aber wer kennt schon die anderen alle? Lass mich mal zu Ende lesen.«

»Wir sollten gleich jetzt hingehen und das checken. So tun, als ob wir filmen.«

»Blöde Idee. Sie kennen uns doch. Schscht.«

Barney war still, aber auf seine ganz eigene unnachahmliche Weise. Er redete nämlich weiter; er stellte bloß keine Fragen mehr, die beantwortet werden mussten.

»Mariko schien ganz sicher, dass es ein Mädchen war. Das bedeutet einmal Pro, einmal Kontra und einmal eher Pro. Mariko, Suit, Albert. Aber ich finde es so schräg, mein Bild im Kopf zu korrigieren. Vor allem die Sache, dass sie eher groß ist. Ich komme einfach nicht von Orange Boy los, und den stelle ich mir eher klein vor. Hey ...«, er stieß Ren mit dem Ellbogen an, »... guck mal, Brown Betty.«

Die Katze war nur ein paar Meter von ihnen entfernt vor **Ping's** mit einer plötzlichen und wilden Laubjagd beschäftigt. Die Flugbahn des welken Blattes war zufällig und unvorhersehbar, doch Brown Bettys Schläge und Dribblings und Kopfbälle waren höchst eindrucksvoll. Höhepunkt des Spiels war ein Schraubensalto von solch verdrehter Komplexität, dass Ren und Barney zugleich in Lachen ausbrachen. Brown Betty landete auf allen vieren und beachtete sie nicht. Sie schlenderte träge zum Zebrastreifen, vor dem ein Auto augenblicklich anhielt, um sie hinübergehen zu lassen.

»Hast du das gesehen?«, jaulte Barney. »Meine Güte! Hast du gesehen?«

»Ja«, sagte Ren, sah der Katze nach und dachte über die Jungen in Ms Temples Buch nach.

Brown Betty steuerte direkt auf die kleine Gasse zwischen **Hair Today** und dem alten **Postamt** zu, das Hinterteil sanft hin und her schwingend, den Schwanz in die Luft gereckt.

»Sichtkontrolle nach dem Abendessen«, fragte Barney.

»Mmhmm«, antwortete Ren und wandte sich wieder dem Buch zu.

Mitten in der Nacht wachte Ren auf, weil ihr Licht ins Gesicht fiel. Der Mond. Er war fast voll – nur ein Stückchen oben ausradiert – und hing mitten im schmalen, hohen Fenster über ihrem Bett.

Sie nahm ihre Brille vom Nachttisch und sah auf die Zeiger ihres blauen Weckers. 2 Uhr 35.

Sie griff nach Ms Temples Buch. Der Mond schien so hell, dass sie die Worte klar und deutlich erkennen konnte. Sie las ein paar Zeilen an der Stelle nach, bis zu der Ms Temple gekommen war.

»›Das ist der Laden vom Barbier. Der Besitzer hat sich aus dem Staub gemacht. Er hat alles dagelassen.‹«

Und

»Der Keller war ein Zuhause. Teppiche bedeckten den Boden. Es gab ein Bett und einen Stuhl und ein Radio und eine Kommode. Sogar ein Kühlfach.«

Ren dachte an die verstohlenen, zerlumpten, auf der Straße lebenden Jungen der Geschichte.

Sie dachte darüber nach, wie es sich in einem verlassenen Geschäft lebte, an einem Ort, in den man die Behaglichkeit eines Heims schaffen konnte – ein Radio und eine Kommode.

Oder Seife, Hemden, eine Teekanne und einen Weihnachtsstern im Topf.

Sie schaute zum fernen Mond hinauf, zu seinem verschwommenen Rand. Sie dachte an Kühe, die über den Mond sprangen, an Schüssel und Löffel, an eine Katze und eine Fiedel.

Sie dachte an Brown Betty, ihren wackelnden Hintern und hochgereckten Schwanz, wie sie in der Gasse beim Postamt verschwanden.

Ren warf ihre Decke beiseite und glitt mit dem Buch in der Hand aus dem Bett. Schnell und leise ging sie in Barneys Zimmer, stakste über den vollgemüllten Fußboden zu seinem Bett, zu seiner schlafenden Gestalt. Seine Bettdecke lag auf dem Boden, er hatte die Arme über den Kopf gestreckt. Er lächelte im Schlaf.

Ren packte eines seiner dicken Haarbüschel und zog daran, nicht zu fest, aber hartnäckig. Sie hatte ihn schon oft so geweckt.

»Barney!«, zischte sie. »Aufwachen! Barney!«

Innerhalb einer Sekunde waren seine Augen offen, und er richtete sich auf. Auch seine Haare richteten sich auf, und zwar in alle Richtungen, dank der gestern reichlich aufgetragenen Stylingprodukte.

Ren schnaubte. »Du siehst aus wie Doc Brown.«

»Was? Du was?«, fragte Barney benebelt. »Wasslos?«

»Etwas *molto* Wunderbares«, sagte Ren. »Ich habe es herausgefunden. Mit Hilfe von dem hier.« Sie hielt Barney das Buch vor die Nase. »Ich glaube, ich weiß, wo die Diebin lebt. So kann sie ... er ... sie uns nämlich beobachten und so oft auf der High Street auftauchen. Ich weiß allerdings immer noch nicht, wieso wir sie ... ihn ... noch nie gesehen haben. Aber, Barney«, sagte sie, »wir hätten es wissen sollen. Brown Betty. Wir hätten es merken müssen, als sie kam, damals während ...«

»Stopp! Zurückspulen!« Barneys Stimme schien durch das dunkle Zimmer zu dröhnen. »Ich habe keine Ahnung, wovon du redest.«

Also erklärte Ren es ihm.

Und wie äußerst seltsam war es dann am nächsten Morgen, wie *molto* verblüffend, sagten Ren und Barney zueinander, als sie aus der Hintertür traten und zur Schule wollten.

Standen die Planeten in Konjunktion? Waren unfassbare kosmische Kräfte am Werk?

Wie außergewöhnlich, dass genau in dem Augenblick, in dem sie alle Puzzleteile zusammengefügt hatten, herausgefunden hatten, wo sich die mythischen Orange-Boy-Crimson-Girl-Diebe versteckt hielten, und bereit waren, die hinterhältige Fremde in ihrem Bau aufzuspüren, wie unglaublich, dass mehr oder weniger genau in diesem Moment der nicht zu fassende Zine-Lieferant und diebische High-Street-Besucher – dieses geheimnisvolle, wahnsinnig machende, in ihren Träumen spukende, ihre Hoffnungen beherrschende Phantom – kühn die Karten aufdeckte.

Denn dort an der Hintertür auf der obersten Treppenstufe lag, mit einem Stein beschwert, der vierte weiße Umschlag mit der selbstbewussten Adressierung: DU.

Barney und Ren stürzten sich auf den Brief. Sie öffneten ihn sofort und erblickten *ORANGE BOY LEBT IV.* Mum war schon zur Schule gegangen. Dad erledigte unten im **Emporium** Papierkram, bevor er den Laden öffnete. Nichts konnte die Lektüre verhindern oder verschieben.

Die kurze Geschichte war in einer Minute verschlungen. Jede Seite enthielt nur ein Panel. Im Gleichtakt nickten sie und starrten einander an.

Auf der letzten Seite befand sich – aber wie soll man es nennen? Ein Lockruf? Eine Herausforderung? Eine Einladung? Eine Vorladung?

Das letzte Panel zeigte Orange Boy und Crimson Girl; geisterhaft und durchscheinend, so zart gezeichnet, dass sie kaum in Erscheinung traten. Doch sie waren da. Und *da* hieß vor den vernagelten Türen des alten **Postamts** – das alte, leer geräumte, verlassene Gebäude, schadhaft und schäbig und mehr oder weniger vergessen: das stattliche alte **Postamt** an der Nordwestecke der High Street im Südteil der Stadt.

(Ach, Moo. Ich weiß, was du denkst. Dieser letzte Absatz ist ein bisschen überkandidelt?

Verzeih mir. Die Gefühle übermannen mich, wenn ich an die Einladung ins **Postamt** denke – wenn ich an das **Postamt** selbst denke.

Es fällt schwer, sich nicht zu wünschen, dass Barney und Ren für immer in ihrer glücklichen Welt weiterleben, fröhlich Die Unerzählte Geschichte filmen und das unterhaltsame Geheimnis von Orange Boy und seiner Freundin Crimson Girl aufspüren.

Aber, Moo, an dieser Stelle muss Orange Boy sozusagen aus den Seiten heraustreten. Hier ändert die Geschichte von Barney und Ren Ton und Gangart.

Die Sonne scheint und scheint immer weiter am hellblauen Himmel. Die Temperaturen sind hoch, die Luft drückend und dicht. Die Menschen in der High Street verkaufen ihre Waren und erzählen ihre Geschichten. Kiwi Keith nährt seinen steten Sabberfaden. Der Rückenschwimmende Kongowels patrouilliert still und leise durch sein wässriges Revier. Art schläft weiter.

Doch nichts ist mehr wie vorher.

Moo, hier beginnt der zweite Teil.)

Zweiter Teil

FÜNFTES KAPITEL

Februar: Innenszenen

Samstag

Barney und Ren saßen vor dem Computer. Sie sahen sich das Filmmaterial des Tages an – Sichtkontrolle nannte Barney das gern, weil es irgendwie so professionell klang.

Der Computerbildschirm war richtig groß – achtundzwanzig Zoll –, dank der freundlichen Unterstützung von Nordinsel-Oma, die Barneys Filmkarriere engagiert förderte. Sie hatte gesehen, wie er schäumte und mit den Zähnen knirschte, als er Red Riding Hoodie auf Dads Laptop schneiden musste, einem winzigen Gerät, das der AufregendenAlchemie auch nicht den kleinsten Schub gab. Beim nächsten Besuch hatte sie ihren großen Bildschirm mitgebracht.

Großeltern waren so viel hilfreicher als Eltern.

Der Computer war ein teures Modell von elegantem Design und der Sorte, die laut Dad halsabschneiderisch teuer und der klarste Beweis für den Triumph der Form über die Funktion war. Aber Dad war eben ein absoluter Dinosaurier, sagte Barney zu Ren. Und außerdem – es ließ sich nicht leugnen – ein absoluter Geizhals. Bei jedem Blick auf seinen wunderbar großen Bildschirm schwappte eine kleine, aber überaus angenehme Welle der Befriedigung durch seinen Körper. Gerade jetzt durchfuhr sie ihn wieder, als er und Ren sich mit ihrer Sichtkontrollausrüstung davorsetzten. Abgesehen von Rens Notizbuch bestand die Ausrüstung ausschließlich aus Essen und Trinken. Sie hatten Kartoffelchips, Kräcker, Karotten, Kichererbsen (geröstet) und gekühlten Pfefferminztee.

»Wir sollten Kirschsaft oder Kakao trinken«, sagte Ren. »Dann wäre es alles mit K.«

»Wer trinkt denn Kakao?«

»Kinder in Büchern. Wir sollten jedes Mal einen anderen Buchstaben versuchen. Bei B könnten wir Butterkekse und Bananenchips essen und …« Sie suchte nach weiteren Snacks mit B.

»Bier«, sagte Barney. »Brokkoli.«

»Vielleicht wäre A besser: Apfel, Aprikose … oder D … Datteln, dunkle Schokolade.« Es folgte eine längere Pause.

»Dhal«, sagte Barney. Er hasste Dhal.

»Vielleicht ist K tatsächlich das einzig Richtige. Wir könnten auch noch Käse essen und Kitkat, wenn …«

Sie hielt inne, als sie Barneys Blick bemerkte.

»Ich meine ja nur.«

Es war Samstagabend. Ihre Eltern waren bei Albert Anderson und spielten mit einigen anderen Bewohnern der High Street *Risiko*.

Barney und Ren hatten Material von zwei Drehtagen zu sichten. Sechs Stunden. Gestern Abend hatte es keine Sichtkontrolle gegeben. Sie waren beide total fertig zur Kindergartenzeit ins Bett gefallen. Mum hatte das mit großer Skepsis zur Kenntnis genommen.

Ist eine lange Geschichte, sagte Barney in Gedanken zu seiner Mutter.

Eine, die du nie, nie, nie hören wirst.

Freitag, sehr früh

Sechzehn Stunden nachdem sie *ORANGE BOY LEBT IV* bekommen hatten, kauerten Barney und Ren neben der Bank im Lavendelgarten des **Mediterranean Warehouse**. Es war Nacht, aber immer noch sehr warm, und der Vollmond goss kühles weißes Licht über die Straße.

Das **Mediterranean Warehouse** lag im Dunkeln, allerdings war Jacks Mutter sicher noch wach, das wusste Barney. Sie litt unter Schlaflosigkeit. Doch zum Glück war sie auch Klassikfan und ging immer mit Kopfhörern ins Bett. Jetzt gerade hätte sie bestimmt irgendwas Orchestrales im Ohr und würde nichts als Geigen, Trompeten und Kesselpauken hören – ganz bestimmt kein Geraschel im Lavendelgarten.

Zum zigsten Mal drückte Barney den Lichtschalter seiner 24-Stunden-Uhr. 0 Uhr 21. Noch neun Minuten. Sie hatten vor, genau um 0 Uhr 30 an die Hintertür des **Postamts** zu klopfen.

»Ich glaub, ich buss gleich wieder niesen«, flüsterte Ren. »Ich glaub nicht, dass es am Lavendel liegt.« Sie hatte zu schniefen und zu niesen angefangen, kaum dass sie die Hintertreppe hinabgeschlichen waren. »Ich glaub, das sind die Nervn. Habm Soldatn auch.« Sie klang von Sekunde zu Sekunde nasaler.

»Bistu dervös, Barney?«

War er nervös? Barney machte eine rasche Erkundungsrunde durch seinen Körper und Geist. Im Magen hatte er ein etwas seltsames Gefühl, das stimmte. Ein bisschen so, wie wenn er es mit den *Sultana Pasties* übertrieben hatte. Und irgendwas war in seiner Brust los. War es ein Flattern? Ein Zittern? Ähnlich wie am ersten Drehtag. Auch wenn ihn dieses Kauern im Dunkeln an etwas anderes erinnerte.

»Aufgeregt, glaube ich.«

»Und was, wenn sie abgehauen sind?«

»Sind sie nicht.«

»Was, wenn wir mit allem völlig danebenliegen?«

Diese Zögerlichkeit war ganz untypisch für Ren. Sie hielt sich den Ellbogen vor die Nase, und ihr Niesen vermischte sich mit einer Art Schluckauf. In Barney regte sich ein ungewohnter brüderlicher Beschützerinstinkt. Er drückte ihren Arm.

»Wir liegen hundertprozentig richtig. Das weiß ich einfach. Mit allem.« Fast hatte er sich selbst überzeugt.

Was war das für ein Tag gewesen! Der längste Tag in Barneys Erinnerung. Und jetzt dehnte er sich noch bis in die Nacht. Wer wusste schon, wann er enden würde?

Wieder schaute er auf die Uhr. 0 Uhr 23. Allmählich wurden ihm in der Hocke die Beine weich.

Ren unterdrückte ein weiteres Niesen.

Tim und Struppi. Das war es. *DIE SCHWARZE INSEL*. Tim und Struppi, die in der Höhle kauern und durch einen Spalt in den Felsen spähen. Er trug zwar keinen Kilt – meine Güte, nie im Leben würde er einen Kilt tragen –, aber er fühlte sich trotzdem wie Tim.

Und Ren war auf jeden Fall Struppi.

Donnerstag

An jenem Morgen hatten sie *ORANGE BOY LEBT IV* mehrmals von vorne bis hinten durchgelesen. Dann hatten sie sich auf die oberste Treppenstufe gesetzt; der Inhalt hatte sie sprachlos gemacht.

Zikaden klammerten sich an das glatt gescheuerte Holz des Geländers. Sie wärmten sich für den kommenden Tag auf, ihre Flügel schimmerten und pulsierten in der Morgensonne. Barney starrte sie benommen an. Die Bilder des Zines liefen immer wieder in seinem Kopf ab.

Er wandte den Blick und betrachtete die Szenerie auf dem Luna Square. Café-Bedienungen glitten mit Kaffees und Frühstücken hierhin und dorthin. Sallys Kapuzinerkresse strahlte in flammenden Farben vor der Wand des **Living History Museum**. Mitten auf dem Platz wartete Lovie geduldig auf Bingo, die hörbar streitlustig zurückblieb und mit ihrem Rucksack kämpfte.

Wie sich alles in nur vier Wochen entwickelt hatte! Bloß vier Folgen von *ORANGE BOY LEBT*, und sie hingen fest am Haken. Die Autoren des Zines waren wirklich clever.

Beantwortete die vierte Ausgabe alle Fragen? Eigentlich nicht. Aber sie hatte ihnen etwas Verblüffendes verraten, und – so schien es jedenfalls – ihnen gesagt, wo sie hinkommen und den Rest erfahren sollten.

»Ich kann es nicht fassen«, sagte Ren. Die Worte drangen stockend durch ihre klackenden Zähne. Sie hatte das Kinn auf die Hände gestützt, die Ellbogen auf die Knie. Ihre Beine bibberten, ihre Zähne klapperten.

Es schien, als hätten der Autor oder die Autorin – die Autoren! – das Tempo der Kommunikation genau richtig einschätzen können, hätten genau den richtigen Moment gewählt, um ihr Ass auszuspielen ... meine Güte, war das unheimlich.

»Zehn vor«, sagte Ren. Bibber, bibber. Klapper, klapper.

Aber. Nur noch ein einziges Mal.

Das Zine war wieder acht Seiten lang. Sieben wortlose Panels, die alle eine Innenansicht zeigten, Stillleben aus einem weiteren Zuhause Orange Boys, aus verschiedenen Blickwinkeln dargestellt und diesmal ganz in Farbe.

Es war ein kleiner Bereich, eine häusliche Ecke in einem großen

Raum, wie ein Vogelnest auf einem leeren Strand. Zwei ungesehene Bewohner. Ein zerwühltes Bett auf dem Boden; ein Stuhl; ein Tisch aus Kartons und einem groben Brett darüber. In den ersten Panels war der Raum verhängt und dämmrig, nur schmale Lichtstreifen fielen von den zugezogenen Fenstern herein. Dann überspülte ein Sonnenstrahl von hoch oben die mageren Habseligkeiten der Bewohner, die seltsame Sammlung von Haushaltsgegenständen und Nippes, die sie angehäuft hatten: Der Tisch war gedeckt mit Reisschalen, Essstäbchen und Teekanne. Ein seidener Morgenmantel war über den Stuhl gehängt, zwei Paar Hausschuhe ordentlich darunter aufgestellt. Ein Stapel Bücher. Ein dekorativer Fisch. Eine Glocke. Ein Weihnachtsstern. Salz- und Pfefferstreuer: ein bäuerliches Paar, das sich im liebevollen Kuss zueinanderbeugte.

Zwischen den aufgehäuften Decken auf dem provisorischen Bett hatte sich eine Katze zusammengerollt – eindeutig getigert, eine dunkelbraun und rotbraun gestreifte Kugel.

Und auf der Rückseite, wo die tatsächliche Lage dieser improvisierten Unterkunft enthüllt wurde, erschienen ihre geheimen Insassen wie geisterhafte Wächter an der vernagelten Tür.

»Sie wollen, dass wir sie besuchen«, sagte Barney. »Es ist eine Einladung. Eindeutig.«

Barney rief sich die überdachte Nische am Hintereingang des Postamtes vor Augen. Im Lauf der Jahre hatten sich dort im Winter häufig Obdachlose eingerichtet – bis sie durch barsche Worte von Dick Scully vertrieben wurden, der sich selbst zum Wachmann der High Street ernannt hatte.

Hunderte Male schon war Barney an diesem Vordach vorübergegangen, jeden Tag auf seinem Schulweg. Vor ein paar Jahren hatten die Kinder der Straße einem der Männer, die dort schliefen, eine Weile regelmäßig zugewinkt. Er war jünger und freundlich, seine Arme von Tattoos übersät. Er saß gern draußen und hielt das Gesicht in die Sonne. Dann war er eines Tages verschwunden.

Und das **Postamt** selbst war schon so lange kein richtiges Gebäude mehr, dass Barney kaum Notiz von ihm nahm, obwohl es doch mitten in ihrem Leben stand. Es war wie einer dieser riesengroßen, mit Wasser vollgesogenen Balken am Strand, die langsam vom Sand zugedeckt wurden. Man ging um sie herum und achtete nicht auf sie, man sah sie nie richtig.

»Wir gehen nachts hin«, sagte Barney.

Sie waren noch einen Augenblick sitzen geblieben, waren im Kopf durch den Tag gehechtet, hatten die Sonne mit Willenskraft über den Himmel schieben und die Nacht herbeiholen wollen.

Rens Knie kamen zum Stillstand.

»Meine Güte«, sagte Barney. »Meine Güte.«

Freitag, sehr früh

Um 0 Uhr 26 stand Barney auf.

»Na los.«

Sie krochen aus dem Lavendelgarten, stellten sich dicht neben den dünnen Stamm des Olivenbaums und spähten die Straße in ihrer ganzen Länge aus. Sie war leer und mehr oder weniger still, bloß aus der **Saturn Bar** drang ferner Lärm. Alle Wohnungen lagen im Dunkeln – außer der von Suit und Mireille, wo hinter der Papierjalousie eine Lampe glomm. Suit saß in seinem kleinen Arbeitszimmer, las womöglich. Der Rest der High Street schlief, sogar die Stare.

Barney war schon um diese Uhrzeit auf der Straße gewesen, aber immer mit Erwachsenen, auf dem Heimweg von Feiern oder Abendessen oder aus dem Urlaub. Jetzt war es ganz anders. Ohne Menschen und Bewegungen und Geräusche offenbarte die Straße ihren geheimen Charakter. Sie war ein schattenhaftes atmendes Wesen, ein großer Leib mit vielen Körperteilen, hellwach und aufmerksam.

Etwas Weiches stieß gegen Barneys bloße Beine, und sein Herz machte vor Angst einen Salto.

»Brown Betty!«, flüsterte Ren. Die Katze miaute zur Begrüßung und schob sich zwischen ihre Beine. Dann trottete sie ihnen voraus auf die Gasse zu.

»Sie weiß, wo wir hingehen.«

»Unmöglich«, sagte Barney. Sein Herz schlug erschreckend heftig. Er hielt ein Bündel von Rens T-Shirt fest, um sie nah bei sich zu halten. Plötzlich verspürte er heftige Sehnsucht nach Wohlbekanntem: nach seinem Bett, dem Wohnzimmersofa, seinem Tisch in der letzten Reihe der Klasse mit Blick auf den Schulhof und die fernen Port Hills.

Die Gasse roch vertraut – feucht und schimmlig, ein Hauch von Urin –, doch um Mitternacht war das ein ganz anderer Eindruck, trotz des Mondlichts. Auch die Dunkelheit hatte einen Geruch, den man allerdings unmöglich beschreiben konnte.

Sie hörten ihre eigenen zaghaften Schritte, das lärmende Knirschen unter ihren Sohlen.

Ren griff nach Barneys Hand, und er hielt sie dankbar fest. Wieso hatte er sich bloß gewünscht, der Tag möge schnell vergehen? Jetzt würde er ganz ehrlich, im Ernst, lieber mit Nick Etherington Ganze Zahlen üben.

Donnerstagnachmittag

An jenem Tag war noch etwas Außerordentliches geschehen.

Als Barney in der Schule ankam, hatte er nur Orange Boy und Crimson Girl im Kopf. Die sechs Stunden Unterricht hatten sich unendlich vor ihm gedehnt, was seine Theorie stützte, dass die Zeit im Klassenzimmer messbar langsamer verging. Sein Körper und sein Mund nahmen mehr oder weniger an Aufsatzschreiben, Mathe, Sport und einer Diskussion über die Sozialkundeprojekte der 8. Klasse teil, doch sein Geist blieb unverrückbar beim **Postamt** und seinen Bewohnern.

Um drei Uhr nachmittags steuerte Barney erleichtert auf die Tür zu, doch Ms Bloodworth rief seinen Namen. Mit elegant gekrümmtem Zeigefinger bat sie ihn zu sich.

Ob er etwas gegen ein kleines Gespräch einzuwenden hätte?, fragte sie, als Barney vor dem Lehrertisch stand.

Ja, natürlich hätte er etwas dagegen einzuwenden, sagte Barney, allerdings nicht laut. Wer hatte nichts gegen ein Gespräch einzuwenden?

Aber was konnte man schon machen?

»Nur ganz kurz plaudern«, sagte Ms Bloodworth fröhlich. »Maximal eine Viertelstunde. Im Medienraum. Gib mir fünf Minuten.« Sie und ihr Tellerrock rauschten in Richtung Lehrerzimmer.

Barney mochte den Medienraum. Er hatte schon viel Zeit darin verbracht und im letzten Jahr sehr viel Spaß dabei gehabt, bei einem Kurzfilm über die Schulanfänger mitzuhelfen.

Jetzt setzte er sich an einen Computerarbeitsplatz und wartete auf Ms Bloodworth. Er starrte den leeren Bildschirm an, denn er war zu sehr mit seinen Gedanken beschäftigt, um den Computer anzuschalten. Das Warten kam ihm bekannt vor: ein bisschen öde, ein bisschen nervenaufreibend. Im Lauf seiner Schulkarriere an der **Kate Sheppard** hatte er oft auf Lehrerinnen gewartet, von Ms Addington über Mrs Newberry, Mr Minera, Miss Hargreaves, Ms Bishop (zwei Jahre lang) bis hin zu Ms Temple. Was für eine traurige Galerie. Schlimm, dass er sie immer noch alle aufzählen konnte. Würde er sich an diese Namen bis zu seinem Todestag erinnern? War es möglich, dass ein großer und berühmter Filmemacher auf der Höhe seiner Größe und seines Ruhmes immer noch von den Gespenstern seiner früheren Lehrerinnen heimgesucht würde? Sicher nicht.

Ms Bloodworth kam mit einer Packung Kekse zur Tür herein. Sie zog sich einen Stuhl neben Barneys, öffnete die Packung und bot ihm einen an. *Sultana Pasties.* Seine allerliebsten Lieblingskekse. Barney betrachtete sowohl die Kekse als auch Ms Bloodworth mit beträchtlicher Skepsis.

Aber was konnte man schon machen?

Er nahm einen.

»Die Schule macht mich ungeheuer hungrig«, gestand Ms Bloodworth und nahm ebenfalls einen Keks. »Aber so süßes Zeug sollte ich eigentlich nicht essen. Und wahrscheinlich sollte ich auch keine Schüler dazu verführen.«

Barney kaute wachsam.

»Barney«, sagte Ms Bloodworth, als würde sie seinen Namen zum ersten Mal ausprobieren. »Ich komme direkt zur Sache.« Zum Abschluss des Satzes schlug sie sich leicht auf die Schenkel.

»Dein legendärer Ruf eilt dir voran – im Guten wie im Schlechten.«

Wie erfreulich, dachte Barney. Jetzt schon legendär.

»Ich weiß, du stehst nicht besonders auf Schule«, sagte Ms Bloodworth. »Aber ich weiß auch, dass du sehr gern Filme machst.«

Sie hielt ihm wieder die Kekspackung hin, und Barney nahm noch einen Keks. Ein Gebot der Höflichkeit.

»Ich habe Verständnis für deine Lage, Barney; das kannst du mir glauben. Ich selbst war auch kein Fan von Schule.«

Barney lief tatsächlich ein Schauer über den Rücken. Meine Güte! Was für ein Gedanke – die Schule zu hassen und dann als Erwachsener wieder zur Schule zu gehen. Wie konnte das denn passieren? Erwachsene konnten doch angeblich tun und lassen, was sie wollten. Genau auf den Teil des Erwachsenseins freute er sich schon enorm.

»Aber das Bildungsministerium schreibt vor, dass du Schulbildung bekommen musst. Und deine Eltern haben diese Schule hier ausgesucht. Da bist du also. Und hier bin ich. Verstehst du, was ich meine? Ich habe gewisse Verpflichtungen.«

Ein kleines Stückchen Rosine steckte zwischen Ms Bloodworths Schneidezähnen. Um nicht daraufzustarren, nahm Barney einen dritten Keks.

»Ich habe einen Vorschlag.«

Ms Bloodworth machte eine Pause und versuchte das Rosinenstückchen mit der Zunge zu lösen. Dann hob sie die Kekspackung an und betrachtete sie. Sie nahm sich noch einen Keks.

»Die sind wirklich sehr gut, nicht wahr? Ich schwanke immer zwischen *Sultana Pasties* und *Chit Chats.* Die hätten eigentlich besser zu unserer Plauderei gepasst!«

Barney lächelte hilflos.

Ms Bloodworth war eine Art gütige Magierin. Er wurde von ihrer Stimme, ihrem silbernem Haar und ihrem sehr bauschigen Rock verzaubert. Und von ihrem Mitgefühl. Und ihrer Vorliebe für *Sultana Pasties.* Es war wie eine verdrehte Version von *SCHNEEWITTCHEN.* Die *Sultana Pasties* waren der Apfel.

»Ich habe ein bisschen was von deinem aktuellen Filmprojekt gehört«, sagte die gute Hexe. »Die gute Nachricht ist, dass es haargenau in unsere Sozialkunde-Einheit passt.«

Barney griff verträumt nach dem nächsten Keks. Noch nie war er vor einer Fremden so gierig gewesen.

»Ich schlage vor«, sagte Ms Bloodworth, »dass du in diesem Halbjahr zwei Nachmittage die Woche freibekommst, damit du an deinem Film arbeiten kannst. Vielleicht sogar drei. Ich bin offen für Verhandlungen.«

Barney war so verblüfft, dass er sich auf die Zunge biss. Der Schmerz und das Blut mischten sich mit der Süße der *Sultana Pasties.* Irgendwie entsprach das genau dieser höchst ungewöhnlichen Unterhaltung.

»Im Gegenzug«, sagte Ms Bloodworth.

Natürlich. So einfach war nie irgendwas.

»Ist doch nur fair, meinst du nicht? Du kriegst etwas, ich kriege etwas?« Ms Bloodworth riss die Augen auf. Sie waren sehr grün.

»Mmhm«, sagte Barney bewusstlos.

»Im Gegenzug hätte ich gern, dass du in Mathematik mit Nicholas Etherington zusammenarbeitest. Dreimal die Woche. Angefangen mit Ganzen Zahlen.«

Sultana Pasties waren wirklich toll, dachte Barney. Der Teig selbst, blättrig, aber knusprig, die zerquetschten Rosinen, die genau richtig bemessene Wellenglasur aus dunkler Schokolade – das alles zusammen ergab einen unschlagbaren Keks.

»Also. Was meinst du, Barney?«

Ein magischer Keks, eine gute Hexe, ein hinterhältiger Handel.

Was konnte man schon machen?

»Klingt gut«, krächzte Barney. Seine Kehle steckte voller *Sultana Pasties.* Er räusperte sich.

»Klingt gut.«

»Irgendwelche Gedanken dazu? Kommentare? Fragen?«, fragte Ms Bloodworth.

Sie bot ihm einen letzten Keks aus der Packung an.

»Ja«, sagte er. »Kennen Sie zufällig irgendwoher Albert Anderson?«

Freitag, sehr früh

In der Eingangsnische war es schon sehr viel besser. Barney errötete ein wenig wegen seiner Ängstlichkeit, wegen der Erleichterung, die Rens warme Hand in der Gasse für ihn bedeutet hatte. Auch unterm Vordach roch es nach Urin. Wo steckten diese ganzen Pinkler? Betrunkene vom Luna Square? Studenten, die im Schutz der Nacht ihre gute Erziehung vergaßen? Oder waren es die verbannten Obdachlosen, die ihre Duftmarke hinterlassen hatten?

Vielleicht Katzen.

Brown Betty kannte die Nische offensichtlich gut. Sie miaute entschlossen und drehte sich rasch im Kreis. Dann stellte sie sich auf die Hinterbeine und fing an, wie wild an der Hintertür zu kratzen.

Ren kniete sich hin, um sie zu streicheln.

»Schsch, Schsch«, sagte sie beruhigend, doch die Katze machte weiter Krach.

»Klopf«, zischte Barney. Es war 0 Uhr 30.

»Klopf du doch«, zischte Ren zurück. Sie versuchte Brown Betty auf den Arm zu nehmen und wurde mit einem Kratzer belohnt.

Diesen Teil hatten sie nicht gründlich durchdacht. Hier, jetzt, im Angesicht dessen, was sie tun wollten, kam es ihnen auf einmal lachhaft vor. Total irre. Was hatten sie sich bloß dabei gedacht?

Barney wusste genau, warum Ren die Katze zu beruhigen versuchte. Sie wollte sich ablenken, wahrscheinlich von ihrem revoltierenden Magen und dem fliegenden Puls. Auch in Barneys Innerem war der Teufel los. Flau wie von neun Keksen. Und sein Herz hämmerte auch wieder wie verrückt.

Aber ehrlich gesagt sollte tatsächlich er klopfen. Er war der Ältere, der große Bruder. Er war Autor/Regisseur. Und angehender Größenwahnsinniger. Er richtete sich auf, schob die Schultern nach hinten und holte zur Beruhigung tief Luft.

Doch genau in dem Augenblick, als Barney die Faust zum Klopfen hob, klapperte ein Schlüssel in der Hintertür des **Postamts**. Barneys Arm sank wieder herab. Die Tür ging gerade weit genug auf, dass Brown Betty – *plopp* – auf den Pfoten landen konnte. Sie miaute zum Dank und zwängte sich hinein.

Die Tür öffnete sich einen Spalt weiter. Ein Gesicht und eine Gestalt wurden sichtbar.

Barney und Ren betrachteten den Türöffner. Er trug einen seidenen Morgenmantel, der um die Taille locker zugebunden war, oben aber ein wenig offen stand und eine haarlose Brust freilegte. Beine und Füße waren nackt, doch um den Kopf hatte er ein Tuch gebunden. Sein Gesicht war dünn, fast hager. Er sah aus wie ein genesender Ninja, und zwar ein ärgerlicher.

»Ihr habt euch Zeit gelassen«, sagte er.

Zwischen seinen unteren Schneidezähnen hatte er eine kleine Lücke.

»Willkommen im Hauptquartier«, hatte Kopftuchjunge gesagt, als er sie vom mondbeschienenen Eingang in die richtige Dunkelheit schob. Barney blieb still stehen und wartete, dass seine Augen sich daran gewöhnten. Ren stand ganz dicht neben ihm, ihre bloßen Arme berührten sich.

»Wovon ist es denn das Hauptquartier?«, fragte sie. Ihre Stimme klang überraschend normal.

»Werdet schon sehen«, sagte der Junge knapp, als wäre die Frage unhöflich.

»Folgt mir«, sagte er. »Und seid leise.«

Der Junge hatte eine Taschenlampe mit einem dünnen Strahl. Den ließ er hin und her zucken, so dass sie ihre Umgebung nur stückweise erkennen konnten. Die Küche des ehemaligen griechischen Restaurants: Spülen, Ablagen, Aluminiumplatten. Die Gerüche waren gemischt: alter Mülleimer, Schimmel, Toiletten, Feuchtigkeit, aber auch etwas Schönes dazwischen, was Barney an Südinsel-Omas Küche denken ließ, an Zimtschnecken. Eine Tür, die zur Seite abging, ein Toilettenschild, eine Lücke, wo früher ein großer Herd gestanden hatte, darüber an der Wand ein Pfannenhänger mit leeren Haken. Zwei Stufen hinauf zu einem Durchgang mit Vorhang.

Der Junge hielt den Vorhang zur Seite und bedeutete ihnen, hindurchzugehen. Vor ihnen lagen ein großer Raum und ein schwacher gelber Schein.

Ren stolperte auf den Stufen und fiel gegen den Jungen.

»Vorsicht, Stufe, Brille«, sagte er scherzend. Seine Stimme klang unerwartet dünn und näselnd.

Sie richtete sich auf und sah ihn an.

»Ich heiße Ren.«

Barney beobachtete das Gesicht des Jungen, um seine Reaktion zu sehen.

Reglos.

»Weiß ich«, sagte er. »Aber wir nennen dich Brille.«

»Na dann, Orange Boy«, sagte Ren kess.

Barney wurde ganz schwach vor Bewunderung.

»Aber so heiße ich wirklich«, sagte Orange Boy.

»Ha«, schnaubte Ren und ging weiter in den Raum hinein.

Orange Boy zog eine Augenbraue hoch und sah Barney an. Barney schaute ausdruckslos zurück. Doch in seinem Kopf sprach es laut: Es ist tatsächlich Orange Boy. Er existiert. Er ist da.

Ein besonderer Moment, das spürte Barney. Ein Fantasiewesen wurde real. Als würde Tim in Fleisch und Blut auftauchen – in deiner Klasse oder beim Abendessen.

Nur dass der neue, richtige Orange Boy nicht ganz der Junge war, über den Barney sich in den letzten Wochen den Kopf zerbrochen hatte. Er war nämlich gar kein Junge mehr. Auf seinen Wangen und am Kinn war ganz leichter Stoppelwuchs zu erkennen. Und er war ziemlich unfreundlich. Im Grunde unverschämt. Er wirkte gar nicht wie der Junge, der mal mit weißen Ratten gekuschelt hatte und sich freute, dass seine neue Freundin ihn bei *Himmel und Hölle* besiegte.

Außerdem trug er einen seidenen Morgenmantel und offenbar sonst nicht viel.

Barney folgte Orange Boy und seinem wehenden Mantelschoß in den großen Saal des **Postamtes.**

Der war wirklich sehr geräumig, und tatsächlich, in einer Ecke bot sich das Bild aus dem letzten Zine. Der Tisch, der Stuhl, der Bücherstapel, die sorgsam platzierten Dekorationen. Barney fühlte sich ebenso verstört wie manchmal beim Sichten des Filmmaterials, wenn sie im Film etwas sahen und hörten, was sie so gut aus dem richtigen Leben kannten. Nur war es diesmal umgekehrt. Jetzt sahen sie etwas in Wirklichkeit, was vorher nur ein Bild gewesen war.

Das Arrangement war nicht mehr ganz genau wie auf dem Bild. Es waren Dinge dazugekommen. Ein altmodischer Garderobenständer, an dem Handtücher hingen. (Wie war der hierhergekommen?) Eine Art Regal, aus alten Brettern und Bierdosen aufgebaut, auf dem verschiedene Kisten und Zeitschriften lagen, und – Barney kniff die Augen zusammen – ja, genau, Unterhosen, zwei Stapel, ordentlich zusammengelegt. Auf dem Bücherstapel neben dem Bett flackerte eine Flamme in einem Glasbehälter. Barney erkannte eine Duftkerze aus Bambis Sortiment und damit auch die Quelle des Backaromas: Zimt.

Mitten auf dem Bett saß im Schneidersitz die zweifelsfreie Diebin von *OBACHT! LUMPENPACK* von Kate Beaton. Sie hatte eine enge Jeans und ein feines weißes Hemd an, das sich in weichen Falten an ihren schmalen Körper schmiegte. Ihr schwarzes Haar war raspelkurz geschnitten. Man hätte sie ganz leicht für männlich halten können, aber sie war eindeutig Crimson Girl. An ihrem breiten Mund und dem ausdruckslosen Gesicht war sie sofort zu erkennen.

»Das dynamische Duo«, sagte Crimson Girl. Das war eine weder freundliche noch unfreundliche Bemerkung. Aber sie schaute Barney und Ren enervierend lange an. Barney schaute weg, zu Ren, die Crimson Girls Blick erwiderte. Lächelte sie etwa? Im Dämmerlicht war das schwer zu erkennen.

»Dein Arm ist wieder heil«, sagte Ren. Sie lächelte tatsächlich. Sie wirkte hocherfreut, als hätte sie gerade ein lang erhofftes Geburtstagsgeschenk ausgepackt.

»Ist seit drei Jahren heil«, erwiderte Crimson Girl. Sie streckte den Arm aus und schwang ihn träge im Kreis, wedelte mit den langen Fingern. »Seht ihr. Funktioniert alles bestens.« Ihre Worte klangen knapp, ihre Stimme flach und tonlos.

Sie dehnte die langen Beine, streckte die Arme über den Kopf und atmete zufrieden Luft aus.

»Du bist so still, Maestro Haarpracht«, sagte sie zu Barney.

Es war nicht gerade ermutigend, von Crimson Girl als Maestro angesprochen zu werden. Aus ihrem Mund klang es schon fast wie eine Beleidigung. Aber woher wusste sie überhaupt von Albert Andersons liebevollem Spitznamen für ihn?

»Woher wisst ihr denn von ›Maestro‹?«, fragte Ren.

Barney fragte sich, ob er jemals wieder würde sprechen können. Im Augenblick kriegte er anscheinend nicht mal den Mund auf.

»Wir wissen alles«, sagte Crimson Girl. »Nicht wahr, Obi?«

Orange Boy kniete jetzt vor dem Tisch aus Brett und Kartons. Das Licht zweier Kerzen beleuchtete sein Gesicht. Sein Haar hatte die Farbe von blassem Mais, und es war nicht so dünn wie in den Zines, sondern eher flaumig. Er hatte bleiche Augenbrauen und dichte, bleiche Wimpern. Selbst seine Augen wirkten blass, von sehr hellem Blau.

»So ziemlich«, sagte er. Er hielt die Teekanne aus Porzellan in der Hand. Die gestohlene Teekanne, dachte Barney.

»Tee, Herr Pfarrer?«, fragte er. Es klang wie ein unheimliches Echo von Albert Anderson.

Es war die seltsamste Teegesellschaft, die Barney und Ren jemals erlebt hatten.

Zunächst mal war der Tee kalt.

»Kein Strom«, sagte Crimson Girl.

Sie tranken aus Porzellantassen mit passenden Untertassen. Der Tee war stark und bitter, als hätte er tagelang gezogen.

»Zucker, Maestro?«, fragte Orange Boy. Er bot Barney eine Papiertüte mit Zucker an und hielt sie noch eine Sekunde fest, als Barney danach griff. Der Zucker war aus **Coralie's Café**. Der Name war auf die Tüte gedruckt. Wieder zog Orange Boy die Augenbraue hoch, als wollte er Barney herausfordern, das zu kommentieren.

Barney mochte es nicht zugeben, aber gegenüber dem leibhaftigen Orange Boy hegte er definitiv gemischte Gefühle.

»Die sehen aus wie die Tassen unserer Urgroßmutter«, sagte Ren. Sie nieste gar nicht mehr. Offenbar hatte eine Wunderheilung stattgefunden. Die Luft strömte ungehindert durch ihre Nasenhöhlen. Sie schien sich in keiner Weise unwohl zu fühlen, sondern vielmehr ganz wie zu Hause.

»Von der Heilsarmee«, sagte Orange Boy. »Da ist alles alt und hässlich.« Er trank seine Tasse aus und betrachtete sie mit gerunzelter Stirn von allen Seiten. »So wie eure Urgroßmutter wahrscheinlich auch.«

Crimson Girl hielt ihre Tasse mit beiden Händen und richtete den

Blick auf Barney gegenüber. Barney verbot sich wegzuschauen. Sie hatte eine ziemlich auffällige Nase. Sie war scharf und spitz wie alles an ihrem Gesicht. Ihre Augen waren sehr dunkel. Und ihre Begutachtung sehr kühl.

»Sag was!«, befahl sie. »Sonst hältst du doch nie den Mund.«

»Woher wisst ihr das?«, platzte Barney heraus. Die Frage purzelte ihm einfach von der Zunge. Dieser Gedanke nahm in seinem Kopf den meisten Raum ein. Irgendwie umfasste er das alles – die ganze verstörende Erfahrung.

»Spielzeit!«, rief Orange Boy aus und schlug mit der flachen Hand auf den Tisch. Barney und Ren zuckten zusammen.

»*Zwanzig Fragen*«, sagte Crimson Girl. So als hätten die beiden das geprobt.

»Supi«, sagte Ren. »Spiele mögen wir.«

Supi? War Ren fünf? Barney schaute sie so vernichtend an, wie er nur konnte.

Und nur sie mochte Spiele. Barney waren sie ziemlich egal. *Dame* und *Mensch ärgere dich nicht*, okay. Die waren einfach, man musste bloß Steine ziehen oder um die Wette würfeln. Bei *Zwanzig Fragen* wurde er hibbelig. Bei der Familienversion der Kettles mussten Film- und Fernsehstars geraten werden. Alle anderen Kategorien lehnte Barney strikt ab. Man konnte jede Figur nehmen, die irgendwas mit Film oder Fernsehen zu tun hatte, ob Rolle oder Schauspieler, auch Animationsfiguren waren möglich. Die Berühmtheit musste mit *Zwanzig Fragen* geraten werden, auf die nur Ja/Nein-Antworten möglich waren. Aber je länger das Spiel dauerte, desto trotziger wurde Barney meist. Irgendwann langweilten ihn die strategischen Fragen immer, und er fing an, willkürlich geratene

Namen zu brüllen. Marylin Monroe! Marge Simpson! Daffy Duck! Greta Garbo! Bellatrix Lestrange!

Mehr als einmal hatte Mum daraufhin gesagt, dass er nicht gut mit anderen spielen könne.

»Hände auf den Tisch«, sagte Orange Boy gebieterisch. Er legte selbst die Hände auf den Tisch, die Handflächen nach oben. Crimson Girl tat es ihm nach. Wie gehorsame Kleinkinder machten Barney und Ren es genauso. Barney konnte es kaum fassen. Unglaublich, dass sie einfach so taten, was Orange Boy ihnen befahl! Wer behauptete, dass er nicht gut mit anderen spielte? Er schien seine Sprache, seine Persönlichkeit und seinen freien Willen abgetreten zu haben.

»Das zeigt, dass ihr offen seid für Ehrlichkeit«, sagte Orange Boy. »Ihr müsst die ganze Wahrheit sagen, und nichts als die Wahrheit.«

»Therapie«, sagte Crimson Girl zu Ren und Barney. Sie verdrehte die Augen.

»Ihr könnt fragen, was ihr wollt«, sagte Orange Boy. Er war total fokussiert.

»Ja/Nein-Antworten?«, fragte Barney. Meine Güte. Er hatte tatsächlich einen zweiten Satz rausgebracht.

»Jede zweite Frage«, sagte Orange Boy. »Dazwischen ausführliche Antworten.«

»Das ist schlau«, sagte Ren.

Orange Boy nahm das Kompliment mit einem kurzen Grinsen entgegen.

»Jeder zwanzig Fragen«, sagte Crimson Girl, »die man den anderen beiden stellen darf.«

»Wie steht's um deine Rechenkünste, Maestro Haarpracht?«,

fragte Orange Boy. Er kratzte sich am Kopf, indem er das Kopftuch auf und ab rieb.

»*Molto* kacke«, sagte Barney, ohne nachzudenken. Und alle lachten.

Das, stellten Barney und Ren hinterher übereinstimmend fest, war der Augenblick, in dem sich die Atmosphäre im **Postamt** änderte. Das Lachen von Crimson Girl und Orange Boy war unmittelbar und echt. Danach ließ ihre Kratzbürstigkeit, ihr scheeles Misstrauen ein wenig nach. Ganz allmählich wurden sie freundlicher.

Allerdings anders als bei allen Freundschaften, die Barney bisher gekannt hatte.

»Jede Runde vom Jüngsten zum Ältesten«, sagte Orange Boy. »Du zuerst, Brille.«

Ren starrte Orange Boy beinahe mit Fischaugen an, überlegte es sich dann aber offenbar anders. Sie hielt ihm ihre Tasse hin, damit er nachschenkte, und Orange Boy kam ihrer Aufforderung nach.

»Ist die erste eine Ja/Nein-Frage oder die zweite?«

»Erste«, sagte Crimson Girl.

Ren nahm einen Schluck Tee und stellte die Tasse wieder auf die Untertasse. Sie sah Crimson Girl an.

»Habt ihr uns seit November beobachtet?«

»Ja.«

Alle schauten Barney an.

»Das alte Paar im ersten Zine, sind das deine Großeltern?«, fragte er Orange Boy.

»Ja. Ich bin dran.« Er deutete mit dem Kopf auf Crimson Girl. »Sie ist älter. Ist dieser Junge Jack dein bester Freund?« Er hatte sich an Barney gewandt.

Das kam so überraschend, dass Barneys Hirn gleich wieder in Schockstarre fiel.

»Ja oder Nein«, sagte Orange Boy streng. Wieder rieb er sein Kopftuch auf und ab.

Aber darauf konnte er nicht mit Ja oder Nein antworten, dachte Barney. Er konnte nicht sagen, dass Jack sein bester Freund war und Benjamin nicht. Für ihn waren sie gleich. Wenn er Nein sagte, würde er Jack verraten. Wenn er Ja sagte, würde er Benjamin verraten.

Orange Boy kniff die eigenartig durchsichtigen Augen zusammen und sah Barney an. Wieder hob er die Hand zum Kopftuch. Reib, reib. Man hörte das sandige Schaben der Haare darunter. Es war ein nervöser Tick.

»Ja«, sagte Barney rasch und kniff die Augen ganz zu, als wollte er die Antwort auslöschen. Irgendwas musste er sagen. Sie würden es sowieso nie erfahren.

»Gelogen! Gelogen! Gelogen!«, sagte Orange Boy mit schriller Stimme. Er richtete sich auf die Knie auf. »Du hast die Hände zugemacht! So merkt man es! Wenn du lügst, krampft deine Hand sich zusammen.«

Barney schaute auf seine Hände, die sich tatsächlich zu lockeren Fäusten geballt hatten. Meine Güte.

»Aber ich kann auf die Frage nicht mit Ja oder Nein antworten«, sagte er gekränkt. »Er ist nicht wirklich mein bester Freund. Ich habe keinen besten Freund. Jack und Benjamin sind gleich.«

»Ja.« Orange Boy zuckte die Achseln. »Ich weiß. Ich wollte nur testen, ob du die Wahrheit sagst.«

Er hielt Crimson Girl die Handfläche hin, und sie klatschte ihn ab.

Barney klappte die Kinnlade herunter.

»Hab doch gesagt, wir wissen alles«, sagte Orange Boy. »Du bist dran, Girl.«

»Eure Freunde«, sagte Crimson Girl, »habt ihr denen irgendwas erzählt?«

»'türlich nicht«, sagte Ren.

»Ja oder Nein!«, herrschte Orange Boy sie an.

Meine Güte, dachte Barney. Er ist auch größenwahnsinnig.

Die ausführlichen Antworten verrieten mehr.

Aber nur ein bisschen. Es war knifflig. Man musste die Antwort geschickt formulieren, um sie nicht zu verschwenden und seinem Gegenüber ein Höchstmaß an Informationen zu entlocken. Es hatte zum Beispiel wenig Sinn, bloß »Wie alt bist du?« zu fragen, wie Barney es zu Rens Ärger gedankenlos tat. Natürlich antwortete nur einer von beiden. Man musste fragen: »Wie alt seid ihr beide?« Aber die Antwort fügte der Gesamtsumme an Informationen über Orange Boy und Crimson Girl ohnehin nur wenig hinzu.

Innerhalb von drei Runden war Barney und Ren klar, dass die anderen beiden *Zwanzig Fragen* so spielten wie Albert Anderson Schach. Gnadenlos. Sie hatten zwei Ziele: erstens so viel wie möglich über Barney und Ren herausfinden; zweitens so wenig wie möglich von sich selbst preisgeben.

Orange Boy wachte unbarmherzig über die Einhaltung der Spielregeln.

»Wieso werdet ihr Orange Boy und Crimson Girl genannt, und wie heißt ihr richtig?«

»Zwei Fragen! Such eine aus!«

»Okay. Wie heißt ihr richtig?«

»Orange Boy und Crimson Girl. Tatsache.«

Trottel, dachte Barney.

Das konnte unmöglich stimmen. Oder?

Den größten Teil des Spiels hasste er Orange Boy beinahe.

»Sind die Zines alle wahr?«

»Ja.«

»Wo sind eure Eltern?«

»Tot oder verrückt.«

»Wieso wohnt ihr im **Postamt**?«

»Kein Geld.« (Heftiges Kopfreiben.)

»Erzähl uns was über die Leute im zweiten Zine.«

»Ist keine Frage! Mach eine Frage daraus.«

»Kannst du uns was über die Leute aus dem großen Haus im zweiten Zine erzählen?«

»Nein.«

Taugenichts.

»Wie duscht oder badet ihr? Nein, Moment! Anders. Wie wascht ihr euch?« (Natürlich Ren. Nach Körperpflege hätte Barney nie gefragt.)

»Bücherei-Toiletten oder die in der Basilika. Sonntags, wenn alle Leute zu Hause sitzen. Der Geistliche da, der Priester, weiß Bescheid. Er hat uns Handtücher gegeben.«

»Pater Barry?«

»Ist das eine Frage?«

Um 1 Uhr 55 war *Zwanzig Fragen* zu Ende.

Barney und Ren hatten erfahren, dass Orange Boy und Crimson Girl von der Nordinsel stammten, dass sie seit sechs Monaten obdachlos waren, dass sie sich hier und da in der Stadt herumgetrieben hatten, dass sie einander mit Obi und Girl anredeten …

(»**O**range **B**oy, OB, Obi Wan, Obi. Kapiert, Maestro?«)

… dass sie den größten Teil des Papiers für ihre Zines und die Stifte im großen Büromarkt im Einkaufszentrum gestohlen hatten, dass Girl besser klauen konnte, obwohl es für sie wegen der Hautfarbe riskanter war. Dass sie, wenn sie nicht gerade klauten oder nach Nahrung suchten, den größten Teil ihrer Zeit im **Postamt** verbrachten, zeichneten, Zines bastelten, sich Spiele ausdachten. Dass die Katze sie in ihrer letzten Behausung adoptiert hatte. Dass sie ihr den Namen Brown Cat verpasst hatten, weil der so gut zu Orange Boy und Crimson Girl passte …

Diese kleinen Schnipsel waren zwar ein bisschen was. Aber zugleich auch so gut wie nichts. Als Barney später im Bett lag, hellwach trotz seiner ungeheuren Erschöpfung, und immer und immer wieder die Fakten zu Obi und Girl durchging, wurde ihm klar, wie wenig da eigentlich zusammenkam. Sie hatten kleine, unbedeutende Informationen preisgegeben. Kleine Schnipsel, die ein ganz schwaches Abbild zweier Leben zeichneten; zweier Leben fast ohne Vergangenheit. Und diese Abbilder passten auch nicht genau zu den in den Zines dargestellten Episoden. Es kam ihm vor wie zwei Puzzles, die nebeneinanderlagen und deren Teile vermischt waren – die richtigen Bilder ließen sich unmöglich auseinandersortieren und abgleichen.

Ren und Barney aber kannten solche Zurückhaltung nicht. Sie

verströmten einen wahren Wasserfall von Fakten und Details, weil Obis und Girls Fragen so unerwartet waren. So kunstvoll. Und so beunruhigend. Angefangen hatten sie mit speziellen kleinen Neugierfragen:

Wieso hieß Sabrinas Laden **Mrs Corry's**, wenn sie doch mit Nachnamen Maxwell hieß?

Hatte Albert Anderson eine Freundin?

Wohnten Billie und Sarah Montgomery bei ihrem Vater, oder arbeiteten sie bloß für ihn?

Dann waren die Fragen allmählich und unmerklich bohrender geworden, hatten immer längere und ausführlichere Antworten erfordert.

Wie sah ihre Wohnung von innen aus?

Was bekamen sie so zum Geburtstag?

Was machten sie sonst noch außer filmen?

Wie würden sie ihre Eltern beschreiben?

Wie hießen all ihre Tanten, Onkel, Cousins, Cousinen und Großeltern?

Wo wohnten die und was machten sie?

Rens und Barneys Antworten waren praktisch Geschichten. Und es hatte ihnen immer mehr Freude gemacht, sie zu erzählen, dachte Barney, als er an seine Zimmerdecke starrte. Sie hatten ganz vergessen, sparsam mit den Einzelheiten umzugehen, so wie Obi und Girl – oder sie wussten gar nicht, wie man das machte. Sie hatten einfach Spaß daran, ihre Lebensgeschichte, ihre Lebensgeschichten zu erzählen; es war eine gute Geschichte mit unzähligen Kapiteln. Sie hatten den Mund aufgemacht, und alles kam heraus.

Aber es lag auch an ihrem Publikum, dachte Barney. Die Bilder

der Nacht liefen in Dauerschleife durch seinen Kopf. Es lag an der Aufmerksamkeit, mit der Obi und Girl ihre ausladenden Antworten verfolgten, an dem unverwandten, hungrigen Blick in ihren Augen. Der hatte sie verleitet, immer weiterzureden, auszuschmücken und etwas zu bieten, die Geschichten als Geschenk darzubringen; das Eswareinmal der Familie Kettle, des Trödelladens, der High Street.

Die Kerzen waren beinahe zu Stummeln heruntergebrannt. Die Flammen schrumpften und zischten. Sie alle schauten einander quer über den Tisch an. Obi erhob sich auf die Knie, öffnete den Gürtel seines Morgenmantels, band ihn fester zu und hockte sich wieder auf die Fersen. Girl kaute an einem Fingernagel. Sie war in einen Wachtraum geglitten.

Das Schweigen war gar nicht unbehaglich. Jedenfalls nicht ganz. Barney hielt Obi seine Tasse hin, und Obi goss ihm einen dünnen Strahl ein. Der starke Tee schmeckte allmählich interessant.

»Wir könnten euch Essen besorgen«, sagte Ren in die Stille. Sie klang schläfrig.

»Echt?«, brummte Girl mit dem Fingernagel im Mund.

»Wieso habt ihr angefangen, die Zines für uns zu verstecken?«, fragte Barney. Wieso hatte er die Frage nicht als Erstes gestellt?

»Keine Fragen mehr«, sagte Obi entschieden. »Nur bei *Zwanzig Fragen.*«

»Aber wieso das?«, fragte Ren. Das war natürlich auch eine Frage, aber Obi beantwortete sie trotzdem. Wie die meisten Größenwahnsinnigen war er inkonsequent.

»Uns gefallen die Regeln«, sagte Obi und rieb sich wieder heftig seitlich am Kopf. »Und wir dürfen eben auch zurückfragen.«

»Wir haben gar nichts dagegen, wenn ihr uns noch mehr Fragen stellt.«

»Nein. Nur bei *Zwanzig Fragen*. Und jedes Mal nur eine Runde.«

Jedes Mal? Wieso war er so sicher, dass sie wiederkommen würden?

»Nichts für ungut«, sagte Obi. Seine Hand schob sich wieder zu seiner Schläfe, sank aber dann wieder herab.

Na gut. Dann eben.

Aber ehrlich, wem wollte er was vormachen?, dachte Barney. Natürlich würde er wiederkommen. Wer oder was sollte ihn wohl daran hindern? Das war die bizarrste und faszinierendste Nacht seines 12-beinah-13-jährigen Lebens gewesen. Und da war die Übernachtung bei Benjamins zwölftem Geburtstag mitgezählt, als sie zusammen Memento geguckt hatten und Barney das Gefühl hatte, sein Gehirn würde auf links gedreht.

Obi und Girl waren ungemein befremdlich. Sogar beängstigend. Und er war schon ganz matschig vor Müdigkeit. Und die Übelkeit in seiner Magengrube hatte die ganze Nacht kein bisschen nachgelassen. Aber er wollte nicht gehen.

Und er wollte unbedingt wiederkommen.

Aber da war die Nacht noch nicht vorbei.

»Noch ein Spiel?«, hatte Girl gefragt.

Mit einer flüssigen Bewegung stand sie auf und ging zum Bierdosenregal.

»Wie habt …«, hob Barney an.

»Nein!« Obi hob die flache Hand wie ein Verkehrspolizist. »Klingt nach einer Frage!«

Es war eine ganz unschuldige Frage, sagte Barney stumm. Zu den Bierdosen. Der Wertstoffcontainer vor **His Lordship's**?

Er starrte Obi ärgerlich an und kam sich ein bisschen mutig vor.

Obi zuckte die Achseln.

»*Crazopoly*?«, fragte Girl. »Oder *Strip-Poker*?«

Ganz bestimmt würde er nicht vor Fremden seine Kleider ausziehen. Da zog er die Grenze. Er hatte schon mit Jack und Benjamin und Edward *Strip-Poker* gespielt, aber da hatten sie immer bei den Unterhosen aufgehört. Obi und Girl war solche Zurückhaltung sicher fremd.

»*Crazopoly*«, sagte Obi, der gerade die Tee-Utensilien vom Tisch räumte.

»Von *Crazopoly* habe ich noch nie gehört«, sagte Ren vorsichtig.

Oh, Blitzmerkerin, dachte Barney ein bisschen neidisch. Ren benutzte kein Was, Warum, Wie, Wann, Wo. Und bekam eine Antwort. Vielleicht war sie tatsächlich Sherlock. Konnte man gleichzeitig Struppi und Sherlock Holmes sein? Denn auf keinen Fall war sie Tim.

»Haben wir erfunden«, sagte Girl. »Unsere Version von *Monopoly*. Viel besser.« Sie brachte eine Kiste und eine quadratische Pappe mit an den Tisch. Obi holte die Duftkerze vom Bett. Aus der Nähe waren die Zimtschwaden heftig und ein bisschen eklig.

»Wir brauchen neue Kerzen«, sagte Obi zu Girl und klang wie Mum, wenn sie zu Dad sagte »Wir brauchen Mülltüten« oder »Wir brauchen noch Glühbirnen«.

»Keine Bank«, erklärte Girl. »Niemand hat Geld. Nur Grips. Es geht ums Überleben.« Sie drehte das Pappquadrat um.

Barney und Ren betrachteten das Spielbrett.

Der Hintergrund war blassgrün wie beim normalen Spiel, die vier

Seiten sauber in Immobilienrechtecke aufgeteilt und ebenfalls mit den gewohnten Farben versehen. Doch das Spiel trug die Handschrift des Zine-Zeichners; man sah es an den Gesichtern der Figuren, die den Rand und die Mitte des Spielfelds bevölkerten.

»Leute, die wir kennengelernt haben«, sagte Girl. Sie berührte die Figuren mit der Fingerspitze. »Stevo. Der hat uns ein bisschen geholfen. Miri. Sie ist gestorben. Reuben. Lebt im Sommer am Strand. Mils, ein guter Bulle. Arschloch, der Arschlochbulle.«

Das Brett war genauso aufgeteilt wie beim *Monopoly* – Straßen, Bahnhöfe, Versorgungswerke, Bezahlfelder, Ereigniskarten und Gemeinschaftskarten –, nur gab es hier statt E-Werk und Wasserwerk die Stadtmission und die Suppenküche, die Bezahlfelder waren Geldautomaten, und in der Ecke hieß es nicht »Gehe in das Gefängnis«, sondern »Gehe in Pflege«.

Die Straßen waren die Fußwege, Sackgassen und Einbahnstraßen ihrer eigenen Innenstadt; die Nischen und Stufen alter Regierungsgebäude, die leer stehenden Häuser, die grasbewachsenen Zufluchtsorte unter Brücken, die Parkbänke und breiten Baumkronen im botanischen Garten. Dies waren Orte, lernten Barney und Ren bald, wo du einen Platz beanspruchen, dir einen flüchtigen Wohnsitz einrichten, ein paar Nächte, vielleicht auch Wochen schlafen konntest, bis ihn dir jemand wegnahm – ein größerer, hinterlistigerer, härterer Mensch als du, vielleicht ein bisschen bedrohlich. Fragen wurden nicht gestellt. Antworten nicht gegeben. Gehe nicht über Los. Ziehe ganz und gar nichts ein.

Es war *Monopoly* für Obdachlose.

Girl legte zwei kleine Kartenstapel auf die Felder in der Mitte. Glück und Pech.

Ren sah sich eine Karte genauer an. »Die sind so perfekt gemacht.« Ihre Stimme klang verdächtig nach Teeny Weeny Sweetie.

»*Ein kräftiger Kerl klaut dein Kissen. Rücke fünf Felder zurück.* Witzig.«

»Findest du?«, sagte Girl. »Ist dir schon mal das Kissen geklaut worden?«

»Nein«, gab Ren zu.

Sie hatte sogar zwei Kissen, mit passenden Bezügen, immer gut aufgeschüttelt und ideal platziert. Barney durfte keinesfalls den Kopf auf eines von beiden legen. Er sah Obis und Girls Fußbodenbett prüfend an: eine klumpige Ansammlung von Polstern. Zwei traurige Kissen, mit ausgedünnter Füllung und Oma-Bezügen. Auf einem schlief Brown Betty. Seinen nächsten Satz überlegte er sich genau.

»Ren mag gern dicke Kissen«, sagte er. »Aber ich mag sie lieber dünn.«

Ach, wie lahm sich das trotzdem anhörte. Wie trottelig. Barney verspürte das dringende Bedürfnis, sich das Gesicht zu kratzen und die Haare zu raufen.

Obi sah ihn an und kratzte sich kurz am Kopf. Barney gewöhnte sich langsam an diese stummen Beurteilungen.

»Versuch mal, Kissen zu klauen«, sagte Obi. »Die Bezüge lagen in einer Ramschkiste.«

»Du findest ein Mittagessen auf einer Parkbank. Rücke vier Felder vor.«

»Das muss so viel Spaß gemacht haben, es zu basteln«, sagte Ren.

»Haben wir zusammen gemacht«, sagte Girl. »Alles selbst gemacht. Außer den Würfeln.«

Die Spielfiguren waren verschiedene kleine Buttons mit Botschaften. Barney suchte sich einen mit Totenschädel und gekreuzten Knochen aus. Darüber stand *Frack off.*

»Meins.« Obi nahm sich den Anstecker. »Das hier ist deins.«

Weiße Totenschädel in einem Boot. *Atomwaffenfreier Pazifik.*

»Ich bin kein Schinkenspeck«, las Ren. Ein teenyweenysweetie rosa Schweinchen.

»Von denen haben wir auch welche«, sagte Barney. »Im **Emporium.**«

»Genau«, sagte Girl.

Meine Güte. Er wurde sekündlich dümmer. Die Buttons im **Emporium** lagen in einer Holzschale auf einer Kommode. So leicht zu zocken.

»Die Älteste fängt an«, sagte Girl. Sie legte ihren Button auf das Los-Feld. Es war ein rot-schwarzer Protest-Anstecker gegen den Besuch des südafrikanischen Rugby-Teams in Neuseeland in den 80ern. *Stop the Tour.*

»Andere Spiele, andere Regeln«, beantwortete Obi ihre unausgesprochene Frage. Er gab Girl die Würfel. »Bisschen Abwechslung kann nicht schaden.«

Ziel des Spiels war es, nicht in Pflege zu kommen. Es gab eine Glückskarte, die dich aus der Pflege herausholte, aber auch mehrere Pechkarten, die dich hineinsteckten. Statt Bank und Geld gab es ein Amt, das dir jedes Mal Gutscheine aushändigte, wenn du über Los gingst. Es waren Gutscheine für Bettzeug, Essen, warme Kleidung, Schuhe, Bücher, Rucksäcke, Pflaster, Wasserflaschen, Feuerzeuge, Bier, Taschenlampen, Handys. Bestimmte Gutscheine garantierten dir einen Platz auf einer der »Straßen«. Man konnte Gutscheine auch tauschen, oder sie wurden als »Miete« gezahlt, wenn jemand auf deinem Platz landete.

Wie tief sie in das Spiel eintauchten, wie sehr sie alle gewinnen wollten! Komisch, fanden Barney und Ren hinterher übereinstimmend. Sie vergaßen alles andere – die Gereiztheiten und Spannungen im Raum, wie nervös sie Girls leere Blicke und Obis unberechenbare Regeln und lauten Befehle machten, wie sehr sie hofften, dass weder Mum noch Dad auf die Idee kamen, mitten in der Nacht noch mal in ihren Zimmern nachzusehen. Sie vergaßen ihre trockenen Augen, ihre gespannte Haut, ihre Ganzkörpermüdigkeit.

Sie dachten bloß daran, Gutscheine zu sammeln und sich die Haltestellen für regelmäßige Gutscheineinkünfte zu sichern, oder die verlassenen Häuser, für die man die höchsten Zahlungen bekam. Sie vergaßen den großen Saal des Postamtes, die High Street draußen und ihre leeren Betten, sie sahen nur noch jeden Button vorrücken, zählten leise mit den anderen die Zahl der Schritte mit, jubelten, wenn sie auf das Glücksfeld kamen, trommelten auf den Boden, wenn sie in Pflege mussten.

Im Grunde war es genau wie ein Spiel mit Lovie oder Benjamin oder Henrietta oder Edward. Nur dass es nichts zu essen gab. Die ganze Nacht aufzubleiben machte heißhungrig, stellten sie fest, aber Obi und Girl verloren kein Wort über den eigenen Appetit und boten kein Essen an.

Am Ende hatte Ren die meisten Gutscheine und Plätze. Barney und Obi waren im Heim gelandet, was die *Crazopoly*-Version von pleite war. Girl klammerte sich noch an die Konzertmuschel, die Veranda des Kricket-Clubs und ein paar Gutscheine, aber sie merkte schon, woher der Wind wehte.

»Du hast gewonnen«, sagte sie beinahe liebenswürdig zu Ren.

»Bei *Monopoly* gewinne ich auch meistens«, sagte Ren. »Ist hauptsächlich Glück. Aber Dad sagt immer, es ist schlau, sich schnell die preiswerten Grundstücke zu schnappen.« Sie hatte sich sofort die Große Platane und die Bootshäuser gesichert, sobald sie daraufgekommen war.

War es unsensibel von Ren, Dad zu erwähnen, fragte sich Barney, wo Obi und Girl doch keine Eltern hatten? Das war so schwer zu entscheiden. Er hatte Obi heimlich beobachtet, aber dessen Gesicht verriet keine Regung. Vielleicht war alles, was sie sagten, unsensibel. Aber wie untypisch für ihn, sich Gedanken über Sensibilität zu machen. So was fiel ihm sonst fast nie ein. Seine Gefühle heute Nacht waren insgesamt ziemlich seltsam.

3 Uhr 45. Barney spürte den vertrauten Wurm der Enttäuschung nagen. Es war der gleiche Wurm, der am letzten Tag der Ferien bei den Südinsel-Großeltern an seinem Glücksgefühl knabberte, oder am Ende einer Übernachtungsparty bei Jack, oder in der letzten Stunde eines Filmschnitts.

Die erstaunlichste Nacht seines Lebens war so gut wie vorüber.

Er sah Obi in die Augen und wusste sofort, dass der ebenso fühlte.

»Okay, okay.« Obi wurde auf einmal sehr geschäftig. Er packte das Spiel ein, schob die Gutscheine und Spielfiguren und Glückskarten in die Kiste. »Ein Spiel noch. Nur eins, und ich weiß auch, was wir ...«

»Obi«, sagte Girl. »Sie müssen zur Schule.«

Barney kicherte. Sie klang wie eine Mutter.

»Scharade!«, sagte Obi. »Nur ein paar Runden, kommt, oder dieses andere, das wir neulich abends gesehen haben, das Gedächtnisspiel ...«

»Guck dir Brille an«, sagte Girl. »Sie schläft schon.«

»Ich schlafe nicht!«, protestierte Ren, obwohl ihre Augen zu waren.

»Hol En-o-pe!«, befahl Obi. »Schlag nach!«

»Obi.«

»Dann hol ich es selbst.« Er sprang auf und ging zum Bücherstapel neben dem Bett. Er nahm das oberste Buch und brachte es mit zum Tisch. Sein Morgenmantel ging schon wieder auf.

»Ist vom fetten Gene.« Es war ein Band einer alten Enzyklopädie.

»En-o-pe«, sagte Obi und hielt Barney den Buchrücken unter die Nase.

Band IX, las Barney. *NOP*.

»Schlag bei *P* nach«, sagte Obi. »Unter *Partyspiele*.«

Barney nahm den Band und schlug ihn auf. Dann roch er daran, was man bei Büchern von Gene automatisch immer tat. Der Geruch des Alters. Selbst die einigermaßen neuen *Tim und Struppi*-Bände bei **Montgomery's** rochen so. Aber dieses Buch war uralt.

»Guck dir das an!«, sagte Obi. »Plumpsack! Verrückter Name.« Er beugte sich über den Tisch und fing an zu blättern. Ren schlug die Augen auf und las über Barneys Schulter.

»Okay, okay«, sagte Girl, als wollte sie einräumen, dass sie in der Minderheit war. Auch sie beugte sich über den Tisch, riss dann aber blitzschnell Barney das Buch aus der Hand.

»Hey, du Sch...!« Obi stürzte sich auf sie und versuchte sich das Buch zurückzuholen, aber Girl hielt es sich über den Kopf, außerhalb seiner Reichweite. Er starrte sie bitterböse an. Sie starrte zurück.

»Scharade!«, schnaubte sie. »Es dauert viel zu lange, das andere zu erklären. Das müssten wir erst üben.«

In der folgenden angespannten Stille bemerkte Barney das leise Zischen der Kerzendochte und das schleifende Schnurren von Brown Betty, und dass er selbst die Luft anhielt. Er starrte auf ein

Astloch in der Tischplatte, auf den Karton darunter, der unter dem Gewicht des dicken Brettes leicht nachgab. Rens Finger pikste ihn mit gewohnter Hartnäckigkeit in die Seite.

»Wenn sie. Zu lange. Hierbleiben.« Girl sprach langsam und deutlich, wie mit einem Kind. »Wird man. Uns. Entdecken.«

Auf einen Schlag endete die Meinungsverschiedenheit.

Obi zuckte die Achseln. »Okay«, sagte er gleichgültig. »Scharade.« Er stand auf, und sein Gürtel glitt endlich ganz zu Boden. Der Morgenmantel öffnete sich und gab den Blick auf grün gestreifte Boxershorts frei und auf die magersten weißen Beine der Welt.

»Zieh dich an, Obi«, sagte Girl gelangweilt. »Die Kinder erschrecken sich.« Barney und Ren schauten angestrengt woandershin.

»Du zuerst, Maestro«, sagte Obi ungerührt. »Dann Girl, dann Brille. Ich als Letzter.«

Er hob den Gürtel vom Boden auf und band den Morgenmantel wieder zu. Er schob sein Kopftuch zurecht, das bei der kurzen Rauferei zwischen ihm und Girl verrutscht war. Er kratzte sich am Kopf und verschränkte die Arme.

Dann lächelte er Barney an.

In den folgenden Tagen dachte Barney oft über Obis Lächeln nach.

Es war das Lächeln eines Menschen, der es nicht gewohnt war zu lächeln. Es war unbeholfen und unfertig. Beinahe eine Grimasse. Und sehr kurz. Ein ganz schnelles Verziehen des Gesichts – so wie die kleine Soo, wenn sie wahrscheinlich nur Luft im Bauch hatte. Und dann war es wieder weg, und das unvertraute Gesicht war wieder ausdruckslos, unlesbar.

Aber, ah! Für den flüchtigen Augenblick dieses ungeschickten Lächelns wurde aus Obi plötzlich Orange Boy, der verlorene und einsame Held der Zines, der schwarz-weiße Junge aus Bleistift und Tinte, den sie so ins Herz geschlossen hatten und den Barney schon die ganze Nacht vermisste. Es war nur ein ganz kurzer Einblick, doch er ging ihm durch und durch wie der Ruf des Glockenvogels. Barneys Herz tat einen Ruck.

Und sofort erwiderte er das Lächeln. Ein echtes Barney-Kettle-Strahlen.

Endlich Hallo.

Wie furchtbar, wie unmöglich war es, am nächsten Morgen aufzuwachen. Selbst Ren musste von ihrer Mutter heftig geschüttelt werden. Es war noch nie passiert, dass sie den Wecker verschlafen hatte.

»Hat jemand euch beiden Drogen verabreicht?« Sie saßen schlaff am Frühstückstisch und nickten immer wieder weg.

Könnte man sagen, dachte Barney.

»Wenn ich keine gesundheitlichen Bedenken hätte, würde ich euch beiden Kaffee verabreichen.«

Mum hatte großes Vertrauen in die Wirkung von Kaffee. Barney glaubte selbst gern daran, weil seine Mutter sehr bald nach dem Genuss ihrer beiden Frühstückstassen ein besserer Mensch wurde.

»Vielleicht braucht ihr auch ein bisschen Protein. Ich mache euch Eier. Rührei? Spiegelei? Gekocht? Pochiert? Verfault? Ich sollte auch eins essen. Lehrerkonferenz. Immer besser, wenn man sich dafür stärkt. Dreht ihr nach der Schule?«

Leider machte der Kaffee sie auch redselig.

Barney sah Ren Hilfe suchend an, aber die hatte die Augen zu.

Unter großer Anstrengung erzählte er Mum von Ms Bloodworths Vorschlag.

»Na, das nenne ich eine erfahrene Lehrerin«, sagte Mum anerkennend. »Ein feines Gespür für Probleme und ihre Lösung, würde ich sagen. Aufspüren …«, sie kniff ein Auge zu und suchte die Küche mit einem Eierteleskop ab, »… und ausschalten.« Sie erledigte einen imaginären Schüler am anderen Ende der Küche mit einem Eiergewehr und schlug das Ei dann in eine Schüssel.

»Brutal«, sagte Barney.

»Wie du dir sicher vorstellen kannst«, Mum warf Barney einen vielsagenden Blick zu, »hege ich für deine Lehrerinnen höchstes kollegiales Mitgefühl.«

»Brutal hoch zwei«, murmelte Barney. Seine Augen wollten nichts als zufallen. Ren legte den Kopf auf den Tisch.

»Was ist bloß los mit euch beiden?«, fragte Mum. »Habt ihr die Nacht zum Tage gemacht?«

Wenn du nur wüsstest, dachte Barney.

In der Schule konnte Barney beim Kreativen Schreiben ein kleines Nickerchen einlegen und fühlte sich danach erstaunlich erfrischt. In der Mathestunde zog er sich, wie mit Ms Bloodworth vereinbart, mit Nick Etherington in den Medienraum zurück, und Nick machte sich brav an seine neue Aufgabe: Barney zu helfen, eine Beziehung zu den Ganzen Zahlen zu entwickeln. Genauso hatte Ms Bloodworth es ausgedrückt.

»Ganze Zahlen sind in diesem Jahr die harte Wirklichkeit, Barney«, hatte sie gesagt. »So wie die Familie. Man muss mit ihnen auskommen, sonst wird das Leben unerträglich.«

»Ich mag meine Familie«, sagte Barney. »Ich komme echt gut mit ihnen aus.«

»Aber was ist mit entfernten Verwandten? Cousinen, die zu Besuch kommen? Stell dir die Ganzen Zahlen als eine Großtante vor, die du bei Laune halten musst«, sagte Ms Bloodworth. »Zu der du nett sein sollst, weil deine Eltern dich darum bitten, die du versuchen musst zu verstehen – zumindest solange sie zu Besuch ist.«

Barney war sofort Nordinsel-Omas ältere Schwester eingefallen: Tante Linda, die ihnen immer gut gemeinte und biedere Bücher mitbrachte, nach Dosenlachs roch und deren Gesicht Dad einmal als »bedauernswert« bezeichnet hatte. Er schaffte es gerade so eben, höflich zu Tante Linda zu sein, wenn er sie nicht direkt anschaute oder zu dicht bei ihr saß.

Doch die Ganzen Zahlen musste er direkt anschauen, und er musste ihnen auch dicht auf die Pelle rücken. Genau wie Nick Etherington, der zwar für ein Mathegenie ganz in Ordnung war, sich aber kein Stück von seiner Aufgabe ablenken ließ, Barneys Beziehung zu den Ganzen Zahlen zu verbessern, egal was für interessante Fragen Barney ihm stellte.

»Also, du verstehst schon, dass es sich eben um vollständige Zahlen handelt und dass sie alle Inverse haben, also ein Gegenüber?«, fragte Nick.

»Ja«, sagte Barney. »Keine Dezimalbrüche erlaubt. Nick, willst du nach der Schule Mathe als Beruf machen?«

»Ja. Und du verstehst auch, dass es positive und negative gibt.«

»Ja. Und bei den positiven muss man das Plus nicht immer davorschreiben.«

Barney fand, er machte schon hervorragende Fortschritte.

»Hast du diesen Film über den Mathe-Typen gesehen, Nick? Den Verrückten?«

»Ja. Und kannst du mir jetzt mal vorführen, wie sich diese Aufgabe mit Hilfe von Ganzen Zahlen lösen lässt?«

Bei der Aufgabe ging es um die Höhe eines amerikanischen Berges und die Tiefe eines amerikanischen Tales und den Höhenunterschied zwischen den beiden, doch das eigentliche Problem war, dass Barney dieser Berg ebenso wie das Tal und der Unterschied dazwischen schlicht egal war. Im Augenblick war ihm alles egal außer dieser unfassbar seltsamen Nacht, die er gerade durchlebt hatte, keine fünfhundert Meter von Nick und seinen Ganzen Zahlen entfernt.

»Nick, wozu sind Ganze Zahlen nütze?«

»Einmal zum Messen von steigenden und sinkenden Temperaturen. Oder beim Rugby: um zu sehen, wie viel Raumgewinn eine Mannschaft macht oder wie viel Raum sie wieder verliert.«

»Nick, wärst du bereit, mich während dieser Übungen mit Maestro anzureden?«

»Nein. Zeig mal, was du auf dem Zahlenstrahl gerechnet hast.«

Es war falsch, Nick E. zu necken, das wusste Barney. Aber er konnte einfach nicht anders.

Er arbeitete weiter an seiner Beziehung zu den Ganzen Zahlen sowie zu amerikanischen Bergen und Tälern, doch im Kopf führte er eine imaginäre einseitige Unterhaltung mit Nick Etherington.

Nick, was, wenn ich dir erzählen würde, dass ich gestern Nacht bis halb fünf morgens aufgeblieben bin?

Wenn ich dir erzählen würde, dass ich vier Stunden im alten **Postamt** verbracht habe, mehr oder weniger im Dunkeln, bis auf ein paar Kerzen?

Nick, würdest du mir glauben, wenn ich dir sage, dass im **Postamt** heimlich zwei Menschen wohnen? Würdest du glauben, dass sie schon seit über drei Monaten da wohnen?

Würdest du mir glauben, wenn ich dir sage, dass diese beiden Menschen unglaubliche Künstler und unendlich geschickte Diebe sind und dass sie im alten **Postamt** witzige und leicht verstörende Spiele mit uns gespielt haben?

Würdest du mir das glauben, Nick?

Würdest du?

Als sie sich nach der Schule von der Ambulatorix verabschiedet hatten, setzten Barney und Ren sich auf das Sofa vor **Busby's Emporium** und aßen Apfelkuchen. Den hatte Südinsel-Oma gebacken und mit dem Bus quer über die Insel geschickt. Sie schickte ihnen oft Kuchen.

Das **Postamt** gegenüber schien jetzt doppelt so groß zu sein; es schien vor ihnen aufzuragen. Sie anzustarren. Die vernagelten Fenster waren eine Unzahl blinder Augen, die sie verfolgten.

»Ich finde das echt unfassbar: Noch niemand hat bemerkt, dass sie da sind«, sagte Ren. »Aber jetzt habe ich Angst, dass es bald jemand merkt.«

Das Ledersofa war ein guter Platz für solche Gespräche, obwohl es ein öffentlicher Ort war. Kein Mensch hörte, worüber sie redeten. Niemand fand es seltsam, dass sie da saßen und sich unterhielten und dabei auf die High Street schauten. So machten sie es schon seit Jahren.

Ununterbrochen starrten sie das **Postamt** an, in seiner ganzen soliden Rechteckigkeit. Ununterbrochen dachten sie über die heimlichen Herrscher dort nach und über ihr eigenwilliges Reich. **Postamt**land. Obi der Unberechenbare und Girl die Wachsame.

»Wir müssen damit aufhören«, sagte Barney und konnte den Blick doch nicht abwenden. »Sonst merkt es tatsächlich jemand.«

Heute wollten sie bei **Montgomery's** interviewen. Sie hatten noch zwanzig Minuten Zeit. Aber es war ein Fehler gewesen, sich hinzusetzen. Er könnte jetzt in Tiefschlaf fallen, dachte Barney. Augenblicklich. Er war wahnsinnig müde.

Die beiden Monarchen des **Postamt**reiches würden jetzt wahrscheinlich ein Nickerchen halten. Sie konnten versäumten Schlaf einfach nachholen. Barney und Ren hatten da Pech. Und sie mussten wirklich aufpassen, Mums Alarmglocken hatten heute Morgen schon zu klingeln angefangen.

Sie würden früh ins Bett gehen – allerdings nicht so früh, dass Mum Verdacht schöpfte. Und sie konnten ausschlafen. Morgen war Samstag. Zukünftige Besuche im **Postamt** würden sie sehr sorgfältig planen müssen.

Denn natürlich gab es nicht den geringsten Zweifel, dass sie wieder hingehen würden.

Bei **Montgomery's** saßen Gene, Sarah und Billie unter der Autorengalerie. Gene hatte die Galerie vor vierzig Jahren angefangen, als der Laden eröffnet wurde. Er hatte Fotos von F. Scott Fitzgerald, William Pember Reeves und Virginia Woolf aufgehängt und seither immer mehr Gesichter hinzugefügt. Manchmal spendeten Menschen Porträts, die sie auf Reisen aus Zeitschriften oder Plakaten ausgerissen hatten. Inzwischen waren es Dutzende von Porträts in allen Größen. Barneys Lieblingsbild zeigte Truman Capote, der die

Zunge herausstreckte und sich die Finger als Hasenohren an den Kopf hielt. Er achtete darauf, dass Truman im Bildausschnitt war und Genes ziemlich dicker Bauch – der vor ihm ruhte wie ein zusammengerollter, vollständiger weiterer Körper – nicht.

Die Montgomerys waren dankbare Interviewpartner. Sie beantworteten Rens Fragen ausschweifend. Sie hatten gute Geschichten über Stammkunden und seltsame Ereignisse im Lauf der Jahre zu erzählen: Die alte Mrs Norman, die Science-Fiction liebte und sich ständig Gedanken über das Raum-Zeit-Kontinuum machte. Die lauten Versammlungen der Kommunistischen Partei im Raum »Geschichte und Politik«, damals, als es noch eine Kommunistische Partei gab. Das Meerschweinchen, das eine Woche lang ungehindert sein Unwesen zwischen den Romanregalen getrieben hatte. Der Obdachlose Arnold, der an Wintermorgen vor der Tür darauf wartete, dass sie aufmachten, und sich dann den ganzen Tag ins Hinterzimmer setzte und theologische Bücher las.

Manchmal waren Gene und seine Töchter unterschiedlicher Meinung über die Vergangenheit – wie und warum sich Dinge ereignet hatten –, aber das war in Ordnung, Barney fand das wunderbar. Ein offener Disput war gutes Doku-Material, hatte er zu Ren gesagt.

Das war nach dem heftigen Streit zwischen Clifford und Ellen gewesen, deren ansonsten eher braves Interview eine unerwartete Wendung genommen hatte, als sie sich über die korrekte Ausführung des Sonnengrußes uneinig waren. Barney und Edward (der an dem Tag die Fragen gestellt hatte) hatten das Gezanke ungeheuer unterhaltsam gefunden.

Hinterher hatte Clifford darum gebeten, den Streit herauszuschneiden, doch Barney hatte ihm mit großem Bedauern mitgeteilt, dass er in seiner Freigabe-Erklärung alle Rechte am Filmmaterial abgetreten habe; und dass die Entscheidung über die letztendliche Verwendung ganz allein beim Regisseur liege. Darüber war Clifford dem Augenschein nach höchst ungehalten gewesen, doch Ellen hatte die Situation entschärft.

»Ach, vergiss es, Cliff. Es wissen doch alle, dass wir uns streiten. Lass das Barney entscheiden. Wir werden deshalb keinen Schriftverkehr einleiten.«

Ellen war okay, verriet Barney Ren.

Und *molto* bella, erwiderte Ren, die gerade aus dem **Mediterranean Warehouse** dazugekommen war, wo sie an einer Keksverkostung mit Battista teilgenommen hatte.

Bei **Montgomery's** kamen und gingen während des Interviews die Kunden. Sarah stand von ihrem Korbsessel auf und bediente, setzte sich dann wieder. Manchmal filmte Barney die Kunden, ihre Fragen und Buchkäufe, die oft genug interessant waren. Manchmal luden sie auch einen Kunden ein, sich auf den frei gewordenen Korbstuhl zu setzen und mitzureden. – Sind Sie Stammkunde?, fragte Ren. Wie lange kommen Sie schon zum Bücherkaufen her? Welche Abteilung mögen Sie am liebsten? Und was hat sich an der High Street im Lauf der Jahre verändert?

Dieser Aspekt befriedigte Barney besonders. Es war eine weitere Adaption ihrer Kunden-Publikums-Beteiligung. Das zeigte, dass sie sich ständig weiterentwickelten. Ihre Dokumentartechnik würde von Tag zu Tag ideenreicher. Er hatte schon einen Eintrag in sein Filmemacher-Journal verfasst, unter der Überschrift »Innovatives Erzählen« – den Ausdruck hatte er von seinen früheren Lehrmeistern Felix La Marche und Hal Nicholas übernommen.

Der letzte Kunde, der im Korbsessel Platz nahm, war Suit, der unerwartet von seinem Wochenplan abwich und sein Buch einen Tag früher als üblich erwarb.

»Das Exemplar der letzten Woche habe ich verschlungen«, sagte er zu Gene. »Natürlich nur metaphorisch gesprochen. Und ebenso das Buch, das ich bei Albert bestellt hatte. Ich habe Nachtschichten eingelegt.«

So wie ich, dachte Barney. Aber ich noch viel mehr. Er erinnerte sich an das Licht in Suits Arbeitszimmer in der vorigen Nacht. Doch als sie um halb fünf Uhr morgens aus der Gasse neben dem **Postamt** gekommen und über die High Street geschlichen waren, hatte dort kein Licht mehr gebrannt.

»Hey, Suit«, sagte er, »erzähl uns doch etwas von deinen Büchern; was kaufst du denn hier so?«

»Oh«, sagte Suit, der vor der Kamera plötzlich verlegen wurde. »Nun ja.« Er lächelte schüchtern. »Wollen mal sehen. Also.« Er räusperte sich und zwinkerte heftig.

Dann schaute er mit festem Blick in das Kamera-Objektiv.

»Man könnte wohl sagen, dass ich das Leben der Dichter erforsche. Das große Sternbild der Schriftsteller, Stimmen der Vergangenheit und der Gegenwart. Gene hat eine äußerst inspirierende Sammlung von Biografien und Memoiren. Dicke und dünne Bücher. Es ist so interessant herauszufinden, wie die, ähm, Muse jede Künstlerin und jeden Künstler küsst. Wie die Obsessionen und Zwänge umschifft werden. Letzte Woche war es nur ein dünnes Buch, aber ein so gutes. *LICHT ÜBER FERNEN HÜGELN* von der großartigen Rosemary Sutcliffe. So zurückhaltend und doch so ergreifend. Und informativ. Und jetzt habe ich *CHARLES DICKENS: EIN LEBEN* von Claire Tomalin im Auge. Erfreulicherweise habe ich noch endlose Regalmeter vor mir. Hast du es schon mal mit Autobiografien von Filmregisseuren versucht, Barney? Da ließe sich bestimmt viel Ermutigendes finden.«

Gene zwinkerte Barney zu, und Barney stieß einen begeisterten Laut aus.

Der alte Suit! Er hatte die Kamera beinah sofort vergessen. Er kam sofort in Fahrt. Er hatte sein Licht unter den Scheffel gestellt, wie Mum immer sagte. Er sprach so flüssig!

Ren zeigte Suit begeistert zwei hochgereckte Daumen. Unter Literaturliebhabern, nahm Barney an. Er kauerte sich hinter die Kamera und betrachtete Suit durch den Sucher.

»Was magst du noch an **Montgomery's**?«, fragte Ren.

»Ah, vor allem die Atmosphäre«, sagte Suit, und jetzt war ihm keine Spur von Schüchternheit mehr anzumerken. »Aber die ist so schwer an irgendetwas festzumachen, nicht wahr? Zum Teil liegt es an der Ladeneinrichtung, denke ich. Und dann steckt in den Büchern eben unendliches Potenzial, und sie scheinen so eine Wärme auszustrahlen, einen berauschenden Duft. Und das gedämpfte Licht. Und die Stille der Versunkenheit. Das heilige Gefühl einer Republik von Lesern. Und dann der leitende Hohepriester ...«, Suit deutete auf Gene, der ob dieser überschwänglichen Huldigung erstaunt schien, »... der Mensch, der uns das alles hier bietet. Ohne Genes Engagement, und natürlich das von Sarah und Billie, wo wären wir da? Die High Street wäre ärmer. Wir wären verzweifelt, so sieht es doch aus!«

Suit sank wieder zurück in den Korbsessel, ermattet von seiner leidenschaftlichen Erklärung. Sarah und Billie und die Kunden, die von Suits Monolog hinter den Regalen hervorgelockt worden waren, brachen in stürmischen Beifall aus.

»Guck dir an, was du da losgetreten hast, Barney!«, sagte Gene. Er schlug Suit auf die Schulter und schüttelte ihm dann die Hand. »Kann ich das schriftlich haben, mein Freund? Was für eine Eloge!«

Barney wusste nicht, was eine Eloge war, auch wenn er es sich denken konnte. Aber er war über alle Maßen entzückt. Alle Müdigkeit war verflogen. Das hier war eine Perle. Er hatte nicht alles verstanden, was Suit gesagt hatte, aber er erkannte eine große Rede, wenn er sie hörte. Und Suits Gesicht im Sucher? Fesselnd. Suit! Wer hätte das gedacht?

Barney tat so, als würde er auch klatschen, und Suit lächelte zurückhaltend.

»Vielleicht ein bisschen schwülstig«, sagte er. »Da muss ich aufpassen. Und je kürzer, da bin ich sicher, desto besser normalerweise. Wenn ihr noch mehr Fragen habt, werde ich mich mehr um Knappheit bemühen.«

»Lang ist gut!«, sagte Barney. »Lang ist toll! Jedenfalls von dir«, verbesserte er sich, als er an Dick Scully vor so vielen Wochen dachte.

»Du bist sehr freundlich«, sagte Suit und richtete sich auf.

»Noch eine Frage?«, sagte er hoffnungsvoll.

Samstagabend

Barney und Ren hatten ihre gesammelten Lebensmittel mit K gefuttert und vier Stunden Filmmaterial gesichtet. Ihre Augen schwammen wieder vor Müdigkeit.

»Wir haben immer noch ein Schlafdefizit«, sagte Ren. »Junge Körper im Wachstum brauchen acht bis zehn Stunden Schlaf pro Nacht.«

»Vielen Dank, Frau Doktor.«

»Wir könnten uns den Luna Square morgen ansehen. Früh aufstehen.«

Barney dachte an sein Bett, an die Laken, die immer so herrlich kühl waren, wenn man sich hineinlegte. Aber nach fünf Minuten wälzte man sich schon wieder erhitzt und verschwitzt herum.

»Nee, lass uns zu Ende machen. Sonst fallen wir hinter den Zeitplan zurück.«

Sie hatten fast den ganzen Tag auf dem Luna Square gedreht – schnelle Interviews mit Kirk vom **Hole-in-the-Wall** und Ted mit seinem Obst- und Gemüsewagen, dann mehrere Stunden im Kartenladen mit Jan und Rob, die beide von Haus aus Geografen und jetzt Kartenliebhaber waren. Der **Map Shop** verkaufte auch modernste Navigationssysteme – »unser Hauptgeschäft«, sagte Jan –, und beide hatten Spaß daran, mit ihren TomToms und Garmin-nüvi-Geräten anzugeben oder fachmännisch über aktuelle GPS-Technologie zu reden. Doch richtig begeistern konnten sie sich für die Kunst des Kartendrucks.

An der Rückwand des Ladens stand in riesengroßen Lettern »KARTOGRAFIE IST EINE URALTE SEHNSUCHT«.

Jan und Rob versammelten in ihrem Laden alle Arten von Karten, um diese alte Sehnsucht zu stillen. Karten aus Antike und Mittelalter, die Drachen und Seeschlangen und Windengel mit aufgeblasenen Backen zeigten. Karten des britischen Weltreiches, überall hübsch rosa. Karten mit Mercator-Projektion oder mit Peters-Projektion, und Pearcys Karte der USA mit nur achtunddreißig neu aufgeteilten Staaten (sehr kontrovers in den 70ern, sagte Jan). Biblische Karten. Stadtpläne antiker Siedlungen und moderner

Metropolen. Topografische Karten. Bathygrafische Karten. Messtischblätter. Karten von Fluss-Systemen und Gebirgsketten; Karten britisch-römischer Verkehrswege und der Schlachtfelder des amerikanischen Bürgerkriegs.

Es gab auch Karten von imaginären Orten – Schatzinseln und versunkene Welten, Narnia und der Hundert-Morgen-Wald, die Berge und Täler von Prydain und das Reich der Vernunft.

Die Kamera fuhr über alle hinweg und blieb dann bei Jan, der gerade die politische Bedeutung von Projektionsmethoden erklärte; dann folgte sie Rob zu den breiten Schubladen und Kartenschränken bis hin ins Büro hinter dem Laden, wo einige Lieblingsstücke die Wände schmückten.

Sie schauten sich eine frühere Landvermesserkarte ihrer Heimatstadt an, bevor es dort überhaupt eine Stadt gab – der Sumpf und die Wälder und die Verwerfungslinien, die jetzt außer Sicht lagen, überlagert, begraben unter Gebäuden und Schnellstraßen und umhereilenden Menschen.

»Zu viele Leute!«, sagte Rob und enthüllte sein langfristiges, halb geheimes Kartografieprojekt *Unkartierter Pazifik*, eine Welt unentdeckter Inseln und Archipele, Atolle und Riffs, alle sorgfältig nach Längen- und Breitengraden verortet und eingezeichnet (Ganze Zahlen!, dachte Barney), so dass die erträumten Orte zwischen und mitten unter den bekannten Gestaden wohnten.

Im **Map Shop** konnte man sich verlaufen, hatte Albert Anderson einmal gesagt, und auf jeden Fall konnte man jedes Zeitgefühl verlieren, weil Jans Erklärungen so fesselnd und Robs allgegenwärtige Kartenzirkel so hypnotisierend waren. Die waren zwar aus Metall und unbelebt, doch sie schienen eine Art Charakter zu haben: Entschlossen und selbstbewusst schritten sie die komplizierte Oberfläche eines Stadtplans ab – von Paris zum Beispiel oder von Amsterdam oder Kairo oder dem alten Peking. Sie zogen einen immer tiefer hinein in das Netz der Straßen, bis man dort war, bei dem Namen, den Rob gesucht hatte, am Anfang der Geschichte, die er erzählen wollte.

Man verlief sich im **Map Shop** und verlor seine eigene Welt, die alltäglichen und die außerordentlichen Dinge. Das Zuhören und Zuschauen war an dem Morgen so toll gewesen, dass Barney minutenlang die Nacht vergaß, die sie gerade erlebt hatten, die versunkene Welt im Inneren des **Postamts** und das fremdartige, unkartierte Gebiet ihrer neuen Bekanntschaft.

Doch dann führte er das Kameraauge weg von einem Kartendetail oder es herrschte ein paar Augenblicke Stille, und die Nacht brach wieder über ihn herein, ein surrealer Schwarz-Weiß-Film, der mehr oder weniger ununterbrochen in Barneys Hinterkopf lief.

Der **Map Shop** war alles in allem wundervoll, und beinahe hätten sie darüber ihre zweite Tagesaufgabe vergessen: den Platz selbst zu filmen, wenn dort am meisten Betrieb herrschte – mitten am Tag, wenn der Markt voller Kunden war.

Samstags kam es einem vor, als ob die ganze Stadt zum Luna Square und zur High Street strömte. Es war wie ein Basar oder ein Jahrmarkt oder eine Massenszene bei einem Filmdreh mit jeder Menge Statisten, eine Menschenmenge in unablässiger Bewegung.

Barney und Ren waren aus dem **Map Shop** getreten und hatten sich ins Getümmel gestürzt.

Sie hatten die Musiker, Jongleure, Spendensammler und Freilufthändler gefilmt: die Armbandflechter, den Thai-Fuß-Masseur,

Tina, die Schminkkünstlerin, den Typen, den Izzy immer Mondrian nannte, der aber in Wirklichkeit Ewan hieß. Er breitete seine Schätze auf einer schwarzen Decke aus: schlichte graue Strandkiesel, schiefe Kugelformen oder flache Scheiben aus Basalt, gemasert mit dünnen weißen Linien oder Kreisen. Barney und Ren hatten schon einmal Steine von Mondrian gekauft; man konnte sie gut verschenken.

Manchmal hatten sie die Kamera fest auf dem Stativ stehen lassen, so dass sie den unregelmäßigen Vorbeimarsch von Menschen aufnahm, die verrückten Gesprächsfetzen. Oder Barney führte die Handkamera, Ren trug das Stativ, und dann tippten sie Leuten auf die Schulter und baten um ein kurzes Gespräch. Sie fanden zwei ältere Schwägerinnen, Annie und Jen, die nach einem Besuch der Basilika zusammen ein Eis aßen; ein kleines Mädchen im Spiderman-Kostüm, dass unbedingt Purzelbäume vormachen wollte; vier irische Touristen, die alle behaupteten, Kevin zu heißen; ein gehörloses Paar, das ihre Fragen in Gebärdensprache beantwortete; einen Pflastermaler, der Ren mit roter und gelber Kreide auf den Asphalt neben dem **Living History Museum** zeichnete. Sie hatten Dutzende von Wortbeiträgen, die Stimmen des Volkes. Vielleicht sogar hundert.

Geendet hatten sie mit Darius, dessen lebende Statue an dem Tag Captain Cook gewesen war, ein strapaziöses Unterfangen bei der Hitze. Captain Cooks Klamotten waren dick und eng anliegend. Darius' Freundin Amy hielt sich in der Nähe, um den Schweiß abzutupfen, der sich unter seinem Dreispitz und am geröteten Halsansatz sammelte.

Captain Cook blieb natürlich während des Interviews stumm,

doch gelegentlich zeigte er als Reaktion auf Barneys und Rens Fragen ausladende, herrschaftliche Gesten. Am Ende zog er sein Teleskop auseinander und richtete es auf eine mittlere Distanz, wo die Spitze des Kastanienbaums gerade noch zu erkennen war. Das war eine edle Haltung, und Barney hielt die Kamera auf ihn gerichtet, während er sich langsam rückwärts durch die Menge wegbewegte, vorbei an den Mittagsgästen, vorbei an Shotas Posaunenquintett, immer weiter zurück bis zur Südwestecke des Platzes, bis von Captain Cook nur noch die verschwommene Spitze seiner Kopfbedeckung zu erkennen war.

Barney und Ren seufzten im Chor, als das letzte Bild vom Luna Square verblasste. Das war ein gutes Tagwerk, vielleicht einer ihrer besten Drehtage. Sie waren inzwischen ein so gut eingespieltes Doku-Team. Gar keine Frage. Sie hatten allen Grund, mit ihren Bemühungen zufrieden zu sein.

Aber es stand auch außer Frage, gestand Barney sich ein, dass diese Sichtkontrolle, diese sechs Stunden Materialschau, sich anders angefühlt hatten als früher. Etwas hatte sich verändert. Er kam nur nicht dahinter, was es war.

Er warf die Speicher-Disc aus und gab sie Ren. Sie schrieb die wichtigen Informationen mit ihrem schwarzen Stabilo-Marker darauf. *Nr. 28: Luna Square.* In Barneys Schlafzimmerregal stand eine Kiste, in der die glänzenden Scheiben verwahrt wurden. Von jedem Interview gab es noch eine Sicherheitskopie auf dem Computer. Und auf einer externen Festplatte. Und dann natürlich noch die Original-Aufnahmekassetten. Und all diese Speichermedien wurden in verschiedenen Räumen aufbewahrt, oder im Fall der Festplatte in

Barneys Rucksack, den er überall mit hinnahm. Ren bestand darauf. Sie wachte aufmerksam über Speicherkopien, seit sie bei Red Riding Hoodie zwei Stunden Film verloren hatten. Barneys Schuld. Achtlosigkeit. Er mochte nicht daran erinnert werden.

Aber was war es? Was war diesmal beim Sichten des Materials anders gewesen? **Montgomery's**, der **Yoga Room**, der **Map Shop**: alles super. Nichts auszusetzen. Top. Interviews auf dem Luna Square ebenso toll. Top. Seit der Totalkatastrophe mit Dick Scully waren sie ein ganzes Stück weitergekommen.

Aber wieso weitete ihm dann nicht das übliche herrliche Gefühl die Brust, er könne die ganze Welt erobern? Wieso durchströmte ihn nicht das verlässliche Selbstbewusstsein, dass eine Zukunft als großer und berühmter Regisseur vor ihm lag?

Zögernd tastete Barney sich in tiefere Schichten seines Denkens vor. Das versuchte er nicht allzu oft.

Vielleicht war es bloß die Müdigkeit.

Vielleicht wurde er anspruchsvoller und verlangte mehr von sich. Laut Hal und Felix wuchs man so als Filmemacher.

Oder hatte es etwas mit der Nacht im **Postamt** zu tun?

In seinem Erinnerungsfilm von der Nacht sah Barney sie alle vier an dem provisorischen Tisch sitzen, vier unsichere Schauspieler, die fieberhaft nachdachten und Zeilen improvisierten.

»Als du eben das Material angeschaut hast«, sagte Ren langsam. Sie starrte den Bildschirmschoner an. Es war ein Bild des Planeten Erde, der durch den sterngesprenkelten Weltraum flog.

»Hast du da insgeheim gedacht, wir würden vielleicht Obi und Girl auf dem Luna Square sehen?«

Wie unglaublich unheimlich seine Schwester doch sein konnte.

»Bei der Sichtung, meine ich.«

Barney sah sie in stummem Staunen an. Sie war so völlig anders als er, und doch dachte sie irgendwie oft genau dieselben Sachen. Und wusste es oft, bevor er selbst es merkte.

Er hatte die Menschenmenge auf dem Luna Square tatsächlich abgesucht – beim Filmen und beim Sichten. Auf dem Platz war es noch beinahe unbewusst gewesen; er hatte es sich selbst jedenfalls nicht richtig eingestanden. Doch heute Abend hatte er aufmerksam hingeschaut, die Grüppchen und die Räume dazwischen abgescannt – nach der auffälligen Nase, nach dem maisgelben Haarschopf.

Sie waren nicht da gewesen, oder jedenfalls nicht sichtbar.

Wahrscheinlich hatten sie sich in ihre seltsame Behausung zurückgezogen, fern von allen Augen, zeichneten oder spielten eins ihrer unkonventionellen und unbehaglichen Spiele: *Malefixer* oder *Bänke versenken*, oder *Domino* mit diesen grässlichen kleinen Gesichtern statt Punkten drauf. Sie blieben jetzt häufig drinnen, hatten sie Barney und Ren erzählt. Es war riskant geworden, tagsüber rauszugehen. Sogar in die Bücherei.

Aber.

»Ich habe dauernd nach ihnen geguckt«, sagte Ren. »Ich bin sicher, dass sie nicht da waren. Was traurig ist, findest du nicht auch? Dass sie nicht auch dabei sein konnten. Mit allen anderen.«

Traurig. Ja. War er traurig?

Vielleicht.

»Bloß noch eine Frage«, hatte Barney im **Postamt** schmeichelnd gesäuselt, als er und Ren nach den Scharaden vom Tisch aufgestanden waren. Obi und Girl hatten sich ebenfalls erhoben, wie wohlerzogene Gastgeber am Ende einer Dinnerparty. In diesem Augenblick des Abschieds und Aufbruchs war Barney ganz kurz mutig geworden. Irgendwie fühlte er sich Obi näher und hoffte, er würde seine verdrossenen Regeln ein wenig lockern.

Obi hatte bloß gereizt und dann ausdruckslos geschaut. Barney hielt den Atem an.

»Okay, eine«, hatte Obi geblafft.

»Wie kommt es ...«, sagte Barney; aber wusste nicht genau, wie er seine Frage formulieren sollte.

»Ich verstehe nicht, also, mal abgesehen von Albert und Mariko, ich verstehe nicht ...« Er versuchte es erneut.

»Spuck's aus, Maestro«, sagte Girl. Ihre Stimme klang wieder ganz ton- und reizlos.

»Wiekommtesdassanscheinendniemandeuchjemalsgesehen hat?«, sprudelte Barney in einem Zuge heraus. »Wieso bemerkt man euch nicht? Wenn ihr in den Läden wart und Sachen geklaut oder bloß rumgehangen habt? Oder sonst wo? Wieso haben wir euch nie gesehen? Wie habt ihr so viel über uns rausgefunden, ohne dass wir was gemerkt haben?«

Das folgende Schweigen hatte sich lang gedehnt. Barney hatte vor Müdigkeit geschwankt. Er hatte sich unwirklich gefühlt, als wäre sein Kopf neben dem Körper, nicht obendrauf.

»Das waren fünf Fragen«, sagte Girl.

Aber Obi dachte ernsthaft über eine Antwort nach.

»Talent«, sagte er schließlich. »Talent zum Stehlen.«

»Wir sind gut darin, nicht gesehen zu werden«, sagte Girl. »Sogar genial.«

»Genau«, sagte Obi. »Wir verschmelzen mit der Umgebung. Darin sind wir genial.«

»Wir sind überhaupt genial.«

Wieder Schweigen. Aber sie wollten noch etwas sagen, das wusste Barney. Ren stand neben ihm und pikste ihn wieder.

»Die Leute gucken nicht hin«, sagte Girl. »Leute wie ihr, die Leute auf dieser Straße; ihr guckt Leute wie uns nie an. Was uns ganz recht ist.«

»Genau«, sagte Obi. »Du hast nie hingeguckt, Maestro Haarpracht. Du kümmerst dich bloß um deinen eigenen Kram. Reden, reden, immer was zu tun. Passt uns aber gut. Macht uns unsichtbar.«

Darauf hatte es keine Antwort gegeben. Barney hatte sich geschämt.

»Unsichtbar«, hauchte Obi leise, als er die Tür hinter ihnen schloss und verschwand.

Das war das letzte Wort der langen Nacht. Es war Barney und Ren in die vom Mond beschienene Dunkelheit gefolgt, durch die Gasse und über die High Street, durch ihre Hintertür und in ihre Betten. Es war ihnen durch die nächsten beiden Tage gefolgt, so dass sie sich beide beim Herumstreifen auf dem Markt und beim Sichten des Materials gefragt hatten, ob Obi und Girl tatsächlich da sein könnten, teilhaben könnten, irgendwie ohne gesehen zu werden. Ohne von ihnen, von Barney und Ren, gesehen zu werden, weil sie redeten, redeten, immer was zu tun, nie hingucken, total mit ihrem eigenen Kram beschäftigt.

»Sie sind auf der High Street, aber sie gehören nicht dazu«, sagte Ren. »Sie sind wie Typhus-Mary.«

»Ja«, stimmte Barney langsam zu. Irgendwas kam aus seinem Hinterkopf, wühlte sich langsam nach vorn, wie ein neuer Schössling, der sich durch den Erdboden nach oben drängt.

»Sie sind im Grunde wie Gefangene«, sagte Ren. »Unsichtbare Gefangene. Niemand darf es wissen.«

»Oh«, sagte Barney leise. Das Irgendwas – eine neue und vollkommen ausgeformte Idee, wieder einmal von der AufregendenAlchemie auf dem Tablett serviert – erblühte gerade in diesem Augenblick vor ihm in prachtvollem Technicolor.

»Oh, darf man aber doch«, sagte er.

»Was?«, fragte Ren, als sie seinen Gesichtsausdruck bemerkte.

Jetzt war er an der Reihe, ihr etwas zu sagen.

Es kam daher gar nicht überraschend – denn so funktionierte ihr Universum jetzt offenbar –, es war also gar nicht erschreckend, am nächsten Morgen an die Schwelle ihrer Hintertür gelehnt einen neuen Umschlag zu finden.

DU.

Barney dachte, sein Herz habe tatsächlich einen Augenblick zu schlagen aufgehört, allerdings nicht aus Schock; sondern wegen der süßen Freude der Bestätigung. Er stand still wie eine Statue, einen Teller Toast mit Erdnussbutter in der Hand, und starrte das makellose weiße Rechteck an, das die staubige Fußmatte berührte.

Ren hob den Umschlag auf und öffnete ihn. Sie lasen das Zine rasch.

»Wow«, seufzte Ren, »zwei Doofe ...«

»... ein Gedanke. Geschwister im Geiste«, sagte Barney.

(Moo, hast du womöglich gedacht, die Umschläge würden aufhören? Ich gebe zu, ich dachte es.

Aber natürlich ergibt es viel mehr Sinn, dass sie weiter kommen. Die Zines ergaben ja überhaupt den meisten Sinn. Für sie alle. Ren hat mir geholfen, das zu erkennen. Der Zine-Austausch – das Herstellen und dann das Lesen – war immer die leichteste und ehrlichste Kommunikation zwischen den vier jungen Menschen. Diese wortlosen Szenarien ergaben den besten Sinn. Es war so viel schwieriger, wenn sie alle zusammen waren, wie du sicher bemerkt hast.

Kommunikation funktionierte im Großen und Ganzen besser mit einem Medium.

Stift und Papier.

Oder einer Kamera.)

SECHSTES KAPITEL

Februar: Innenszenen

Ren saß in **Dale's Copy Centre** auf dem Sofa.

Es war ein tiefes Sofa, aber mit hohen Beinen, man musste sich also entscheiden, sich entweder hineinzusetzen – ganz nach hinten bis an die Polster, so dass die Beine vorn über die Sitzfläche ragten wie bei einem Vorschulkind – oder daraufzusetzen: vorn an der Kante, so dass die Füße immer noch nicht ganz bis auf den Boden reichten und die Beine schlecht durchblutet in der Luft baumelten. Beide Positionen waren Rens Ansicht nach würdelos, aber drin zu sitzen war bequemer.

Die Frau, die neben ihr saß, war eindeutig neu auf Dales Sofa. Anfänglich saß sie irgendwo zwischen drin und drauf, höchst unbequem in der Mitte, eine Stellung, die man am besten als »nicht Fisch, nicht Fleisch« bezeichnen konnte, wie Südinsel-Oma so gern sagte. Die Frau, die Rosebud hieß (sie trug ein Namensschild), versuchte schon seit einigen Minuten erfolglos, ihre Sitzhaltung zu verbessern. Das gewichtige Herumrutschen und Winden und das reichliche Seufzen gingen Ren mächtig auf die Nerven.

Es war wirklich sehr schade, dass man Erwachsene nicht ausschimpfen konnte.

Ablenkung war in solchen Situationen das beste Mittel, hatte Ren gelernt. Denk an etwas anderes. Vielleicht die nächste Mahlzeit. (Abendessen: Mittwoch, Dad kocht; er fuhr gerade total auf Tofu ab.) Hausaufgaben. (Mathe, Naturkunde und drei Absätze über Landesflaggen: alles bis halb fünf erledigt.) Projekte. (Ein Brief an das Gartenbauamt wegen der Stacheln im Gras von **Little Wilt**? Der Loop-Schal, den sie stricken wollte?) Freunde. (Ob wohl noch Zeit wäre, Henrietta und Lovie Samstag zu sich nach Hause einzuladen? Und – unangenehmer Gedanke – waren die beiden ein ganz klein wenig genervt von ihr?)

Doch in Wahrheit war überhaupt keine Zeit für Briefe oder Schalstricken oder Filmegucken oder Webcomics-Lesen. Oder für Freunde. Jeder freie Moment in Rens Leben war mit Filmen und Sichten angefüllt, oder mit Produktionslogistik oder – in der letzten Woche – mit der heimlichen Jagd nach Essen, Seife, Toilettenpapier und anderen Lebensnotwendigkeiten. Neben allem anderen hatten Ren und Barney auch noch eine exklusive Hilfsorganisation gegründet, die sich lediglich um zwei Menschen in Not kümmerte.

Und Henrietta und Lovie waren tatsächlich sauer auf sie. Das merkte Ren. Es gab verschiedene dezente Anzeichen, die man nur unter Freundinnen bemerkte. Wie sie zum Beispiel heute aus der Ambulatorix ausgeschert waren: wie sie gegangen waren, wie sie »Bis später« gesagt hatten. Die Neigung ihrer zusammengesteckten Köpfe. Sie wusste sogar, was sie einander sagten: Wie komisch war das eigentlich, so viel Zeit mit seinem Bruder zu verbringen? Das hatte Henrietta schon mal gefragt.

Und Rens Gedanken waren in den letzten beiden Wochen auch nirgendwo anders hingeschweift als ins verhängte Innere des **Postamts** und zur fortlaufenden Geschichte von Obi und Girl. Es war alles *molto* interessant und aufregend und sogar angenehm nervenaufreibend, aber zugleich hatte sich ein verräterisches Flüstern in ihrem Hinterkopf bemerkbar gemacht: Wäre auch ganz gut, wenn das alles vorbei wäre.

Aber wie sollte es vorbeigehen? Diese Frage beschäftigte Ren nun schon eine ganze Weile. Die Unerzählte Geschichte wäre natürlich dann beendet, wenn der Zeitplan es sagte: wenn alle Interviews im Kasten und der Schnitt erledigt war.

Aber Obi und Girl? Wie sollte ...

Da kam endlich Dale aus dem Hinterzimmer gestürmt und stellte sich etwas atemlos hinter die Ladentheke.

»Meine Damen«, keuchte er und sprach damit aber nur Rosebud an, »ich entschuldige mich aufrichtig, dass Sie warten mussten. So arbeiten wir eigentlich nicht gern. Tut mir sehr leid.«

Rosebud wand sich vom Sofa und zog ein Bündel Papiere aus der Handtasche.

»Mein Assistent musste aus persönlichen Gründen früher Feierabend machen«, sagte Dale. Er hatte zwei Assistenten, Jilly und Hamish. Jilly war neu und Hamish war bekanntermaßen unzuverlässig. Dale beklagte sich oft über ihn.

»Wie kann ich Ihnen helfen, Ms ...«, sagte Dale und linste auf Rosebuds Namensschild. »Ms Rosebud?« Das klang ganz offen ungläubig.

Also, ehrlich gesagt, Dale, brüllte Ren, aber nur im Kopf. Ich war zuerst da! Ich habe nämlich einen kleinen Kopierauftrag, auf dessen Erledigung ich hier geduldig warte.

Es konnte einen wirklich wahnsinnig machen, wie Erwachsene Kinder in Warteschlangen oder an Theken einfach ignorierten.

Aber das war nichts Neues. Nicht aufregen, sagte Mum immer, heimzahlen.

Ren war allerdings nicht ganz klar, wie man in diesem besonderen Fall irgendwas heimzahlen sollte. Sicher, sie konnte mit ihrem Auftrag woandershin gehen, aber würde Dale das überhaupt merken? Außerdem war der nächste Copyshop mehrere Straßen weiter. Sie begnügte sich also damit, den kleinen Kopierauftrag aus dem Rucksack zu nehmen und zu betrachten. Schon wieder.

Die fünf Orange-Boy-Zines in ihren Umschlägen.

Ren zog an dem grünen Band, mit dem sie die Umschläge heute Morgen zusammengeschnürt hatte. Kein Gummiband!, hatte Barney gesagt, als sie in den Küchenschubladen herumsuchte. Igitt, nein. Sie mussten gebündelt und verschnürt werden wie ein uraltes Päckchen, darauf bestand er; wie etwas unermesslich Wertvolles, das man erst kürzlich in einem staubigen Archiv ausgegraben hatte.

Sie breitete die fünf kleinen Büchlein auf ihrem Schoß aus, suchte sich das aktuellste aus und tat so, als hätte sie es noch nie gesehen.

Das hatte sie schon an die fünfzig Mal gemacht, aber es war immer wieder gut.

ORANGE BOY LEBT V hatte die üblichen acht Seiten. Die Geschichte wurde geradlinig über sechs Seiten erzählt. Schauplatz war wieder das **Postamt**, nur dass diesmal vier Figuren vorkamen: Obi und Girl, Barney und Ren.

Es gab im Grunde keine Handlung; genau wie beim letzten Mal war in jedem Panel die gleiche Kulisse zu sehen, und wieder aus verschiedenen Blickwinkeln: Obi und Girl saßen auf zwei Stühlen im unbewohnten Teil des großen Saals. Vor ihnen saßen wie ein Verhör-Team Barney und Ren.

Ren saß auf einem Stuhl, hielt ihr Klemmbrett und einen Stift in der Hand.

Barney saß auf seinem Regisseur-Klappstuhl, die Kamera auf dem Stativ gleich zu seiner Rechten.

Die Kamera war direkt auf Obi und Girl gerichtet.

Wie durch ein Wunder – wie ging das bloß immer? – war dieses Szenario haargenau die Idee, die Samstag am Ende der Sichtkontrolle in Barneys Kopf gewachsen war. Es war fast genau, wie Barney es Ren erklärt hatte, Sekunden nachdem die Inspiration ihn überkommen hatte.

Es war alles so total und vollkommen richtig, hatte Barney gesagt. Der Geniestreich, der aus einem guten Film einen großen Film machte. Der X-Faktor, auf den alle Regisseure hofften. So sollten, so mussten Dokumentarfilme sein. Es war – die folgenden Worte sprach er aus, als würde er etwas sehr Leckeres kosten – ein Meisterstück.

»Es ist so gut«, sagte Barney, »dass ich wahnsinnig ruhig bin.«

Das stimmte: Im Augenblick wirkte er verdächtig gefasst – auf jeden Fall mehr als üblich, wenn die AufregendeAlchemie ihn gepackt hatte. Langsam, beinahe träumerisch hatte er Ren erklärt, wieso sie Obi und Girl filmen mussten.

»Sie gehören zur High Street«, sagte Barney. »Das ist Tatsache. Fast niemand sieht sie oder kriegt es mit, von ihnen beobachtet zu werden, aber sie wohnen im **Postamt**, also ist das genauso ihre Straße wie unsere. Natürlich sollten sie interviewt werden. Was aber noch wichtiger ist« – jetzt stand Barney auf und lief hin und her, wobei auch sein Sprechtempo zunahm –, »wenn wir Obi und Girl filmen, dann machen wir sie zu einem richtigen Teil der Straße. Und die Geschichte der High Street ist vollständig. Richtig ungeschminkt. Wenn wir Obi und Girl filmen, macht sie das sichtbar, und dann ist die Doku vollständig wahrhaftig. Ohne sie« – an dieser Stelle unterbrach Barney sich und packte Ren wie üblich am Arm – »ist sie im Grunde gelogen.«

Darauf war Ren brav zusammengezuckt, weil sie wusste, das wollte Barney. So funktionierten die beiden eben. Barneys Gesicht war in Bewegung, seine Gesten wurden theatralisch. Seine Frisur war so wirr und irr wie bei Doc Brown in den besten Momenten. Sie rechnete immer halb damit, dass ihrem Bruder Dampf aus den Ohren zischte.

»Obis und Girls Geschichte ist eigentlich die unerzählte«, sagte Barney. »Es ist unsere Pflicht als ernsthafte Dokumentarfilmer, ihre Geschichte zu erzählen. So viel ist sicher. Verstehst du? Verstehst du?« Er schwenkte Rens Unterarm herum wie einen fleischigen Dirigentenstock.

»Ja, schon«, sagte Ren. (Und sie verstand auch.) »Aber gibt es da nicht ein Riesenproblem ...«

»Nein!«, sagte Barney kategorisch. Er hob die Hand wie ein Verkehrspolizist – wie Obi! –, um womöglich ein Erstens und Zweitens oder A und B abzuwehren. Sie konnte seine entnervten Gedanken förmlich hören: Meine Güte! WarummachendieLeutenichteinfachwasichSAGE?

»Wie können ...«

»Nein! Stopp! Ich habe an alles gedacht! Wirklich! Wir gehen nachts hin, oder ... ich gehe an den Nachmittagen hin, die Ms Bloodworth mir freigibt ... sie hat gesagt, für die Doku, undistesja, also, würde ich gar nicht lügen oder so ... das wäre ein bisschen riskanter, aber wir können uns überlegen, wie wir es tarnen, ein anderes

Interview am selben Tag ansetzen, aber das dann ganz kurz halten, und wir können jedes Mal zwei Stunden filmen, insgesamt werden es nicht mehr als acht Stunden sein, ganzbestimmtnicht, und wir beide denken uns Fragen aus, und dann machen wir Sichtkontrolle, es wird genausolaufenwiebeiallenInterviews, und ...«

Barney war nicht mehr ruhig. Das war auf jeden Fall Tatsache.

Ren wartete, dass er fertig wurde. Sie driftete einen Augenblick ab und dachte an ihr Bett. Sie sehnte sich nach ihrem Bett.

»... und hörst du mir überhaupt zu?«

»Ja«, gähnte Ren. Sie konnte den frischen Stoff des Kissenbezugs schon fast auf der Wange spüren, die kühlen Ecken des Bettes, wenn man mit den Füßen nach Linderung tastete.

»Ja und, was war denn?«

»Also: Wie können wir ihre Gesichter zeigen? Und wie das **Postamt**? Was passiert denn, wenn Leute die Doku sehen? Dann lassen wir sie auffliegen.«

Dabei hatte Ren einen kleinen Kitzel der Befriedigung verspürt. Mal ehrlich, wie oft kommt ein 11-jähriges Mädchen schon dazu, *wir lassen sie auffliegen* zu sagen?

»Für wie blöd hältst du mich eigentlich?«, sagte Barney überheblich. »Daran habe ich natürlich gedacht. Wir werden die Einstellungen ganz eng halten, aber es wird ohnehin so dunkel sein – man wird den Hintergrund nicht erkennen ...«

»Aber wie willst du denn im Dunkeln filmen?«, fragte Ren und bereute es sofort.

»Meine Güte, hörst du mir eigentlich überhaupt nicht zu? Weißt du nicht mehr, dass wir es bei Silent Movie gemacht haben, in Henriettas Schlafzimmer?«

Stimmt, das hatten sie, allerdings konnte Ren sich nicht erinnern, dass Barney darüber gesprochen hatte. Da musste sie abgeschaltet haben. Machte sie meistens bei seinen technischen Erläuterungen. Da kamen so viele Fachbegriffe, und es war so lang-lang-langweilig, darum hatte Ren die Technik perfektioniert, interessiert zu nicken und dabei an andere Sachen zu denken – an Drehpläne oder Requisiten, oder wo sie wann als Nächstes zu sein hatten. Das war schließlich ihr Job als Schrägstrichkönigin. Die musste keine Ahnung haben von ...

»... nehmen wir einfach eine höhere ISO und haben mehr Lichtempfindlichkeit, oder wir vergrößern den Verstärkungsgrad, was eigentlich besser wäre, weil wir damit einen körnigen Bildeffekt kriegen – und natürlich längere Verschlusszeit und ganz offene Blende. Das habe ich dir doch schon eine Million ...«

»Aber sobald Albert Girls Gesicht sieht, oder vielleicht auch Obis – das wissen wir ja nicht –, dann erkennt er sie als die Diebin. Dann könnte sie verhaftet werden oder ...«

»Auch daran habe ich gedacht. Wir verpixeln natürlich ihre Gesichter, damit man sie nicht identifizieren kann. Vielleicht auch ihre Hände. Geht ganz leicht. Es gibt super Software ...«

»Geld«, sagte Ren. »Wir haben keins.«

Sie steckten bis über die Ohren in Hausarbeits-Schulden, nachdem sie ihre Eltern um Vorschüsse angebettelt hatten.

»Brauchen wir auch nicht«, gab Barney zurück. »Wir holen uns ein Open-Source-Plug-in. Ganz einfach.«

Ja klar, ganz einfach, dachte Ren. Wie oft hatte sie schon *ganz einfach* gehört, und dann war daraus *total irre* geworden? Zu oft. Zum Beispiel die verflixten Leichen im Niemandsland. Das Filmblut war eine Mischung aus Zuckersirup, roter Lebensmittelfarbe und Wasser gewesen, in kleine Ballons gefüllt – laut YouTube die Standardausführung für das schmale Budget. Die Ballons sollten im Augenblick des Todes im Kugelhagel durch kleine Knaller zum Platzen gebracht werden – ein raffiniertes Requisit, das Barney nach dem üblichen Gefeilsche mit Dad online bestellt hatte.

Ganz einfach!, hatte Barney gesagt, als er mit Edward und den anderen Jungs begeistert die Ballons präparierte. Natürlich war es ein Riesenchaos geworden, noch dazu ekelhaft klebrig, und irgendwie war die Sauerei nicht bloß auf die Kostüme, sondern auch auf ihre eigene Kleidung geraten, und alle Eltern waren sehr verstimmt gewesen.

Ganz einfach!, hatte Barney auch die Fluchtszene im Silent Movie genannt, bei der Benjamin sich in dramatischer Erregung zu heftig von seinem Entführer Jack losgerissen hatte und aus Barneys Schlafzimmerfenster gestürzt war. Es war unglaubliches Glück, dass eine Reihe voller Müllsäcke auf dem Bürgersteig seinen Aufprall abgefedert hatten, aber dennoch hatten Benjamin eine Woche lang heftige Prellungen am Rücken und Kopfschmerzen geplagt. Diesen Unfall hatten sie vor den Eltern geheim gehalten; Benjamin war angewiesen worden, sich unter keinen Umständen nackt vor Kazimierz sehen zu lassen oder sich über Kopfschmerzen zu beklagen. Barney hatte ihn mit Schmerztabletten aus dem Erste-Hilfe-Kasten im Badezimmer versorgt.

Ren hatte auch die Episode verschwiegen, als Barney sie auf einem großen, flachen Stein mitten im von Regengüssen angeschwollenen Fluss hinter dem Grundstück von Südinsel-Oma und -Opa stehen ließ, während er den Höhepunkt eines frühen – und nie veröffentlichten – Kettle-Kurzfilms in Schwarz-Weiß filmte. Ganz einfach, hatte er gesagt. Siehst du die Reihe von Trittsteinen? Einszweidreivierfünf und schon bist du da. Auf dem Hinweg hatte Einszweidreivierfünf auch gut funktioniert, aber der Rückweg war nicht so einfach. Ren hatte gezögert und sich verschätzt und geschwankt, und dann – MEINE GÜTE!, schallte es vom Ufer – war sie ins Wasser gerutscht, das beängstigend schnell und so schrecklich kalt gewesen war.

Zum Glück bekam sie den waagerecht quer über den Fluss wachsenden Baum zu fassen, dessen feuchter, moosiger Stamm vom Ufer bis zur Strommitte reichte. Barney war ins Haus gerannt, hatte Handtücher und eine Decke besorgt und dann Oma und Opa abgelenkt, während Ren sich ins Haus schlich und umzog. Trotzdem hatte Ren danach monatelang einen Trumpf in der Hand gehabt, um jede Auseinandersetzung zu gewinnen. Ganz einfach! Sie hatte bloß gesagt, wenn er nicht tat, wie sie wollte, würde sie ihren Eltern erzählen, dass er sie nicht bloß überredet hatte, den Fluss zu überqueren, als der Hochwasser führte, sondern dass er weitergefilmt hatte, als sie hineingefallen war.

Oh ja, es gab eine lange Reihe von *Ganz einfach!*-Episoden, die praktisch die Geschichte von Kettle Productions bildeten. Bei Obi und Girl würde es nicht anders sein. Das wusste Ren einfach.

Aber.

Barney lag richtig, was Obi und Girl anging. Das wusste Ren auch. Sie sollten sie filmen. Das war das einzig Richtige. Es musste passieren.

Wie eigenartig das doch ist, dachte Ren, als sie an jenem Abend kopfüber in den ersehnten Schlaf stürzte – dass Barney sie in seinen

Inspirationswirbeln mitreißen, dass er ihre Bedenken wie elendige Toastkrümel beiseitewischen konnte. So war es immer schon gewesen. Immer hatte er bei ihren Spielen und Aktivitäten das Kommando übernommen. Er war Lehrer und sie Schülerin gewesen, wenn sie Schule gespielt hatten, er Admiral und sie Schiffsjunge, wenn sie Seeschlacht spielten. Er war Robin Hood und König Artus und Batman gewesen; sogar Schneewittchen! Immer hatte er die Hauptrolle übernommen. Und natürlich war er auch Chefmanager der AufregendenAlchemie, Herr der Visionen und Entscheidungen. Von Anfang an war Ren für das Reich des Schrägstrichs bestimmt gewesen. Das war wohl das Los der kleinen Schwester, dachte sie. Wahrscheinlich würde es immer so bleiben.

Ren hatte sich das perfekt aufgeschüttelte Kissen unters Kinn geschoben und sich mental auf die nächste Episode bei Kettle Productions eingestellt. Was auch immer sie bringen würde.

»Meine Güte«, hauchte Barney, nachdem *ORANGE BOY LEBT V* aufgetaucht war und seinen neuen Entschluss auf höchst unheimliche Weise bekräftigte.

»Obi und ich«, sagte Barney, »wir sind so.« Er kreuzte die Finger und ließ die Augenbrauen hüpfen. Ren war aufgefallen, dass Barney viel selbstbewusster mit Obi umging, wenn der nicht anwesend war.

Wieder setzten sie sich auf die oberste Treppenstufe und sahen sich in stillem Staunen das Zine an. Ihre Eltern schliefen sonntags immer lange. Barney und Ren konnten mehr oder weniger tun und lassen, was sie wollten. Ein zweites Frühstück bei **Coralie's** nehmen und Albert mit seinem aktuellen Schachopfer beobachten. Mit Edward und Henrietta herumalbern, deren Eltern sonntags ebenfalls lange schliefen. Mit Jack und seiner Familie in die Basilika gehen und sich Suits Chor anhören.

Den geheimen Abschnitt der Unerzählten Geschichte planen.

»Es wird also auf keinen Fall *Zwanzig Fragen* werden«, sagte Ren.

»Nein«, sagte Barney. »Jetzt wollen sie es. Sie wollen uns was erzählen.« Davon schien er vollkommen überzeugt zu sein.

Rätselhaft war immer noch, woher Obi und Girl von der Unerzählten Geschichte wussten. Der Film war nicht in den *Zwanzig Fragen* der ersten Nacht aufgetaucht. Hatten sie Gespräche zwischen Geschäftsleuten und Anwohnern belauscht? Waren sie unbemerkt von Barney und Ren Teil eines Kundenpublikums gewesen? Hatten sie chamäleonartig zwischen Regalen oder Warentischen gelungert? Je mehr man darüber nachdachte, wieso man sie nicht bemerkt hatte, desto möglicher erschien es, dass sie jederzeit überall gewesen waren. Das machte Ren zu schaffen.

Barney hatte für solche ungelösten Grübeleien keine Zeit. Der Glockenklang seiner Inspiration und die eindeutige Einladung in *ORANGE BOY LEBT V* hatten ihm so viel Auftrieb gegeben, dass er sich um kaum etwas anderes scherte. Nicht mal um seine Darstellung im Zine.

In gewisser Weise war *ORANGE BOY LEBT V* das bisher seltsamste Heftchen. Das lag zum Teil daran, dass Barney und Ren die Zeichner/Figuren inzwischen kennengelernt hatten, was alles veränderte. Sie lasen die Bilder anders; die Bilder fühlten sich anders an. Und ihre persönliche Orange-Boy-Geschichte, die sie sich aus den Zines und den Lücken dazwischen zurechtgebastelt hatten, kam ihnen jetzt im Angesicht des echten Orange Boy märchenhaft, wenn nicht gar kindisch vor.

Aber außerdem waren sie jetzt selbst auf den Bildern zu sehen. Es war ganz und gar schräg, sich selbst in einem Orange-Boy-Zine zu erblicken – in jemandes anderen Geschichte. Das war so unwahrscheinlich, dachte Ren, als würde man in *OBACHT! LUMPENPACK* versetzt und würde sich mit der gezeichneten *Anne auf Green Gables* unterhalten. Sie fühlte sich sehr sonderbar, wenn sie die Ren im Comic anschaute, beinahe verstimmt: so als wären ihre Gliedmaßen nicht richtig befestigt, als gehörte ihr realer Körper auf einmal jemand anderem.

Und doppelt schräg war es, weil Barney und Ren im Zine ganz eindeutig die wirklichen Barney und Ren waren, aber auch nicht ganz wie sie – jedenfalls nicht so, wie sie sich selbst sahen.

»Sieht meine Brille tatsächlich so riesig aus?«, fragte Ren.

Sie war hin und her gerissen, was ihr Porträt anging. Im Zine waren ihre Brillengläser so breit wie Fensterscheiben, ihre Augen riesige Murmeln. Andererseits hatten die Künstler ihr beeindruckend lange Wimpern verpasst und ihre Sommersprossen – das musste man zugeben – ziemlich charmant dargestellt.

»Fast«, sagte Barney. »Aber mein Kopf ist mit Sicherheit nicht so groß.«

Die Darstellung Barneys war clever. Barneys Größe und seine langen Gliedmaßen und der Heuhaufen seines üppigen Haarschopfes waren gut getroffen. Aber irgendwie war sein Haar noch viel wilder als im wirklichen Leben, und der Kopf war im Vergleich zum Köper zweifellos übertrieben groß, so dass die Figur Barney nur aus Kopf und Haar zu bestehen schien und beinahe die Rahmen der Panels sprengte.

»Barney Bighead«, kicherte Ren. »Im Leben wie im Zine.«

Sie hatten noch nicht herausgefunden, wer eigentlich die Zines zeichnete. Oder ob Obi und Girl beide verschiedene der Hefte gezeichnet hatten. Es gab schon Unterschiede. Sie hatten jedes einzelne genauestens untersucht.

Aber das Eigenartigste überhaupt am fünften Zine war, dass zwar die Girl-Figur zum wirklichen Girl passte, der Obi auf den Bildern jedoch überhaupt nicht zum echten Obi. Er war immer noch der jüngere, niedlichere Orange Boy aus den früheren Folgen, nicht der launische Despot aus dem **Postamt**, der Griesgram mit den flaumigen Haaren und dem fusseligen Kinn, den sie vor drei Tagen kennengelernt hatten.

»Das nenne ich mal retuschiert«, sagte Barney. »Ich schätze, Girl macht die Zeichnungen. Sie muss ihn irgendwie anders wahrnehmen. Vielleicht so wie damals, als sie sich kennengelernt haben – vor drei Jahren. Bevor er sich verändert hat.«

Ren betrachtete den Orange Boy im Zine. Es war so nett, ihn wiederzusehen, sein weiches, ernsthaftes Gesicht. Es war ein herber Schock gewesen, den tatsächlichen Orange Boy zu treffen. Das hatten sie einander später gestanden. Dieser klaffende Graben zwischen Obi und seiner Zine-Darstellung hatte sie völlig aus der Bahn geworfen. Sie waren verstört, dass es nicht zusammenpasste.

»Oder vielleicht«, sagte Ren nachdenklich, »vielleicht hat er sich auch gar nicht verändert. Vielleicht hat er schon immer so ausgesehen. Vielleicht ist er der Zeichner, aber er sieht sich einfach anders.«

Barney kniff die Augen zu.

»Ja«, sagte er. »Vielleicht sieht Obi, wenn er in den Spiegel schaut, tatsächlich Orange Boy. Vielleicht steckt Orange Boy unter allem anderen.«

Ren sah sich noch einmal Ren Riesenbrille an, fast eine Fremde.

»Vielleicht sehen Menschen sich selbst immer anders.«

Es war auf jeden Fall so, dass Ren, wenn sie in den Spiegel schaute, ihre Brille nicht richtig wahrnahm, und auch nicht ihre vergrößerten Augen dahinter. Sie sah ihre (reizenden) Sommersprossen und ihr (seidiges) braunes Haar und ihre ebenmäßigen Zähne (im Gegensatz zu Lovies schiefen) und ihre dunklen Augenbrauen, die Nordinsel-Oma einmal als »markant« bezeichnet hatte.

»Was siehst du, wenn du in den Spiegel guckst?«, fragte sie Barney.

»Sage ich nicht«, antwortete Barney.

Ren glaubte es ohnehin zu wissen.

Barney würde keine markanten Augenbrauen oder gute Zähne bemerken. Er würde auch keinen attraktiven oder muskulösen oder charmanten Menschen im Spiegel sehen. So etwas war ihm egal. Er würde nicht mal sich selbst sehen, Barney Kettle, den Jungen mit dem dicken Haarschopf. Wenn Barney in den Spiegel guckte, sah er einfach George Lucas, Steven Spielberg oder Terry Gilliam. Das waren die großen und berühmten Filmregisseure, nach deren Bild er sich selbst modellieren wollte. Er versuchte sogar schon, sich einen Vollbart wachsen zu lassen.

Wie interessant das doch war, dachte Ren, als sie am Sonntagmorgen auf den Stufen saß und *ORANGE BOY LEBT* in Händen hielt. Wenn Obi in den Spiegel schaute, sah er sein früheres Ich. Wenn Barney hineinschaute, sah er seine Zukunft.

»Also, Schrägstrich!« Barneys Stimme schnitt durch ihre Gedanken. Er stand auf und schaute über den Luna Square und die Umgebung. Er nahm eine Heldenpose ein.

»Eines Tages«, sagte er auf Dickisch (Dicks Vortragsstil war eine eigene Sprache, hatten sie beschlossen). »Eines Tages. Mein Mädchen. Wird dies alles. Dir ge-hö-ren!«

Es war wirklich gut, einen Bruder zu haben, der einen so oft zum Lachen brachte.

Der Luna Square war beinahe menschenleer. Sonntags kamen selten Frühstücksgäste vor neun Uhr. Die leeren Metallstühle glitzerten in der Sonne. Vögel spazierten über die Cafétische. Brown Betty kam aus der Gasse und überquerte den Platz. Sie war wie eine gute Statistin in einem Film und vollführte ihren kleinen Gang mit entspannter Eleganz.

Lass uns einfach eine Weile hier sitzen, dachte Ren. Und die Stille beobachten.

Aber Barney war bereit und begierig, in den nächsten Abschnitt seiner großen und berühmten Zukunft einzutreten.

»Na los!«, sagte er. »Du musst den Drehplan umschreiben. Wir müssen sehen, wo wir ›Das **Postamt**-Interview‹ reinquetschen können, oder wahrscheinlich eher ›Die **Postamt**-Interviews‹.«

Barney dachte sie in Anführungsstrichen, wie Überschriften, das merkte Ren.

»Was für ein *molto* toller Titel«, sagte Barney. »Den verwenden wir! Los, wir geben allen Interviews eigene Überschriften. So wie ›Der Streit im **Yoga Room**‹ oder ›Das **Gilded Palace**-Konzert‹ oder …«

»›Der Anfall bei **Brummel's**‹«, schlug Ren vor.

Sie lachten ein ganz klein wenig reumütig.

Das Interview mit Claude war unverhofft abgebrochen worden,

als Edward, der für den Abschnitt »Stilberatung« Modell spielte, versehentlich die Naht eines teuren Musselin-Hemdes aufgerissen hatte. Edward bewegte sich nie geschmeidig oder vorsichtig, und die Ärmel des Hemdes waren eng geschnitten. Das Reißen war noch aus größerer Entfernung zu hören gewesen. Innerhalb weniger Sekunden hatte Claude – ohnehin ein eher mürrischer Interviewpartner und gar nicht glücklich über den massigen Edward im zarten Musselin-Hemd – einen opernreifen Wutanfall hingelegt. Edward und Ren waren, durch Claudes Zorn eingeschüchtert, trippelnd zurückgewichen. Barney jedoch war fasziniert, ja geradezu begeistert! Er hatte alles gefilmt, jedes Wort und jede Geste von Claude, der zwischen Ladentheke und Ankleideraum hin- und hertobte. Besonders zufrieden war er mit der Passage, als Claude HörsofortaufzufilmenJETZTsofortduschmuddeligerkleinerSchmierlappen brüllte und das Objektiv mit den Händen abzudecken versuchte.

»Dramatischste Doku-Sequenz aller Zeiten!«, sagte Barney. Die Kamera wackelte und hüpfte, gedämpfte Schreie waren zu hören, Claudes rosa Handfläche wischte durchs Bild.

Das unbezahlbare dramatische Material entschädigte beinahe für die Fronarbeit, die nun vor ihnen lag. Dad hatte Geld für das zerstörte Hemd springenlassen, aber nur unter der Bedingung, dass Ren und Barney jeden Cent zurückzahlten.

»Na los!«, sagte Barney jetzt und zupfte an Rens T-Shirt. »Steh auf! Wir müssen loslegen! Echt jetzt, wir haben keine Zeit zu verlieren.«

Dank Ms Bloodworths erstaunlichem Angebot hatten sich in ihrem Drehplan die dringend benötigten Zeitfenster aufgetan.

(Barney war inzwischen Ms Bloodworths größter Fan. Es war schon eine erstaunliche Wendung, dass er eine Lehrerin gut fand. Alle waren verblüfft.

»Was ist denn daran so überraschend?«, sagte Barney leichthin. »Die erste vernünftige Lehrerin meines Lebens.« Ms Bloodworths Vorschlag hatte ihn tatsächlich kalt erwischt, gab er später zu. Und ihre Raffinesse hatte ihn beeindruckt [dieser Mathe-Pferdefuß mit Nick]. Aber entscheidend, hatte Barney Ren anvertraut, war die unglaubliche Neuigkeit, dass Ms Bloodworth Albert Andersons neue Freundin war. Diese Informationsperle hatte sich wie ein Lauffeuer durch die High Street verbreitet. Albert war nicht mehr »aktiv gewesen« – wie Marie Scully gern sagte –, seit er sich vor zwei Jahren von Anita getrennt hatte, der Arzthelferin von Dr. Beverly. Anita war als Krankenschwester nach Liberia gegangen, und Albert war sehr niedergeschlagen gewesen.

»Ein Hoch auf die Romantik!«, sagte Mum.

Die Romantik war Barney herzlich egal. Das Entscheidende war, verriet er Ren, dass alle Freundinnen oder Freunde von Albert für ihn automatisch *molto* okay waren.)

Infolge der Abmachung mit Ms Bloodworth konnten sie damit rechnen, bis zum Abschlusstermin jede Woche mindestens zwei zusätzliche Interviews in den Kasten zu kriegen.

»Auch gut«, sagte Ren in tadelndem Ton. Das war jetzt ihre vierte Version des Drehplans. Sie setzte mit Bleistiften und Radiergummis und Zetteln einen kleinen Hurrikan in Gang.

Bei ihrer ursprünglichen Zeitplanung hatten sie sich massiv verkalkuliert. Jedes Interview hatte viel länger gedauert als gedacht. Dementsprechend erweiterte sich auch die Sichtkontrolle. Und dasselbe galt für den Schnitt, der – wie Barney einmal täglich zu sagen pflegte – ein absoluter Albtraum werden würde.

Nach mehreren Krisensitzungen und reichlichem Stöhnen von Barney über Tage mit zu wenigen Stunden und der lästigen Verpflichtung des Schulbesuchs hatten sie zusätzliche Zeit gewonnen, indem sie einige der bevorstehenden Interviews abkürzten: Ted, Kirk, Willy Edwards und andere vermischte Charaktere im Umfeld von Straße und Luna Square. Sie beschlossen außerdem, ein paar knackige Zwischentöne von ihren liebsten Studenten aufzunehmen, die regelmäßig in der High Street auftauchten. »Unterschiedliche Längen, unterschiedlicher Rhythmus«, sagte Barney und schnippte reichlich mit den Fingern, eine neue Angewohnheit – »bisschen aufmischen, bisschen aufmischen«, sagte er dauernd, »das Publikum bei der Stange halten, das Publikum überraschen«.

Doch jetzt sorgten »Die **Postamt**-Interviews« (Filmen und Sichten) dafür, dass der Drehplan sich noch weiter aufblähte.

»Aber die werden doch nachts geführt!«, sagte Barney. »Nächte sind extra.«

»Stimmt«, sagte Ren. Oder eher »Chkinnk«, weil sie einen Bleistift zwischen den Zähnen hatte. Damit fühlte sie sich herrlich zielstrebig.

Doch eine Minute später hatte sie den Bleistift aus dem Mund genommen und dachte wieder an die lange und seltsame Nacht im **Postamt**. An die monumentale Müdigkeit, mit der sie an den beiden folgenden Tagen zu kämpfen hatten. Sie dachte an das Risiko, dass ihre Eltern ihre leeren Betten entdecken könnten. Dad hatte ihnen mal erzählt, als sie beide noch klein waren, sei er oft nachts in ihre Schlafzimmer gegangen, um nachzusehen, ob sie noch atmeten. Ren glaubte zwar nicht, dass er das immer noch tat, aber man konnte nie wissen. Immer mal wieder erlitt er einen plötzlichen und unerwarteten Anfall väterlichen Beschützerbedürfnisses: Er befragte sie nach ihrem Verhalten im Straßenverkehr. Oder überwachte plötzlich ihre Proteinzufuhr. Oder ihre abendliche Zahnzwischenraumpflege. Oder ob ihre Schlafzimmer auch genug belüftet wurden, während sie schliefen ...

»Ich finde, du solltest Obi und Girl an deinen schulfreien Nachmittagen machen«, sagte Ren und zählte ihre Gründe dafür auf.

»Aber nachts ist so viel dramatischer.«

Ren dachte an das Kerzenlicht, die Licht- und Schattenflächen in Obis und Girls Gesichtern, die hohe Decke und die leeren, unerforschten Stockwerke darüber. Die Spinnwebgardinen. Den kalten Steinfußboden des **Postamts**. Es wirkte wie ein Traum, den sie geträumt hatte.

»Aber davon kannst du nichts zeigen. Nicht richtig.«

Barneys Gesicht zerknautschte und verzog sich.

»Aber wenn ich es nachmittags mache, verpasst du es.«

Ren war gerührt. Wie ungewöhnlich: dass Barney an sie dachte.

Es könnte sehr schade sein, das zu verpassen.

Kurz sah sie Girls abschätzige Blicke vor sich, ihre dunklen, nie zwinkernden Augen, ihr überraschendes und erschreckendes bitteres kurzes Auflachen. Könnte schade sein. Könnte aber auch insgeheim erleichternd sein.

»Ja«, sagte sie rasch, um diesen verräterischen Gedanken zu verbergen. »Aber wir werden jede Menge nächtliche Sichtkontrollen haben. Wenn wir in manchen Nächten überhaupt nicht schlafen, dann werden wir ...« Ja, was? Ren erinnerte sich an ihre Müdigkeit.

Es fühlte sich an, als wäre man mit Wasser durchtränkt oder würde durch Schlamm waten. Das Gefühl, dass ihr leichter und beweglicher Körper schwer und langsam wurde, hatte ihr überhaupt nicht gefallen. Man konnte nicht richtig denken. Man wurde …

»Wir werden grantig«, sagte sie. »Das macht alles schwieriger.«

»Du bist so vernünftig, Oma.«

Das stimmte. Sie konnte nichts dafür. Aber irgendwer musste ja vernünftig sein.

In **Dale's Copy Centre** lauschte Ren dem Surren und Klappern und Klicken von Dales Maschinen. Sie standen überall um sie herum, spuckten Papier aus oder legten und hefteten es zusammen. Vier Großaufträge, hatte Dale ihr erzählt. Auszuliefern vor fünf Uhr. Echter Höllentag, sagte er. Ein Angestellter weg, unerfahrene Assistentin, Auftragsstau. Noch dazu zickte der T3500 rum. Totale Katastrophe. Und dann, wenn man es am wenigsten gebrauchen konnte, eine durchgeknallte Kundin.

»Wer nennt seine Tochter Rosebud?«, sagte Dale. »Ist doch schrecklich riskant. Wenn sie zum Beispiel irgendwann aussieht wie eine verblühte Pfingstrose?« Dales Kinder hießen Farley und Chester, was wohl eher gefahrlose Namen waren, nahm Ren an.

Rosebud war tatsächlich sehr anstrengend gewesen. Sie hatte weitschweifig erklärt, was sie haben wollte, dabei hektisch ihre Papiere hin und her geschoben und sie zweimal zu Boden geworfen und neu ordnen müssen. Sie hatte allen Erklärungen und Vorschlägen von Dales Seite widersprochen. Ren hatte es beinahe interessant gefunden, den beiden zuzuhören. Es war wie ein kleiner Gesangswettstreit: Rosebuds nörgelnde hohe Stimme, Dales stille, aber entschlossene tiefen Töne. Sie hatte Dales Geduld bewundert.

Wie wurden Menschen eigentlich zu nervigen Erwachsenen? Waren sie schon als Kinder nervig gewesen? Wahrscheinlich. Sie dachte an die nervigsten Kinder in ihrer Klasse, Siobhan und Caoimhe. Die beiden waren eineiige Zwillinge. Und sie waren weinerlich und streitlustig und zickig. An ihnen war alles schwierig, sogar ihre Namen, die kein bisschen so gesprochen wurden, wie man sie schrieb. Wenn sie groß waren, konnten sie ganz leicht so werden wie Rosebud.

Ren hatte Dale vergeben, dass er sie ignoriert hatte. Nachdem sie endlich an die Reihe kam, war er sehr hilfsbereit gewesen. Und sehr froh, dass sie eigenhändig kopieren wollte. Es hatte mit dem Dokumentarfilm zu tun, erklärte sie. Sie mussten bis zur Premiere alles geheim halten.

»Tu dir keinen Zwang an!«, sagte Dale. »Weniger Arbeit für mich.« Er erklärte Ren genau, wie sein einfachster Kopierer funktionierte, und wandte sich wieder dem Nadelöhr der Kundenwünsche zu, hastete zwischen den riesigen Druckern, dem Spiralbindegerät und der elektrischen Papierschneidemaschine hin und her.

»Wo ist denn deine bessere Hälfte?«, rief er ihr vom Ärger machenden T3500 aus zu. Er stand neben dem Plotter wie ein Vater neben seinem aufsässigen Kind. »Auf der Straße unterwegs? Nagelt arglose Interviewpartner mit seiner gnadenlosen Kameralinse am Stuhl fest?«

Nicht direkt auf der Straße, dachte Ren. Und nicht direkt arglos.

»Ja«, sagte sie.

Jetzt gerade war Barney im **Postamt**.

Zweites Interview.

Ren konnte nicht unbedingt sagen, dass sie eine Höllenwoche gehabt hatten, aber extrem anstrengend war sie schon gewesen. In verschiedener Hinsicht. Fünf Interviews. Jeden Abend Sichtkontrolle.

Und ganz komische kleine Gefühlstornados.

Die Woche hatte einwandfreie Organisation erfordert. Und ständige Beschwichtigung von Mum und Dad – das war Barneys Spezialität; er zog eine eindrucksvolle Nummer ab, die zwischen leidenschaftlicher künstlerischer Rechtfertigung und regelrechtem Betteln changierte.

Rens Spezialität war, nicht bloß ihre eigenen Hausaufgaben zu erledigen, sondern auch Barneys: Ganze Zahlen und eine Seite Aufsatz über Netz-Mobbing. Barney hatte ihr seine Gedanken diktiert, während er die Kamera-Ausrüstung gereinigt hatte. War viel effizienter so.

Barney war mehr als glücklich. Er hatte das Paradies gefunden, sagte er zu Ren. Das erste Nachmittagsinterview – während der Schulzeit! – hatte ihm einen verlockenden Blick auf das Leben jenseits des Klassenzimmers gewährt. Unfassbar, sagte er. Ohne Worte.

Stattdessen hatte er eine Reihe von Purzelbäumen im Korridor geschlagen und mit einem Sternsprung abgeschlossen.

»Die Zukunft wird hervorragend!«

Der umgebaute Drehplan sah vor, dass am Montag nach der Schule Willy Edwards interviewt wurde.

Montag war ebenso gut wie jeder andere Tag, sagte Willy. Einerseits konnte es viel zu tun geben, weil seine Mandanten am Wochenende was angestellt hatten. Andererseits konnte es auch sein, dass diese Mandanten nach den besagten Wochenendaktivitäten immer noch halb im Koma lagen; es war durchaus möglich, dass sie bis Dienstag oder gar Mittwoch nichts auf die Reihe kriegten.

Willys Mandanten waren nämlich keine reichen Grundbesitzer oder Konzernchefs.

»Meine Mandanten teilen sich im Großen und Ganzen in zwei Kategorien auf«, sagte er in die Kamera. »Menschen, die Testamente machen, Häuser kaufen oder Verträge abschließen. Und Menschen, die falsche Entscheidungen treffen.«

Zur ersten Kategorie gehörten ältere Mitbürger aus der Südstadt, die Willy so gernhatten, dass sie bereit waren, über die steile Treppe zu seiner Kanzlei hinwegzusehen. Außerdem Anwohner der High Street – zum Beispiel Mum und Dad –, die Willy schon seit der Studentenzeit kannten. Manche Mandanten waren am Hungertuch nagende Künstler, die Willy mit Gemälden oder Skulpturen oder gelegentlich einem Gedicht bezahlten. Die waren an den Wänden und in den Regalen seiner Kanzlei ausgestellt. Eine kleine Untergruppe seiner Mandanten waren Umwelt- und Tierschützer; vor Jahren hatte auch Mum zu dieser Abteilung gehört. Sie war verhaftet worden, weil sie einen Mataibaum besetzt hatte, der gefällt werden sollte.

Die zweite Kategorie von Willys Mandanten bestand aus Straffälligen – alkoholisierte Autofahrer, Einbrecher, Autodiebe, Ladendiebe, Menschen, die andere Menschen geschlagen hatten, Drogenkonsumenten. Diese Kategorie gefiel Dick Scully oder Mia oder Clifford kein bisschen; sie waren alle nicht begeistert, dass solche

Figuren in der High Street zu Gast waren. Aber Willy verteidigte seine Leute standhaft.

»Jeder Mensch braucht eine anwaltliche Vertretung«, sagte er entschieden. »Ganz egal, was er oder sie getan haben könnte. Das ist ein Eckpfeiler unserer Demokratie.«

Willy saß vor seinem großen Nussbaumschreibtisch. Hinter seinem Schreibtisch konnten sie ihn nicht filmen: Die Aktenstapel darauf hätten ihn vollkommen verdeckt. Das war eine zulässige Ablagemethode, argumentierte Willy, und sie hatte den unbestreitbaren Vorteil des direkten Zugriffs per Hand. Es ersparte ihm das Aufstehen und den Weg zum Aktenschrank. Er behauptete, ganz genau zu wissen, wo jedes einzelne Schriftstück in den gefährlich sich neigenden Stapeln zu finden war.

Die Kanzlei war von einem betörenden Gemisch verschiedener Haarpflegearomen durchzogen, die von **Hair Today** nach oben drangen. Sie war erfüllt vom Licht des sommerlichen Spätnachmittags, was sehr hübsch war – Sonnenstrahlen und darin tanzende Staubkörner –, aber auch nervig für einen Filmemacher. Die Nachmittagssonne stand jetzt schon tiefer am Himmel und strömte in viele der Wohnungen und Läden im ersten Stock. Sie hatte tatsächlich zu Barneys und Rens gewachsenem Schuldenberg beigetragen.

Zu ihrer bescheidenen Filmausrüstung gehörte zwar auch ein Diffusor zum Streuen des Lichts, den Ren im Bedarfsfall an die richtige Stelle hielt – aber immer nur kurz. Willy Edwards' Interview war zwar kürzer als viele andere, aber immer noch zu lang, als dass Ren den Arm so lange hätte hochhalten können. Und sie hatten keine Zeit, den Lichtstreuer-mit-Ständer selbst zu bauen, wofür es eine Anleitung auf YouTube gab. Also mussten sie wieder mit Dad feilschen, um einen Ständer mit praktischen Klemmen zu kaufen, der den Diffusor halten konnte.

»Einer von uns muss reich werden«, sagte Ren. Sie berechnete gerade ihre Gesamtschulden. Dafür hatte sie extra ein neues Schuldenbuch angelegt. Und die Schulden nahmen allmählich bedrohliche Ausmaße an.

»Das wärst dann du«, sagte Barney. »Du hast mehr Zeit. Ich werde vollauf beschäftigt sein, die AufregendeAlchemie und all ihre Anforderungen in den Griff zu kriegen.« Das meinte er völlig ernst.

Abends im Bett hatte Ren über verschiedene Möglichkeiten des Reichwerdens nachgedacht, die Dad vorgeschlagen hatte: internationales Verbrechen oder Zahnmedizin. Letztes Jahr hatte sie überlegt, Historikerin zu werden. Oder Logikerin. Das war tatsächlich ein Beruf. Sie hatte zweihundertneun Logiker gezählt, die bei Wikipedia aufgelistet waren, und einer von ihnen war Lewis Carroll. Nicht klar wurde allerdings, ob einer von ihnen reich war.

Der neue Diffusorständer erfüllte seinen Zweck bestens. Kein unerwünschter greller Schein fiel auf Willys Gesicht. Es war ein anziehendes Gesicht, fand Mum. Auch seine lockigen Haare waren anziehend, sagte sie. Und sein jungenhaftes Lächeln.

Ren betrachtete Willys anziehende Erscheinung aus den Tiefen seines Mandantensessels. Er war üppig mit rotbraunem Leder gepolstert, altehrwürdig und abgewetzt, und wenn sie darin saß, fühlte Ren sich wie einer der Leute im Gestern-Zimmer im **Living History Museum**.

»Hat mein Urgroßvater mütterlicherseits gekauft«, sagte Willy. »Im Möbelhaus *Amodeo & Co.*« Barney richtete die Kamera auf den

Sessel, auf die gedrechselten hölzernen Füße und die Armlehnen, die in geschnitzte Klauen ausliefen.

Amodeo & Co! Ren machte den Mund auf, doch Barneys warnender Blick verhinderte ihren Ausruf.

»Jawohl«, nickte Willy. »Meine Verbindung zur High Street reicht genau einhundert Jahre zurück.«

Die Geschichte von Willys Urgroßvater kam unerwartet und war ziemlich interessant. Sie bekamen den Füllfederhalter gezeigt, den Willy von ihm geerbt hatte, und die alten Bände über Rechtsgeschichte, und den silbernen Präsentierteller, den er von der Anwaltskammer für seine Dienste bekommen hatte. Sein Urgroßvater war ein Anwalt der anderen Art gewesen, sagte Willy. Aus einer anderen Zeit. Ein Familienanwalt. Ein Herr, der ein zurückhaltendes und geordnetes Leben führte, der seine Kanzlei niemals über einem Friseursalon eröffnet hätte, der niemals ein Mandat von Menschen angenommen hätte, denen man Einbruch vorwarf oder Ruhestörung.

»Aber ich habe es gern ein bisschen aufregender«, sagte Willy. »Ich mag Arbeitstage, an denen alles Mögliche passieren kann. Ein bisschen Drama im Gerichtssaal. Ein Termin im Polizeirevier oder im Gefängnis. Ein verwickelter Fall von Arbeitsrecht. Ein bisschen waschechter ziviler Ungehorsam. Ich bin zu allem bereit. Vor zwei Jahren zum Beispiel, an Weihnachten ...«

Willys Anekdoten waren sehr witzig. Die Menschen waren sehr witzig, sagte Willy. Er freute sich jeden Morgen auf die Arbeit. Enorm sogar. Und wenn er sein Tagwerk erledigt hatte, zog er seine Radsportkleidung an und fuhr 25 Kilometer in einen Vorort, wo er ein Haus besaß und ein paar Alpakas hielt. Tagsüber hing sein

Fahrrad auf einem kleinen Fahrradständer am anderen Ende seiner langen Kanzlei, zwischen zwei riesigen Tonskulpturen von Fantasievögeln in Menschenkleidung.

Am Ende des Interviews ging Barney einmal im Kreis in der Kanzlei herum und filmte Willys Sammlung von Honorarkunstwerken und sein Fahrrad, ein blaues Lapierre Zesty – und auf jeden Fall auch ein Kunstwerk, sagte sein Besitzer.

»Kommt ihr gut voran?«, fragte Willy Ren. »Wann ist Drehschluss?«

»In fünfzehn Tagen«, sagte Ren wie aus der Pistole geschossen. Der Drehplan hatte sich unauslöschlich in ihr Gedächtnis eingebrannt. Sie konnte ihn minutengenau aufsagen.

»Ihr wart auch auf dem Luna Square unterwegs, hat Rob mir erzählt.« Willy und Rob machten gemeinsame Offroad-Touren mit ihren Mountainbikes.

»Ja, und nächsten Samstag machen wir das Gleiche auf der High Street.«

»Großartige Idee, das Ganze«, sagte Willy. »Ich habe schon oft gedacht, in dieser Straße, in diesem Stadtteil gibt es Geschichten genug für mehrere Leben. Aber ihr beiden habt endlich mal was damit angefangen. Gut gemacht.«

Wie nett Willy war. Zusätzlich zu seinem anziehenden Gesicht.

»Großartige Gegend. Große Dramen.« Willy streckte sich in seinem Schreibtischstuhl. Er wollte offensichtlich noch ein bisschen plaudern. Sie würden heute nicht mehr drehen, aber noch stundenlang sichten: Willy, dann das Interview im **Mediterranean Warehouse** gestern – ein richtig umfangreiches, mit Kochdemonstration und sechs Versen von »Santa Lucia«, auf Italienisch gesungen von Battista, obwohl es doch ein neapolitanisches Lied und er, Battista, ein stolzer Genuese war.

Willy verschränkte die Arme hinterm Kopf und schaute hinauf zur alten Lampenfassung in der Deckenmitte. Sie war riesig, reich verziert und modelliert. Vor siebzig Jahren war Willys Kanzlei ein Schau- und Ankleideraum für Athena Gowns gewesen.

»Mir ist gerade eingefallen, dass ich den Überfall aufs **Postamt** gar nicht erwähnt habe«, sagte Willy. »Aber daran werdet ihr euch nicht erinnern.«

Rens Herz tat einen erschrockenen Sprung.

»Natürlich könnt ihr euch nicht erinnern, das war, lange bevor ihr geboren wurdet. Muss jetzt – Herrgott – bald dreißig Jahre her sein. Kann das sein, dass ich schon so lange hier bin?«

»Moment!« Barney durchquerte mit schnellen Schritten die geräumige Kanzlei und vermied es, Ren anzusehen.

»Wieso hat uns niemand irgendwas über einen Raubüberfall erzählt? Das muss doch in den Film.« Seine Stimme überschlug sich vor Fassungslosigkeit.

»Hat Dick das nicht erwähnt? Er war doch dabei!«

»Dick ist bei seinem Interview bloß bis 1986 gekommen«, sagte Ren.

Willy lachte.

»Na, dann schmeiß den Kasten noch mal an«, sagte er und richtete sich auf, wieder kamerabereit.

Was für eine Story! Räuber mit Schusswaffen. Verängstigte Kunden. Das **Postamt** von Polizei umstellt. Ein mutiger Schalterbeamter. Und wenn es Willy nun nicht mehr eingefallen wäre? Dabei hatte Ren sogar noch nach unvergesslichen Ereignissen gefragt.

Aber es war eben unmöglich, alles zu bekommen.

Es war schon fast sieben, als sie anfingen einzupacken. Abendessenszeit. So viel zum Thema kurzes Interview.

»Kurz danach wurde es als **Postamt** geschlossen«, sagte Willy. Er zog sich hinter einem Bücherregal zum Fahrradfahren um. »Wirklich schade, dass die Läden sich danach nicht halten konnten. Das griechische Restaurant war gut. Gyros zu Mittag! Ich habe einen richtigen Bauch gekriegt. Irgendwann werden Wohnungen daraus. Ist nur eine Frage der Zeit. Dann kann Dick sich entspannen.«

Willy tauchte verwandelt wieder auf – er trug seinen türkisfarbenen Renndress und Radfahrerschuhe.

Es machte Ren nervös, über das **Postamt** zu reden, aber sie konnte einfach nicht anders.

»Wieso macht sich Dick Gedanken darüber?«

»Zieht Gesindel an«, sagte Willy. »Ich zitiere nur. Hausbesetzer. Zu Anfang waren schon so einige da. Ganz harmlos. Aber Hausmeister Dick möchte unsere Straße von unerwünschten Elementen frei halten.«

Willy ging zu seinem Rad und nahm den Helm vom Lenker.

»Viel Glück, kann ich da nur sagen«, fuhr er fort. »Wir sind in der Innenstadt. Die Heimat der Unerwünschten. Auch das sind nicht meine Worte, sondern die vom guten alten Dick. Der regt sich gern auf.« Willy drückte sich den Helm auf den Kopf und schnallte ihn unterm Kinn fest. Mit Helm und ohne seine Lockenpracht sah er ganz anders aus. Wie eine türkisfarbene Stubenfliege.

Willy schob sein Rad zu ihnen. Barney hängte sich die Taschen mit Kamera und Stativ über die Schulter. Ren schwang sich die Rucksäcke auf den Rücken und griff nach dem Ständer.

»Das Komische ist«, sagte Willy und zog seine Handschuhe an. Er schaute sie beide an und überlegte. »Dick weiß es nicht, aber ich bin ziemlich sicher, dass im Augenblick jemand im **Postamt** wohnt.«

Es stimmte, dachte Ren später. Es konnte einem tatsächlich gleichzeitig heiß und kalt werden.

»Woher wissen Sie das?«, fragte Barney, und alles aufgeregte Quieken war aus seiner Stimme verbannt.

»Sie sind sehr vorsichtig«, sagte Willy. »Zwei Jugendliche. Teenager. Ich habe sie eines Nachts am Hintereingang gesehen, als ich noch sehr spät gearbeitet habe. Eindeutig nicht von hier. Hab mir gedacht, sie haben sicher einen Weg hinein gefunden. Hab sie dann noch mal in der Gasse bemerkt, auch schon ziemlich spät. Und dasselbe Mädchen habe ich dann bei **Coralie's** gesehen. Sie hat die Reste von irgendeinem Tisch in einer Tasche verschwinden lassen. Schnell wie der Blitz. Sehr beeindruckend.«

»Höm«, sagte Barney anscheinend.

Ren starrte Willys Fliegenkopf an. Ihr fiel nichts zu sagen ein.

»Höm«, sagte Barney wieder. »Und, ähm, haben Sie nichts, hm, dagegen?«

»Natürlich nicht«, sagte Willy. »Wieso sollte ich? Sind bestimmt Ausreißer. Wer weiß, wo sie ausgerissen sind. Mich schaudert es schon beim Gedanken. Obdachlos. Macht mir überhaupt nichts, wenn sie im **Postamt** sind. Können wahrscheinlich sonst nirgendwo hin. Irgendwann werden sie weiterziehen. Tun sie immer.«

Hinterher – als sie Willy zum Abschied gewinkt hatten, als sie die Straße überquert und sich mit weichen Knien auf das Ledersofa vor **Busby's** gesetzt hatten, wo sie abwarteten, dass ihr Puls sich beruhigte und ihre Gedanken sich sammelten – hatten sie beide das Gesicht absichtlich zum nördlichen Ende der Straße gewandt und nicht zum **Postamt**. Es war inzwischen unmöglich, sich auf der High Street aufzuhalten und die aufragende Präsenz des Gebäudes und seiner Bewohner nicht zu spüren. Es war unmöglich, daran vorbeizugehen und nicht zu fühlen, dass sich das Geheimnis im Inneren auf unsichtbare, aber wirkungsvolle Weise selbst verriet, vielleicht wie ein giftiges Gas durch die Spalten zwischen den Brettern drang, mit denen die Fenster verrammelt waren.

Und jetzt, einfach so, Willys beiläufige, alarmierende Worte.

»Wir sollten es ihnen erzählen«, sagte Ren.

»Noch nicht«, entgegnete Barney rasch. »Erst nach den Interviews.«

Ren winkte Hana zu, die in hochhackigen Schuhen und mit einer dicken Umhängetasche vom Unterrichten an der Hochschule nach Hause kam. Hana winkte zurück.

»Er hat nicht gesagt, dass wir es keinem erzählen dürfen«, sagte Barney.

»Das darf er auch nicht«, sagte Ren. »Erwachsene dürfen nicht von dir verlangen, ein Geheimnis zu bewahren. Niemals.«

»Aber er will nicht, dass wir es jemandem erzählen, oder?«

»Nein«, sagte Ren. Dessen war sie sich ganz sicher.

Willy hatte sie angesehen, kurz bevor er sein Bein über den Sattel geschwungen hatte. Sein anziehendes Stubenfliegengesicht blickte ernst. Dieser Blick währte einige bedeutungsvolle Sekunden. Aber er hatte sehr auffällig nichts gesagt.

»Das ist alles so eigenartig«, sagte Barney.

Die Orange-Boy-Zines zu kopieren war ziemlich leicht. Man musste sie bloß auf die volle DIN-A4-Größe ausfalten und flach auf den Kopierer legen. Ren machte drei Kopien von jedem, wie vereinbart. Weniger als ein Dollar! Sie stand an Dales Kopierer und betrachtete die Originale, um herauszufinden, wie man die Kopien korrekt zu kleinen Büchlein faltete.

Das war komplizierter als gedacht. Wenn man sie auffaltete, folgten die acht Teile der Geschichte nicht so aufeinander, wie das Gehirn zu lesen gelernt hatte, von links nach rechts, die Seite abwärts. Wenn man auf diese Weise las, war die Reihenfolge der Seiten 4, 5, 6, 7, 3, 2, 1, 8; wenn man das A4-Blatt umdrehte und am anderen Ende anfing, war es bloß das Gleiche rückwärts: 8, 1, 2, 3, 7, 6, 5, 4.

Ein Zine folgte erst dann der traditionellen Logik des Erzählens, wenn es richtig gefaltet war, wozu man einen raffinierten Schlitz in die Mitte des Blattes machen und das Ganze mehrmals zusammenfalten und wieder auseinanderklappen musste. Die richtig geordnete Geschichte entstand erst, wenn man das gefaltete Papier auf die Seite drehte und die eine Hälfte gegen die andere schob, so dass die nach außen gedrückten Klappen dann an die richtige Stelle rutschten.

Die Geschichte ergab also erst dann Sinn, wenn man sie herumschob! Wenn man ihre Teile an die passende Stelle brachte. Witzig, dachte Ren, eine Zine-Story bekam erst dann eine logische Ordnung, wenn man etwas scheinbar gar nicht Logisches mit ihr machte.

Über dieses kleine Paradox grübelte sie nach, als sie vom Copyshop nach Hause ging. Es erinnerte sie an Algebra. Mum hatte ihr im letzten Jahr algebraische Prinzipien erklärt. Wenn man die Formeln erst mal begriffen hatte, waren sie sehr befriedigend, sie folgten klaren Mustern und Regeln und waren logisch. Doch oberflächlich sahen sie nicht gleich so aus. Man musste erst einen Code knacken, wenn man beispielsweise $2x + 4y = 240$ lösen wollte. Den Zine-Code kannte Ren nicht. Sie konnte zwar ein Zine basteln, aber sie verstand nicht ganz, warum es so funktionierte. Sie begriff noch nicht – konnte es noch nicht im Kopf sehen –, wie aus der unlogischen Reihe eine logische wurde.

Sie wusste, was Barney dazu sagen würde.

Wen JUCKT das? Das passiert einfach!

Barney interessierte sich nicht für das Wie, für die Strukturen unter den Oberflächen. Er freute sich einfach an den Dingen. Ihm war es egal, warum man ein Zine wie falten musste. Er war zufrieden mit der Existenz des fertigen Zines.

Es war dreizehn Minuten vor fünf. Um fünf Uhr würde Barney zu Hause sein. Er würde das Interview mit Obi und Girl beenden und das **Postamt** verlassen, bevor die Leute, die in den Büros an der England Street arbeiteten, ihren Arbeitsplatz verließen. Er würde langsam die Hintertür öffnen, die Kamera in der Hand, seine unmittelbare Umgebung aufmerksam absuchen, zu den Fenstern hinaufschauen, von denen man die Rückseite des **Postamts** sehen konnte, und auf Gesichter achten. Dann würde er durch die Tür schlüpfen und in der Nische warten, bis er noch einmal alles ausgekundschaftet hatte. Sollte jemand zwischen England Street und dem **Postamt** vorbeikommen, hielte er seine Kamera bereit.

Sollte dann jemand einen neugierigen Blick in seine Richtung werfen, sähe er Barney, der die Brachfläche hinter dem **Postamt** filmte. Er würde sie durch die Fenster des Vorbaus filmen. Das gesprungene Glas, schmuddelig und trübe vom Wetter vieler Jahre und von mangelnder Pflege, sorgte für einen hochinteressanten Effekt, wenn man dadurch Bewegungen in einigen Metern Entfernung auf der England Street aufnahm: Fußgänger, Autos, Tiere, egal. Das Licht, das auf die schmierige Fensterscheibe, auf die Spinnwebrisse fiel, war *molto* atmosphärisch, behauptete Barney.

Ich lege einen Vorrat stimmungsvoller Außenaufnahmen an, würde er sagen, wenn der neugierige Betrachter noch einen Schritt weiter ging und fragte, was er da tat. Er konnte sogar – das war richtig clever – einen Blick durch den Sucher anbieten.

Dieses komplizierte Ablenkungsmanöver hatte Barney sich nach Willys beunruhigender Eröffnung ausgedacht. Ren war unbedingt dafür gewesen, wieder zum Nachtdreh-Plan zurückzukehren, trotz aller Risiken. (Wie viel Zeit sie mit Diskussionen über solche Dinge zubrachten! Immer in gedämpftem Ton, auf der Hut vor neugierigen Eltern.)

»Mach dir keine Gedanken«, sagte Barney. »Wir brauchen bloß einen Grund, wieso ich da herumlungere. Aber denk doch mal nach. Wenn ich eine Kamera in der Hand habe, nimmt das gleich allen den Wind aus den Segeln. Dick, Willy, egal wer. Die meisten Leute hier denken dann bloß: Ach, es ist Barney, der macht seinen Kram. Ah ja, der Junge aus **Busby's Emporium**, der Filmfreak, der steckt seine Kamera überall rein.«

Ren war überzeugt gewesen. Sie konnte sich leicht vorstellen, dass Barney das überzeugend rüberbrachte. Er konnte wirklich beeindruckend gut lügen; Mum und Dad hatte er ein paar schockierende Bären aufgebunden, alles im Interesse der AufregendenAlchemie.

Aber so weit, so gut. Der erste Tagesbesuch hatte kein derartiges Falschspiel erfordert. Es war alles ganz glatt gelaufen. Jedenfalls von außen betrachtet.

Barney war am Mittwoch zum ersten Interview ins **Postamt** gegangen.

Keiner von beiden war seit der ersten Nacht ins **Postamt** zurückgekehrt, aber sie hatten mehrmals Essen für die Bewohner im Vorbau stehenlassen. Sie waren rasch Profis darin geworden, mit irgendeinem ausgedachten Auftrag unauffällig am Hintereingang vorbeizuschlendern, lässig eine Supermarkttüte in Richtung Eingang zu schwingen, sie sanft abzustellen und weiterzugehen. Die Vorräte darin waren eine ziemlich eigenartige Mischung von Lebensmitteln, die sie entweder zu Hause mitgehen ließen oder an verschiedenen Orten in der Südstadt zusammengebettelt hatten.

Es war verblüffend einfach, Essen von zu Hause mitzunehmen, ohne dass es ihren Eltern auffiel, solange man sich an einige Grundregeln hielt: Dosen mit Thunfisch oder Aprikosen von weit hinten aus dem Schrank nehmen; ganz tief unten nach den vergessenen Packungen Nüssen oder Kräckern stöbern. Immer nur ein paar Teile einstecken: vier Möhren oder zwei Bananen, ein paar Selleriestangen, einen Riegel Schokolade. Hier und da mal ein Brötchen. Ein paar *Sultana Pasties,* nicht die ganze Packung. Bloß ein oder zwei Löffel vom Rest Gemüsesalat im Kühlschrank. Tatsächlich wusste niemand bei ihnen, entdeckten Barney und Ren, wie viel Lebensmittel zu jeder Zeit gerade im Haus waren oder wer was aufgegessen hatte. Es gab keinen Grund, es ständig zu kontrollieren. Wenn etwas alle war, konnten sie einfach nachkaufen.

»Verdammt«, sagte Dad dann. »Wir haben keine Oliven mehr. Tust du mir einen Gefallen und läufst mal schnell zum **Mediterranean**?«

Sie liefen zum **Mediterranean** oder zu Teds Obst- und Gemüsestand oder zum Bioladen *Only Organics* auf der Duncan Street, sofort und ohne zu klagen, damit niemand länger über das schnelle Verschwinden der letzten Dose Oliven oder der letzten Tüte Sultaninen oder des letzten Glases Erdnussbutter nachdachte.

»Unsere Familie könnte leicht noch ein ganzes weiteres Kind ernähren, vielleicht sogar zwei, ohne Probleme«, sagte Barney. Er hatte gerade einen halben Laib Roggenbrot entdeckt, der hinten im Kühlschrank vergessen worden war.

»Nach ein paar Wochen könnte es auffallen«, sagte Ren und fragte sich, wie so oft in letzter Zeit, ob ihr Doppelleben für immer so weitergehen würde, bis in die verblassende Zukunft.

»Nee, die haben doch haufenweise mehr Geld, als sie glauben. Sie müssten uns definitiv nicht für jeden Cent schuften lassen.«

Was die Versorgung von außerhalb anging, hatte Barney die glänzende Idee gehabt, in den Cafés an der England oder Duncan oder am nördlichen Ende der High Street nachzufragen – wo niemand sie richtig kannte. HalloWirsammelnLebensmittelWürdenSieIhreEssensrestefüreinengutenZweckspenden?

»Was ist denn der gute Zweck?«, fragte der Verkäufer bei **Bagels Plus**.

»Wir wollen ein Schwein mästen, für das Schulfest im Oktober«, sagte Barney. »Unsere Klasse. ErlöskommtderSchulbüchereizugute. Wir brauchen jede Menge Essensreste.«

Wie furchtbar Barney war, dachte Ren und bewunderte zugleich seinen offenbar unerschöpflichen Vorrat an guten Zwecken: Hühner, die für einen wohltätige Einrichtung Eier legten; Ziegen, die um ein Kinderheim herum das Gras kurz hielten; ein Biologie-Experiment mit Ratten.

»Ich habe einen Lauf«, sagte er, nachdem sie eine kleine Tüte

Bagels, einen in Frischhaltefolie gewickelten, eher trockenen Laib Honigkuchen, ein halbes Dutzend Käsebrötchen und ein paar aufgeweichte Panini mit Pesto und Salat gesammelt hatten. »Ist so ähnlich wie bei der AufregendenAlchemie. Es kommen einfach immer mehr Ideen.«

»Deine Dreistigkeit ist atemberaubend«, sagte Ren, und das war ein wörtliches Zitat von Ms Temple.

Am Mittwoch nach der Schule hatte Ren auf ihrem Bett gelegen und *Obacht! Lumpenpack* gelesen, aber sehr unkonzentriert.

»Wie ist es gelaufen?«, quietschte sie, als Barney mit der Kamera in der Hand in ihr Zimmer kam. Sie klappte das Buch zu und rutschte von ihrem Bett. Sie wollte unbedingt das Material sichten.

Barney drückte die Tür mit dem Hintern zu.

»Wirst schon sehen«, sagte er.

»Hat dich wer gesehen?«

»Nein.« Er legte die ordentlichen Stapel von Rens Schreibtisch auf den Boden und stellte die Kamera darauf.

»Das hier können wir uns nicht auf dem Computer anschauen.«

»Ich weiß«, sagte Ren. Sie versuchte Barneys Stimmung einzuschätzen.

Zufrieden? Vielleicht. Nachdenklich? Hmmm. Triumphierend? Nein. Nicht mehr so draufgängerisch wie heute Morgen auf dem Schulweg. Sie hatten sich am Schultor abgeklatscht und waren ihrer Wege gegangen. Barney sollte die Schule um 13 Uhr verlassen. Bis 14 Uhr 30 würde er Izzy in ihrer Atelierwohnung über **Brummel's** filmen. Dann ging es zu Obi und Girl.

»Lief es gut bei Izzy?«

Auf Izzy hatte Barney sich beinah so sehr gefreut wie auf das **Postamt**, wenn auch auf ganz andere Weise. Der Unveröffentlichte Dichter würde auch da sein. Schade eigentlich, hatte Barney gesagt.

Doch sie waren beide der Meinung, dass der Unveröffentlichte Dichter seit seiner siegreichen Schach-Revanche gegen Albert Anderson ein neuer Mensch war. Ob es um Alberts Konzentration nicht zum Besten gestanden hatte, weil Ms Bloodworth in sein Leben getreten war? Darüber war viel spekuliert worden unter den Schach spielenden Jazz-Studenten, die sich als Zuschauer zur mit Spannung erwarteten Partie eingefunden hatten. (Die Studenten hatten zunächst Albert unterstützt, doch dann – vielleicht weil sie sich an die Prügel erinnerten, die sie am Schachbrett regelmäßig von Albert bezogen – hatten sie mittendrin die Seiten gewechselt und den Unveröffentlichten Dichter angefeuert, als er unaufhaltsam auf ein Matt zusteuerte.)

Albert hatte seine Niederlage bemerkenswert fröhlich hingenommen.

Der Unveröffentlichte Dichter hingegen war wie verwandelt! Im Augenblick war er Feuer und Flamme für ein neues Poesie-Projekt, eine Reflektion über das Schachspiel in sechzehn unterschiedlichen lyrischen Formen – eine für jede Figur der beiden Kontrahenten.

»Bei Izzy lief es gut. Wusstest du, dass der Unveröffentlichte Dichter in Wirklichkeit Gus heißt? Die Kurzform von Augustus?«

Es war auf jeden Fall gut, das zu wissen. So konnte sie die Begegnungen mit ihm viel freundlicher gestalten, dachte Ren. Sie konnte »Hi, Gus« sagen. Und nicht bloß laut »Hi« und stumm »Unveröffentlichter Dichter«.

»Ich habe Izzys Sockenskulpturen gefilmt. *Molto* hervorragend.«

Izzy hatte die gesamte High Street von Tür zu Tür abgeklappert und partnerlose Socken für ihre Installation *Socken-Partnerbörse Einsame Herzen* gesammelt. Das Kunstwerk sollte nicht zusammengehörende, aber potenziell sohlenverwandte Socken zusammenbringen, damit sie glücklich bis ans Ende ihrer Tage zusammenleben konnten, und würde der Öffentlichkeit zum Mittwinterfestival im Heute-Raum des **Living History Museum** vorgestellt werden. Jedes Gebäude der High Street hatte einen verwitweten oder verlassenen Socken beisteuern können; manche hatten ganze Scharen von Solosocken gespendet. Das war sehr ermutigend, sagte Izzy. Es bestätigte die Notwendigkeit, für einsame Sockenherzen helfend aktiv zu werden.

»Und ich habe Gus gefilmt.«

Es würde eine Weile dauern, sich daran zu gewöhnen, den Unveröffentlichten Dichter als Gus wahrzunehmen.

»In seinem Arbeitszimmer. Das eigentlich eher ihr Wandschrank ist. Er hat mir ein Exemplar seines neuesten Gedichts geschenkt. Ein Haiku über Bauern.«

Normalerweise würde eine so witzige Nachricht Barney dazu verleiten, seine Heiterkeit durch extravagante Gesten zu demonstrieren: Einen Kopfsprung auf Rens Bett zum Beispiel. Groteske Grimassen, während er mit den Fäusten dicke Büschel steif gegelter Haare in die Höhe zog, so dass sein Kopf aussah wie ein Medusenhaupt mit Strähnen statt Schlangen. Sich plötzlich auf dem Sitzsack tot stellen.

Aber er war abgelenkt – oder angespannt. Er spulte die Videokassette zurück. Klappte das LCD-Display auf.

»Bereit?«

»Machen wir jetzt Sichtkontrolle?«

»Nur das Postamt.«

»Ist irgendwas schiefgelaufen?«, fragte Ren. Er war jetzt auf der anderen Bettseite und holte den zweiten Stuhl.

»Nein«, sagte er. »Eigentlich nicht.« Er setzte sich an den Schreibtisch. »Na komm!« Er deutete auf ihren Stuhl.

Ren setzte sich.

»Du wirst schon sehen«, sagte Barney.

Sie schaute folgsam auf den schwarzen Bildschirm.

Barney drückte auf Play.

Zuerst war die Kamera auf die leeren Stühle gerichtet.

Dann nahmen Obi und Girl ihre Plätze ein.

Auf dem winzigen Display der Videokamera wirkten sie noch mehr wie nicht von dieser normalen Welt, eher als würden sie aus einer kleinen Zelle auf einem fernen Planeten hergebeamt. Ein Schwarz-Weiß-Planet. Schwarz-Weiß war besser, hatte Barney gesagt: stimmungsvoller. Das Bild hatte eine niedrige Auflösung, war körnig und dunkel. Obi und Girl schienen auch aus einer anderen Zeit zu stammen, aus einer Zeit lange vor der Eile und Farbe und Lautstärke der High Street. So wirkten sie weniger gebieterisch, sogar ein wenig geschrumpft, als ob ihnen Nahrung und Sonne fehlten. Ihre Gesichter wirkten steif und leer, wie die Gesichter von Menschen auf sehr alten Fotos, Menschen, die unendlich lange still gesessen, auf die Linse gestarrt und auf den Blitz gewartet hatten.

Man konnte nicht erkennen, wo sie gefilmt worden waren. Da hinter ihnen bloß eine Steinwand zu sehen war, konnte es überall sein. Das hatte Barney gut hingekriegt.

»Auf dem großen Bildschirm wird es besser aussehen«, sagte Barney. »Aber das Schwarz-Weiß ist gut.«

Sie trugen beide Hemden, die bis zum Kragen zugeknöpft waren – fast wie eine Verkleidung. Girl saß kerzengerade und sah direkt in die Kamera. Obi rutschte hin und her, kratzte sich, und seine Augen flackerten unruhig. Irgendwann beruhigte er sich und schaute knapp neben das Objektiv. Sein Haar war zurückgekämmt, was sein Gesicht wieder sehr nach Orange Boy aussehen ließ.

Ren spürte ein leises Ziehen.

»Also«, ertönte Barneys körperlose Stimme, »ich fange mal mit einer ganz einfachen Frage an.« Er klang selbstbewusst. Hinter der Kamera war er immer selbstbewusst. Ganz anders als den größten Teil der langen ersten Nacht bei Obi und Girl.

Ren warf dem echten Barney einen verstohlenen Blick zu. Er ließ sich nichts anmerken.

»Ihr seid schon eine Weile hier«, sagte Kameramann Barney. »Wieso wolltet ihr interviewt werden?«

Aha, dachte Ren. Barneys Fragen fingen nie am Anfang an. Sie selbst begann lieber mit: Wo bist du geboren?

Lineares Erzählen war so von gestern, sagte Barney.

Obi und Girl schauten einander an und wollten beide, dass der andere antwortete.

Dann schaute Obi wieder auf den Punkt knapp rechts neben der Kamera, weit rechts neben Barney. Er kratzte sich lange am mageren Oberschenkel und rieb sich dann schnell die Schläfe. Pause. Dann.

»Wir kannten so einen Typen, der hatte eine Bank im botanischen Garten, und der hat uns von diesem Haus erzählt. Früher haben es

Leute genutzt, hat er gesagt, aber dann haben die Nachbarn es bemerkt. Es wurde zugenagelt. Aber dieser Typ hat früher, in einem früheren Leben, Schlösser geknackt. Und wir taten ihm leid.«

»Er hat Vater gespielt«, sagte Girl. Sie spähte beinahe misstrauisch in das Objektiv.

»Hm«, sagte Obi skeptisch. »Er hat uns eines Abends hergebracht. Er hat uns reingeholfen und uns dann uns selbst überlassen. Das war im November. Zuerst haben wir oben geschlafen, auf irgendeinem Teppich.«

Es war erstaunlich, Obi so lange reden zu hören. In diesem Film war er schon wieder ein anderer Mensch – nicht der tyrannische Obi, barsch und beinahe fies, und auch nicht Orange Boy, wortlos und gequält. Aber Barneys Frage hatte er nicht beantwortet. Oder noch nicht. Das war ihnen schon aufgefallen: Die Leute beantworteten oft nicht die Frage – oder jedenfalls nicht gleich. Es sei denn, sie waren Profis wie Sally oder Albert. Oder Suit! Der war eine herrliche Überraschung gewesen. Aber die meisten Menschen schlängelten sich gewunden auf eine Antwort zu. Sie nahmen den langen Weg. Den nicht-linearen Weg.

»Es war gut hier, niemand machte uns Ärger. Niemand anders von der Straße.«

»Wir sind eigentlich nicht von der Straße«, sagte Girl.

Es kam Ren beinahe vor, als würden Obi und Girl getrennt interviewt, als sprächen sie zu unterschiedlichen Zuschauern. Sie schaute Barney an, aber dessen Blick war auf den kleinen Bildschirm geheftet.

»Wir wollten nur ein bisschen bleiben.« Sagte Obi. »Wir wussten, es wird schwierig. Zu viele Leute drum herum. Irgendwann fällt es irgendwem auf. Aber es hat uns gefallen, es uns hier gemütlich zu machen.« Sein Blick schnellte zur Kamera und dann wieder weg.

Beide schwiegen nun.

Ren wartete. Sie spürte, dass auch Kameramann Barney wartete. Und der Barney neben ihr.

»Hattet ihr Geld?«, fragte Kameramann Barney schließlich.

Obis Augen zuckten.

»Manchmal. Wir haben Sachen verkauft. Auf dem Markt Porträts gemalt. Kreidekunst. Aber das kostet auch was. Und man braucht eine Lizenz dafür.«

»Wie seid ihr an das Material gekommen?«, fragte Barney.

»So was ist doch langweilig«, sagte Obi scharf. »Über den Kram wollen wir nicht reden. Darum geht es nicht. Und wir wollen auch nicht über unser früheres Leben reden.«

»Alles abgehakt«, sagte Girl.

Was sollte das denn? Wieder wandte Ren sich zu Barney, aber der zeigte nur auf das Display.

Dort entstand eine lange Pause. Ren schaute fragend auf das körnige Bild, auf die unterschiedlichen Köpfe.

Was meinte Obi damit? Sie wollten alles darüber hören. Genau darum ging es doch. Auf jeden Fall wollten sie etwas über ihr früheres Leben hören. Es wäre so, wie Barney es gesagt hatte, und Ren war einverstanden gewesen. Die Interviews würden die Geschichten von Obi und Girl zeigen, damals und heute, so wie sie es bei allen anderen auch zeigten. Die Interviews sollten endlich die gesamte Geschichte von Orange Boy und Crimson Girl zusammenfügen und sie mit den heutigen Obi und Girl verbinden. Sie würden herausfinden, wieso sie obdachlos geworden waren. Wie sie überlebt hatten.

Wie sie zu all ihren Sachen gekommen waren. Sie würden alles über ihre raffinierten Diebstähle erfahren. Ihre nächtlichen Unternehmungen. Die geheimnisvollen Umschläge und Zines. Ihre Vergangenheit und Gegenwart und Zukunft, wie Barney es in einem seiner Vorträge zum Thema ausgedrückt hatte.

Obi sah Girl an. Sie kaute nachdenklich an den Nägeln.

In die Stille platzte Barneys unvermeidliche Frage.

»Ihr wollt nicht über euer Leben reden?«

Jetzt klang seine Stimme schon nicht mehr so selbstbewusst. Wieder sah Ren zu ihm. Er starrte geradeaus.

»Nein«, sagte Obi.

»Ist sinnlos«, sagte Girl. Sie wandte schließlich doch den Blick von der Kamera. Und sah Barney an. Beinahe ein Lächeln. »Sorry, Maestro.«

»Wieso wollt ihr dann ein Interview?«

Gute Frage. Zurück zum Anfang.

»Das erzählen wir grad«, sagte Obi mit einem Anflug seines spätnächtlichen Wesens.

»Wir wollten eigentlich nur kurz hierbleiben, ein paar Wochen«, sagte Girl. »Vor Weihnachten wieder weg sein. In der Zeit drehen alle durch, die Läden sind total voll. Kein Mensch bemerkt irgendwas. Hinterher wird's riskanter.«

Dabei verschränkte sie die Arme, als wollte sie einen Punkt hinter den Satz setzen. Ren musste beinahe darüber lachen. Mit verschränkten Armen sah Girl plötzlich beinahe gewöhnlich aus, gar nicht mehr so einschüchternd. Sie wirkte wie Henrietta, wenn sie ungeduldig wurde, oder wie Mum, die etwas bestritt.

Obi wartete, dass sie weitersprach.

Kameramann Barney wartete offenbar ebenfalls. Das Schweigen dehnte sich, und je länger es dauerte, desto unbehaglicher schien es Ren zu werden. Und jetzt tat ihr Kameramann Barney leid, und Barney neben ihr genauso. Seine großartige Idee war gründlich zerschmettert worden. Kein X-Faktor, der die Doku nichtbloßgutsonderngroß machte. Alles mit ein paar Worten zum Platzen gebracht. Sie wollte die Kamera am liebsten ausschalten. Es tat weh, diesem Schweigen zu lauschen, Obi und Girl zu beobachten, wie sie Barney anstarrten, Barneys Enttäuschung zu spüren.

Aber.

»Das Tolle an deinem Bruder ist«, hatte Dad mal gesagt, »dass er so ziemlich unplattbar ist. Man kann ihm nicht die Luft rauslassen. Er ist von seinen Grundzügen her unfähig zum völligen Zusammenbruch. Er kommt einfach sofort immer wieder auf die Füße. Das ist ein großes Talent.«

»Na gut«, sagte Kameramann Barney jetzt wie aufs Stichwort und klang wieder selbstsicherer. »Kein früheres Leben. Aber warum sind wir dann hier? Warum seid ihr denn geblieben?«

Ren grinste den Barney neben ihr an.

»Warte«, hauchte er, ohne sie anzusehen. »Guck.«

Auf dem Bildschirm konnte man sehen, dass Obi eine Entscheidung traf. Er seufzte mit aufgeblasenen Backen, drehte den Kopf und schaute zum ersten Mal direkt in die Kamera. Es war fast ein Schock, in seine blassblauen Augen zu sehen, die dem Blick standhielten.

»Wir haben angefangen, euch beide zu beobachten«, sagte er. »Wir haben euch filmen sehen. Diese schräge Weihnachtsnummer. Ihr wart so abgefahren, wie ihr da überall auf der High Street gefilmt habt. Alle haben euch gesehen, aber euch hat das nicht gestört. Ihr wart echt abgedrehte kleine Spinner. Du hast deine Befehle gebrüllt, und die gute alte Brille mit ihrem Klemmbrett ... Und wie eure Freunde dann alle wegmarschiert sind. Wir haben euch für Volltrottel gehalten.«

Ren sah Barney mit aufgerissenen Augen an. Auch ihr Mund stand offen.

»Warte«, sagte Barney.

Auf dem Bildschirm: einige Takte Pause. Obi grinsend. Girl achselzuckend.

»Schönen Dank«, sagte Kameramann Barney trocken. »Noch mal gefragt, warum seid ihr geblieben?«

So sehr hatte Ren Barney noch nie bewundert. Wie lässig er klang, wie weltmännisch. Er war überhaupt nicht beleidigt. Oder er ließ es sich nicht anmerken. Er klang ausgeglichen und irgendwie heiter, so wie Albert Anderson. Er klang erwachsen. Keine Frage.

Auf dem Display nahm Girl die Arme von der Brust. Obi zog eine komische Grimasse. Er kratzte sich ein paar Sekunden am Kopf.

»Ihr wart abgedreht«, sagte er. »Aber auch witzig. Und ihr kanntet alle Leute von der High Street. Und die Leute wirkten alle ganz okay. Die meisten. Nicht Dick Großmaul. Oder Claude, die kreischende Tucke ...«

Wieder riss Ren die Augen auf, denn sie war wirklich ziemlich beleidigt an Dicks und Claudes statt. Natürlich machten sie sich selbst ständig über ihre Nachbarn lustig, aber es schien ihr nicht recht, wenn Fremde es taten.

Barney jedoch starrte immer noch auf den Bildschirm. Und Kameramann Barney sagte nichts.

»… aber die meisten anderen. Und ihr wart immer irgendwo dabei, ihr beide mit euren kleinen Freunden, oder auch mit euren großen. Oder auch allein. Und ihr hattet Pläne.«

Obis Tonfall passte nicht zu seinen Worten, fand Ren. Er klang überhaupt nicht liebevoll. Eher ein wenig verächtlich, wie mit hochgezogener Lippe gesprochen, so wie Claude, wenn er die Kleidung seiner Kunden beurteilte.

Obi rückte auf seinem Stuhl nach vorn. In seinem Gesicht arbeitete es.

»Ihr habt Sachen gemacht«, sagte er. »Und alle haben euch geholfen! Ihr wart die Lieblinge von allen.«

»Euer Leben hat uns gefallen«, sagte Girl nüchtern. »Wir haben es gern beobachtet. Das war wie unser eigener Film, oder eine Fernsehserie.«

»Genau«, sagte Obi. »Wir dachten so: Was wird der Typ mit den Haaren wohl heute anstellen? Und sein Helferzwerg mit den Glasbausteinen?«

Ren schnappte nach Luft. Hitze stieg ihr in den Nacken und ins Gesicht.

Wie unverschämt. Und richtig gemein. Wie schrecklich.

Sie konnte genauso unverschämt und gemein zu ihm sein, wenn sie wollte. Sie konnte sagen, dass Obi mager und gewöhnlich war. Und mit seinen blassen Augenbrauen aussah wie ein alter Mann. Sie konnte sagen, dass Girl …

»Es war wirklich wie eine Fernsehserie«, sagte Obi. »Wir hätten längst gehen sollen, aber wir konnten nicht aufhören zuzuschauen. Jeden Tag eine neue Folge. Immer neue Sachen: eure Namen, was ihr nach der Schule macht, wo ihr abhängt, was ihr gegessen habt, was alle über euren komischen Film gedacht haben, was ihr als Nächstes drehen könntet …«

»Es war so leicht«, sagte Girl. »Ihr wart in eurer eigenen kleinen Welt, ihr habt uns nie bemerkt. Ihr habt die ganze Zeit so laut geredet, überall und über alles; es ist euch ganz egal, wer euch hört. Wir haben euch überall gehört.«

»Maestro und Brille«, sagte Obi. »Das Königspaar der High Street.«

Girl lachte, und plötzlich lächelte Obi in die Kamera und sah auf einmal überhaupt nicht mehr mager oder gewöhnlich oder wie ein alter Mann aus.

Aber Ren musste sich immer noch erholen. Sie hatte die Hände an die glühenden Wangen gelegt.

»Wir hätten gehen sollen«, sagte er. »Aber wir wollten lieber bleiben und zuschauen.«

»Und dann wollten wir mehr als bloß zuschauen«, sagte Girl. »Wir wollten es ein bisschen interessanter machen.«

»Die Sache ein bisschen aufmischen.«

An dieser Stelle sahen sie einander an und lachten und zuckten die Achseln.

Girl rollte die Lippen aufeinander, als hätte sie gerade Lippenstift aufgetragen. Obi dachte nach. Er setzte zum Reden an und hielt wieder inne. Er versuchte es noch einmal.

»Wir dachten uns, ihr solltet auch etwas über uns wissen. Wir dachten, ihr solltet sehen, was wir angestellt haben. Wir hätten gehen sollen«, sagte Obi jetzt schon zum dritten Mal. Er lächelte wieder, beinahe traurig.

»Aber ich glaube, wir wollten wohl …« Er machte eine Pause. »… Freundschaft schließen, würde ich sagen.«

Girl zuckte die Achseln.

»Also haben wir euch einen Brief geschrieben.«

Schnitt.

Ren schaute auf das Schneegestöber des Displays. Und lauschte dem Rauschen. Sie konnte sich weder bewegen noch Barney ansehen. Auch er schaute nur auf den grieseligen Bildschirm. Sie saßen nebeneinander, sahen, hörten, verdauten.

Jetzt war Freitag, und Ren saß wieder auf dem Bett. Sie wartete, dass Barney vom zweiten Interview im **Postamt** zurückkehrte.

Heute um halb zwei hatte er Hwan, Fern und die kleine Soo aufgenommen, oben von ihrer Wohnung über dem **Comic Strip**. Danach hatte er Außenaufnahmen von Brown Betty gemacht, wie sie auf der Straße ihre Runden drehte. Die Ambulatorix hatte ihn auf dem Bürgersteig vor dem **Mediterranean Warehouse** getroffen. Ren war überrascht. Barney sollte doch im **Postamt** sein, ehe die Schule aus war, ehe die neugierigen Augen von Henrietta, Edward und allen anderen sich auf der High Street umsahen.

Barney zeigte ihnen eine kleine Sequenz mit der Katze im Garten des **Mediterranean**. Sie hatte eine Eidechse gepackt, die sich unter einem Busch auf dem heißen Beton sonnte. Die folgende Jagd war auf grausame Art unterhaltsam – allerdings nicht für Lovie, die sich die Augen zugehalten hatte. Auch Ren fand es ziemlich grässlich, wie eine unschuldige Eidechse gnadenlos verfolgt und geköpft wurde, und doch musste man dabei irgendwie Brown Betty bewundern: ihr hinterlistiges Desinteresse und ihre unendliche Geduld; ihren träge klopfenden Schwanz; ihren flinken, tödlichen Tatzenhieb.

Barney wollte dieses Material als Zwischensequenzen über die Doku verteilen.

»Natur, rot in Zahn und Klaue!«, sagte er. (Ein Vers von Alfred Lord Tennyson, den Dad gern zitierte.)

»Das war es wert«, sagte er später zu Ren, als sie sich kurz aufs Ledersofa setzten. »Auch wenn ich jetzt in Verzug bin.«

Jack war nach Hause gegangen, um seine Kricketsachen für ein Auswärtsspiel zu packen. Edward, Benjamin und JohnLeo hatten Filmabend. Henrietta, Lovie und Bingo fuhren mit Sally an den Strand, um schwimmen zu gehen und Fish and Chips zu essen.

Ren hatte sie alle zu ihren verschiedenen Unterhaltungsprogrammen abziehen sehen; es hatte sie wehmütig gestimmt.

Barney spulte das Interview bei Hwan und Fern zurück. Er wollte zeigen, wie Soo Avocado auswürgte, und wie grün das aussah.

»Wir haben überhaupt kein normales Leben mehr«, sagte Ren.

Sie stellte sich den riesigen Sandstrand am North Beach vor und wie sie mit Henrietta und Lovie »Fußstapfen« spielte und in den Wellen kreischte. Oder wie sie auf Kazimierz' altem abgeblätterten Sofa saß, Möhrensticks und gesalzene Gurkenscheiben aß und zum tausendsten Mal Zurück in die Zukunft anguckte und über Benjamin lachte, der zu Michael J. Fox' Solo Luftgitarre spielte.

»Künstler haben kein normales Leben«, sagte Barney fröhlich.

»Ich bin keine Künstlerin«, sagte Ren.

»Doch, bist du«, sagte Barney. »So eine Art. Du bist die Königin des Schrägstrichs! Du vereinst mehrere Talente, die für die Kunst des Filmemachens wesentlich sind.«

Er stand auf. »Wow! Ich liebe das, wenn mir solche Sachen einfach so über die Lippen kommen!«

Dann war er selbst auch gegangen. Er hatte vor, sich dem **Postamt** auf Umwegen zu nähern, auch wenn er sicher sein konnte, dass alle übrigen Kinder der High Street gerade beschäftigt waren.

Ren war nach Hause gegangen und hatte es sich mit *OBACHT! LUMPENPACK* und vier Kräckern mit Käse auf ihrem Bett gemütlich gemacht.

Jetzt dachte sie an das **Postamt**-Interview und stellte sich vor, wie es laufen würde. Barney war mit Obi und Girl übereingekommen, dass er ihre Projekte filmen würde: die Zines und die Brettspiele, ihr Skizzenbuch voller Porträts. Er würde sie beim Planen, Zeichnen, Schneiden und Kleben aufnehmen. Er würde sie zu ihren Werken befragen. Sie würden die Geschichte der DU-Umschläge erzählen und vom Verfassen der Orange-Boy-Zines.

»Aber warum willst du nicht mitkommen?«, hatte Barney heute Morgen auf dem Weg zur Schule gefragt. »Du kannst dich doch nach der Schule reinschleichen. Sie möchten, dass du kommst. Und ich möchte es auch. Und du hast dir die Fragen ausgedacht.«

Halb hatte Ren selbst hingewollt.

Aber andererseits auch nicht. Und das Nichtwollen hatte gewonnen.

Vielleicht hätte es ihr gefallen, den neuesten Obi – den sprachgewandten, beinahe redseligen Obi – leibhaftig zu sehen. Bloß eine Minute lang. Und vielleicht wäre es auch ganz schön gewesen, mit Schwarz-Weiß-Girl mit den verschränkten Armen zu reden. Ganz kurz.

Aber hauptsächlich wollte sie die beiden auf dem Bildschirm behalten, in der Kamera, wie sie es etwas verlegen und nur für sich nannte. Die Bewohner des **Postamts** waren auf dem Display – und in ihren Zines – leichter zu ertragen, das war Tatsache. Es war einfach viel angenehmer, ihnen so zu begegnen, hatte Ren beschlossen. Sie würde warten, bis Barney sie in ihr Schlafzimmer brachte. Dann konnte man sie endlos anstarrten, ohne dass sie es merkten; ohne dass man sie möglicherweise irgendwie ärgerte; ohne dass sie wütend zurückstarren konnten.

Man wusste einfach nicht, wie es laufen würde, wenn man leibhaftig bei ihnen war. Das hatte die lange Nacht im **Postamt** Ren gelehrt. Und das erste Interview. Das Zusammensein mit ihnen war unvorhersehbar. Sogar undiszipliniert. Und ganz bestimmt unlogisch. Das hatte sie Barney allerdings nicht erklärt. Sie hatte ihm nur gesagt, es sei zu knifflig, wenn sie beide tagsüber hingingen. Es würde so viel länger dauern, rein- und rauszukommen, sagte sie; es würde das Risiko, gesehen zu werden, deutlich erhöhen.

Barney wäre empört, wenn sie ihm den wahren Grund nennen würde. Das war auch Tatsache.

Das erste Interview hatten sie sich mehrere Male angesehen. Es war so ähnlich, wie ein neues Zine zu bekommen. Man verschlang es sofort, aber man musste es danach immer wieder zur Hand nehmen, davon kosten, um ihm auf den Grund zu gehen.

»Sie wollten Freundschaft schließen«, staunte Barney. Er hatte auf dem Sitzsack geruht, die Hände auf den Bauch gelegt, als verdaute er nach einem Festmahl. Ren hatte auf dem Boden gelegen und die Bilder im Kopf noch einmal abgespielt, den Worten noch einmal nachgelauscht.

»Mmmm«, sagte sie.«

»Sie wollten mit uns Freundschaft schließen«, sagte Barney. »Und sie kannten uns gut genug, um zu wissen, dass wir die Zines lieben würden. Das wir Geschichten mögen. Und Geheimnisse.«

»Mmmm«, sagte Ren wieder. Das stimmte. In gewisser Weise.

»Sie wollten uns auch ihr Werk zeigen«, sagte sie.

»Aber das machen Freunde doch«, sagte Barney. »Sie teilen, was sie tun. Benjamin schaut sich meine Videos an, und ich höre mir an, wie er Gitarre spielt.«

Nicht so richtig. Barney hörte Benjamin eigentlich nicht beim Gitarrespielen zu. Er filmte Benjamin beim Gitarrespielen, und dann sah Benjamin sich den Film an.

»Sie wollten mit uns Freundschaft schließen«, sagte Barney schon wieder. Er war ganz vernarrt in die Vorstellung, fand Ren. Alle anderen Aspekte des Interviews – dass Obi und Girl sich weigerten, über ihr Leben zu reden oder irgendwelche Einzelheiten ihres Lebens auf der High Street preiszugeben – waren aus seinem Hirn gewichen. Das war nicht wichtig, sagte Barney und winkte ab, winkte seine glanzvolle Idee von vor drei Abenden weg, das jüngste geniale Ergebnis der AufregendenAlchemie.

Bei Barneys plötzlichen Kehrtwendungen wurde Ren manchmal richtig seekrank.

»Sie sind Künstler!«, sagte er. »Sie wollen einfach über ihre Arbeit reden. Und darum wollten sie unsere Freunde werden. Sie wussten, wir würden sie verstehen.«

»Mmmm«, sagte Ren.

Sie rief sich wieder die Nacht im **Postamt** ins Gedächtnis: Obis und Girls intensive, beinahe gierige Fragen nach ihrer Familie, ihrem Zuhause, ihren Freunden, ihren Geburtstagsgeschenken ... diese Fragen waren ungewöhnlich gewesen und sehr zügig gekommen, als hätten sie schon lange darauf gewartet, sie stellen zu können, als hätten sie vorher eine Liste geschrieben.

Und noch etwas.

Euer Leben hat uns gefallen, hatte Girl im Interview gesagt. Das war wie eine Fernsehserie, hatte Obi gesagt. Das war witzig und beinahe nett. Aber wie sie es gesagt hatten, das klang nicht so nett.

Und dann *der Typ mit den Haaren* und *sein Helferzwerg.* Das war nicht mal witzig. Nicht so richtig. Es war unfreundlich. Und ein klein bisschen böswillig – diesen Ausdruck hatte Ms Temple einmal benutzt, als Wilton Maxwell in der Schulmensa Rosie Hamlyn absichtlich ein Bein gestellt hatte, als die mit dem Essenstablett an ihm vorbeiging.

Ren konnte Barney teilweise zustimmen. Obi und Girl wollten tatsächlich Freundschaft schließen.

Und sie waren auch wirklich Künstler. Sie schufen wundervolle Dinge. Das würde ein toller Teil der Unerzählten Geschichte werden.

Und Obis echtes Lächeln und Girls verschränkte Arme und ihr ständiges Achselzucken – da geriet etwas in ihrem Inneren ins Stocken.

Euer Leben hat uns gefallen.

Ja, unser Leben mögen sie. Aber Ren glaubte nicht, dass Obi und Girl auch sie mochten – Barney und Ren selbst. Oder jedenfalls nicht sehr. Irgendwie konnte sie ihnen das gar nicht verübeln. Sie verstand, wieso nicht. Aber es war trotzdem nicht angenehm, das zu wissen. Kein bisschen.

Und das führte dazu, dass sie die beiden auch nicht mochte. Sie konnte es nicht ändern. Das war Tatsache.

Nichts davon hatte Ren an jenem Mittwochabend zu Barney gesagt. Sie wollte seinem kleinen Heißluftballon nicht die Luft rauslassen. Das zweite Interview stand noch bevor, und vielleicht würde es noch ein drittes geben.

Sie würde abwarten, beschloss sie, als sie mit hinterm Kopf verschränkten Armen auf dem Fußboden ihres Schlafzimmers lag.

Und in dem Augenblick hatte sie mit solcher Sehnsucht an das erste Orange-Boy-Zine gedacht, an die ersten Tage ihrer Umschlagjagd. Damals war es so viel besser gewesen, dachte Ren. Nichts über Orange Boy und seinen Zeichner zu wissen. Das war tatsächlich besser. Diese Tage waren voller Fragen und Staunen – und voller Wunder.

Diese Zeit war vielversprechend gewesen.

Jetzt war es ganz anders, allerdings fiel Ren nicht das richtige Wort dafür ein.

Es war ...

Es war.

Ren hob mit feuchter Fingerkuppe den letzten Kräckerkrümel auf. Sie leckte die Finger ab. Dann tippte sie die Zunge auf den Teller und beseitigte so die letzten kleinen Kräckerspuren.

Halb sieben. Barney war jetzt seit fast drei Stunden dort. Es musste wohl gut laufen.

Ren lenkte sich ab, indem sie den Drehplan im Geist durchging, was sie mehrmals am Tag machte. Als Schrägstrichkönigin wusste sie genau, was noch alles vor ihnen lag.

Noch elf Tage Filmen und Sichten.

Morgen Vormittag in **Coralie's Café**.

Nachmittags auf der Straße. Sonntagmorgen Mia und den stummen Marcel.

Nachmittags Suit und Mireille.

Li Mai und Ping am Montag nach der Schule.

Sie war wie ein wandelnder Terminkalender. Sie konnte die gesamten kommenden sechs Wochen aufsagen. In ihrem Kopf war alles in einer vollkommen symmetrischen Tabelle angeordnet. Die Eltern von Edward und Henrietta am Dienstag, bevor das Restaurant öffnete. Mum und Dad am Mittwoch, ein Abendinterview im **Emporium**. Und schlussendlich alle High-Street-Kinder ...

Es war immer gut zu wissen, was als Nächstes kam. Darum war sie auch so ein wahres Schrägstrich-Talent, dachte Ren.

Und darum wollte sie auch nicht wieder ins **Postamt** gehen.

Barney hingegen hatte richtig Freude daran, nicht zu wissen, was als Nächstes kam. Er stürzte sich kopfüber ins Nichtwissen. Er liebte es. Er beschwor es herauf. Er hatte die plötzliche Planänderung beim ersten Interview mit Obi und Girl genossen, erzählte er Ren hinterher. Er kribbelte am ganzen Körper vor Adrenalin, sagte er. Das war ein Nebenzweig der AufregendenAlchemie, sagte er. Man könnte es das AufregendeAuftretendesUnerwarteten nennen. Mit diesem Ausdruck war er sehr zufrieden. Er hatte sich kurz verneigt.

Der Gedanke an einen zweiten oder dritten Besuch im **Postamt** reizte Barney. Wer konnte ahnen, was passieren würde? War es das, was auch ihn zum Künstler machte?

Und Obi und Girl? Sie wussten auch nicht, was in ihrem Leben als Nächstes passieren würde. Und es schien sie auch nicht zu interessieren. Und sie waren Künstler. Vielleicht gehörten die beiden Sachen zusammen.

Es war auf jeden Fall verwirrend, dachte Ren. Und sie fühlte sich dadurch von Barney getrennt. Und das machte sie traurig.

Aber jetzt war Barney da. Und ja, das zweite Interview musste gut gelaufen sein. Das hörte sie schon daran, wie er sein Eintreffen ankündigte. Haustür, bamm. Treppenhaustür, bamm. Wohnzimmertür, bamm. Sie konnte seine Ankunft in ihrem Zimmer praktisch auf die Sekunde vorhersagen ...

»Na los, Ren!«, rief er und stürmte zur Tür herein. Er warf ihr etwas zu, was sie unbeholfen auffing. Ein kleines Päckchen.

»Lass das liegen!«, befahl er. Er spulte schon an ihrem Schreibtisch zurück. »Zweites **Postamt**-Interview im Anmarsch. Ta-daa!«

Ren legte das Päckchen beiseite und schwang die Beine vom Bett. Zu langsam für Barneys Geschmack. Er war Barney Brausepulver, die Zufriedenheit sprudelte nur so aus ihm heraus.

»Na los!«

Am nächsten Morgen in **Coralie's Café** sah Ren Obi und Girl zum zweiten Mal zusammen. Und zugleich zum letzten Mal.

Mitten im Samstagsgewühl des Cafés, während neunhundert Kaffees serviert und neunundachtzig Glasierte (Bio-)Nager verzehrt wurden, während eine Schachpartie lief und ein *Jenga*-Turm unter großem Geschrei und vielstimmigem Stöhnen zusammenbrach, während der Rückenschwimmende Kongowels und seine Gefährten ihr Wasserballett aufführten und Barney eine raffinierte Einstellung durch die Aquariumsscheiben drehte – mitten in all dem Durcheinander filmte Ren mit Omas Camcorder einen Schwenk über das ganze Café aus der Perspektive von Laurel, der Barista. Ren staunte gerade darüber, dass Laurel plaudern und gleichzeitig vier verschiedene Kaffeespezialitäten zubereiten konnte, als sie im Sucher die leicht gebeugten Rücken von Obi und Girl am anderen

Ende des Cafés entdeckte. Sie saßen auf Barhockern am Fenster an dem langen Wandtisch, ganz in der Ecke, am Ende einer Reihe von Hockerhockern und mit dem Rücken zur Theke, so dass ein flüchtiger Blick sie wahrscheinlich übersehen hätte. Doch Rens trainierter Blick bemerkte sie sofort.

Unverkennbar.

Ren hatte die beiden nicht hereinkommen sehen, aber sie hatte natürlich nicht die ganze Zeit zur Schwingtür geschaut, und außerdem gingen an einem Samstagvormittag so viele Menschen ein und aus, dass man einzelne leicht verpassen konnte.

Und genauso wenig sah sie Obi und Girl wieder gehen. Sie hielt die Kamera so lange wie möglich auf die beiden (nicht sehr lange: Sie wusste, wenn sie die Kamera länger auf sie richtete, würde sie die Aufmerksamkeit auf die Ecke des Cafés lenken) und schritt dann rasch zum nächsten Drei-Fragen-Interview auf ihrer Liste (»Zeit ist knapp, Timing ist alles!«, waren Barneys letzte Worte gewesen, ehe sie anfingen). Sie ging zu Josh, dem Frühstückskoch, der gerade eine Reihe von Bestellungen für Tisch sieben auf Teller legte. Als Ren sich fünf Minuten später wieder umdrehte, waren die Barhocker am Fenster leer.

Waren sie tatsächlich da gewesen? Ohne den Beweis des Filmmaterials, das sie Stunden später mit Barney sichtete, hätte Ren womöglich geglaubt, sich ihr Auftauchen eingebildet zu haben, so gedrängt und chaotisch war das Gewusel um sie herum.

Obwohl sie das Gefühl hatte, sich durch einen besonders hektischen und lauten Traum zu bewegen, fiel Ren in den Minuten nach dem Auftauchen und Verschwinden der beiden doch etwas an der Fensterecke auf, wo sie gesessen hatten. Auf der Tischplatte lag, direkt an der Wand, ein flacher Stapel Zeitschriften. Und auch wenn Zeit knapp und Timing alles war und sie noch vier Drei-Fragen-Interviews vor sich hatte, ehe sie Barney helfen sollte, den Tisch der Port-Hills-Mountainbiker zu filmen, legte Ren den Camcorder ab und ging so schnell sie konnte zum Fenster, quetschte sich an vollen Tischen vorbei, stieg über Babys in Autositzen, glitt elegant den entgegenkommenden Kellnern mit ihren wackligen Tellerstapeln aus dem Weg. In der Ecke angekommen, setzte sie sich auf den äußersten Stuhl, der noch warm war von dem Gast, der ihn verlassen hatte. Leise und systematisch blätterte sie jede Zeitschrift durch, bis sie in der Mitte der fünften – *BETTER HOMES AND GARDENS* – endlich fand, womit sie fest gerechnet hatte: einen rechteckigen Umschlag mit der Aufschrift DU.

(Bist du da, Moo? Im Café, inmitten des herrlichen Tumults, wie du es immer gern genannt hast? Ich habe mir vorgestellt, du wärst in dieser letzten Szene dabei, du und deine Freundinnen.

In der Nähe des *Jenga*-Spiels, dachte ich. Hast den Kindern zugesehen, wie sie fröhlich ihren Turm bauten. Hast den Atem angehalten, wenn behutsam Klötze entfernt und wieder obendrauf gelegt wurden; hast jedes Mal erleichtert geseufzt, wenn ein Zug erfolgreich war. [Es ist immer so schwer, den Blick von einer Partie *Jenga* zu lösen, findest du nicht auch?] Und dann der unvermeidliche schicksalhafte Zug, und das sorgsam ausbalancierte Bauwerk fällt zusammen. Ausrufe. Anteilnahme. Du, Bambi, Mariko und Judy. Cappuccinos, Pfefferminztee und Vollkorn-Reisbrei. Und die Kinder, immer optimistisch, fangen wieder neu an, bauen Block für Block auf …

Ich fantasiere. Und ich verzögere ein bisschen. Du wirst weiterlesen wollen, das weiß ich.

Der sechste Umschlag ist ausgeliefert. Und entdeckt. Wie ausgesprochen scharfsinnig von Ren. Und das bei all den düsteren Gedanken, der enormen Aktivität und den Anforderungen des Drehs.

Du wirst die Daten und Zeiten im Auge behalten haben, Moo. Du wirst wissen, welcher Samstag das war. Du wirst wissen, was als Nächstes kommt.)

SIEBTES KAPITEL

Ende Februar: Schlussbilder, letzte Seiten

Acht Seiten. Sieben Bilder. Alle identisch.

Aber nein. Sieh genauer hin, aufmerksamer. Jedes folgende Bild unterscheidet sich ein wenig vom vorigen. Auf jedem Bild gehen ein oder zwei oder mehr Gegenstände verloren, so dass das Schlussbild auf der letzten Seite deutlich anders aussieht als das erste.

Finde den Unterschied.

Samstag, früher Abend

ORANGE BOY LEBT VI begann mit dem vertrauten Blick auf das Wohnlager im **Postamt**. Bett, Tisch, Bücher, Spiele, Kleider. Aber Bild für Bild leerte sich das Arrangement; immer zwei oder drei Gegenstände wurden weggenommen: Schuhe, der seidene Morgenmantel, Spielkartons, die Messingglocke, Rucksäcke … Auf der letzten Seite blieb nur noch der Tisch, ordentlich gedeckt für eine Teegesellschaft. Der Stapel Bücher am Bett mit NOP obendrauf. Das Bierdosenregal, leer bis auf das küssende Salz-und-Pfefferstreuer-Paar. Die Decken waren vom Bett genommen, der Haufen Polster darunter bloßgelegt, verstreut und verdreht wie zerlegte Rückenwirbel.

In der Mitte saß, gefasst und scheinbar ungerührt, den Schwanz um sich herumgelegt, Brown Betty und schaute von der Seite direkt den Betrachter an.

»Sie gehen weg«, sagte Ren.

»Das kann nicht sein«, sagte Barney. »Davon haben sie nichts gesagt. Das hätten sie erzählt. Gestern. Das hätten sie doch gesagt.«

Er war verblüfft.

Sie saßen auf dem Ledersofa, erschöpft nach dem Vormittag bei **Coralie's** und dem Nachmittag auf der Straße. Menschen, bekannte und unbekannte, lächelten sie im Vorübergehen an oder riefen ihnen von der anderen Straßenseite etwas zu.

»Fix und fertig?«

»Gut gemacht!«

»Bezahlt euch eigentlich wer für die ganze Arbeit?«

»Wann ist denn Premiere?«

Den Umschlag hatten sie erst um kurz vor fünf aufgemacht, erst als die anderen Kinder der High Street sich auf ihre Häuser verteilt hatten. Auch die hatten den ganzen Nachmittag auf der Straße gearbeitet, waren für Kettle Productions tätig gewesen – hatten Mikrofone gehalten, Originaltöne eingefangen, Namen und Mail-Adressen der Menschen notiert, die sie interviewt hatten, waren auf Barneys Befehl von einem Ende der Straße zum anderen gerannt.

»Meine Güte, ist das toll, ein paar Gehilfen zu haben!«, sagte Barney. »Stell dir mal vor, wir hätten ein Ensemble und eine Crew von Tausenden Leuten.«

Eine mögliche Kulisse und Szene auf der High Street lief vollständig durchgestaltet in seinem Kopf ab: Ein feindlicher Himmel, eine düstere Zukunft, eine offene Feldschlacht, eine riesige Armee bewaffneter Kinder strömte aus den umliegenden Straßen herein, wild und entschlossen, bereit zum finalen Kampf mit den erwachsenen Tyrannen. Bereit, die Straße zurückzuerobern. Heckenschützen an den Wohnungsfenstern. Gasangriffe. Gebäude mit Einschlagskratern. General Dick Scully, grauhaarig und wütend, stolpernd wie ein angeschossener Bär. Der Anführer der Kinderarmee, ein Bursche mit beeindruckendem Haarschopf, vierzehn oder fünfzehn Jahre, sein ... aber nein. Er musste hinter der Kamera stehen. Doch jemand könnte ihn spielen ...

Unter dem Sichtschutz von Rens Notizbuch öffneten sie den Umschlag und lasen das Zine. Die Bilder erzählten eine klare Geschichte, aber Barney konnte und wollte nicht glauben, was seine Augen ihm mitteilten.

»Es musste ja irgendwann passieren.«

Das war so ein Satz, wie Mum ihn gern sagte, wenn etwas vollkommen Überraschendes passierte. Als zum Beispiel das chinesische Restaurant **Monkey King** ganz plötzlich zumachte. Oder als Rob, der tolle Typ aus der Videothek **Toto's**, mit dem man sich über die obskursten Details aus dem Star Wars-Universum austauschen konnte, von einem Tag auf den anderen aus heiterem Himmel gekündigt hatte. Oder als Dads Verkäuferin Rosie sich nach sieben Jahren von ihrer Freundin trennte. »Das musste ja irgendwann passieren«, sagte Mum dann. Oder: »Ich wusste, dass es so kommt.« Oder: »Das kann ja niemanden überraschen.« Das war jenseits von nervig.

Barney wollte Ren in die Schranken ihrer elf Jahre zurückweisen. Ihr einen Dämpfer verpassen. Ihm war gehässig zu Mute.

»Als ob du das wüsstest, Professor. Als ob du eine Direktleitung in die Zukunft hättest. Du und deine vier Radaraugen und dein elfjähriges logisches Hirn.«

»Aber es musste wirklich passieren.«

Es war tatsächlich unmöglich, Ren in die Schranken zu weisen.

»Wieso bist du bloß so überrascht?«

Na, also, erst mal, schnaubte er, aber nur im Kopf. Er hatte auf ein drittes Interview gezählt: Das war das eine. Es fehlte noch die gesamte Geschichte der Orange-Boy-Zines. Dafür war gestern nicht genug Zeit gewesen.

»Hast du mit deinem unlogischen Hirn gedacht, dass sie ewig bleiben?«

Nein, das hatte er nicht.

Nicht ganz.

Natürlich konnten Obi und Girl nicht für immer im **Postamt** bleiben. Das war Barney klar. Jetzt, wo Willy Bescheid wusste und Dick ihnen ständig nachschnüffelte wie ein Bluthund und alle nach den vielen Diebstählen besonders wachsam waren ... und dann auch noch seine eigenen Besuche im **Postamt** ... natürlich machte das die Lage ziemlich brenzlig. Das wusste er. Und wenn man darüber nachdachte, war natürlich klar, dass sie gehen mussten, dass alles irgendwann zu Ende sein musste.

Aber selbstverständlich hatte er versucht, nicht darüber nachzudenken.

Und Barney wollte nicht, dass es zu Ende ging. Ganz und gar nicht.

Er versuchte sich an das Leben vor dem Beginn der Unerzählten Geschichte zu erinnern, vor dem Auftauchen des ersten Umschlags. Schule. Zu Hause. Lachen mit Benjamin. Frühere Filmversuche. Tee mit Albert Anderson. Alles ganz schön auf seine Weise. Aber jetzt auch alles irgendwie so gewöhnlich.

Die letzten sechs Wochen waren einzigartig gewesen. Wie nichts anderes im Leben.

Barney hatte sich fast schon eingeredet, dass die grandiose Seltsamkeit der letzten sechs Wochen – dieses Rätsel, das im Hintergrund ihres Lebens summte, sie selbst als geheime Jäger des verlorenen Umschlags – irgendwie weitergehen könnte. Es würde sich einfach endlos in die Zukunft strecken, mit verlockenden Päckchen, Schädel spaltenden Spekulationen und mitternächtlichen Verabredungen, ein immerwährendes geheimes Doppelleben, an dem Ren und er glückselig herumgrübeln konnten.

Und ein wenig hatte er auch heimlich gehofft – vielleicht sogar geglaubt –, dass das kribbelige Katz-und-Maus-Spiel, das Ob-sie-wohl-oder-ob-sie-nicht mit Obi und Girl Zeit haben würde, sich zu entwickeln, dass sie irgendwann Freunde sein könnten, sein würden: Barney und Ren in ihrem GlücklicheFamilie-ZurSchulegehen-TolleFilmedrehen-Leben, Obi und Girl in ihrem KalterTee-AlteBagel-Spielebasteln-Versteck.

Das war natürlich absurd. Das wusste er. Wirklich.

Aber gestern, als er sie beide zum zweiten Mal im **Postamt** gefilmt hatte – was war das gewesen?

Ein Rausch war es gewesen. Das war Tatsache.

Sie hatten nur sehr wenig geredet, aber das fehlende Gespräch war gar nicht unbehaglich gewesen. Obi und Girl hatten sich mehr oder weniger sofort an die Arbeit gemacht, zu beiden Seiten des Teetisches, mit Papier und Bleistiften und Filzstiften. Also hatte Barney ebenfalls zu arbeiten begonnen. Er hatte die Kamera so nah wie möglich auf sie gerichtet, hatte nur gelegentlich etwas aufgezogen, um Girls Gesicht beim Zeichnen zu filmen, wie ihre Zähne die Unterlippe zerdrückten, oder Obi, wie er sich fieberhaft den Kopf rieb. Fast drei Stunden hatte er sie beim Zeichnen aufgenommen.

Er hatte das wahre Leben von Orange Boy und Crimson Girl aufgezeichnet.

Durch den Sucher hatte er Girls Bleistift beobachtet, der an der ersten Seite eines frisch gefalteten A3-Zines arbeitete. In erstaunlichem Tempo schuf sie ein Bild von Ping und Li Mai – oder vielmehr mehrere Ping und Li Mais, verteilt über eine Folge von Panels. Die Reihe ihrer Posen wirkte wie eine Aufstellung ungewöhnlicher Skulpturen – sie machten Tai Chi auf **Little Wilt**, wie tatsächlich ganz früh an jedem Werktag.

Er hatte zugesehen, wie Obi auf der zweiten Seite mit dem Bleistift schnelle Linien zog; hatte auch beobachtet, wie seine Hand für lange Augenblicke ruhte und man sie beinahe denken sehen konnte. Dann folgten weitere Linien, Schattierungen und Wischflächen, bis Barney eine Sammlung von Gegenständen erkennen konnte: eine ältliche Golftasche, die an einem antiken Schreibtisch lehnte; aneinandergelehnte leere Bilderrahmen, genauso skelettartig und traurig gezeichnet, wie Barney sie auch immer im **Emporium** fand: denn ja, es war eine Ecke von **Busby's Emporium**, die Obi da skizzierte. Man konnte sogar einen Blick auf Dad erhaschen – am rechten Bildrand: ein gekrümmter Ellbogen mit hochgekrempelten Ärmeln und einem verräterischen Viertelmond-Tattoo.

Und dann blätterte Girl um und fing ein neues Bild an: Sabrina in ihrem bilderbuchmäßigen bonbongestreiften Kleid mit weißer Schürze, die lächelnd hinter ihrer Ladentheke stand. Als Sabrina fertig war, reichte Girl das Bild an Obi weiter, der den Warenschrank und eine Auslage mit Bonbons aus weißem Gift zeichnete – Toffee, Karamell, Fudge-Kugeln, saure Drops und Lollies. Dann fing Obi mit einem neuen Bild an: Sitzsäcke, Tische, Stühle, Bücherregale – die Bücherei! –, und Girl bevölkerte die Szene, diesmal mit dem Filzstift. Sie zeichnete Teenager mit Ohrhörern; ein lesendes Kind im Sitzsack; eine Rückansicht eines kerzengerade sitzenden Mannes im Anzug, der Papiere vor sich ausgebreitet und eine Tasche neben sich stehen hatte.

Das Zine wanderte zwischen ihnen hin und her, bis sieben Bilder fertiggestellt waren. In jedem hatte Girl die Menschen gezeichnet und Obi die Dinge.

Aha. So arbeiteten sie also.

Sie zeichneten mit großer Intensität und sehr kooperativ. Sie waren wie ein Mensch mit vier Armen und zahlreichen Stifte schwingenden Fingern, nur ein paar Worte wurden gewechselt, hier und da ein Brummen.

Die fertigen Bilder waren wie ihre Schöpfer: abrupt, widerborstig und verstörend. Sie waren ganz anders als die Orange-Boy-Zines. Ein anderes Aroma. Dies war nicht die melancholische Erinnerung an eine durchwachsene Kindheit, an verschwundene Haustiere und Großeltern und Spielkameraden. Es war eine ganz andere Bildwelt – sie erinnerte Barney an Bücher, die er sich als Kind gern angeschaut hatte: Tiere in ihrer natürlichen Umgebung. Die Giraffe neben ihrer Akazie. Das in der Savanne herumlümmelnde Rhinozeros. Der Kiwi im nächtlichen Unterholz.

Obi und Girl hatten die Menschen der High Street in ihre natürliche Umgebung platziert. Der Trödelmann in seinem Antiquitäten-Schrägstrich-Trödelladen. Die Zuckerbäckerin in ihrem Geschäft für weißes Gift. Die bibliophilen Montgomerys, fast verschwunden im Bücherdickicht.

Es war eine andere Version der Unerzählten Geschichte. Gleiche Geschichte, andere Perspektive. Und in Standbildern ohne Ton. Wie üblich zeichneten Obi und Girl das, was sie sahen, lieber ohne Worte auf. In Worten fühlten sie sich nicht so heimisch.

Sie waren Seelenverwandte. Als Barney das dachte, wurde er rot. »Seelenverwandte« war ein typisch altmodischer Ausdruck von Ren, doch in der stillen gedämpften Atmosphäre im **Postamt**, die irgendwie nicht von dieser Welt war, schien der romantische Tonfall gerade passend. Obwohl er es, meine Güte, niemals laut sagen würde.

Unter ihrer stachligen Oberfläche und obwohl er so wenig über sie wusste, erkannte Barney Obi und Girl. Erkannte ihre Konzentration, ihr unverbindliches Brummen, ihre einäugige, brodelnde Entschlossenheit. Er erkannte sich selbst.

Der zweite Dreh im **Postamt** (es war streng genommen kein Interview), so erzählte Barney es Ren später, war eine der besten Erfahrungen seines Lebens bei Kettle Productions – seines Lebens überhaupt! Er hatte ihr zu erklären versucht, wieso. Er wollte, dass sie genau verstand, wieso er beim Filmen so glücklich und zufrieden gewesen war.

»Es fühlte sich an, als wären wir alle *molto* verbunden. Irgendwie getrennt, aber auch zusammen. Wie wir alle unsere Sache machten.«

»Das ist ein Widerspruch«, sagte Ren säuerlich. »Getrennt, aber zusammen.« Sie blätterte das Zine durch. Obi und Girl hatten es Barney geschenkt, als er gegangen war.

»Und sie wissen alles. Sie haben alle richtig getroffen – Sabrina zum Beispiel in ihrem verrückten Aufzug. Ich habe das Gefühl, sie kennen die High Street genauso gut wie wir.«

»Aber sie lieben sie nicht so wie wir«, sagte Ren. »Bei ihnen wirkt sie ganz anders.« Sie hielt das Bild von Doris hoch, Edwards und Henriettas Mutter.

Barney lachte. »Aber sie hat nun mal einen ziemlich dicken Bauch.«

»Aber nicht soo dick«, sagte Ren. »Und Pete und Phil sehen aus wie Vampire.«

Das stimmte. Pete und Phil sahen tatsächlich aus wie Vampire. Girl hatte ihre länglichen Gesichter und ihren durch Nussdiät schlanken Körperbau übertrieben dargestellt. Außerdem hatte sie ihre Hände größer und irgendwie bedrohlich gemalt.

»Bei ihnen sehen alle albern aus. Die sehen aus wie Bilder aus einem blöden Bilderbuch für Kleinkinder. Meister Kamm, der Friseur. Frau Brötchen, die Frau des Bäckers.«

»Das ist eben ihr Stil«, sagte Barney.

Aber Ren wollte Barneys Begeisterung über das zweite **Postamts**-Interview nicht teilen. Sie war immerhin interessiert genug, sich anzuschauen, wie die Bilder auf dem Display zum Leben erwachten – »Das ist in Echtzeit, Ren, verstehst du, Echtzeit!« –, doch das Ergebnis mochte sie überhaupt nicht. Ihr ausbleibender Enthusiasmus hatte Barney zunächst verwirrt. Dann verletzt. Und zum Schluss *molto* verärgert.

Ren benahm sich schlecht. Das war Tatsache.

»Das ist ihr Stil! Ihre Handschrift. Jeder Künstler hat eine Handschrift.« (Jetzt zitierte er Albert.) »So sehen sie eben die Welt.«

»Es ist fies«, sagte Ren.

»Kate Beaton ist auch fies.«

»Aber sie ist witzig. Und außerdem kenne ich die Menschen nicht, die sie fies zeichnet. Außer *Anne auf Green Gables*.«

»Aber so arbeiten Künstler!«, schrie Barney. »Das machen wir doch auch bei der Doku. Ungeschminkt! Meine Güte!«

Doch Ren blieb hartnäckig. Sie hatte das Zine mit den Porträts nicht bei sich im Zimmer haben wollen. Total lächerlich. Barney war mit dem Zine und der Kamera davongestampft. Nach dem Abendessen war er direkt wieder in sein Zimmer gegangen und hatte sich das Material noch einmal von Anfang bis Ende angeschaut.

Seine Träume hatten sich alle um Hände und Bleistifte und Fetzen gemurmelter Gespräche gedreht. Beim Aufwachen hatte sein erster Gedanke Obi und Girl gegolten, und wann er wohl das dritte Interview machen könnte: wann er endlich die Geschichte der Orange-Boy-Zines hören würde.

Doch nun hielt er, keine zwölf Stunden später, das sechste Zine in der Hand, und der größte Enttäuschungswurm aller Zeiten, ein Seeungeheuer der Enttäuschung, wand sich in seiner Brust.

»Ich verstehe nicht, wieso es so plötzlich kommt«, sagte er. Das Auftauchen von *ORANGE BOY VI*, die Enttäuschung, die es bereithielt, passte nicht zur gestrigen puren Freude im **Postamt**.

»Und wieso erzählen sie es uns? Was sollen wir damit anfangen? Was sollen wir tun?«

Barney redete nur, um zu reden. Er hatte schon oft bemerkt, wenn man nur irgendwas sagte, wenn man die Luft mit Worten füllte, konnte man schlechte Gefühle eine Weile unterdrücken. Man konnte sich für ein oder zwei Minuten besser fühlen.

»Hm, wieso tun sie irgendwas?«, fragte Ren. »Wahrscheinlich bloß, damit wir wieder zu grübeln anfangen.«

Rens veränderte Haltung Obi und Girl gegenüber verstimmte Barney. Es hatte mit dem ersten Interview angefangen, das wusste er. Sie grollte immer noch wegen der Sache mit dem Helferzwerg und den Glasbausteinen. Er wünschte, es wäre anders.

Er starrte Marikos Schaufenster auf der anderen Straßenseite an, ohne es richtig zu sehen. Geistesabwesend schnüffelte er an seinen Achselhöhlen. Beim Drehen schwitzte er immer wie verrückt. Und die Hitze machte es nicht besser.

»Iiih! Lass den Arm unten. Das stinkt ekelhaft.«

Barney betrachtete die letzte Seite des Zines.

»Meinst du, das bedeutet, dass sie schon gegangen sind, oder, dass sie gehen werden?«

»Siehst du, schon fängst du an zu grübeln«, sagte Ren. Sie nahm ihm das Heft aus der Hand und blätterte es durch.

Izzy und der Unveröffentlichte Dichter (Gus, er hieß Gus) kamen aus ihrem Haus und winkten ihnen zu. Barney winkte müde zurück. Das große Seeungeheuer in seiner Brust hob wieder sein Haupt.

Und obendrauf kam noch die übliche Enttäuschung am Ende eines Drehs.

Filmemachen war eine Achterbahn der Gefühle.

Die Aufnahmen bei **Coralie's** und auf der Straße waren ein großer Spaß gewesen. Ganz anders als im **Postamt**: Dort war alles intensiv, aber still und beinahe reglos abgelaufen. Heute hingegen war alles irgendwie fieberhaft; sogar irre. Barney liebte dieses Gefühl, mitten in einer Riesensache zu stecken, die Riesensache sogar zu lenken. Aber jetzt beherrschte er auch die ruhigeren Sachen. Er war kein eingleisiger Regisseur mehr. Sie hatten im Verlauf von Die Unerzählte Geschichte eine ganze Menge unterschiedlicher Stimmungen eingefangen. Die Stimmungen waren alle schon da gewesen und hatten nur auf seine Kamera gewartet.

Aber auch Die Unerzählte Geschichte ging zu Ende.

Der Wurm wand sich und versetzte sein Inneres in Aufruhr.

Und er war tatsächlich fix und fertig. Große und berühmte Filmemacher, glaubte Barney allmählich, mussten einfach immer müde sein.

Andererseits brauchten sie nicht zur Schule zu gehen. Das half doch bestimmt. Wenn die Aussicht darauf bloß nicht noch so fern in der Zukunft läge.

»Ich glaube, sie werden gehen«, sagte Ren, »aber sie sind noch nicht gegangen. Ich glaube, sie haben sich entschieden, aber es könnte noch ein paar Tage dauern. Ich glaube, sie wollen, dass du noch mal wiederkommst.«

»Ich sehe mal nach«, sagte Barney. Gut. Er hatte nicht genau gewusst, dass er das dachte, aber sieh an: Das dachte er.

»Jetzt?«

»Ich klopfe an. Es ist Samstag. Kein Mensch in den Büros. Willy ist zu Hause bei seinen Alpakas. Ist das Risiko wert. Kommst du mit?«

Manchmal konnte Barney es nicht ertragen, nach dem Dreh nach Hause zu gehen. Die Wohnung kam ihm dann auf einmal so klein vor, und selbst die Sachen, die ihm sonst Spaß machten – *Tim und Struppi* zum Beispiel oder Toastkuchen, oder mehrere Folgen Kampfstern Galactica mit Dad –, konnten ihn beinah nerven, so wie zu enge Kleidung oder diese kratzigen alten Pullis von Südinsel-Oma. Manchmal ging er zu Albert Anderson anstatt nach Hause, plauderte ein bisschen, las Comics, checkte die neuen Zines. Oder lümmelte einfach im Fernsehsessel und spulte den Tagesdreh im Kopf noch mal zurück.

Ren war anders. Sie mochte ihr Zuhause jederzeit. Sie mochte ihr Zimmer. Sie war immer sehr gern darin.

»Nein«, sagte Ren.

Wie gesagt.

»Sichtkontrolle um sieben«, sagte Ren. Sie warf ihm einen halbherzigen Fischaugenblick zu. Sie war auch müde.

»Jawohl! Jawohl, Königin des Schrägstrichs! Kannst du die Kamera nehmen?«

»Jjjaaaa«, seufzte Ren.

Eigentlich war sie doch seine gute alte Filmpartnerin.

Dienstag

Barney tippte *Dinstag*. Er löschte das Wort und tippte es neu. Die Rechtschreibkontrolle war Gold wert. Dienstag. Mit i-e. Würde er das bis zum nächsten Mal behalten? Wahrscheinlich nicht. Zum einen Auge rein, zum anderen wieder raus.

Er schrieb sein tägliches Logbuch, wie Ms Bloodworth ihm aufgetragen hatte. Fahrplan. Ziele. Ergebnisse. Positives. Negatives. Analyse. Schlussfolgerungen. Das sollte offenbar seine Fähigkeit zum strategischen Denken verbessern. Analysieren, wo etwas danebengegangen war; fürs nächste Mal daraus lernen.

Montag. Ziel: Zwei-Stunden-Interview mit Li Mai und Ping fertigstellen. Positiv: Sequenz mit Nähmaschine. Gute Standbilder; später vielleicht Ken-Burns-Effekt anwenden? Negativ: Erste fünfzehn Minuten Mikro aus. Schlussfolgerung: Nächstes Mal Mikro anschalten.

Blödsinn.

Mathe war auch größtenteils Blödsinn, auch wenn es einen Bruchteil (haha!) interessanter geworden war, seit Barney versuchte, Nick in jeder Stunde mindestens einmal zum Lachen zu bringen. *Ziel: Nick zum Lachen bringen und weniger Mathe machen. Positiv: Nick hat gelacht, als ich Dickisch geredet habe. Negativ: Haben trotzdem jede Menge Mathe gemacht.* Aber Nick war ganz okay. Er nahm Mathe eben bloß todernst. Es war wirklich unbegreiflich. Barney war immer wieder verblüfft darüber, von welch lachhaften Sachen andere Leute sich so antreiben ließen. Sport zum Beispiel. Oder Stricken. Oder Meeresbiologie.

»Lass uns das noch mal durchgehen, Barney«, sagte Mum, als er sein Erstaunen darüber zum Ausdruck brachte, dass jemand sein Leben mit der Untersuchung von Algen zubringen konnte. Barney tat es sofort leid, dass er diesen müßigen Gedanken ausgesprochen hatte.

»Denk mal daran, was ich dir erklärt habe. Andere Menschen sind anders als du. Sie haben andere Gedanken und andere Gefühle. Und andere Interessen. Seltsam, aber wahr.«

Mum trug ihren Humor meist so dick auf, dass er einen erschlug.

Ja, ja, es war alles eine Frage der Toleranz. Das wusste Barney. Sie musste nicht darauf herumreiten. Meine Güte, das lernte man doch in der Schule, wenn man schon sonst nichts lernte. Die Schule lehrte einen, ganze Schwärme unerträglich öder Dinge zu ertragen (LesenSchreibenMatheNaturwissenschaftenSozialkundeSchwimmenMannschaftssportTurnenNachsitzenSchulversammlungirgendjemandesVaterderüberrichtigesInternetVerhaltenredet), bis man endlich zum richtigen Sinn und Zweck seines Lebens kommen konnte.

Er, Barney Kettle, war ein Einserschüler in Toleranz. Das war Tatsache. Er hatte gelernt, einen Schultag (größtenteils) mit Anstand durchzustehen, geduldig auf den Augenblick zu warten, da er wieder freigelassen wurde und FILME MACHEN konnte. Wie laut musste er das denn noch hinausposaunen?

Natürlich verstand er, dass andere Menschen über ihr wahres Leben die gleichen Gefühle hegten. Wirklich. Nick zum Beispiel. Das hatte er in Nicks Augen gesehen, in seiner Stimme gehört, als er – also Barney – ihn ablenken wollte und hinterhältig gefragt hatte: »Sag mal, Nick, was genau ist eigentlich Analysis?«

»Analysis«, sagte Nick begeistert, vielleicht sogar ehrfürchtig – so wie Barney *12 Monkeys* hätte sagen können, der zu seinen Top Drei der besten Filme aller Zeiten gehörte.

»Analysis«, sagte Nick, »ist die mathematische Betrachtung von Veränderung.«

Das hatte Barney ein wenig beschämt. Er hatte Nicks Lippen und seine Hände gestikulieren sehen, und er hatte die Freude in Nicks Stimme gehört, als der ihm erklärte, wie wesentlich Analysis für IngenieurwissenschaftenundWirtschaftswissenschaften war. Der eigentliche Inhalt der Erklärung war in Barneys Hirn etwa so !@#$∧#¨˙∆∫©√†¬æ≥≥!@#$%∧*()%* angekommen, aber er hatte dennoch einen vertrauten Ton gehört. Den gleichen Ton schlug er selbst gelegentlich an, wenn er Ren (oder Jack oder Benjamin oder sonst irgendwem, der ihm zuhören wollte) erzählte, dass man *Zurück in die Zukunft III* nicht schlechter beurteilen sollte als *Zurück in die Zukunft* oder *Zurück in die Zukunft II*, nein, nein, nein, der Film war ein wesentlicher Teil einer fortlaufenden Geschichte, die im Ganzen ohne die ungeliebte dritte Folge gar keinen richtigen Sinn ergeben könnte. Barney hatte diesen Tonfall bei sich gehört und jetzt bei Nick, und er wusste, was er bedeutete: Besessenheit.

Da verstand er Nick, seine glänzenden Augen und seine Hände, die durch die Luft schnitten. Er konnte bloß nichts mit dem Gegenstand seiner Besessenheit anfangen.

Barney las seine bisherigen Logbucheinträge durch. Ganz gut. Die Rechtschreibung schien hervorragend. Soweit er das beurteilen konnte. Seine Art war so ein Logbuch eigentlich nicht. Aber er tat es für Ms Bloodworth. Sie war auch okay. Nicht so besessen wie er und Nick, aber sie hatte Verständnis für Besessene. Zum Beispiel für Albert Anderson. Und für ihn selbst: Barney Kettle, Boss von Kettle Productions. Es war so neu und ungewohnt, von einer Lehrerin gemocht zu werden. Das führte zu richtigen Ausbrüchen von Vernünftigkeit. Das war sogar schon Ren aufgefallen.

Es klingelte, und Barney speicherte sein Logbuch. Er sah aus dem Fenster. Die kleinen Kinder versuchten sich in einer Reihe aufzustellen. Das war immer sehr unterhaltsam; er hatte letztes Jahr Filmaufnahmen davon geschnitten. Manche von ihnen waren wie Aufziehspielzeuge, die Ziel und Plan verloren hatten. Sie drehten sich sinnlos im Kreis; sie wanderten irgendwohin; sie setzten sich plötzlich auf den Hosenboden. Sie mussten von Lehrerinnen eingefangen werden, die sie mit den Händen auf den Schultern wieder in die Reihe schoben. Gesicht nach vorn. So ist es brav.

»Barney Kettle!«

Ms Bloodworth in einem knackigen roten Kleid. Weiße Sandalen. Barney überlegte, ob sie wohl für eine Rolle in seinem nächsten Film zu haben wäre. Eine Idee reifte gerade in seinem Hinterkopf. Ein lange verschollenes Familienmitglied kehrt nach Hause zurück. Aber ist er wirklich der, der er zu sein vorgibt? Nicht besonders originell; das Originelle wäre die Art, wie er die Geschichte zeigen würde …

»Du bist als Erster hier! Was ist los?«

Gute Frage. Es stimmte, er war eigentlich nie als Erster im Klassenzimmer. Was war mit ihm los?

Er lächelte Ms Bloodworth ein wenig schuldbewusst an.

Er war aufgedreht, das war der Grund. Heute war ein wichtiger Tag. Er wollte, dass alles seinen richtigen Gang ging und am richtigen Platz war, bis aufs letzte i-Tüpfelchen, wie Mum zu sagen pflegte.

»Ich ordne meinen Kram.«

Noch drei Stunden bis zum Mittag. Heute durfte er gehen, sobald es zur Mittagspause klingelte. 12 Uhr 15. Ms Bloodworth hatte gestern ihr Okay gegeben.

Barney und Ren hatten tatsächlich niemanden für einen UG-Dreh buchen können. Der Drehplan für Dienstag zeigte nur einen Aufnahmetermin zwischen vier und sieben: Stephen und Doris im **Sacred Fig**; zwei Stunden Interview und dann Dreh in der Küche. Der Abschnitt zwischen 13 und 16 Uhr am Dienstag war leer.

Aber das wusste Ms Bloodworth nicht.

»Ordnung ist gut«, sagte Ms Bloodworth. Sie schrieb etwas an das Whiteboard, klare, selbstbewusste Buchstaben in schnurgerader Linie. *Die Grenzen meiner Sprache sind die Grenzen meiner Welt.* Ludwig Unaussprechlich. Sie schrieb jeden Tag ein neues Zitat an.

Ordnung war gut.

Und SelbstbewusstseinEntschlossenheitVisionHandelnAnweisungen. Barney dachte an Felix La Marche und Hal Nicholas in ihrer Verbannung auf dem Bücherregal. Er sah sie vor sich, wie sie nebeneinander in Regiestühlen saßen und an Cocktails nippten. Dabei waren sie gar keine richtigen Regisseure. Sie schrieben bloß Bücher darüber. Vielleicht würde er das selbst eines Tages tun. Oder Ren könnte es schreiben und er bloß diktieren: *Barney Kettle: Meine FrühenJahre beim Film.*

Aber im Augenblick wollte er nicht an Ren denken. Er hatte ihr nichts von seinen Nachmittagsplänen erzählt. Sie wäre verletzt, wenn sie es herausfand. Nicht dass sie hätte mitkommen wollen. Sie blieb bei ihrer Haltung, was die Bewohner des **Postamt**es anging. Sie beharrte darauf, dass sie ihn, Barney, oder sie, Ren, nicht mochten, und auch sonst niemanden auf der High Street. Nicht richtig, meinte Ren. Nicht tief drinnen.

»Sie mögen unser Leben«, sagte Barney. »Das haben sie selbst gesagt. Vor der Kamera.«

»Ja, aber nicht uns«, sagte Ren. Da war sie störrisch wie ein Maultier. Sie hatte trotzig die Fischaugen aufgerissen und sich geweigert, ihm zuzustimmen.

Also hatte er ihr nichts von seinen Nachmittagsplänen erzählt.

Aber Barney erzählte Ren eigentlich alles. Sie wusste immer, was er tat. Meistens wusste sie auch, was er fühlte. Es war eigenartig unbehaglich, etwas vor ihr zu verheimlichen.

Er würde nicht darüber nachdenken.

Seine Mitschüler tröpfelten herein. Ms Bloodworth kam ihren Pflichten nach, heftete neue Schülerbilder an die Wand, rückte Stühle und Tische zurecht. Drehte ihre Sanduhr um. Der Sand begann stetig herabzurieseln und legte das Muster des heutigen Tages in den unteren Teil des Gefäßes.

Ms Bloodworth hatte gern alles tipptopp. Komisch, silbernes Haar zu haben, aber noch gar nicht alt zu sein. Sie und Albert Anderson hatten sich am Strand kennengelernt. Als sie ihre jeweiligen Hunde spazieren führten. Ms Bloodworths Hund war ein schwarzer Labrador namens Toad.

Was, fragte sich Barney, würden Ms Bloodworth und Albert Anderson wohl von Obi und Girl halten?

Wie merkwürdig und wundervoll es war, wenn sich zwei getrennte Welten durch dein Leben zogen.

Bei der Schulversammlung lief Barneys Kopf inmitten aller anderen Schüler der **Kate Sheppard School** ebenfalls auf zwei getrennten Bahnen. Das war eine sehr nützliche Fähigkeit. Er konnte Ms Quinn auf der Bühne anschauen, ihre Worte hören und gleichzeitig über wichtigere Dinge nachdenken.

»Und aus dem Grund«, sagte Ms Quinn, »werden wir jetzt …«

Zwei Welten in ein und derselben Straße! Sechs Wochen lang waren Ren und er in der realen Welt schwer im Stress und gleichzeitig auch noch mit einer ganz anderen beschäftigt gewesen. Eine Fantasiewelt, die real geworden war. Oder irreal. Je nach Sichtweise.

»Also, ich bitte euch alle um einen kräftigen Beifall für sie.«

Barney klatschte heftig. Beim Applaudieren wehte ein angenehmer Duft aus seinen Achseln herauf. Am Sonntag hatte Mum ihm einen Deostick gekauft. Er hieß *Mitchum Advanced Antiperspirant & Deodorant for Men*. Er rechnete jetzt täglich mit Bartwuchs.

»… denn um diese Jahreszeit möchten wir, dass ihr euch alle Gedanken darüber macht, an welchem Wettbewerb ihr teilnehmen wollt …«

Schwimmfest. Eine absurd irreführende Bezeichnung, weil man dabei an eine Poolparty dachte und nicht an den blutigen Wettkampf, der sich tatsächlich dahinter verbarg und bei dem die Eltern auf den Tribünen durchdrehten. Barney konnte ganz gut schwimmen, wenn er wollte, auch ziemlich schnell, wahrscheinlich sogar schneller als Edward. Aber er wollte eben nicht. Nie. Schulsport war albern.

»Es ist mir wirklich ein Rätsel, wieso deine größenwahnsinnigen

Charaktereigenschaften beim Wettkampfsport nicht zum Tragen kommen«, sagte Mum. Barney war bekannt dafür, dass er bei seinem ersten Geländelauf für die Schule angehalten hatte, um auf seine Freunde zu warten.

Als Barney am Wochenende über die beiden drohenden Plagen Schwimmfest und Turntag nachgedacht hatte, war ihm schon wieder eine geniale Idee gekommen. Er würde Ms Bloodworth vorschlagen, bei beiden Veranstaltungen den offiziellen Videofilmer zu geben. Er war sehr optimistisch, dass sie zustimmen würde.

Ren war Meisterin im Rückenschwimmen in der Altersklasse bis zwölf Jahre. Mum hatte Barney strengstens verboten, sich über das Rückenschwimmen lustig zu machen, obwohl diese Sportart geradezu darum bettelte, dass man Witze über sie machte.

Wie sehr, sehr verschieden Ren und er doch waren.

Einmal hatte Ren ihre Mutter gefragt, ob sie wirklich Geschwister seien. War Barney womöglich adoptiert?

»Nein«, hatte Mum geantwortet. »Allerdings ist es möglich, dass er im Krankenhaus vertauscht wurde. Ich werde das mal nachprüfen.«

»... wobei euch die Lehrer unterstützen werden. Und vergesst bitte nicht die Anmeldung zum ...«

Aber abgesehen vom Rückenschwimmen fand Ren fast immer die gleichen Dinge lustig. Zum Beispiel Dickisch. Oder Tante Lindas Schielauge, das anscheinend immer in eine andere Zimmerecke schaute, während sie mit dir sprach. Der Gesang von Südinsel-Opa (eher schrecklich als witzig, aber irgendwann musste man lachen, weil es so schrecklich war). Mums Frisur, als sie jung war (ein riesiger Lockenberg, als sei ihr Kopf explodiert). Der Kuss von Han Solo und Prinzessin Leia. Marie Scullys knurrender Magen. Dorsa, die Freundin von Nordinsel-Oma, in ihrem Sportwagen. Die Simpsons. Calvin und Hobbes.

Und natürlich konnte er Ren auch immer selbst zum Lachen bringen. Immer. Das war seine Geheimwaffe. Immer, wenn sie sauer auf ihn war. Wenn sie mal wieder ein richtig wütendes Fischauge auspackte, führte er einfach eine seiner ausgefeilten Parodien vor, die er nur zu ihrer Unterhaltung ausgearbeitet hatte. Dick. Claude. Mia. Ms Quinn. (Also dann, meine Damen und Herren, ich bin sicher, ihr seid alle bla, bla, bla).

Und siehe da, hier kam das Original von Ms Quinn!

»Also dann, meine Damen und Herren, jetzt ist in unserer Schulversammlung die Zeit gekommen …«

Das Schullied. Vielleicht seine beste, auf jeden Fall Rens liebste Parodie, bei der sie sich regelmäßig den Bauch halten und die Hände vors Gesicht schlagen musste: wie Ms Quinn *molto* lachhaft beim **Kate Sheppard School**-Song mitsang.

Un-teerm weii-ten Hiii-hi-mmels-blau
Hee-ben wir die Aaa-au-gen auf

Ren saß mit dem Rest von Ms Temples Klasse sechs Reihen vor Barney. Er konnte ihren Pferdeschwanz sehen, extra hoch gebunden heute, besonders trotzig und kess. Ihre Schulterhaltung ließ vermuten, dass sie hingebungsvoll mitsang. Das Schullied war bescheuert, aber wenn Mrs Newberry am Klavier in der Aula in die Tasten haute und die Trompete dazu vom CD-Spieler einsetzte, dann fiel es schwer, nicht so zu singen, als ob man es ernst meinte.

Glooo-cken-voo-gel und der Tu-huu-ii
Ooo-ster-gloo-cke und Koo-whaa-ii
Fla-ha-ches Land und Fluss im Boo-ho-gen
Sanfte Hüü-hü-gel, Wool-ken droo-ho-ben

Das Schullied war im Jahr 1979 zum 100-jährigen Jubiläum ihrer Schule geschrieben worden, die anscheinend in den ersten hundert Jahren ihrer Existenz den verwirrenden Namen »South Normal School« getragen hatte. Zum hundertsten Geburtstag war sie in **Kate Sheppard School** umbenannt worden. Sally war noch zu der Schule mit dem alten Namen gegangen. Den größten Teil ihrer Kindheit hatte sie geglaubt, der Name bedeute, dass nur normale Kinder sie besuchen könnten. Sie war insgeheim sehr erleichtert gewesen, dass sie offenbar irgendeinen unbemerkten Test bestanden hatte, mit dem ihre Normalität geprüft worden war.

»Und dann bin ich groß geworden«, sagte sie, »und habe gemerkt, dass es zum Glück gar kein ›normal‹ gibt!«

Diese Anekdote hatte Sally bei der Eröffnung des **Living History Museum** erzählt und begeisterten Beifall geerntet. Damals war Barney erst zehn gewesen, und Sallys Aussage hatte ihn schwer beeindruckt. Er hatte gerade Kettle Productions gegründet (am Küchentisch, unter Beteiligung seiner zukünftigen treuen Schrägstrichkönigin und ihrer Federmappe). Jegliche Zweifel, ob seine Ambitionen auch wirklich normal für einen Zehnjährigen waren, wurden damit augenblicklich beseitigt. Barney war entschlossen in seine große und berühmte Zukunft geschritten, und aus diesem Moment vor dem Museum waren ihm unmittelbar SelbstbewusstseinEntschlossenheitVisionHandelnAnweisungen zugewachsen.

Kau-riiii-baum und Eii-hei-che
Schaaaaaaf und Haaaa-poo-koo
Vi-hi-lla und Rei-hen-hauuus
Und flaaaacher Buun-ga-ha-low

Die Unerzählte Geschichte hatte auf jeden Fall bestätigt, was Sally gesagt hatte, dachte Barney. Ms Quinns Augen verdrehten sich zum Himmel, während Mrs Newberry und der unsichtbare Trompeter auf ihren Instrumenten schwindelnde Höhen erklommen. Die High Street und der Luna Square, da waren sie sich einig gewesen, waren voller anscheinend normaler Menschen, die aber alle zugleich, auf die eine oder andere Weise, ein bisschen bekloppt waren.

Vielleicht zog die High Street eine bestimmte Sorte Leute an. Selbst die mehr oder weniger gewöhnlichen Menschen hatten eigenartige Angewohnheiten. Albert Anderson war natürlich toll, aber war er nicht auch ein wenig seltsam für einen Erwachsenen, weil er hauptsächlich Comics las und einen großen Teil des Tages Schach spielte? Und was war mit Dad? Die meisten erwachsenen Männer suchten doch bestimmt nicht regelmäßig im Netz nach kopflosen Schneiderpuppen, um ihre Sammlung zu vergrößern, oder? Aber Sally hatte gesagt, so etwas wie normal gebe es gar nicht. Nirgendwo. Vielleicht ging auf jeder Straße ihrer Stadt äußerlich alles seinen ganz gewöhnlichen Gang, während in Wirklichkeit zahllose Bürger mit irren Leidenschaften und Gewohnheiten dort zu Hause waren.

»Das ist wirklich großartig schräg«, sagte Mum, als Barney und Ren ihr einen Ausschnitt des Sonntagsmaterials zeigten – Mia und Marcel vor dem Tresen von **Toto's**. Mia trug ihre Prinzessin-Leia-Perücke, worum Barney für das Interview gebeten hatte, und Marcel saß stumm und steif neben ihr.

»High Street Gothic«, sagte Mum. »Wirklich ganz wunderbar. Du hast ein gutes Auge für diese Art von schräg!«

Barney hatte sich sehr gefreut, das zu hören. Er hatte Mum mit einer Barney-Umarmung belohnt. Mum selbst war im Großen und Ganzen kein bisschen schräg. Vielleicht sogar normal. Aber war das überhaupt möglich, wenn man Sallys Sicht der Dinge akzeptierte?

Im Schatten schneeee-be-deck-ter Bee-heer-ge
Im Scha-ha-ha-tten
schneeee-
be-he-
deck-ter
Bee-heer-ge.

So, das war es wieder für eine Woche.

Aber Barney fühlte sich großartig nach dem geschmetterten Schullied. Und nach den Gedanken über normal und schräg.

Es war 9 Uhr 30. Mathe mit Nick. Bio. Lesen. Ms Bloodworth hatte gesagt, Hörbücher zählten auch, also setzte er die Kopfhörer auf und lauschte der *SCHATZINSEL*. Er fühlte sich Jim Hawkins schon ziemlich verbunden. Meine Güte, hatte der eine Menge schräge Erwachsene um sich!

Während der Mathestunde mit Nick, als Barney gerade ein gleichschenkliges Dreieck ausmaß, drängte Ren sich mit Gewalt wieder in seine Gedanken.

Vielleicht sollte er sie in der Mittagspause aufspüren und ihr von seinen Plänen erzählen.

Nick las ein Buch namens *ANGEWANDTE MATHEMATIK FÜR FORTGESCHRITTENE* von Kristina Polaschek.

Barney schrieb die Messergebnisse auf. Geometrie war auch irre, aber offenbar notwendige Grundlage für Architektur.

Er dachte noch mehr über Ren nach.

Langer Rede kurzer Sinn (wie Dad gern sagte): Ren hatte bei ihrer geheimen Welt eine 180-Grad-Wendung vollzogen (siehst du, Nick, angewandte Geometrie!); sie war – ganz plötzlich, schien es Barney – sehr unzufrieden mit Obi und Girl.

Barney glaubte das sofort nach der Sichtung des ersten **Postamt**-Interviews gewusst zu haben, als Ren bei Obis Kommentaren beleidigte Fischaugen gemacht hatte und kein bisschen beeindruckt von Obis und Girls Erklärung war, dass sie Freundschaft schließen wollten.

Er wusste es noch bestimmter, als Ren sich geweigert hatte, noch einmal mit ins **Postamt** zu kommen, und als sie nach dem zweiten **Postamt**-Interview über Fiesheit und Kunst und künstlerische Handschrift gestritten hatten.

Er wusste es, als sie am Samstag vom Sofa vor **Busby's Emporium** aufstanden und getrennter Wege gingen: Ren in ihr Zimmer, Barney in die Gasse beim **Postamt**.

Er wusste es alles, ja, ja, aber er hatte beschlossen, nicht darüber nachzudenken, was seine erprobte und bewährte Methode war, mit beunruhigenden Problemen umzugehen.

Und dann war er am Samstagabend beschwingt wieder nach Hause gekommen und hatte auf seinem Kopfkissen *ORANGE BOY LEBT VI* und die vier mit Geschenkband verschnürten Päckchen gefunden, die alle anderen Orange-Boy-Zines enthielten.

Das war kein angenehmer Anblick. Es war so, als würde man ein zurückgegebenes Geschenk auf der Türschwelle finden. Eine Zurückweisung. Oder eine Ohrfeige.

Barney stürmte den Flur entlang und in Rens Zimmer.

»Was soll das denn?«

Er machte die Tür hinter sich zu und lehnte sich mit verschränkten Armen dagegen – die Haltung eines strengen großen Bruders, wie er hoffte.

Ren las *OBACHT! LUMPENPACK*. Sie las ständig *OBACHT! LUMPENPACK*! Sie war völlig vernarrt in das Buch, fand Barney. Er fand es ganz okay. Die Strips über Nancy Drew waren ganz witzig und der über Aquaman, ja und?

Auf einmal war er so ungeheuer sauer auf Ren.

»Was?«, fragte Ren.

Sie wusste genau, was.

»Du weißt genau, was!«

»Ich will sie nicht in meinem Zimmer haben.«

»Ich dachte, du hättest immer gesagt, wir müssen alles in verschiedenen Räumen aufbewahren, aus Sicherheitsgründen.«

»Wusstest du schon, dass du dich genau wie Mum anhörst, wenn du wütend bist?«

Jetzt war er richtig wütend.

»Warum willst du sie nicht in deinem Zimmer haben? Was ist bloß los mit dir?«

Ren wandte sich wieder *OBACHT! LUMPENPACK* zu. Sie lächelte still – es war zum Verrücktwerden – über irgendeinen erheiternden Einfall der genialen Kate Beaton. Barney konnte Rens Streitmethoden überhaupt nicht leiden. Er war aber auch nicht ganz sicher, wieso sie sich überhaupt stritten.

»Und? Sind sie noch da?«

»Wieso willst du das denn überhaupt wissen?«

»Will ich gar nicht.«

»Na also.«

Aber das half auch nicht weiter, weil er wissen musste, wieso sie ihm die Zines zurückgegeben hatte, wieso sie jetzt nichts mehr von den Sachen wissen wollte, die sie beide in den letzten sechs grandiosen Wochen so begeistert verfolgt hatten.

Sie liebten die Zines beide. Das stand wirklich fest.

Barney nahm die Arme von der Brust. Er wusste nicht so recht, was er als Nächstes sagen sollte.

»Also, was soll ich jetzt mit ihnen machen?«

Schlimmer als lahm.

»Sie gehören jetzt dir«, sagte Ren. »Du kannst mit ihnen machen, was du willst.«

Das hasste er wirklich, wenn Ren so einen logischen Ton anschlug.

»Aber wieso, Ren?«, fragte er, weniger sauer als vielmehr ein bisschen verzweifelt. »Ich verstehe es nicht.«

Es warf Barney ziemlich aus der Bahn, seine Mitstreiterin bei diesem Abenteuer nicht an seiner Seite zu wissen. Das störte sein Gefühl für die richtige Ordnung der Dinge, mit der seine Welt am besten funktionierte.

»Es ist Orange Boy, Ren.«

»Nein«, sagte Ren. »Ist es eben nicht. Das ist das Problem.«

Sie warf *OBACHT! LUMPENPACK* zur Seite. Jetzt verschränkte sie die Arme.

»Er ist gar nicht wirklich Orange Boy. Nicht der Orange Boy aus den Zines. Er ist jemand anders. Jemand nicht so Nettes. Und Girl genauso.«

Barney trat näher an Rens Bett heran. Sie starrte ihn wütend an. Ihre Augen waren riesig.

»Aber ein bisschen ist er schon noch Orange Boy«, sagte er.

Eine Träne fiel aus Rens Auge und rollte unter ihrer Brille hervor.

Meine Güte. Ren weinte. Das passierte so gut wie nie. Das letzte Mal, als auf dem Schulfest ihre Brille gebrochen war, bei einem Auffahrunfall auf der Riesenrutsche.

»Ich wünschte, wir hätten Obi und Girl nie kennengelernt«, sagte Ren, und beim letzten Wort entfuhr ihr ein kleiner Schluckauf-Schluchzer. »Ich wünschte, wir würden immer noch bloß die Umschläge kriegen und nichts vom **Postamt** wissen.«

Wie interessant, dachte Barney, anstatt die Träne anzuschauen. Ren gefiel es besser, als sie die echten Obi und Girl noch nicht kannten, während es ihm, Barney, im Großen und Ganzen besser gefiel, seit sie die beiden kannten. Die Jagd nach den Umschlägen war schon toll gewesen, aber es war *molto* hervorragend, ins **Postamt** eingelassen zu werden und die richtigen Menschen kennenzulernen.

»Nichts passt«, sagte Ren. Sie klang ungefähr wie fünf. Wie Bingo.

»Es ist so enttäuschend«, sagte sie. »Dass nichts passt. Und ich traue Obi nicht. Solltest du auch nicht, Barney. Ich bin froh, dass sie weggehen.«

Was sollte er machen? Auf keinen Fall wollte er eine weitere Träne sehen.

»Okay! Okay!«, sagte Barney und drückte die Hände auf die Luft, so wie Dad es tat, wenn er einen Streit mit Mum beenden wollte. »Verstanden, verstanden. Ich beuge mich deinem messerscharfen Verstand.«

Ren schnaubte, ein sehr entfernter Verwandter des Lachens.

Es hatte keinen Sinn, Ren vom Dienstags-Date zu erzählen. Er würde die Sache abdrehen und ihr hinterher zeigen.

»Aber morgen ist ein großer Tag!«, sagte Barney. »Die märchenhafte Mia und der maulfaule Marcel.« Er stellte sich so zögerlich, benommen, halb schwebend hin wie Marcel immer. Er hielt die Hände wie eine Wand vor sich, um die er dann herumspähte wie Marcel nervös um die Bürotür.

Ren kicherte.

In Bio nahmen sie wieder Fotosynthese und Chlorophyll durch.

Waren schon schlau, die alten Pflanzen: wie sie das mit der Sonne anstellten. Barney selbst hatte so was von die Nase voll von der Sonne. In den letzten Wochen hatte sie mehr oder weniger alle und alles verbrannt, sogar das Gras auf **Little Wilt**.

Es war ein gutes Gefühl gewesen, Ren am Samstag zum Lachen zu bringen. Vielleicht sollte er wirklich überlegen, ob er nicht auch *vor* der Kamera Karriere machen könnte. Am Sonntag hatte er sie auch noch mehrere Male zum Lachen gebracht, und beim Filmen am Montagnachmittag.

Keiner von beiden hatte Obi und Girl wieder erwähnt. Was an sich schon seltsam war, weil die beiden so lange ihr Hauptgesprächsstoff gewesen waren.

Dass er Ren wiederhergestellt, sie wieder zur fröhlichen und organisierten Schrägstrichkönigin gemacht hatte, heiterte ihn ebenfalls auf. Jetzt hatte Barney wieder das Gefühl, dass das Leben in der richtigen Spur lief, dass beide Hälften von Kettle Productions aus vollen Rohren feuerten, dass sie Sachen gebacken kriegten.

Es lenkte ihn von dem Gedanken ab, dass alles zu Ende ging.

Auch der Gedanke an den Schnitt der Unerzählten Geschichte war eine gute Ablenkung. Das würde eine Riesenaufgabe. Aber beim Schneiden konnte man im Film leben. Solange man schnitt, war es noch nicht zu Ende. Und wenn die AufregendeAlchemie ihre Pflicht tat – was offenbar tatsächlich passierte –, dann konnte man sich, sobald der Schnitt vorbei war und die Premiere bevorstand, schon auf eine neue Idee stürzen. Und wenn die Premiere dann gelaufen war – das war der Moment, wenn der Enttäuschungswurm sich richtig tief graben konnte –, dann hatte man schon ein glanzvolles neues Projekt, das den Kopf und die Zukunft ausfüllte.

Alles in allem war das ein ganz gutes System.

Fast wie die Fotosynthese.

Und die Rechtschreibkontrolle. Er war sehr froh, dass er die Schreibung von *Fotosynthese* und *Chlorophyll* im Griff hatte.

In der stillen Lesestunde klinkte Barney sich also in die fortlaufenden Abenteuer von Jim Hawkins ein. Im Augenblick lag Jim in einem Apfelfass, wiegte sich sanft mit der *Hispaniola*, dachte an Long John Silver und sein verstörendes Verhalten.

Man stelle sich vor, mit einer Bande Piraten auf hoher See zu sein. Ein Junge und ein paar ernsthaft unzuverlässige Erwachsene.

Aber heute fiel es ihm richtig schwer, sich auf die Geschichte zu konzentrieren. Nur noch vierzig Minuten bis zur Mittagspause. Er würde Ren erzählen, dass er ins **Postamt** ging. Und zwar zum letzten Mal. Obwohl er keine Ahnung hatte, wohin Obi und Girl gehen würden. Sie hätten Kontakte, hatte Obi gesagt. Mehr ließ er sich nicht entlocken. Girl sagte überhaupt nichts, Punkt.

Das Leben von Obi und Girl war ein bisschen wie das von Jim. (Das **Postamt** war die *Hispaniola.*) Sie hatten einander, aber sonst waren sie in jeder Hinsicht auf sich allein gestellt. Es gab obdachlose Piraten, auf die man aufpassen musste. Auch High-Street-Piraten. Vielleicht sogar Polizeipiraten.

Barney versuchte es sich vorzustellen.

Er hatte noch nie darüber nachgedacht, wie es wäre, allein zu sein – ein Kind ohne Eltern. Eigentlich nicht. Es war schwer, sich das vorzustellen, weil er es noch nie erlebt hatte. Er konnte auf nichts zurückgreifen.

Er war eigentlich noch nie auf sich allein gestellt gewesen.

Benjamin, Jack und Barney hatten einmal einen aufwendigen Plan für eine Reise auf die Nordinsel ausgeheckt, inklusive Fahrten mit dem Bus, mit Fähren, Zügen und per Anhalter und Übernachten unterm Sternenzelt. Sie hatten Lebensmittellisten und Ausrüstungslisten erstellt. Sie hatten überlegt, wie sie an Geld kommen würden. Doch sie waren alle erst neun Jahre alt gewesen und hatten genau gewusst, dass es nie zu der Reise kommen würde. Es war eine sehr angenehme Fantasie. Wie im Bilderbuch.

Wenn er darüber nachdachte, gab es nur zwei Orte, an denen er sich annähernd allein fühlte. Im Bett. Aber das zählte eigentlich nicht. Mum und Dad und Ren waren in den Nachbarzimmern. Und außerdem dauerte es immer bloß ein oder zwei Minuten: Barney schlief normalerweise sofort ein.

Und einmal hatte er auf dem Land bei den Südinsel-Großeltern einen halben Tag allein verbracht. Ren hatte mit Magen- und Darmgrippe im Bett gelegen. Barney hatte die Videokamera und einen Rucksack mit Essen mitgenommen. Er war die Straße entlanggewandert, hatte Weiden überquert und war schließlich am Fluss gelandet.

Er hatte die ganze Zeit so getan, als sei er ein Naturfilmer. Er hatte Schafe und Elstern gefilmt, die reichlich vorhanden, und Kaninchen, die weniger häufig waren, und dann waren ihm die Tiere ausgegangen. Er hatte einen Klumpen Pilze unter einer Kiefer gefilmt (plus ein paar nicht zu identifizierende Insekten). Und mehrere Haufen Schafkacke (mit Fliegen drum herum). Und den Fluss, in dem sicher Fische waren, nahm er an, aber die blieben in Deckung. Schließlich hatte er sich neben eine Trauerweide gesetzt und war zu dem Schluss gekommen, dass Naturdokumentationen nicht seine Sache waren. Die waren noch langweiliger als Golf im Fernsehen, wenn das überhaupt möglich war.

Diesen Gedanken hatte er in die frische Landluft gesprochen, nur um seine Stimme in der lauten Stille der Natur zu hören, um zu beweisen, dass er wirklich da war.

Dann war er ins Haus zurückgekehrt und hatte Ren aufgeweckt, um ihr von dem Erlebnis zu erzählen, über die Seltsamkeit, ganz allein im weiten, weiten Draußen zu sein.

Aber selbst da hatte er gewusst, dass Oma und Opa bloß ein paar Meter weg waren.

Auf der High Street war er nie allein. Und so hatte Barney es auch am liebsten. Anders konnte er es sich gar nicht vorstellen. Das war Tatsache. Es war immer jemand da, mit dem man abhängen konnte.

Immer war irgendwas los, auch wenn es etwas eher Passives war, wie mit Ren – oder Jack, oder Benjamin – herumzuliegen und die Qualität der einzelnen Bände von *Tim und Struppi* zu vergleichen oder über die Zeitreisen in 12 Monkeys zu diskutieren, oder über Lakritz mit Schokoladenüberzug im Gegensatz zu Schokolade mit Lakritzüberzug.

Und wenn gar nichts los war, konnte er etwas lostreten, indem er sich einen Film ausdachte und alle anderen zum Mitmachen zwang. Na los.

Eltern waren natürlich gelegentlich anstrengend, und Schule war lästig, aber das wirklich Gute an Erwachsenen war, dass sie sich um alles Grundlegende kümmerten: Essen, Kleidung, Geld und Videokameras. So hatte er die Freiheit, sich auf das Wesentliche zu konzentrieren, wie die AufregendeAlchemie – oder das unerklärliche und fesselnde Phänomen von eigenhändig überbrachten Briefumschlägen, die an ihn selbst adressiert waren.

DU.

Barney stellte die *Schatzinsel* auf Pause. Er nahm die Ohrhörer raus und ließ den Blick über die Klasse schweifen. Alle lasen brav. Ms Bloodworth war in ihr eigenes Buch vertieft. Das Titelbild zeigte einen weiblichen Engel im orangeroten Kleid und mit Gummistiefeln. Die Figur hatte die Arme ausgebreitet.

Ein höchst unbehaglicher Gedanke drängte sich an die Oberfläche seines Geistes.

Er stellte sich Obi und Girl in ihrer **Postamt**shöhle vor. Das kleine selbst gebaute Nest. Der Haufen ihrer Habseligkeiten. Keine Erwachsenen. Keine Schule. Wie sie ihre Zines und ihre Spiele machten. Niemandem verantwortlich. *Molto* toll, hatte Barney nach dem ersten Besuch gedacht, und dann wieder, als er sie beim Zeichnen gefilmt hatte.

Aber.

Wie wäre es, wenn kein Essen auf dich wartet, obwohl du essen musst?

Deine Kleider heimlich zusammenzuklauen, immer von Verhaftung bedroht?

In einem verrammelten öffentlichen Gebäude zu schlafen, auf einem unebenen Bett aus Polstern und Kissen?

Sich unter lauter Fremden zu verbergen?

Bilder zu zeichnen, Geschichten und Spiele zu ersinnen – eigenartige, wundersame Dinge – und niemanden zu haben, dem du sie zeigen kannst, der sie überschwänglich lobt, der dir sagt, wie wunderbar du bist?

Euer Leben hat uns gefallen.

Wir hätten längst gehen sollen, aber wir konnten nicht aufhören zuzuschauen.

Barney sah aus dem Fenster auf die leere Schulhofausstattung, die Kletterwand und das Klettergerüst, das Volleyballnetz und die Hüpfkästchen. In zehn Minuten würde es dort von Kindern wimmeln.

Er war so ein Trottel. Und ein Taugenichts. Vielleicht sogar eine Nulpe. Oder eine Niete. (Die liebsten Spottnamen von Albert beziehungsweise Mum.)

Und vielleicht auch ganz wirklich und ehrlich größenwahnsinnig.

Barney stützte den Kopf in die Hände und riss mit beiden Fäusten an seinen Haaren, aber leise, um niemanden beim Lesen zu stören.

Er war so beeindruckt gewesen – ein bisschen verängstigt beinahe – von der harten und argwöhnischen Art der beiden Abenteurer.

So begeistert von ihren künstlerischen Fähigkeiten, von ihren Bildern und Brettspielen, von ihren provokanten Spielchen. Vor allem aber war er so ungeheuer erfreut gewesen zu hören, dass sie mit den Umschlägen versucht hatten, Freundschaft mit ihm und Ren zu schließen. Ihm war vor Stolz ganz schwindelig geworden. Nach dem ersten **Postamt**s-Interview konnte er an gar nichts anderes mehr denken.

Aber jetzt klangen die Sachen, die Obi und Girl gesagt hatten, in seinem Kopf ganz anders.

Wir konnten nicht aufhören zuzuschauen.

Wenn er mal angestrengt darüber nachdachte, richtig dachte, wenn er sich neben sich selbst stellte und sich selbst und die High Street aus einem anderen Blickwinkel betrachtete (Barney stellte sich eine andere Kamera vor, die auf diesen Blick eingestellt war), dann sah er eines ganz deutlich: Sein Leben, Barney Kettles Leben – der König der Straße, Autor/Regisseur, getrieben von SelbstbewusstseinEntschlossenheitVisionHandelnAnweisungen und Befehle brüllend –, sein hirnlos glückliches, größenwahnsinniges Leben konnte bestimmt unterhaltsam und amüsant sein. Erstklassiges Programm. Bis zu einem gewissen Grad.

Aber wir konnten nicht aufhören zuzuschauen, das hörte er jetzt, hatte unter der begeisterten Oberfläche noch eine ganz andere Bedeutung. Hinter den Worten lag noch eine andere Geschichte. Eine andere Unerzählte Geschichte.

Barney lehnte sich zurück und suchte das verlässliche Panorama der Port Hills. Die waren immer da. Eine landschaftliche Orientierungshilfe.

Doch trotz der Hügel und der Stabilität seines Schreibtisches und der zuverlässigen Gegenwart seiner Mitschüler und Lehrerin war ihm etwas wacklig zu Mute – im Magen, in den Beinen, in seinem nichtsnutzigen Kopf.

Er erinnerte sich, als Wilton Maxwell noch sein bester Freund gewesen und er oft zum Spielen zu ihm gegangen war. Wilton und seine Familie hatten früher mal eine Wohnung in der Südstadt gehabt, doch jetzt lebten sie in einer Villa im Westteil der Stadt.

Wiltons Haus war wie Ali Babas Höhle gewesen. Alles darin glänzte und glitzerte; manches schien tatsächlich aus echtem Gold zu sein. Wilton hatte einen Breitbildfernseher, einen eigenen Laptop, einen Milchshake-Mixer, eine Spülmaschine und einen ganzen Raum nur für seine Lego-Bauwerke, die riesengroß und ein Augenschmaus waren, die aber nur Wilton berühren durfte.

Die Port Hills lösten sich vor Barneys Augen auf. Jetzt sah er Wiltons glänzend rotes Fahrrad, sein Baumhaus und sein Trampolin, erinnerte sich an Wiltons Ferienbesuch in Disneyland. Er konnte sich genau an seine Gefühle erinnern, wenn er in Wiltons Haus kam. Gier und Neid. Er hatte alles haben wollen, was Wilton hatte. Das Fahrrad, den Fernseher, das Zimmer voller Lego. Sogar die Spülmaschine. Ganz bestimmt hatte er das Waffeleisen haben wollen und die abgepackte Waffelteigmischung, die im Kettle'schen Haushalt niemals geduldet worden wäre.

Wiltons Leben hatte Barney gefallen. Eine Weile konnte er gar nicht genug davon kriegen.

Er wäre nie darauf gekommen, dass sein eigenes Leben beneidenswert war. Aber wenn er es jetzt aus Sicht von Obi und Girl betrachtete, sah er schon, dass es wirklich sehr gut aussah. Beneidenswert.

Verlässliche Erwachsene, reichlich zu essen, jede Menge Spaß.

Nichts zu befürchten. Eine ganze Straße voller Menschen, die auf dich aufpassten. Erwachsene, die sich um Dinge kümmerten und dir Zeit ließen, draußen in der Welt zu spielen, deine eigene Welt zu erschaffen. Dich zu verkleiden und herumzurennen. Zu lachen und zu schreien und erfreuliche Temperamentsausbrüche zu haben. Ein Kind zu sein. Aber auch ernst genommen zu werden.

Natürlich hatte sein und Rens Leben Obi und Girl gefallen. Es hatte in ihren Augen so gut ausgesehen, dass sie jede noch so kleine Einzelheit herausfinden wollten – durch Beschatten und Belauschen und durch *Zwanzig Fragen.* Meine Güte, sie hatten sogar die zweiten Vornamen von Mum und Dad wissen wollen! Barney hatte sich nicht viel dabei gedacht; das gehörte eben alles zu dieser irgendwie gespenstischen ersten Nacht.

Aber jetzt erinnerte er sich an die Sehnsucht in diesen Fragen. Er hörte die nebenbei gefallenen Bemerkungen wieder. Die scharfen Klänge und Untertöne.

Barney glaubte immer noch, dass Obi und Girl Freundschaft schließen wollten. Genau wie er, Barney, Wilton Maxwells Freund hatte sein wollen. Um zu seinem Leben, zu seinem Wohlstand und Glück zu gehören.

Aber Obi und Girl waren nicht mehr sechs Jahre alt. Sie wussten, dass es keine richtige Freundschaft sein konnte, oder bestenfalls eine flüchtige. Sie hatten sehr wohl gewusst, dass das Königspaar der High Street in einem ihnen verschlossenen, glücklichen Universum lebte; dass sie, Obi und Girl, bloß Herumtreiber waren, die immer nur zu Besuch kommen konnten, die zwar hingucken und hören und schmecken und anfassen konnten, aber nur für sehr kurze Zeit.

Das wäre schwer zu ertragen, oder? Das wäre mit Sicherheit eine bittere Pille – wie Dad immer die Steuern nannte: etwas Ungenießbares, das man dennoch schlucken musste.

Da wärst du mit Sicherheit auch sehr viel weniger freundlich, trotz deiner Sehnsüchte. Und natürlich könnte das auch dazu führen, dass du die Ziele deiner neidischen Blicke nicht magst. Oh ja.

Er musste mit Ren reden.

Als es zur Mittagspause klingelte, nahm Barney seine Kameratasche und seinen Rucksack und ging Ren suchen. Sie saß mit Lovie und Henrietta in der Schulmensa. Sie standen gerade für gefrorene Frucht-Smoothies an, die waren ganz neu an der **Kate Sheppard**. Barney hatte noch keinen probiert. Er stellte sich nur sehr ungern an.

»Hey, Barney«, sagte Lovie. »Hat Marcel wirklich einen ganzen Satz vor der Kamera gesagt?«

»Ja«, sagte Barney, »aber es war nur ein Ein-Wort-Satz.«

Ren grinste selbstgefällig.

Lovie und Henrietta stöhnten.

»Was für ein Wort?«

»Moment, Moment«, sagte Ren. »Barney, du sagst das Wort, und dann müsst ihr beide raten, wie die Frage lautete. Um es ein bisschen interessanter zu machen.«

»Interessanter für euch«, sagte Henrietta, und man hörte ihr an, dass sie bei solchen Späßen meist den Kürzeren zog.

»Ich muss mit dir reden«, sagte Barney zu Ren.

Henrietta und Lovie seufzten demonstrativ.

»Über das Interview mit Suit«, sagte Barney, der diese Eingebung wie üblich spontan aus der Luft gepflückt hatte. Obwohl da zufällig tatsächlich etwas war, was er ...

»Aber zuerst: Wie lautete der Ein-Wort-Satz?«, fragte Lovie.

»Grease«, sagte Barney. Na los, sagten seine Augen zu Ren.

»Wir bringen dir einen mit«, sagte Henrietta.

Barney ging schnellen Schrittes in Richtung der Bänke hinter dem Klettergerüst.

»Wieso die Eile?«, fragte Ren. »Und wieso hast du deine Kameratasche dabei?«

Sie waren nicht zusammen zur Schule gegangen. Ren war mit Henrietta und Lovie früher aufgebrochen. Sie wollte ihnen etwas beweisen, sagte sie. Und was? Dass sie nicht ihre gesamte Zeit mit ihrem Bruder verbrachte.

»Genau darüber wollte ich mit dir reden«, sagte Barney. Aber bevor er weiterreden konnte, verzog Ren das Gesicht.

»Du gehst ins **Postamt**«, sagte sie.

»Ja«, gab Barney zu. Wie machte sie das? »Sie gehen heute. Ich wollte es dir eigentlich nicht erzählen. Aber dann habe ich gedacht, ich tue es doch. Weil ich dir normalerweise alles erzähle.«

Er klimperte mit den Wimpern, so übertrieben er konnte.

»Nun, Barney«, sagte Ren im besten Ms-Temple-Ton, »ich glaube, du wirst feststellen, dass das Leben sich nicht immer genauso verhält, wie du es gern hättest.«

Genau diese Worte hatte Ms Temple gesprochen, als Barney im letzten Jahr gegen seinen Platz in der Sitzordnung protestiert hatte.

»Na gut«, sagte Ren.

Barney war überrascht. Er war überzeugt gewesen, sie würde heftiger protestieren.

Aber jetzt setzte Ren sich auf die Bank. Barney setzte sich neben sie. Er nahm einen großen Schluck aus seiner Wasserflasche. Iiih. Lauwarm. Er freute sich tatsächlich schon auf den Regen. Er sollte endlich kommen. Mum hatte ihm heute Morgen die Wettervorhersage vorgelesen.

»Keine Umschläge mehr«, sagte Ren, als wäre jemand gestorben.

»Nein«, sagte Barney. Er dachte an den ersten Umschlag und wie er ihn unter dem eisernen Stuhlbein hervorgezogen hatte. Wie ihn das Wort DU angestrahlt und angeschrien hatte. Wie ein Schlag ins Gesicht. Es war fast ein Vorwurf, wenn er jetzt darüber nachdachte. (Er dachte heute viel mehr als üblich. War furchtbar anstrengend.) Wie ein ausgestreckter Zeigefinger.

»Ich kann es noch nicht richtig glauben«, sagte Ren. »Es kommt mir vor, als könnte ich mich gar nicht an ein Leben vor den Zines erinnern.«

»Ich auch nicht. Es war der Wahnsinn.«

»Ich mag sie nicht«, sagte Ren ganz plötzlich. »Nicht so richtig.«

Barney beobachtete Benjamin und Jack, Edward und JohnLeo, die aus der Mensa kamen. Alle hatten Eis-Smoothies in der Hand.

»Sie sind einfach so ... so anders. Nicht so, wie ich erwartet habe.«

»Das hat mir eigentlich nichts ausgemacht«, sagte Barney. »Am Schluss nicht mehr. Es war interessant.«

»Irgendwie schon«, sagte Ren. »Aber auch irgendwie traurig.«

»Aber auch interessant.«

»Du magst seltsam viel lieber als ich«, sagte Ren.

Das stimmte. Wirklich. Wie großartig!

»Aber du magst Syllogismen, und die sind viel schlimmer als seltsam.«

Ren kicherte.

»Vielleicht mögen sie uns wirklich nicht«, gab Barney zu.

»Ja«, sagte Ren.

»Man kann es verstehen.«

»Ja.«

Ein kleiner Film ging in Barneys Kopf los. Obi und Girl, unsichtbar am Rand der Dreharbeiten zu Feliz Navidad; im **Comic Strip**, neben dem Fernsehsessel, in dem Barney sich lümmelte; im **Mediterranean Warehouse**, bei **Mulberry**, bei Bambi, in **Coralie's Café**, überall, wo Barney und Ren waren, wo sie hingingen, wo sie sich unterhielten. Und die ganze Zeit sahen sie zu, schätzten sie ab, wollten, wollten, wollten sie ...

Einen Augenblick lang überlegte er, ob er tatsächlich heute ins **Postamt** gehen wollte.

Aber.

»Ich möchte sie einfach noch einmal sehen«, sagte er. »Und gucken, ob sie nicht richtig über die Zines reden wollen.«

»Ich wette, sie wollen nicht«, sagte Ren. »Und außerdem weißt du doch schon, dass Girl sie gezeichnet hat. Und wahrscheinlich stimmen die Geschichten noch nicht mal.«

»Tja«, sagte Barney und stand auf. »Dann kann ich mich immerhin verabschieden.«

»Was hast du denn Ms Bloodworth erzählt?«

»Außenaufnahmen, Straßeninterviews, Lücken füllen«, sagte Barney locker. »Ich bin vage geblieben.«

»Barney Kettle«, sagte Ren-Schrägstrich-Ms-Temple, »deine Frechheit nimmt mir den Atem.«

»Wir sehen uns im **Sacred Fig**«, sagte er.

Barney war schon am Schultor, als ihm einfiel, was er Ren wegen Suit fragen wollte. Verdammt.

Er würde heute Abend fragen.

Beim Gehen dachte Barney über Die Unerzählte Geschichte nach.

Sein Magnum Opus. Bis jetzt. Er war überzeugt, in seiner großen und berühmten Zukunft würde es weitere Magnum Opusse geben. Doch er konnte sich vorstellen, dass ein Biograf in dieser Zukunft Die Unerzählte Geschichte als einen entscheidenden Wendepunkt im Kettle'schen Œuvre einstufen würde. (*Œuvre* war ein Lieblingswort von Hal und Felix. Barney hatte Dad nach der richtigen Aussprache befragt: »Ööh-wre« hieß es offenbar.)

Filmemachen war tatsächlich ein Geschenk, das einem immer mehr schenkte. Es hatte so viele großartige Seiten: Planen (das war beinahe das Beste: der gesamte, noch nicht gedrehte Film lief in deinem Kopf ab, ein vollkommenes Werk, noch nicht von der Realität befleckt). Tatsächlich drehen (schwindelnde Freude, zähneknirschende Verzweiflung). Sichtkontrolle (ein bisschen ähnlich). Schnitt (im Schneideraum: eine bittersüße Zeit, in der man sowohl Rache üben – schlechte schauspielerische Leistungen herausschneiden – als auch großen Verlust erleiden konnte – geliebte Szenen herausschneiden, weil sie tatsächlich überflüssig waren). Und dann noch das Wieder-Erleben (ein halb dauerhafter Zustand, der vor, während und nach allen anderen eintrat: Vor dem geistigen Auge liefen die besten Momente von Planen, Drehen, Sichten und Schneiden ab – und dazu die Premiere – sobald man mal einen ruhigen Moment hatte).

Barney passierte das Wieder-Erleben oft beim Gehen.

Er war *molto* zufrieden mit der Unerzählten Geschichte, wirklich.

Natürlich würde der Schnitt Wahnsinn werden, aber es konnte keinen Zweifel geben, dass sie fantastisches Filmmaterial hatten. Der einzige richtige Ausfall war Dick Scully, und selbst Dicks Interview konnte noch großartig werden, wenn man es nur raffiniert schnitt und als Comedy betrachtete.

Die ganze Frage von komisch und ernst war interessant. Manche Interviews waren witzig, weil die Befragten von Natur aus witzige Menschen waren, die witzige Geschichten erzählten (Albert zum Beispiel. Oder Willy Edwards). Manche waren witzig, weil Unerwartetes passierte (**Hair Today**; die Originaltöne vom Luna Square und von der High Street). Manche waren zum Totlachen, obwohl die Interviewten es nicht beabsichtigt hatten (Claude; Clifford und Ellen; Sabrina – dieses verrückte bonbongestreifte Kleid! Mia und Marcel). Manche waren ziemlich ernst oder berührend oder auch ein bisschen schön (Kazimierz, Mariko, der **Map Shop**).

Und dann war da noch das unberechenbare Element der **Postamt**-Interviews. Wo sollten die im breiten Spektrum der Unerzählten Geschichte ihren Platz finden? Am Ende? *(Aber Moment mal, Leute, da kommt noch was ... etwas, wovon ihr nichts geahnt habt ...)* Oder überall zwischendurch eingeflochten? Ein verlockendes Rätsel? Ein wiederkehrendes Mysterium, das zwischen die anderen Interviews geschnitten war? Ein *MacGuffin*!

Und war Die Unerzählte Geschichte eine ernsthafte Dokumentation mit komischen Elementen oder eine komische Doku mit ernsten Anteilen? Und spielte das eine Rolle? Das waren die Fragen, die große und berühmte Regisseure zu bedenken hatten, wenn sie sich an den Schnitt machten.

Barney fiel ein erfreulicher Vergleich ein. Die Unerzählte Geschichte war wie Toastkuchen! Riesig. Vielschichtig. Würzig und süß zugleich. Und voller raffinierter kleiner Überraschungen.

Aber die größte Herausforderung würde das Ende werden. Barney neigte momentan sehr zu Albert Andersons Worten: »Das ist eine richtig tolle Gegend hier«, hatte er gesagt. »Alle Arten von Leuten. Eine eigene Welt.«

Aber vielleicht würde er auch übergangslos verschiedene Aussagen aneinanderschneiden, eine nach der anderen, zackzackzack, und sie dann durcheinanderschütteln. Oder alle gleichzeitig laufenlassen, so dass es eine Art verrückter Chor wurde. Bei *Chor* fiel ihm ein, dass sie den Kastanienbaum noch nicht gefilmt hatten; sie brauchten noch die Stare in voller Sangesstärke. Das hatte er sich als Eröffnungssequenz gedacht. Gefolgt von ihm selbst! Das hatten sie schon im Kasten. Häkchen dran.

Am Sonntagmorgen waren sie im Morgengrauen aufgestanden, und Ren hatte Barney mitten auf der leeren Straße gefilmt, wie er mit ausgebreiteten Armen das Publikum begrüßte – die Anwohner, die Geschäftsleute, die Stadt drum herum, die Welt! Er hatte sein frisch gewaschenes George-Lucas-T-Shirt angehabt.

»Hast du einen Favoriten?«, hatte Ren ihn am Sonntagabend gefragt. Da saßen sie wieder auf dem Ledersofa, am Ende eines langen Drehtages. Wieder ein randvolles Wochenende.

»Was für einen Favoriten?« Barney ließ im Kopf gerade noch einmal das Interview mit Suit und Mireille ablaufen. Das war sehr gut gewesen. Und überraschend.

»Ein Lieblingsinterview«, erklärte Ren.

»Sooo viele«, sagte Barney und streckte sich wohlig.

»Ist bei mir genauso. Es ändert sich dauernd.«

»Und ein Prachtstück folgt aufs andere!«

»Vielleicht Marikos«, sagte Ren.

»Und natürlich Albert. Aber **Hair Today** war auch toll. Und Sally. Und dann, klar, die geniale Show von Claudes Ausraster.«

Sie saßen zufrieden schweigend nebeneinander.

»Suit ist sooo nett«, sagte Ren nach einer Minute. Zurückhaltendes Teeny Weeny Sweetie, aber trotzdem: Iiih. »Mireille und er sind so süß zusammen.«

»Hmmm«, machte Barney. Solchen Schmalz würde er nicht unterstützen.

Sie hatten das Interview im Blumenladen unten beendet, wo Mireille und Suit gemeinsam das Zusammenstellen eines Blumenstraußes demonstriert hatten.

»Alle Hände helfen mit«, hatte Suit auf ihren überrascht fragenden Blick geantwortet. »Ich packe abends manchmal mit an, wenn es viel zu tun gibt.«

»Zwei Hochzeiten und ein Todesfall«, erklärte Mireille. Ein großer Eukalyptuskranz lag schon auf der Bank bereit.

»Ist natürlich etwas ganz anders, als Uhren zu reparieren«, sagte Suit, »aber beides erfordert Präzision. Wie jedes Handwerk. Und alle Kunst.«

»Und das Leben!«, sagte Mireille und schaute demonstrativ auf den Wecker. Der stand neben dem Kranz auf der Bank. Er war fast wie ein dritter Interviewpartner gewesen, denn immer wenn Mireille oder Suit ein paar Sekunden zu sprechen aufhörten, hörte man plötzlich sein Ticken.

»Da hast du ganz Recht, Em«, sagte Suit. »Wie üblich.«

»Worauf ist der Wecker denn jetzt gerade gestellt?«, fragte Ren.

»Abendessen, Zubereitung und Verzehr«, sagte Suit. »Und dann geht es an die Abendpflichten. Jeder für ungefähr eine Stunde an seinen Schreibtisch. Meine Großmutter hätte das gar nicht geschätzt. Sonntag war der Tag der Erholung.«

»Ich gehe ins Netz«, sagte Mireille. »Recherchiere Blumenfragen. Oder ich mache Handarbeiten.«

Sie hatten Mireilles Handarbeiten oben gefilmt: Patchwork-Decken, bestickte Tücher aller Art. Mireille hatte sie aus einem großen Koffer geholt, wo sie in Seidenpapier gehüllt mit Lavendelsäckchen lagen und auf die richtigen Empfänger warteten. Mireilles Handarbeiten waren in der ganzen Straße berühmt. Mum hatte von Mireille mehrere bestickte Teile bekommen – Handtücher, Geschirrhandtücher, Servietten und eine wunderschöne Tischdecke, die Mum für eine zukünftige Feier aufhob.

»Dee geht natürlich nicht online«, sagte Mireille. Suit war ebenso berühmt für seine Abneigung gegen die digitale Welt. Vor allem bei Uhren. »Er greift lieber zur Feder.«

»Wie ihr wisst«, sagte Suit, »weiß ich Handwerk aller Art zu schätzen. Ich arbeite am liebsten mit der Hand. Seht!« Er hielt den fertigen Strauß in die Höhe.

»Weiße Rosen«, erklärte Mireille, »und Ehrenpreis. Etwas Spargelkraut für zarte Kontraste und gewundene Eukalyptuszweige für Halt und Gleichgewicht.« Barney zoomte nah an den Strauß heran – war er für die Hochzeit oder die Beerdigung? Egal. Er hatte das Interview mit dieser Aufnahme beendet.

Erst später, als er im Bett wie üblich alles noch einmal abspulte, fiel Barney auf, dass er gar nicht wusste, was Suits Abendpflicht eigentlich war. Vielleicht das Gleiche, was er auch am Mittwochnachmittag in der Bücherei machte. Vielleicht wusste es Ren. Sie wusste die meisten Sachen.

Etwas später, als er fast schon schlief, war ihm noch durch den Kopf gegangen, dass Mireille der einzige Mensch war, der Suit beim richtigen Vornamen nannte. Komisch, dass Suit einen Mädchennamen hatte. Oder trug die Schulsekretärin der **Kate Sheppard**, Dee Andrews, etwa einen Männernamen? Vielleicht war es auch Suits Nachname. Er hatte noch nie darüber nachgedacht.

Aber das würde Ren wahrscheinlich auch wissen.

Es war immer das Gleiche, wenn man in den Vorbau kam. Ein säuerlicher Geruch, Blätter und tote Insekten unter den Füßen, und Brown Betty wand sich um deine Beine, miaute ärgerlich, wollte unbedingt hinein. Aber woher wusste sie, dass du hier warst oder auf dem Weg? Sie schien einfach so aufzutauchen, kam in ihrem schnellen Katzengang – eine eher würdevolle Art Galopp – aus der Gasse oder über die Brachfläche; oder sie war schon da, folgte dir oder lief irgendwie neben dir, wenn du die Straße überquertest oder um die Ecke in die Duncan bogst, und sie wusste offenbar immer, wo du hinwolltest.

Sie war eine sehr mysteriöse Katze.

Und als Barney sich jetzt herunterbeugte, um sie zu streicheln, begriff er, dass Obi und Girl sie höchstwahrscheinlich mitnehmen würden. Wie schade! Sie würden sie vermissen. Sie war die ganze Zeit während ihres Geheimabenteuers hier auf der Straße gewesen. (Ab und zu hatten Barney und Ren Überschriften für ihr heimliches Umschlagleben ausprobiert: Das Geheimnis der weißen Umschläge. Die Orange-Boy-Affäre. Das Abenteuer im **Postamt**.) Brown

Betty war ein zusätzliches Rätsel gewesen, ein unterhaltsamer Programmpunkt, ein Hinweis, eine hartnäckige Nebendarstellerin. Sie war ein wiederkehrendes Motiv gewesen! (Über die hatten Hal und Felix ständig geschrieben. Barney hatte versucht, in Red Riding Hoodie ein wiederkehrendes Motiv einzubauen – ein Glas Erdnussbutter; allerdings nur bedingt erfolgreich.)

Er klopfte sanft (aber bestimmt) an.

Die Tür ging fast sofort auf.

»Du hast ungefähr noch eine halbe Stunde«, sagte Obi.

Sie hatten schon alles gepackt. Das hieß bloß zwei nicht sehr große Rucksäcke, aber die waren so gründlich vollgestopft, dass ihre Träger ständig riskierten, nach hinten zu fallen.

Die Spielkartons waren mit Streifen von zerrissenem Stoff zusammengebunden.

Obis und Girls vorübergehendes Zuhause war schon ziemlich entblättert, es blieb nur noch ein Skelett – der Tisch und die Teetassen, die Bierdosen und Regalbretter, so wie auf den Bildern. Es war wie immer etwas unheimlich zu sehen, wie die Vorhersagen des Zines Wirklichkeit wurden.

»Bedien dich«, sagte Obi in spöttisch leutseligem Ton. »Du kannst die Sachen ja zurück in die Läden tragen, haha. Aber die Glocke behalten wir.« Er zog die Messingglocke aus der Tasche und schüttelte sie kurz.

»Die bringt Glück«, sagte Barney. »In geschäftlichen Dingen.«

»Gut«, sagte Girl. Sie lächelte kurz.

Angesichts von Girls Lächeln wurde Barney fast wieder schüchtern. Das leichte Unbehagen von ihrem ersten Besuch war immer noch da. Als er nicht recht gewusst hatte, was er sagen sollte. Er nahm die Kamera aus der Tasche. Es war immer so gut, die Kamera zu haben, sich damit zu beschäftigen.

»Ist das okay für euch?«, fragte er sie und hielt die Kamera hoch.

Girl zuckte die Achseln.

»Ist nicht mehr viel zu erzählen«, sagte Obi, »aber wenn du dich damit besser fühlst.«

Barney schaute in den Sucher, um seine Überraschung zu verbergen. Obis blassblaue Augen erwiderten seinen Blick.

Wusste Obi es? Wusste er das mit der Kamera? Wusste er, dass Barney, wenn er sie in der Hand hielt, an ihr herumnestelte, sich dahinterstellte, sie anhob und in den Sucher schaute, von wunderbarem Selbstbewusstsein und Optimismus erfüllt wurde? Es war wie bei Popeye mit dem Spinat. Oder wie Asterix und seine Gallier, wenn sie Miraculix' Zaubertrank nahmen. Wenn er die Kamera hatte, wurde Barney mutig und optimistisch; er hatte das Gefühl, alles sei möglich.

Das hatte er Ren schon oft erklärt. Erst neulich hatte er es ihr noch einmal ausführlich erläutert, als er vom ersten **Postamt**-Interview zurückkam. Ja, zuerst hatte es ihn aus der Bahn geworden, als Obi sich weigerte, über seine Vergangenheit zu reden oder über ihr Leben auf der High Street. Aber dann hatte er sich beinahe instinktiv über die Kamera gebeugt und Trost im Sucher gefunden.

Es war erstaunlich!, hatte er Ren erzählt. Was dann passiert war. Er hatte nach neuen Vergleichen gesucht, hatte sie beeindrucken, etwas Großartigeres als Comic-Helden anführen wollen. Es war wie ein Schutzschild, sagte er. Die Kamera. Oder wie eine Rüstung. Nein, es war wie bei König Artus und dem Schwert Excalibur!

Hier hatte Ren eine klassische Ms-Temple-Zeile eingeworfen.

»Barney, ich weiß, du betrachtest dein Leben als Leinwanddrama epischen Ausmaßes. Ist es aber nicht.«

Doch Barney hatte Ren ignoriert, so wie er auch Ms Temple immer ignoriert hatte. Er hatte weiter erklärt, dass seine Kamera für ihn so notwendig und wesentlich war wie Excalibur für Artus, wie … aber dann fiel ihm nichts mehr ein, was edel genug gewesen wäre.

Das Entscheidende war, sagte er zu Ren, dass er sich mit der Kamera immer besser fühlte. Irgendwie verlieh sie ihm Entschlossenheit; mit ihr wurde er furchtlos. Als er an dem Tag im **Postamt** durch den Sucher geschaut hatte, war eine große Ruhe über ihn gekommen. Girls langes Schweigen und ihr unergründliches Gesicht hatten ihn nicht beunruhigt. Obis Verdrehtheit hatte ihn nicht gerührt.

Und hier und jetzt, am letzten Tag von Obi und Girl, am letzten Tag des **Postamts**, am letzten Tag des Großen Umschlagabenteuers (ja, das gefiel ihm), da fühlte er sich genauso. Geschützt. Geimpft. Angetrieben von der Kamera. Er hatte das wunderbare Gefühl, alles im Griff zu haben.

»Erzählt mir von den Zines«, sagte Barney.

Er hielt den Ausschnitt eng. Obi und Girl standen dicht nebeneinander vor ihren Rucksäcken. Im Hintergrund waren unscharf das Bierdosenregal und ein zugenageltes Fenster zu sehen. Die Dekoration der Fensterflügel. Wer sich auskannte, würde das **Postamt** identifizieren können. Aber das spielte keine Rolle. Dessen war sich Barney inzwischen auch ziemlich sicher. Er würde sich wahrscheinlich nicht mal die Mühe des Verpixelns machen, wenn es ans Schneiden ging. Es war egal, ob irgendjemand die Gesichter von Obi und Girl sah. Sie wären dann längst fort. In ihrem nächsten

Leben. Und den folgenden. In Orange Boys Leben Nummer VII, VIII, IX …

»Es gibt nichts zu erzählen, Maestro.«

»Wieso hast du Orange Boys Leben gezeichnet?« Barney zoomte nah an Girls Gesicht heran. »Wieso hast du nicht dein eigenes genommen?«

Interessant. Er hatte nicht gewusst, dass er darüber nachdachte. Aber es war eine gute Frage, fand er, da er sie nun gestellt hatte.

»Weil er mir davon erzählt hat«, sagte Girl. »Er hat mir alles erzählt. Über seine Großeltern. Und die Pflegefamilien.«

»Woher wusstest du, dass er so aussah?«

»Ich bin hier«, sagte Obi. »Redet nicht über mich, als ob ich nicht da wäre.«

»Ich habe ihn mir einfach vorgestellt«, sagte Girl. »Niedlich und dünn. Ein trauriges kleines Gesicht.«

»Das reicht!«

Barney ignorierte Obi.

»Stimmt es alles? Die verschiedenen Leben von Orange Boy? Gab es tatsächlich Dalmatiner und Hausratten und diese Leute, die wie die Addams Family aussahen, in dem großen Haus?«

»Es ist alles so, wie Orange Boy gesagt hat.«

»Wirklich?« Barney schwenkte die Kamera ein wenig und zoomte noch weiter, so dass fast nur noch Obis Gesicht im Bild war.

»So ziemlich«, sagte Obi. »Wieso interessiert dich das?«

»Wieso hast du nicht Girls Leben gezeichnet?«, fragte Barney.

»Kann keine Leute zeichnen«, sagte Obi. »Weißt du doch. Die macht *sie* alle.«

Er hörte auf zu reden, starrte aber weiter in die Kamera, als wollte er Barney niederstarren. Barney hielt die Kamera auf ihn gerichtet, und sein Blick, sein Objektiv hielten Obis Blick stand.

Obi wandte sich zuerst ab.

»Und sie wollte mir nichts erzählen«, sagte er.

Zurück zu Girl.

»Wieso nicht?«, fragte Barney.

»Gibt nichts zu erzählen«, sagte Girl. »Alles abgehakt. Darüber denke ich nicht nach. Ich bin jetzt in Orange Boys Leben.« Sie lachte. Jedenfalls glaubte Barney, dass es ein Lachen war.

Girl legte den Arm um Obis Hals und legte ihren Kopf auf seine Schulter. Obi neigte den Kopf in ihre Richtung.

Barneys Herz zog sich zusammen. Ihre Gesichter waren auf einmal ganz anders. Es war schön.

»Sind wir fertig?«, fragte Obi. Er klang beinahe schläfrig.

»Bloß noch ein paar«, sagte Barney.

»Maestro«, sagte Obi, den Kopf wieder erhoben, »du bist ein komischer kleiner Sch...«

»Wieso habt ihr die Umschläge wirklich ausgelegt?«, fragte Barney.

»Haben wir doch erzählt«, sagte Obi. »Wo ist Brille? Wieso ist sie nicht wiedergekommen? Sie mag uns nicht, oder?« Obi schien das wirklich traurig zu finden.

»Erzählt mir von den Umschlägen«, sagte Barney bestimmt. Bestimmt, aber sanft, haha.

»Spinner«, murmelte Obi. Man konnte es kaum hören, aber Barney sah, wie die Lippen das Wort formten.

Ach, Obi, dachte Barney irgendwie voller Zuneigung. Weißt du nicht, dass wir alle Spinner sind?

Er fühlte sich ganz großartig. Er war sich seiner Sache so sicher –

noch einmal hierherzukommen, diese Fragen zu stellen, die Kamera dicht auf Obi und Girl zu zoomen. Es war eine Form der AufregendenAlchemie, das Gefühl, wenn etwas sich genau richtig entwickelte, etwas Wichtiges und *molto* Gutes.

»Erzählt es mir«, sagte er wieder.

»Aaaaaargh«, grollte Obi. Er fletschte tatsächlich die Zähne. »Es war ein Spiel, Maestro! Girl hat das erste Zine gezeichnet, und es war cool. Wir wollten es jemandem zeigen. Aber wen kannten wir schon? Außer euch beiden. Also haben wir es unter diesen Stuhl geklemmt. Wir wussten gar nicht, ob ihr es finden würdet. Es war ein Glücksspiel. Aber ihr habt es gefunden! Unglaublich. Wir haben euch einen Zine-Brief geschrieben, und, Mann, ihr habt ihn echt gefunden!«

Obi klang beinahe wütend. Nicht sanft, sondern bestimmt. Wild, aber nicht direkt explosiv.

»Wir waren hingerissen«, sagte Girl. »Wir haben gesehen, wie ihr ihn gefunden habt. Wie ihr ihn aufgemacht habt.«

»Wir waren so hingerissen, dass wir gleich wieder hierhergekommen sind und das Nächste angefangen haben«, sagte Obi. »Wir haben euch wie verrückt beobachtet. Die ganze Zeit. Wir haben uns verkleidet, haben unser Aussehen verändert, aber uns hat sowieso niemand bemerkt, bis auf den verrückten Uhrentypen. Aber wir haben euch überwacht. Wir haben auf das Museum gesetzt, und wir hatten Recht. Und dann war es real. Ihr und wir …«

»Dann war es ein richtiges Spiel«, sagte Girl.

»Es war ein Spiel, Maestro. Wir sind zu euch nach Hause gekommen.«

Obi streckte das Gesicht vor, in Richtung Objektiv, und überraschte Barney damit. Barney zuckte zurück, riss sich dann zusammen.

Er atmete kaum. Er dachte auch nicht richtig, er hörte zwar alles, aber er konnte es nicht verarbeiten, er achtete bloß darauf, dass er alles draufkriegte.

»Wie meinst du das?«, hörte er seine Stimme sagen. »Zu uns nach Hause gekommen.«

»Wir wollten einfach spielen, Maestro. Wir wollten bei euch zu Hause spielen, in eurer Straße. Und das haben wir. Und ihr habt mitgespielt. Und dann haben wir euch zu uns nach Hause eingeladen, um noch mehr zu spielen.«

»Aber das konnten wir nicht so gut«, sagte Girl. »Ist euch das aufgefallen?«

»Wir waren richtig schlecht«, sagte Obi. »Weil wir noch nie Besuch zum Spielen hatten. Und wir waren auch noch nie richtig bei jemandem zu Hause. Wir kannten die Regeln nicht.«

»Es gibt keine Regeln«, sagte Barney, der kaum merkte, dass er sprach.

»Das wussten wir auch nicht«, sagte Obi.

Er schaute ins Objektiv, als suchte er Barney darin.

»Verstehst du jetzt, Maestro?«

»Ja«, sagte Barney sanft, aber ganz und gar nicht bestimmt.

»Wir wollten bloß spielen.«

An dieser Stelle ließ Barney die Kamera sinken. Damit überraschte er sich selbst.

(»Eins weiß ich ganz sicher, Ren ...«, hatte er gesagt.

Ren ächzte. »Ich kann das absolut nicht ausstehen, wenn du einen Satz so anfängst.«

»... du musst die Kamera immer laufenlassen.«

»Hast du mich deshalb beinahe ertrinken lassen?«

»Ja«, sagte Barney reuelos.

»Ich habe Nerven wie Drahtseile«, sagte er.

»Barney Kettle«, sagte Ren-Schrägstrich-Ms-Temple, »du bist jenseits allen Begriffsvermögens.«)

Im **Postamt** begriff Barney vollkommen. Er hatte das Glänzen in Obis Augen gesehen. Seine Nerven waren gar nicht so stählern.

Er legte die Kamera hin und wühlte in seinem Rucksack.

Er wartete, bis Obi sich wieder gefangen hatte, bis Girl den Arm von Obis Schultern nahm.

»Ich habe euch ein Abschiedsgeschenk mitgebracht«, sagte Barney. »Es ist auch von Ren. Sie mag euch *doch*. Hat sie mir gerade gesagt.«

Das war die Wahrheit. Das war Tatsache.

»Sie ist bloß noch klein.«

Auch wahr. Aber auch das wusste er wieder erst, als er es sagte.

»Hier«, sagte Barney. Er hielt Obi das Geschenk hin.

»Sultana Pasties«, sagte Obi angewidert. »Was hast du bloß mit diesen Scheißkeksen?«

»Obi!«, sagte Girl. »Sei nicht unhöflich.«

»Hey«, sagte Barney. »Als du vorhin von dem verrückten Uhrentypen geredet hast ...«

Genau in diesem Augenblick fing das Geräusch an.

Zuerst war es ein Grollen, aber dann wurde es fast sofort zu einem anschwellenden Dröhnen, als würde ein Etwas von ungeheurem Gewicht und riesiger Kraft rasend schnell auf sie zu schleudern.

Ein großes Zittern erfasste das **Postamt**.

Das verwitterte alte Gebäude, so standhaft und groß, zuckte und wackelte und erschauerte jetzt, auf einmal so fadenscheinig und wehrlos wie eine Hütte aus Stroh oder Stöcken. Es ächzte und stöhnte und schien zu klagen, als es einen langen Augenblick vom Boden gehoben wurde und dann wieder zu Boden krachte.

Obi, Girl und Barney holte es sofort von den Beinen. Um sie herum verteilte sich das zerlegte **Postamt** in alle Richtungen; Bretter, spröde Bierdosen, Porzellantassen, Bücher, Dekorationen, alles flog hoch und seitwärts und regnete dann wieder herab, so dass das Zucken und das Dröhnen und das Heben des Fußbodens begleitet war von Knallen und Klirren, von Zerschellen und Brechen. Die Bretter vor den Fenstern knarrten und bogen sich und brachen aus den Halterungen, Licht strömte plötzlich in den schwankenden Raum und brachte die entsetzlichen Geräusche von der Zerstörung der High Street mit – Mauerwerk, Stein, Glas, Holz, Schornstein, Dachziegel, Fahrzeug, alles wurde geworfen und zerschmettert, wie von der Hand einer rasenden Kreatur. Und durch das Fenster drangen auch die Geräusche all der Menschen, Rufe und Schreie und angstvolles Heulen, und später, in der neuen, schockierenden Stille, jemand nicht weit entfernt, vielleicht am Bordstein, wimmernd, oh nein, oh nein, oh nein …

(Moo. Muss ich die grauenhaften Momente des Erdbebens beschreiben und die paar Sekunden quälender Stille, die ihnen folgten? Vielleicht denkst du, es ist herzlos oder unnötig. Vielleicht hältst du es für unbeschreiblich.

Aber dies ist Barneys Geschichte, jedenfalls zum Teil, und ich habe

Barneys Taten und Gefühle in meiner Erzählung so getreu wie möglich wiederzugeben versucht. Und mitten im Chaos und Schrecken der bebenden Erde und der einstürzenden High Street waren Barneys Taten und Gefühle sehr klar.

Er hielt sich nicht an die Sicherheitsvorschriften. [Das taten nicht viele von uns. Wir kannten sie kaum, so unwahrscheinlich war das Ereignis unserer viel zu kurzen Erinnerung nach.] Er kauerte sich nicht hin und suchte Deckung. Nein, Barney weckte der Tumult auf. Er war höchst wachsam. Er war ein wahres Periskop. Vielleicht hatte er Angst – ich vermute schon –, aber er war auch voller Staunen. Es war so interessant. Fast sofort richtete er sich wieder auf, schnappte sich die Kamera und fing an zu filmen, was um ihn herum im **Postamt** und jenseits davon geschah.

Moo, nur im Geiste von Barney und seiner entschlossenen Aufzeichnung des Chaos habe ich versucht, eine Ahnung von diesen zweiunddreißig schockierenden Sekunden zu geben. Von der halben Minute, die unser aller Leben verändert hat. Es geht darum, getreu zu berichten. Nicht jede kleine Einzelheit. Aber die wichtigen Bestandteile der Geschichte. Etwas von dem auszudrücken, was Barney gesehen hat, wie seine Kamera bezeugt.

Zweihundert Meter weiter nördlich sah und hörte ich ungefähr das Gleiche, auch wenn wir natürlich schon oft festgestellt haben, dass die Erfahrung für uns alle sowohl erschreckend ähnlich als auch fundamental unterschiedlich war; wo wir auch waren, auf der High Street, in der Innenstadt, in Gebäuden oder draußen, überrascht und überwältigt vom Boden unter unseren Füßen.

Du erinnerst dich zum Beispiel an kein Geräusch. Du erinnerst dich an die Scherbenhaufen, an das spritzende Wasser und vor allem an die Blumen, geknickt und zerdrückt und gequetscht, und all ihre Düfte, dadurch freigesetzt und verstärkt, erfüllten zusammen mit dem Staub die Luft, süß und nostalgisch und ziemlich widerwärtig.

Wir sind fast am Ende, Moo. Das heißt am Ende der Geschichte auf dem Papier. Seltsam, nicht wahr, wie das Leben weiterstürmt?

In meinem Fall mit weniger Fingern und einem kürzeren Bein. Und einem neu geordneten Rückgrat. Und einem sehr hartnäckigen Traum, in dem ich auf Rettung warte, taub und den Mund voller Staub und Schutt, und das gesamte Gewicht des Wilson-Gebäudes lastet anscheinend auf meinem Rücken und meine Hände stecken fest. Und irgendwo, nicht zum Schweigen zu bringen, klingelt ein Wecker zum Mittagessen.)

ACHTES KAPITEL

Dezember: Ende mit Ren

Ren wusste, sie würde nie eine berühmte Filmregisseurin werden. Das – um Barney zu zitieren – war Tatsache. Und, um Albert Anderson zu zitieren, ihr fehlte einfach die richtige Sicht auf die Welt. Anders gesagt, meinte Albert, sie war nicht größenwahnsinnig genug.

Aber sie konnte auf jeden Fall Cutterin sein, dachte Ren. Wenn sie wollte. Das könnte ihre Zweitlösung sein, wenn es mit der Philosophie nicht hinhaute. Größe und Ruhm nicht ausgeschlossen. Sie musste sich aber nicht so bald entscheiden. Nach Mums Ansicht war noch jede Menge Zeit. Das jedoch, sagte Ren, war keine rationale Aussage. Und zwar deshalb nicht, weil Mum es auf keinen Fall wissen konnte. Immerhin war sie doch noch jung, sagte Mum. Das war Tatsache. Sie musste also noch keine Entscheidungen über ihre Zukunft treffen. Auch das war Tatsache.

Ach, aber Tatsachen wurden auch überschätzt, fand Ren. Sie war nicht mehr so scharf auf Tatsachen. Bei der Logik war sie auch nicht mehr so sicher. Sie hatte vor, andere Zweige der Philosophie zu erforschen.

Ren war jetzt zwölf. Sie nahm an, sie war tatsächlich noch jung.

Es war so schwer, das sicher zu wissen.

Es war ein heißer Mittwochnachmittag. Wieder Sommer. Es war seltsam, aber gut, dachte Ren, dass die Jahreszeiten immer wiederkamen. Es war verlässlich. Und tröstlich. Aber auch irgendwie schmerzlich. Einerseits war alles gleich. Andererseits aber schrecklich anders.

Es war schon fast die Zeit des Jahres, in der die Geschäftsleute und Anwohner der High Street ihre Weihnachtsfeier abhielten.

Die Bewohner und Beschäftigten der High Street waren nach dem Erdbeben in alle Winde verstreut worden. Die High Street selbst war tödlich verwundet. Nur zwei Gebäude waren unversehrt geblieben. Die Menschen, die an der High Street und am Luna Square lebten und arbeiteten, hatten Zuflucht in anderen Teilen der Stadt und des Landes gesucht, bei Eltern und Verwandten und Freunden, in Motels und Strandhäusern, in Pensionen und Wohnwagen. Die meisten hatten nur sich selbst gerettet – und ihre Haustiere, wenn sie die finden konnten; sie hatten fast alles andere hinter sich gelassen, all die Dinge, all die Substantive, die jeden Teil ihres Lebens an der High Street ausgemacht hatten. Das war fast alles zerbrochen oder verschüttet oder unbrauchbar geworden.

Die Familie Kettle hatte mehrere Wochen im Westen der Stadt gewohnt, bei Freunden von Mum und Dad. Sie hatten viele Linderungsausflüge zu den Südinsel-Großeltern unternommen, wo alles grün und nichts kaputt war und wo man von Marmelade und Elstern und Kaminfeuern getröstet wurde. Auch bei Nordinsel-Oma waren sie gewesen, wo man durch eine Stadt ohne orange Verkehrskegel und Warnwesten und Absperrketten und Armeepanzer und riesige Schutthügel spazieren konnte, durch eine Stadt, deren Gebäude alle bemerkenswert intakt waren.

Schließlich waren sie in Willy Edwards' Haus gezogen – so lange wie nötig, hatte Willy gesagt – und wohnten dort mit ihm und seinen Alpaka-Geschworenen (es waren nämlich genau zwölf).

Willy hatte auch vorgeschlagen, eine Weihnachts-Wiedersehensfeier für die ganze High Street in seinem Haus zu veranstalten. Das Haus war riesig und großzügig, sagte Willy, und wie geschaffen für Feste im großen Stil. Es war auch für Dutzende von Übernachtungsgästen gebaut, wenn nötig. Er hatte sich sofort an die Arbeit gemacht und alle Flüchtlinge von High Street und Luna Square angemailt, um zu hören, was sie dazu zu sagen hatten.

Komisch, sagte Willy, es hatte den Anschein, als bräuchten alle ein oder zwei Tage, um darüber nachzudenken. Zwei Tage lang hatte Schweigen geherrscht, während womöglich alle behutsam ihre verletzten Seelen, ihre sorgsam verstauten Erinnerungen, ihr empfindliches neues Dasein ohne High Street erforscht hatten. Doch dann kamen die Antworten fast alle auf einmal, ein kleiner Tsunami von JaJaJaJaJaJaJaJaJas, die mit vielen Plings in seinem Posteingang landeten.

Das war im September, als der alte Apfelbaum im Garten der Großeltern in voller Blüte stand, als die Frühjahrszwiebeln in der Stadt freudig austrieben, so als ob sie nichts von der erlebten Katastrophe ahnten. Und als drei von Willys Alpakas kleine Alpakababys zur Welt brachten und aus den Geschworenen ein Rugbyteam wurde. Als Ren Geburtstag hatte. Als Albert Anderson und Gemma – früher bekannt als Ms Bloodworth – zum Abendessen kamen und Albert Ren nach der Unerzählten Geschichte fragte.

Am nächsten Tag war Ren zum Kleiderschrank in ihrem Zimmer bei Willy gegangen und hatte hinauf zu dem Brett über der Reihe Kleiderbügel gestarrt. Barneys Kameratasche und sein Rucksack lagen dort und starrten zurück, so schien es Ren, warteten darauf, dass sie eine Entscheidung traf.

»Was meinst du?«, hatte Dad an dem Tag gefragt, als sie ihre wenigen Habseligkeiten in Willys Haus brachten. Er hatte die Kamera und den Rucksack in Rens Zimmer gebracht und vorgeschlagen, dass sie sich darum kümmerte. Ren hatte ganz und gar nicht gewusst, was sie meinte. Sie hatte Kamera und Rucksack in das Kleiderschrankfach gelegt und beide sehr entschlossen nicht angeschaut, wenn sie die Schranktür öffnete.

Aber an dem Tag Ende September nach dem Abendessen mit Albert und Gemma, nachdem sie die Kameratasche und den Rucksack sehr lange angeschaut hatte, zog Ren beide aus dem Fach, legte sie vor ihrem Schreibtisch ab und setzte sich daneben auf den Fußboden.

Sie hatte die Angelegenheit aufs Heftigste mit Barney diskutiert.

»Was ist dein Problem, Schrägstrich?«, sagte Barney. »Es ist alles da, bereit zum Loslegen. Meine Güte! Jetzt mach einfach. Albert hat Recht! Diese Warterei macht mich wahnsinnig!«

»Nun, Barney«, sagte Ren-Schrägstrich-Ms-Temple. »Ich glaube, du wirst feststellen, dass nicht jeder Mensch deinem halsbrecherischen Tempo folgen möchte. Manche von uns benötigen Zeit für gewissenhafte Überlegungen.«

»Was gibt es denn da zu überlegen?«, fragte Barney. »Du hast doch schon massenweise Zeit gehabt! So sieht's aus! Entweder du bist dazu bereit oder nicht.«

»Ich weiß überhaupt nicht, wie man schneidet«, sagte Ren. »Das ist Tatsache.«

»Auch Tatsachen können sich ändern«, sagte Barney. »Du kannst es lernen.«

Das stimmte. Tatsachen änderten sich. Man musste sich nur die

High Street ansehen. Vor sieben Monaten hatte sie noch fest und solide gestanden. Jetzt nicht mehr.

Schnitt.

»Du hast mir doch oft genug zugeschaut«, sagte Barney. »Du kannst mehr, als du denkst. Na los!«

Auch das stimmte. Ren hatte tatsächlich sehr viel Zeit neben Barney verbracht, während er ausschnitt und einfügte, fluchte und löschte, begutachtete und fluchte und Gelöschtes zurückholte, sehr viel seufzte und sich heftig vom Schreibtisch abstieß, so dass der Schreibtischstuhl auf seinen Rollen durch das halbe Zimmer sauste, angetrieben zu gleichen Teilen von Frust und Begeisterung.

»Kann wohl sein«, sagte Ren. Sie wusste mehr oder weniger, welche Knöpfe, welche Tasten zu drücken waren.

Aber der Schnitt war so viel mehr, hatte Barney sie oft belehrt, als Ausschneiden und Einfügen und Löschen und Bearbeiten. Der Schnitt war, sagte Barney – und zitierte dabei natürlich Hal und Felix – das Präzisionsinstrument für gutes Geschichtenerzählen. Der Schnitt war die Gelegenheit, eine Geschichte zuformenundzuschärfenundzupolieren.

»Aber was ist denn genau die Geschichte?«, fragte Ren. Darüber war sie sich überhaupt nicht im Klaren. Sie hatte sich keine einzige der vielen, vielen Stunden Film angesehen, aber sie konnte sich alles jederzeit vor Augen rufen, wenn sie sich traute. Es war in ihrem Kopf in einem kleinen Raum hinter einer geschlossenen Tür verstaut. Gelegentlich drückte Ren die Klinke herunter und öffnete die Tür einen kleinen Spalt.

Eine riesige ungeordnete Kakofonie stemmte sich gegen die Tür, gegen Ren – ein Aufruhr von Klang und Farben und Wörtern und

Wörtern und Wörtern, von unablässig sich bewegenden Mündern, aus denen die Geschichten der High Street strömten. Ren schlug die Tür immer wieder zu.

»Es ist Die Unerzählte Geschichte!«, sagte Barney. »UG! Weißt du nicht mehr? Dein Titel!«

UG.

Tja, unerzählt war sie jedenfalls immer noch.

»Und es gibt mehr als nur eine Unerzählte Geschichte!«, rief Ren.

Aber an dieser Stelle sagte Barney nichts mehr.

Ren hatte endlos auf dem Boden gesessen, die Kameratasche und den Rucksack angeschaut, in dem nicht sehr viel war, wie Ren wusste, weil Barney nie viel mit sich herumtrug. Bloß seine Wasserflasche, ein oder zwei Schulhefte und seine Festplatte. Die Festplatte war der eigentliche Grund, warum Barney einen Rucksack hatte. Damit er immer und überall seine Festplatte dabeihaben konnte.

Das gesamte ungeschnittene Filmmaterial der Unerzählten Geschichte befand sich auf dieser Festplatte. Oder fast das gesamte Material. Das letzte Interview war noch in der Kamera.

Es gab auch einen neuen Computer. Der Familiencomputer und Dads Laptop waren beide beim Erdbeben zerstört worden, wie die meisten wertvollen Besitztümer in der Wohnung der Kettles. Aber die Versicherung hatte einen neuen Computer bezahlt, der auf dem Schreibtisch in Rens neuem Zimmer stand. Sie benutzte ihn vor allem, um Webcomics zu lesen oder Henrietta und Lovie und den anderen High-Street-Kindern zu mailen, die über die ganze Stadt verteilt waren.

Albert Anderson und Gemma hatten Ren zum Geburtstag neue Filmschnitt-Software geschenkt. Das Programm hieß Final Cut.

»Alles bereit zum Loslegen, Schrägstrich«, flüsterte Barney.

»Ach, ich weiß nicht«, sagte Ren. Sie hatte der Kameratasche mit dem Hausschuh einen leichten Tritt versetzt. (Mireille hatte Ren zum Geburtstag ein paar Hausschuhe gestrickt. Sie waren von fröhlichem Rot mit ein paar orangen Flecken. Mireille hatte seit dem Erdbeben viele Paar Hausschuhe gestrickt. Ihr Blumenladen war vorübergehend geschlossen. Sie hatte viel Freizeit. Und außerdem hatten alle in dem Winter kältere Füße. Das war Tatsache.)

Vierzehn Tage später passierten zwei Dinge.

Zuerst leerte Willy Edwards eines Samstagmorgens Anfang Oktober seinen Briefkasten und fand darin einen an Ren adressierten Umschlag.

Der Brief war von Suit, dessen derzeitiger Wohnort Blick auf den großen Stadtpark und den botanischen Garten hatte. Er genoss die Aussicht, sagte er. Suit war derzeit nicht mehr als Uhrmacher tätig. Die Werkstatt war beim Erdbeben eingestürzt.

Liebe Ren, hatte Suit getippt, *ich hoffe, Dir und Deiner Familie geht es gut. Ich höre, bei euch gibt es Alpakababys. Ich finde wirklich, Alpakas sind aufmunternde Tiere. Sie wirken ein wenig absurd, findest Du nicht auch? Wie lebendige Kuscheltiere.*

Wir kommen den Umständen entsprechend gut zurecht. Mireille hat soeben ihr siebenundzwanzigstes Paar Hausschuhe fertiggestellt. Sie wird noch Arthritis im Zeigefinger bekommen, doch sie besteht darauf, dass die Freude den Schmerz überwiegt. (Nachträglich alles Gute zum Geburtstag übrigens.)

Ich lege ein kleines Päckchen bei, das mir anvertraut wurde, um es an Dich weiterzuleiten. Es dürfte Dich überraschen, dass ich mit den Absendern bekannt bin. Vielleicht möchtest Du beizeiten einmal darüber plaudern. Oder auch nicht. Das liegt natürlich ganz bei Dir.

Nun habe ich gehört, dass es ein Wiedersehen bei der Weihnachtsfeier geben soll. Ich hoffe sehr, dabei sein zu können. Wenn Du allerdings vorher etwas Zeit erübrigen kannst, würde ich mich über einen Besuch unbändig freuen. Wie Du oben siehst, habe ich inzwischen eine Handynummer. Mireille hat darauf bestanden. Ruf mich jederzeit an, wenn Du mich besuchen willst.

Dein Freund …

Das kleine Päckchen in Suits Umschlag war ein weiterer Umschlag. Die Aufschrift war zugleich vertraut und schockierend: DU.

Ren hatte lange am Küchentisch gesessen, vor sich den ungeöffneten DU-Umschlag.

»Was soll das denn?«, fragte Barney, ungeduldig wie immer.

Ren hatte ihn ignoriert. Sie versuchte den Wirrwarr ihrer Gefühle zu sortieren. Konnte einem das Herz gleichzeitig hüpfen und in die Hose rutschen?, fragte sie sich. Physikalisch war das wahrscheinlich unmöglich. Aber so hatte sie sich gefühlt. Der Anblick des DU hatte zugleich die alte Aufregung aufsprudeln lassen und eine große Welle der Traurigkeit wegen der lang vergangenen, verlorenen Zeit über sie schwappen lassen – so dachte Ren darüber: die lang vergangene, verlorene Zeit der Rätsel und Spannung und des ziemlich häufigen Kicherns.

Aber wie außerordentlich seltsam, dass dieser Umschlag über Suit gekommen war.

»Na los! Das macht mich wahnsinnig. Kein Mensch hindert dich!«

Das stimmte. Mum trank mit Mariko und Mireille Kaffee in einem neuen Café nördlich der Innenstadt. Es gab jetzt eine Menge neue Läden nördlich der Innenstadt. Die City hatte sich nach Norden ausgebeult. Wie eine zuvorkommende Amöbe, sagte Mum. Sie veränderte ihre Form, um alle Verlorenen und Heimatlosen einzugemeinden. Sie breitete sich in eine neue Richtung aus. Sie hoffte, irgendwann selbst dazu in der Lage zu sein, sagte sie.

Dad half Willy mit den Alpakababys. Die korrekte Bezeichnung für ein Alpakababy war Cria, aber alle nannten sie bloß Babys. Ren beobachtete Dad durchs Küchenfenster, wie er eines der Babys mit der Flasche fütterte. Die Mutter hatte Zitzenprobleme. Dad war ganz vernarrt in die Babys. Er sah jeden Abend nach ihnen, bevor er ins Bett ging. Und jeden Morgen ging er als Erster barfuß hinaus, um sicherzugehen, dass sie die Nacht überlebt hatten.

Ren nahm den Umschlag mit ins Wohnzimmer auf der anderen Seite des Hauses. Sie blieb in der Tür stehen und überlegte, wie gut es fürs Umschlagöffnen geeignet war. Aber die Sonne schien hier erst am Nachmittag herein. Sie ging nach oben und drückte dabei mit den Fingern auf den Inhalt des Umschlags.

Sie probierte oben jedes Zimmer und entschied sich schließlich für das große, das zu einem Wohnzimmer-Schrägstrich-Arbeitszimmer für die Familie Kettle umgestaltet worden war. Hier schien die Morgensonne direkt auf den mit Kissen gepolsterten Fensterplatz. Dort setzte Ren sich hin, öffnete den Umschlag, nahm das Zine heraus und las.

Zweitens ging Ren – später an jenem Samstag, nachdem sie das Zine gelesen und zurück in den Umschlag gesteckt und dann den Umschlag zusammen mit Suits Brief unter ihr Kissen gesteckt hatte, und nachdem sie nach draußen gegangen war, um die Babys zu beobachten und nachzuschauen, ob im Vogelnest im Quittenbaum schon Vogeljunge waren, und mit Dad und Willy geplaudert und sich laut gefragt hatte, ob es jetzt wohl Zeit wäre, einen kleinen Hund zu bekommen, weil sie zufällig erfahren hatte, dass welche zu bekommen wären, und nachdem sie zum Mittag Käse und Rosinenküchlein gegessen hatte, die Mum aus dem Café mitgebracht hatte, und mit Mum über Kyle geplaudert, den Jungen in ihrer neuen Schulklasse, der Gerüche schmecken konnte – wieder in ihr Zimmer und zog Barneys Rucksack und seine Kameratasche unter dem Bett hervor.

Ohne lange weiter nachzudenken – weil sie es im Kopf schon fünfzigmal durchgespielt hatte –, öffnete Ren den Reißverschluss von Barneys Rucksack und sah hinein. Ein süßlich-fauliger Geruch stieg daraus auf. Den kannte Ren: alter Apfel. Vorsichtig drehte sie den Rucksack um und schüttelte den Inhalt auf den Teppichboden. Festplatte im Behälter. Plumps. Die halb volle Wasserflasche hüpfte sacht; sie war außen klebrig, weil dort, ja, tatsächlich ein alter Apfel steckte, zermatscht und tropfend. Iiih. Ein Matheheft, ebenfalls klebrig. Ein kleiner blauer Stoffbeutel mit Kordelzug.

Ren lehnte sich an das Bett und schlug das Mathebuch auf. Innen auf der Umschlagseite stand: *Wer dies findet – bitte an Maestro Kettle zurückgeben. War ein Witz! NICHT ZURÜCKGEBEN! (Sorry, Nick)*. Mehrere Seiten waren voll mit Aufgaben in Barneys unregelmäßiger Handschrift, korrigiert mit Nicks grünem Stift. Auf die letzte beschriebene Seite waren mit demselben grünen Stift zwei Cartoon-Gesichter gezeichnet; das eine hatte Haare aus altmodischen Filmrollen, bei dem anderen waren die Haare vollständig aus Zahlen gebildet: *Maestro Kettle und Professor Nick bei der Verleihung der*

Nobelpreise. Barney hatte *Nobelpreise* durchgestrichen und *Oscars* darübergeschrieben.

Ren lächelte und legte das Matheheft beiseite. Vielleicht würde sie es Nick Etherington schicken.

Sie untersuchte den letzten Gegenstand, der aus dem Rucksack gefallen war. Ren erkannte den blauen Beutel. Er stammte aus dem Spieleschrank. Die Reisespiele – magnetisches Backgammon und Schach; Extrawürfel und das alte Quartett mit den Bildern von Kowhai- und Rata-Bäumen – wurden darin aufbewahrt. Doch der Beutel war zu leicht, um auch nur einen dieser Gegenstände zu enthalten. Barney hatte ihn offenbar für eigene Zwecke requiriert. Das magnetische Backgammon, die Kowhai-und-Rata-Karten und Co. waren den Weg aller anderen Spiele im Wohnzimmerschrank und aller anderen Dinge in der Wohnung der Kettles gegangen – entweder zerbrochen oder unter herabgestürztem Mauerwerk vergraben oder durch das Wasser zerstört, das aus den geborstenen Leitungen gespritzt war.

Ren hatte die Wohnung nach dem Erdbeben nicht mehr besuchen dürfen, aber Mum und Dad hatten ihr versichert, dass aus ihrem oder Barneys Zimmer wirklich kaum etwas zu retten gewesen war; auch sonst nicht, außer – erstaunlicherweise – aus dem Bad. Hallo, Seifenschale und halb volle Shampooflaschen. Aber lebt wohl, blauer Wecker, *OBACHT! LUMPENPACK*, Notizbücher von Kettle Productions, Sitzsack mit kaum noch Füllung. Lebt wohl, Barneys Filmausrüstung, sorgsam katalogisierte Aufnahmekassetten und alle *ORANGE BOY LEBT*-Zines und viele andere Dinge, die für die zivilisierte Welt schon längst verloren waren, wie Mum sagte, in den staubigen Ecken von Barneys Zimmer. Leb wohl, Computer mit allen Dateien.

Lebt wohl, Felix La Marche und Hal Nicholas, deren entspannter Ruhestand dann doch nicht allzu lange gewährt hatte. Lebt wohl, alle miteinander.

Aber hier war nun der blaue Beutel mit der Kordel und etwas darinnen, das Rens sehenden Fingern vertraut vorkam.

Sie zog an der Kordel und nahm den Inhalt aus dem Beutel. Zwei kleine, mit grüner Kordel verschnürte Päckchen. Und ein einzelnes Heftchen.

Zwei Sätze *ORANGE BOY LEBT*; einer mit fünf Zines, der andere mit sechs. Das letzte, einzelne Heft hatte Barney an die richtige Stelle gesteckt, vielleicht um es später zu kopieren, um sicherzustellen, dass es vier vollständige Sätze gab. Er hatte Rens Anweisungen zur Verwahrung beherzigt. Zwei Sätze lagen in der High Street unterm Schutt. Aber zwei Sätze blieben noch. Einer für jeden.

»Gut gemacht, Kettle«, sagte Ren. Sie war wirklich sehr zufrieden mit ihm.

»Hab dir doch gesagt, dass ich praktisch veranlagt bin«, sagte Barney.

»Und das Zine mit den Porträts«, sagte Ren. Sie blätterte es langsam durch. Sie starrte lange, sehr lange auf die alte Golftasche und die leeren Bilderrahmen in der Darstellung von **Busby's Emporium**. Auf Dads Ellbogen. Ihr wurde gar nicht schlecht davon. Sie wurde auch nicht unsagbar traurig. (Davor hatte sie sich gefürchtet.)

Pete und Phil grinsten hinter der Ladentheke vom **Nut House**.

»Komisch«, sagte Ren. »Jetzt kommen mir die Bilder gar nicht mehr so fies vor.«

»Sie waren auch nie so fies«, sagte Barney. »Sie waren bloß anders.«

Das **Nut House** machte im November wieder auf, nördlich der Innenstadt. Pete und Phil hatten ihr Geschäft online wieder auf den Weg gebracht.

Ren lächelte und seufzte über Sabrina in ihrem zuckersüß gestreiften Outfit.

»Am meisten vermisse ich die Kokos-Pilze.«

Sabrina war für sechs Monate auf die Nordinsel zu ihrer Schwester gezogen. Sie überlegte immer noch, wie es weitergehen sollte. Aber sie wollte zur Weihnachtsfeier kommen. Mit Süßwaren!

»Und?«, sagte Barney.

Ren blätterte zur Bücherei, zu den Jugendlichen mit Kopfhörern und dem Jungen im Sitzsack.

Die Südstadt-Bücherei war beschädigt, aber nicht zerstört worden. Die Restaurierung würde mindestens ein Jahr dauern. Bis dahin gingen Mum und Ren in die Bücherei in der Nähe von Marikos Wohnung; die hatte das Erdbeben unbeschadet überstanden. Dort gab es eine große Sachbuchabteilung, ein Regal nach dem anderen; aber Ren hatte die Lust auf Sachbücher verloren. Sie lieh jetzt meistens *TIM UND STRUPPI* aus.

Ren schaute den kerzengeraden Rücken des Mannes an, der am Büchereischreibtisch saß, und die Tasche, die an seinem Stuhl lehnte.

»Aber das ist ja Suit!«

Wie konnte sie das beim ersten Mal nur übersehen haben? Es lag so eindeutig auf der Hand, wo sie jetzt genauer hinsah. Suits Rückansicht war so unverwechselbar. Girl hatte seinen langen Hals gut getroffen, die leicht abstehenden Ohren, die man wegen seines Kurzhaarschnitts gut sehen konnte. Und natürlich war auch die Tasche ein guter Hinweis.

»Es ist Suit!«, sagte sie erneut. Das war so eine nette Überraschung.

Girl hatte mittwochs nachmittags in der Bücherei gezeichnet.

»Was für ein Trottel du bist«, sagte Barney.

»Ja«, stimmte Ren zu. »Ich war zu wütend. Man sieht nicht so gut, wenn man sich ärgert.«

Sie schaute das Bild noch ein wenig länger an.

»Ah«, sagte sie dann.

Barney schwieg.

Ren stand auf und zog Suits Brief unter ihrem Kissen hervor. Seine Handynummer stand oben unter seiner Adresse.

Am nächsten Tag fuhr Dad Ren in die Stadt, damit sie Suit besuchen konnte. Der Minivan der Kettles war beim Erdbeben von einem Sturzbach aus Backsteinen und Beton zermalmt worden, aber sie durften jederzeit Willys Wagen benutzen. Willy fuhr lieber Fahrrad. Er war nicht gern lange von seinem Fahrrad getrennt. Er hatte tatsächlich auch während des Erdbebens auf seinem Lapierre Zesty gesessen und war hinaus zum Gefängnis geradelt, um einen Mandanten zu besuchen – was ihm vielleicht das Leben gerettet hatte. Die wunderschöne verzierte Lampenfassung an Willys Kanzleidecke war im Tumult herabgestürzt und hatte die Kanzlei und den größten Teil der Einrichtung verwüstet.

Dad würde Albert Anderson und Gemma besuchen, solange Ren bei Suit war. Sie wohnten in Gemmas Haus in der Weststadt. Albert hatte schon begonnen, seine Comicsammlung im Schlafzimmer wieder aufzubauen.

Im Auto sprach Dad über die Alpakababys und die Freuden des

Landlebens. Es kam ihr vor, als wäre sie wieder Kind, hatte Mum gesagt, wie früher auf der Obstplantage bei Oma und Opa. Vielleicht war das Landleben jetzt das Richtige für sie.

Vielleicht wäre ein Hund jetzt das Richtige für sie, sagte Ren. Oder sogar eine Katze?

Da hatten sie sich an Brown Betty erinnert, die am Tag des Bebens zuletzt von Albert Anderson gesehen worden war. Sie trottete in nördlicher Richtung, sagte Albert. Weiter in ihr Vagabundenleben.

Aber mal im Ernst, sagte Dad, sie könnten in einem der Dörfer ein neues **Emporium** eröffnen. Da war die Miete billig. Was hielt Ren davon?

Ren war aufgefallen, dass die Erwachsenen in ihrem Leben sie das häufig fragten. Was hältst du davon?, oder: Wie wäre das?, fragten sie ganz behutsam – wenn es um die neue Schule ging, um Besuche bei Freunden, um ein neues Paar Schuhe, um die Möglichkeit eines Tanzkurses, um die Frage, welche Suppe sie am liebsten mochte oder welchen Film sie heute Abend ansehen sollten.

Ihr war dieser Tage nicht immer klar, was sie von etwas hielt. Es war ziemlich anders als damals, als sie noch elf gewesen war, als sie das Gefühl hatte, alles genau zu wissen. (Zum Beispiel Erbsensuppe mit Schinken.)

Was das Leben auf dem Land anging, erinnerte sich Ren an das, was Barney davon erzählt hatte: Wie er sich einmal eingebildet hatte, einsamer Naturfilmer zu sein. Es war verstörend, hatte er gesagt. Er hatte laut reden müssen, um das Gefühl zu haben, nicht allein zu sein!

Bisher hatte Ren sich auf dem Land nicht allein gefühlt. Im Großen und Ganzen schien das Landleben okay. Sie mochte die Alpakababys und den Fußmarsch zur Schule unter den großen Pappeln, die die Straße säumten; sie mochte den morgendlichen Frost im Winter und den Igel, der jeden Tag weite Wege watschelte, um die Untertasse Milch auszutrinken, die Willy ihm rausstellte; sie mochte die Pferdekoppel voller gelber Rapsblüten und den Bach, in dem Henrietta und sie die Füße hatten baumeln lassen, als Henrietta zu Besuch war.

All das mochte sie, wirklich. Jeden Tag.

Aber nachts fanden all ihre Träume in der High Street statt, die voll war mit alten steinernen Gebäuden und bunten Ladenschildern und der angenehmen Lärmkulisse von menschlichen Stimmen und Autos und schrillen Staren und Posaunen und dem Klingen der vielen verschiedenen Türglocken und dem steten Herzschlag des Weckers, der in Suits Tasche verborgen lag.

Beim Aufwachen war Ren immer überrascht von der Stille. Und wenn sie dann aus dem Bett stieg und aus dem Fenster schaute, sah sie, so weit das Auge reichte, nichts als Baumkronen, bis hin zu den kahlen weißen Bergen in der Ferne.

Von den Bergen wandte Ren immer schnell den Blick ab. Sie hatte allerdings bemerkt, dass der Schnee auf den Bergen jetzt schmolz. Bald schon würden es die schneeunbedeckten Berge des Sommers sein, und darauf freute Ren sich schon, das war das Gute am Sommer. Weniger gut war, dass es irgendwann wieder heiß werden würde. Ach, es war alles so kompliziert! Und wie seltsam, dass zwei so gegensätzliche Dinge – schneebedeckte Berge und sehr heiße Tage – sich in ihrem Kopf so vermengt hatten …

»Entschuldige mal, Ren, aber kann man wirklich sagen, dass

schneebedeckt und *heiße Tage* tatsächlich Gegensätze sind? Ich glaube, da machst du einen irrationalen logischen Sprung.«

Dabei wusste Barney ganz genau, was sie meinte. *Schnee* und *heiß* gehörten normalerweise nicht zusammen. Sie lagen an unterschiedlichen Enden des Temperaturspektrums.

Doch das Erdbeben hatte die beiden Dinge in Rens Kopf für immer vermischt. Es war schlimm. Eins von beiden würde immer gerade passieren, weil es immer entweder Winter oder Sommer war. Und konnte das bedeuten, fragte Ren sich oft, dass sie jetzt das ganze Jahr für immer und ewig an diesen schrecklichen Tag erinnert werden würde?

Als das Erdbeben kam, hatten Ren, Henrietta und Lovie alle kopfüber an den Kletterstangen gehangen und nicht aufhören können, über die Absurdität ihrer umgekehrten Gesichter zu lachen. (Lachen war übrigens ziemlich schwer über Kopf. Das war Tatsache.) Henrietta und Lovie sahen falsch herum zu achtzig Prozent vertraut und freundlich aus, aber auch, als seien ihre Züge von einem unfähigen und gehässigen Künstler gemalt worden.

Über Kopf wirkte die Welt so *molto* seltsam, dass die drei ein paar Sekunden brauchten, bis sie merkten, was passierte, als diese Welt zu schwanken und zu beben anfing. Als sie es merkten, waren sie schon von den Stangen abgeworfen worden und auf dem gummiweichen Untergrund gelandet, und aus der Nähe rief ein Lehrer allen »Bleibt hier, bleibt hier, bleibt, wo ihr seid«, zu.

Danach war in Rens Erinnerung alles entweder verschwommen oder übertrieben klar. Ein Kaleidoskop von Bildern, begleitet von einer höchst erschreckenden Tonspur: Die Kuppel der Basilika, die von ihrem Sockel glitt. Der Asphalt, der sich teilte wie Stoff unter Südinsel-Omas Zickzackschere. Ein neuer Schüler, der einen Handstand versuchte! Ms Quinns zitterndes Kinn. Lehrer und Schüler, die aus dem Schulgebäude strömten, als der erste lange Stoß vorbei war, und zu ihnen in die Mitte des Schulhofs kamen.

Es war Mrs Newberrys Idee, gemeinsam das Schullied zu singen, damit alle ruhig blieben. Sie stimmte die ersten Verse mit ziemlich wackeliger Stimme an, doch dann waren sie alle nach und nach eingefallen, ermutigt von ihren Lehrern und Lehrerinnen. Der geschockte und erschütterte Schulkörper der **Kate Sheppard School** hatte dicht beieinander auf dem Schulhof gestanden, so heiß, heiß, heiß in der Mittagssonne, und ihr gemeinsames Herz hatte gestockt und gebockt, als der Boden sich in unregelmäßigen Abständen hob und senkte.

Mitten im Lied waren drei Dinge passiert.

Lovie hatte Ren etwas zugeflüstert.

»Mir ist gerade die Frage eingefallen.«

Glooo-cken-voo-gel und der Tu-huu-ii

»Welche Frage?«, zischte Ren.

Fla-ha-ches Land und Fluss im Boo-ho-gen

Sanfte Hüü-hü-gel, Wool-ken droo-ho-ben

»Die Frage für die Antwort ›Grease‹.«

Kau-riiii-baum und Eii-hei-che

Es war wirklich eigenartig, was Menschen in Krisenmomenten sagten, dachte Ren viel später.

»Sie lautet: ›Was ist dein liebstes Filmmusical?‹«

»Ja«, sagte Ren. »Du hast Recht.«

Und als sie das sagte, fiel ihr plötzlich Barney ein, der nicht hier

in der Schule war, nicht sicher im Gedränge des **Kate-Sheppard-**
Schulkörpers stand, sondern im **Postamt** war, was allerdings außer ihr niemand wusste.

Da war sie erstarrt, hatte nicht mehr gesungen, sich aber auch nicht bewegt. Sie musste es jemandem sagen, dachte sie, aber sie rührte sich immer noch nicht.

Und dann … wie verrückt das alles war, kein Mensch war, wo er sein sollte, alle sangen wie irre, und der Erdboden machte einen seekrank … und dann tauchte Dad auf! Er schlug sich mit der Faust auf die Brust, und sein Mund machte etwas Eigenartiges.

Um sie herum sangen alle.

Im Scha-ha-ha-tten
schneeee-
be-he-
deck-ter
Bee-heer-ge!

»Dad«, hatte Ren mit zitternder Stimme gesagt – sie beichtete, wie sie es schon so oft nach von Barney ausgeheckten Abenteuern getan hatte –, »Barney ist gar nicht hier.«

Suit saß aufrecht im Bett. Als Ren ihn zum letzten Mal gesehen hatte, lag er noch flach und konnte wegen seines Rückens kaum aufrecht sitzen. Die Kettles hatten Suit seit dem Erdbeben oft besucht, einzeln, zu zweit oder zu dritt, aber Ren war jetzt schon eine Weile nicht mehr da gewesen.

»Hallo, Suit«, sagte sie.

Krankenhausbettlaken waren so weiß.

»Hallo, Ren«, sagte Suit. »Es ist so schön, dich zu sehen.«

Er schenkte ihr ein schiefes Lächeln. Die beschädigte Seite seines Gesichts ließ sich nicht so gut bewegen. Suits Gesicht und sein Körper hatten sich sehr verändert. Doch die größte Veränderung war, Suit ohne Hemd und Krawatte zu sehen. Es ließ sich nur schwer übersehen, dass ein paar Brusthaare oben aus seinem Krankenhaus-Nachthemd lugten.

»Vielen Dank für deinen Brief«, sagte Ren. »Das war eine Überraschung.«

»Eine schöne Überraschung?«

Darüber dachte Ren nach.

»Größtenteils«, sagte sie.

Suit teilte sich jetzt das Zimmer mit jemand anderem, was, wie er sagte, ein Hinweis auf gute Genesungsfortschritte war. Sein Zimmergenosse schlief hinter einem Vorhang.

»Hat ein ganzes Bein verloren«, sagte Suit sehr leise.

Suit selbst hatte einen Unterschenkel und zwei Finger verloren, und das kam ihm – denn so etwas war sehr relativ – wie ein erstaunlich großes Glück vor.

»Setz dich doch«, sagte er. »Mireille hat mindestens die Hälfte ihrer Hausschuhe auf diesem Stuhl gestrickt.«

Ren legte den blauen Kordelbeutel auf die weiße Decke von Suits Krankenhausbett.

»Ich habe dir viel zu erzählen«, sagte sie. »Und zu zeigen. Es ist eine Geschichte mit Bildern.«

»Es gibt doch nichts Besseres als eine gute Geschichte mit Bildern«, sagte Suit ernst.

Ren zog Mireilles Stuhl dicht ans Bett. »Ich habe das Gefühl, Barney wäre da anderer Meinung.«

Suit gluckste erheitert.

»Na gut. Eine Geschichte mit bewegten Bildern. Und Ton.«

Suit hatte zu beiden Seiten seines Bettes je einen Nachttisch. Auf einem standen eine Plastikkaraffe, ein Wasserglas mit Strohhalm darin und ein Karton mit Taschentüchern. Auf dem anderen stand ein Laptop.

»Suit«, sagte Ren. »Bist du jetzt digital geworden?«

Suit hob die rechte Hand. Sie war noch bandagiert, doch die Verbände waren schon viel dünner geworden, und sein Daumen sowie Zeige- und Mittelfinger waren nicht mehr bedeckt. Er bewegte sie.

»Die Not gebietet es«, sagte er. »Mit den beiden und zweien von der anderen Hand kann ich jetzt im Vier-Finger-Suchsystem tippen. Geht ungefähr genauso schnell.«

Ren zog die Kordel des blauen Beutels auf und nahm das Porträt-Zine heraus. Sie schlug das Büchereibild auf und zeigte es Suit.

»Ach, du liebe Güte«, sagte er nach einer Minute. »Herrgott. Das ist wirklich sehr gut. Eine Rückansicht ist nicht leicht darzustellen. Weder im Bild noch im Wort.«

Suit blätterte die Seiten des Zines mit dem freien Zeigefinger um. Jedes Bild betrachtete er aufmerksam.

»Du liebe Güte«, sagte er wieder, als er fertig war. »Wie wundervoll. Und wie traurig.«

»Es ist Mittwochnachmittag, richtig?«, sagte Ren. »Das Büchereiporträt.«

»Ja«, sagte Suit. Mit dem unverletzten Arm griff er nach den Taschentüchern.

»Entschuldige, Ren.« Er wischte sich mit dem Taschentuch über die Augen. »Tut mir schrecklich leid.«

Ren machte es nichts aus. Sie war inzwischen daran gewöhnt, Erwachsene weinen zu sehen.

Sie wartete, bis Suit fertig war.

»Deine Papiere, Suit«, sagte sie dann. »Hast du da etwas geschrieben? War es das, was du in der Bücherei immer gemacht hast? Und abends in deinem Arbeitszimmer?«

»Ja«, sagte Suit seufzend. »In der Tat. Hab ein bisschen was zusammengestoppelt. Ohne viel Erfolg. Aber irgendwie konnte ich auch nicht aufhören! In meinem Archiv liegt – lag – ein ordentlicher Stapel zurückgesandter Manuskripte.« Er verzog ein wenig das Gesicht. »Aber das macht nichts. Jetzt sind wir hier.« Suit zerknüllte das Taschentuch mit der gesunden Hand.

»Und hatten schreckliches Glück«, sagte er nach einer Pause.

Ren schaute zu dem Vorhangviereck, das seinen einbeinigen Zimmergenossen verbarg, betrachtete die klaren, sauberen Oberflächen von Suits Krankenzimmer, die Geräte, Kabel und mysteriösen Schalter, die aus den Wänden sprossen. Aus dem Fenster sah man die frischen grünen Blätter der Bäume im großen Park, die gelben und weißen und blauen Frühlingsblumen. Wenn man den Kopf nur ein klein wenig drehte, konnte man die zerklüfteten Gebäude des Stadtzentrums sehen, Schutthügel, gefährlich geneigte Hochhäuser und Dutzende von Kränen, deren lange Ausleger eine ganz neue Geometrie vor den Horizont malten.

»Ich habe eine Idee«, sagte Ren. Sie stand auf, damit sie ihre Gedanken besser aussprechen konnte.

»Die würde ich sehr gern hören«, sagte Suit. Er legte die bandagierte Hand über die gesunde und lächelte wieder halb.

»Ich kann dir alles erzählen, die Geschichte mit Bildern. Aber dazu brauche ich mehr als einen Besuch. Viel, viel mehr. Und weißt du, was? Es werden auch bewegte Bilder nötig sein! Irgendwann. Ich werde die Kamera mitbringen müssen. Und die Festplatte.«

Beim Reden spürte Ren, wie Wärme in ihren Beinen aufstieg und in ihren Körper drang. Eine kleine Fontäne begann in ihrem Inneren sanft zu sprudeln und dann kraftvoll aufzuschießen.

»Wir werden einen Computer brauchen. Ach, Suit, deinen Laptop! An den können wir die Festplatte anschließen!«

»Ja?« Suits halb bewegliches Gesicht wirkte zugleich interessiert und nervös.

»Das geht klar«, sagte Ren. »Ich weiß, wie man das alles macht. Ich arbeite damit. Es soll dir nur helfen, die ganze Geschichte zu erzählen.«

»Ah«, sagte Suit. »Famos.«

»Aber zuerst mal«, sagte Ren und setzte sich wieder. »Erzähl mir doch mal von den Mittwochnachmittagen in der Bücherei. Das gehört auch zur Geschichte. Wir können später den richtigen Platz dafür finden.«

(»Oh, Schrägstrich! Ich bin so stolz auf dich. Lineares Erzählen ist so von gestern.«)

Ha, sagte Ren stumm. Jetzt sei mal einen Augenblick still. Suit ist dran.

»Okay«, sagte Ren. »Du zuerst, Suit.«

(Also erzählte ich, Moo.

Ich erzählte Ren von meinen Mittwochnachmittagen in der Südstadt-Bücherei, meiner Gepflogenheit seit vielen Jahren. Wie ich versucht hatte, jede Woche drei Abende und einen wertvollen

Nachmittag für den guten alten Schreibdrang freizuhalten. Die Bücherei, verriet ich Ren, war dein Vorschlag gewesen, um der Unternehmung einen frischen Impuls zu geben.

»Ein bisschen aufmischen«, sagte Ren [zu dem Zeitpunkt noch sehr rätselhaft für mich. Wie du siehst, Moo, war ich gezwungen, im Lauf dieser Erzählung ziemlich vieles aufzumischen. Neue Redeweisen auszuprobieren. Neue Erzählweisen].

Ich erzählte Ren, wie an einem Mittwoch Mitte November ein junges Paar an meinem Tisch saß, als ich in die Bücherei kam. [Ich muss hier einfügen, Moo, dass du mich zwar ermuntert hast, jedes Mal an einem anderen Tisch zu arbeiten, ich aber diesen Ratschlag nie befolgt habe. Darum mein Tisch.]

Ich erzählte Ren, dass die beiden zeichneten, während ich schrieb: Wir alle führten ernst und entschlossen Stifte übers Papier, und eine Art Kameradschaft entstand zwischen uns; wir nickten einander zu, und in der nächsten Woche lächelten wir, und danach sprachen wir gelegentlich miteinander. Wir zeigten einander nie unsere Arbeiten.

Ich erzählte Ren, dass die beiden schroff und zurückhaltend waren und nur sehr ungern Informationen preisgaben, dass ich sie aber am Sonntag nach einer Messe in der Vorhalle der Basilika sah, wo sie sich reichlich bei den Keksen zum Morgentee bedienten. Pater Barry, dem nichts entgeht, verriet mir später, dass sie die Toilettenräume für ihre Körperpflege benutzten und dass er sie mit Handtüchern und gelegentlich einer Mahlzeit versorgte. Er war ziemlich sicher, dass sie obdachlos waren, hatte aber keine Ahnung, wo sie ihren Schlafplatz hatten. Wie mit mir sprachen sie auch mit ihm nur sehr widerwillig.

Ich erzählte Ren, dass ich die Namen der beiden nie erfahren hätte, und obwohl ich sie bei mehreren Gelegenheiten auf der High Street sah, wusste ich nicht – und vermutete es auch nicht –, dass sie tatsächlich mitten unter uns lebten und schliefen. Und genauso wenig kam mir in den Sinn, so unglaublich mir das heute auch scheinen mag, die beiden könnten die Straßendiebe sein. Und ich brachte den androgynen Dieb von *OBACHT! LUMPENPACK* auch nicht mit der weiblichen Hälfte des Paares in Verbindung, obwohl ich die Täterin doch sogar gesehen hatte [wenn auch nur aus der Ferne und von hinten]. Mein Geist ist offenbar nicht dafür geschaffen, eins und eins zusammenzuzählen und ein Rätsel zu lösen.

[Du kannst sicher sein, dass ich mich auch schon gefragt habe, ob das nicht ein unüberwindliches Hindernis für einen Schriftsteller ist.]

All das habe ich Ren dargelegt, Moo, und dann erzählte ich ihr noch das Schlusskapitel meines Teils der Geschichte.

Am späten Vormittag des dritten Oktobers lag ich nach meiner ersten Physiotherapie-Einheit des Tages mit geschlossenen Augen im Bett. [Ehrlich gesagt dachte ich ans Mittagessen. Ich hatte am Tag zuvor Kürbissuppe als Essenswunsch angekreuzt.]

Als ich die Augen wieder aufschlug, stand ein dünner junger Mann am Fuß meines Bettes. Ich erkannte ihn sofort, doch es war so überraschend, ihn dort zu sehen, dass ich außer einem eher flüsternden »Hallo« nichts zu sagen vermochte. Seine Kleidung war abgetragen, doch seine Haare ordentlich geschnitten und seine Wangen glatt rasiert.

»Tut mir leid, dass ich Ihren Schönheitsschlaf störe«, sagte er.

Ich bot ihm einen Stuhl an, doch er lehnte ab.

»Kann nicht bleiben«, sagte er in seinem knappen Stil. Mir war schon aufgefallen, wie selten er das Personalpronomen verwendete.

»Wo wohnt ihr jetzt?«, fragte ich. Er schien sofort zu akzeptieren, dass ich von seiner früheren Bleibe wusste.

»Hier und da. Wetter wird besser.«

Er sprach so lückenhaft und wachsam wie immer. Ich konnte mir nur vorzustellen versuchen, wie es den beiden in den Wochen nach dem Erdbeben ergangen war. Vielleicht die Stadtmission. Verschiedene Notunterkünfte.

»Können Sie was tun?«, fragte er. »Für uns?« Da zog er den Umschlag aus der Tasche und hielt ihn hoch, damit ich ihn sehen konnte. »Für Brille. Wir wissen nicht, wo sie hin sind. Die Familie.«

Da hatte ich natürlich schon von den Umschlägen gehört. Das bisschen, was Ren ihren Eltern berichtet hatte. Ich war erstaunt, Moo. Vielleicht sogar schockiert. Soweit ich wusste, hatte ein Umschlag des Büchereipaares [so nannte ich sie in Gedanken immer] Barney an jenem schicksalhaften Tag ins **Postamt** gelotst. Es schien mir furchtbar, dass sie jetzt Ren noch einen zusenden wollten.

Obi legte den Umschlag unten auf mein Bett, wo mein Fuß gewesen wäre. Er sah mich an. Vielleicht verriet meine Miene etwas.

»Wir wussten es nicht«, brach es aus ihm heraus. »Wir haben es erst viele, viele Tage später erfahren. Was passiert ist. Sobald der erste Stoß vorbei war, sind wir alle raus. Wir haben unsere Rucksäcke geschnappt. Aber er hat alles gefilmt – er hat sofort losgelegt. Hat uns gefilmt und das Chaos im Saal. Und er hat immer weitergefilmt, auch als wir draußen waren. Aber wir sind abgehauen. Wir sind über das leere Grundstück und die Duncan runter. Bloß weg, nichts wie weg. Wir hatten keine Ahnung. Nicht die kleinste.«

Dann weinte er, Moo. Weinte sicher nicht oft, der Junge, würde ich meinen. Er war ziemlich erschüttert.

»Wie habt ihr es herausgefunden?«, fragte ich.

»Wir haben es gehört. ›Habt ihr das mit dem Jungen von der High Street gehört?‹ Sie wissen schon. Die Leute haben dauernd erzählt, was alles passiert ist. Immer wieder anderen Leuten.« Er wischte sich Augen und Nase mit dem Ärmel ab, wie ein Gassenjunge von einst.

Es stimmte. Ich war selbst Teilnehmer solcher Gespräche gewesen.

»Es war schrecklich«, sagte Obi. »Schrecklich.«

Ja.

»Wir wollten immer was tun«, sagte er. »Aber wir wussten nicht, wie. Sagen, dass es uns leidtut? Zu Besuch kommen? Wie denn? Aber wir kannten sie.«

»Ja«, sagte ich. »Wirklich schwierig.«

Er wirkte sehr jung, als er da am Fuß meines Bettes stand. Wieder ging der Ärmel zum Gesicht.

»Also haben wir das getan, was wir am besten können«, sagte er. »Wir dachten, es würde Brille gefallen.« Er nahm den Umschlag in die Hand; legte ihn wieder hin.

»Ren«, sagte Obi.

»Ich werde dafür sorgen, dass Ren ihn erhält«, sagte ich.

»Muss los.« Er wandte sich zur Tür und blieb dann stehen.

»Das mit Ihnen tut mir auch leid.«

»Vielen Dank. Ich komme langsam wieder zu Kräften.«

»Was ist mit dem Wecker?«

»Ach je«, sagte ich. »Unter den Trümmern, mit all den anderen Zeitmessern.«

»Wir mochten Ihren Wecker«, sagte Obi. »Wir mochten auch Barney und Ren.«

An der Tür sagte er: »Wir mochten eure Straße.« Er hob halb die Hand zum Abschied, als er hinter der Tür verschwand.

Als ich fertig war, schwieg Ren eine ganze Weile. Sie saß ganz still auf deinem Stuhl, Moo, und schaute quer durchs Zimmer auf die geschlossenen Vorhänge. Sie waren den ganzen Tag geschlossen. Krankenschwestern kamen und gingen, verschwanden dahinter.

»Barney hätte sich sehr gefreut«, sagte sie schließlich. »Dass Obi gekommen ist. Und über das Zine. Das weiß ich einfach.«

»Das Zine war also in Ordnung?«

»Oh, das war *molto* in Ordnung«, sagte Ren. »Aber das kommt erst am Ende der Geschichte. Du wirst schon sehen.«

»Ich freue mich schon darauf.«

»Ich habe gerade überlegt«, sagte Ren. »Du wirst dir Notizen machen müssen. Es gibt so viele Einzelheiten. Aber vielleicht sind deine armen Finger noch nicht wieder schnell genug. Vielleicht sollte ich auch etwas aufschreiben. Wir sollten das alles zwischen uns aufteilen – du und ich.«

»Und Barney.«

»Ah, natürlich.«

Bald danach verabschiedete Ren sich. Aber wir verabredeten uns für den nächsten Besuch. Und beim nächsten Mal brachte sie ein Notizbuch mit, in dem sie einen Zeitplan für unsere Interviews aufgezeichnet hatte! [Es waren nämlich Interviews, sagte sie. Ich war der Interviewer. Sie erzählte ihre Geschichte; aber ich konnte jederzeit

Zwischenfragen stellen.] Der Zeitplan erstreckte sich über den ganzen Sommer und bis ins neue Jahr. Weit genug in die Zukunft, dass wir beide uns gut damit fühlen konnten.

Nichts ist so guter Balsam wie eine Geschichte, Moo. Ren erzählte ihre Geschichte [natürlich mit audiovisueller Unterstützung], und jetzt habe ich sie nacherzählt. Es war gut für uns beide.

Wie hart Ren gearbeitet hat!

In den Wochen, in denen wir redeten und ich vierfingrige Notizen tippte und Ren Aufzeichnungen in ihrem neuen Notizbuch machte, lernte sie nebenbei, Final Cut zu bedienen, und arbeitete am Schnitt von Die Unerzählte Geschichte. Und ging auch noch zur Schule.

»Barney hatte Recht«, sagte sie eines Nachmittags im Dezember. Sie war aus dem Auto ins Krankenhaus gerannt und ein wenig außer Atem. »Die Schule kommt einem wirklich in die Quere. Die nimmt so viel Zeit in Anspruch! Aber was soll man machen?« Sie lachte.

»Fast fertig?«, fragte ich.

»Fast fertig«, sagte sie. »Albert Anderson hilft mir, das allerletzte Stückchen zu filmen.«

»Ich kann es kaum erwarten.«

Das stimmte. Das Warten auf die Weihnachts-Wiedersehensfeier für die ganze High Street war beinahe zu viel für mich. Es ist interessant, Moo: Ich bin nicht mehr so geduldig, wie ich einmal war.

Der Tag kam. Du und Sally, ihr holtet mich ab. Die erste Ausfahrt für den Rollstuhl. Und erst der zweite Ausgang für meinen neuen Anzug.

Noch nicht ganz am Ende, Moo.

Alle guten Geschichten haben einen Epilog, findest du nicht auch?)

EPILOG

Dezember, später: Final Cut

An einem warmen Dezembernachmittag, eine Woche vor Mittsommer, traf die High Street nach und nach bei Willy Edwards ein. Menschen waren von weit her angereist, mit Flugzeugen und Zügen, Schiffen und Bussen; sie fuhren in vielen Autos Willy Edwards' lange Auffahrt hinauf. Henrietta, Edward und ihre Eltern kamen mit Dick und Marie. Phil und Pete brachten Li Mai, Ping und Bambi mit. Ein Kleinbus mit zehn Sitzen spuckte fast die ganze Westseite der Straße aus, inklusive Jack und Benjamin und JohnLeo und deren Eltern. Ein Bustaxi lieferte eine kleine Jazzband Studenten an, dazu Izzy und Gus sowie Darius und seine Freundin Amy. Lovie und Bingo trafen mit Hwan, Fern und der kleinen Soo ein, deren Haar inzwischen flach am Kopf anlag, die auf zwei Beinen torkelte und »fahrn« sagen konnte.

Suit und Mireille kamen als Letzte mit Sally, die eine festliche Mütze trug, welche Mireille extra für den Anlass gestrickt hatte. Suit wurde im Rollstuhl – sein Transportmittel, bis man ihm eine Unterschenkelprothese angepasst hatte – die provisorische Rampe zur Veranda hochgeschoben, von wo er das Geschehen gut überblicken konnte.

Die Belegschaft der High Street war fast vollständig vertreten. Die Einzigen, die nicht kommen konnten, waren Claude, der sich aus London, England, entschuldigen ließ, der Heimat des originalen Beau Brummel; Dr. Beverly, der zu einem Krocket-Turnier in Kanada weilte; und Kirk, der Barista vom **Hole-in-the-Wall**, der jetzt in Australien arbeitete und erst zurückkehren wollte, wenn es keine Nachbeben mehr gab.

Und natürlich Barney.

Willy Edwards' Haus und Garten sahen so prächtig aus wie das Anwesen eines Hollywood-Produzenten/-Regisseurs.

Mum und Dad hatten Lampions entlang der Einfahrt aufgehängt, die zur Parkkoppel führte, und auch an Bambuspfählen überall im Garten. Sie hatten die Alpakababys geschrubbt und gestriegelt, bis sie piekfein aussahen. Sie hatten genug gekocht, um eine ganze Armee zu verköstigen.

Es gab auch einen Weihnachtsbaum, ausgesucht und gefällt von Dad, der in der Zeit, in der er sich nicht um die Alpakababys kümmerte, jede Menge Holz für den kommenden Winter hackte. Der Baum stand in einem großen Fass mitten auf dem Rasen und war mit Lichtern behängt – und natürlich auch mit langen roten Chilischoten und Paua-Schnecken, die Dale an einem Strand der Nordinsel gesammelt und auf Hochglanz poliert hatte.

Willy Edwards und Dad hatten ein weißes Laken an die Seitenwand der Garage gehängt und mit dem Pick-up eines Nachbarn Stühle aus der Schulaula hergeschafft. Die standen jetzt in ordentlichen Reihen vor der Garagenwand, mit einem Gang in der Mitte. Willy hatte Lichterketten um die Stuhlbeine am Ende jeder Reihe gewickelt, damit das Freiluftkino, wenn die Sonne untergegangen war, so glitzerte und strahlte, wie es sich für eine große Premiere gehörte.

Ren hatte das alles von der Veranda überschaut, als die ersten Gäste eintrafen.

Molto perfekt.

Die Jazzstudenten machten bis zum Einbruch der Dunkelheit Musik. Die High-Street-Kinder spielten Badminton auf dem Rasen hinterm Haus und malten sich vor dem Haus gegenseitig die Gesichter mit Schminke an, die Darius mitgebracht hatte. In diesem Aufzug trugen sie Tabletts mit Essen unter den Gästen herum, die aßen und tranken, lachten und weinten und laut sangen und bei jedem Stück der Jazzstudenten Beifall klatschten.

Bei Sonnenuntergang stand Gus auf der Veranda und rezitierte seine Villanelle »Turm«, den neuesten Beitrag zu seiner lyrischen Feier aller Schachfiguren. Auch sie wurde mit begeistertem Applaus aufgenommen.

Ren dachte an das Bauern-Haiku, das Gus Barney geschenkt hatte, wenige Tage vor dem Erdbeben. Barney hatte es ihr und Mum vorgetragen – absurd langsam und mit aufgesetztem deutschem Akzent.

Sie vermisste es wirklich, dass Barney sie zum Lachen brachte.

Nach Gus' Gedicht forderte Willy alle auf, sich einen Platz im Freiluftkino zu suchen, das jetzt wie ein Jahrmarkt glitzerte. Wie eine gigantische Version der Ambulatorix machte sich die High Street gemeinsam in Grüppchen auf den Weg zu den Stühlen am anderen Ende der Rasenfläche.

Albert Anderson schob Suit die Rampe hinunter.

»Alles in Ordnung?«, erkundigte sich Suit.

»Ich glaube schon«, sagte Ren.

»Es ist ein gutes Ende«, sagte Albert.

»Meinst du das letzte Zine?«, fragte Suit.

»Das auch«, sagte Albert und schob Suit weiter.

Ren saß auf den Verandastufen. Es würde fünf Minuten dauern, bis alle einen Platz gefunden und sich beruhigt hatten. In der Zeit würde sie ihre Nerven beruhigen.

Sie stellte sich vor, Barney säße neben ihr und ein leises Summen der Erregung ginge von ihm aus.

»Mensch, Ren!«, könnte er sagen. Er wäre zufrieden mit ihr. Das war Tatsache.

Barney redete jetzt nicht mehr so oft mit ihr. Aber das war okay. Beim Filmschnitt hatte er unablässig reingeredet; manchmal hatte er sogar gebrüllt. Aber dann hatte sie Fischaugen gemacht, und er hatte sich entspannt.

Es war gut gewesen, Die Unerzählte Geschichte zu schneiden und gleichzeitig Suit die Umschlaggeschichte zu erzählen. Das hatte geholfen, alles in Rens Kopf zu organisieren und zu ordnen. Die Geschichte der High Street und die Geschichte der geheimnisvollen Umschläge waren immer miteinander verknüpft gewesen. Und jetzt halfen sie sich gegenseitig, den richtigen Sinn zu ergeben. Im Krankenhaus stocherte Suit auf seinem Laptop herum und verwandelte seine Notizen in eine Geschichte. Zu Hause saß Ren vor dem Computer und verwandelte das Filmmaterial.

Sie hatte geschaut und zugehört und Notizen gemacht. Sie hatte ausgeschnitten und gekürzt und Szenen hin und her geschoben. Sie hatte die vielen Stunden Material an die jeweils richtigen Stellen geschubst und gedrückt, so dass daraus die Geschichte in der richtigen Reihenfolge entstand. Wie bei einem Zine. Sie hatte die Szenen nebeneinandergelegt und in der besten Abfolge angeordnet, so dass Die Unerzählte Geschichte alle Unerzählten Geschichten zeigte – die wundervolle Gemeinschaft der High Street mitten in der Stadt, den verlorenen Jungen und das verlorene Mädchen, die beide so gerne spielen wollten, und den großen und berühmten jungen Filmemacher, der das alles mit so unbändiger Begeisterung verfolgt hatte.

Ren hatte die allerletzten Augenblicke des großen und berühmten jungen Filmemachers nicht übernommen, und auch nicht das Material, das er dabei aufgenommen hatte. Das war zu verstörend. Und alle wussten ohnehin, was Barney zugestoßen war, sie brauchten es nicht zu sehen.

Als Obi und Girl von der bröckelnden High Street wegliefen, quer über das leere Grundstück, die Duncan hinunter und in den Rest ihres Lebens hinein, war Barney durch die Gasse neben dem **Postamt** in Richtung High Street gegangen, die Kamera am Auge. Als er aus der Gasse trat, war bei einem der vielen kleinen Nachbeben Mauerwerk von der Seite des **Postamts** eingestürzt und hatte Barney erwischt. Instinktiv hatte er seine Kamera geschützt. Sie lag unversehrt unter ihm – sie lief sogar noch –, als Dad Barney kurz darauf fand.

Alle hatten sich hingesetzt und waren still. Ren wartete neben dem Projektor.

Sie zog das letzte Zine aus der Hosentasche. Sie wollte es in der Hand halten, wenn sie auf Play drückte.

Mit Hilfe von Albert Anderson hatte Ren das Zine abgefilmt und es dann in voller Länge in den Film »eingespielt«, angefangen mit dem Titelbild und inklusive Umblättern der Seiten.

Das Zine hieß *BARNEY KETTLE LEBT*, und es zeigte Barney Bighead, Maestro Haarpracht und seine getreue Kamera am Werk in der

Welt. Sie selbst, Ren-Schrägstrich-Brille, kam auch darin vor, aber Barney spielte die Hauptrolle. Es zeigte Barney an allen Enden von High Street und Luna Square, wie er Szenen plante, das Licht prüfte, die Anwohner filmte, zum nächsten Dreh schritt; Zickzackstrahlen der Ungeduld schossen aus ihm hervor, und sein Mund stand niemals still, er redete und redete und redete.

Natürlich war es ein wortloses Zine, aber irgendwie konnte man in jedem Panel Barneys Stimme hören. Es war Barneys Interview für den Film. Die Zine-Geschichte kam am Ende des Films, und ihr allerletztes Bild würde auch das Schlussbild der Unerzählten Geschichte sein: Barney auf dem erhöhten Grün von **Little Wilt**, die Arme zum Willkommensgruß ausgebreitet, und die High Street in all ihrer Pracht entrollte sich hinter ihm.

Es war wirklich ein gutes Ende. Ren gab Albert Recht. In diesem Bild waren alle Unerzählten Geschichten vereint: die ungesehenen Zeichner, der berühmte Filmemacher und die lang vergangene, verlorene High Street der Stadt.

Na los, Schrägstrich!

Ren drückte auf Play.

Danksagungen

Mein Dank an:

John Perham für seine tollen Familiennamen und seine erstklassige Gesellschaft.

Den Kuratoren und Beitragenden der Webseite *High Street Stories*, deren Geschichten und Fotos ein Archiv bilden, für das man dankbar sein darf.

Den Bibliothekaren und Bibliothekarinnen der Wadestown Library für Raum und freundliche Gesichter.

Rae Varcoe, weil sie so gut war, einige medizinische Fragen mit mir durchzusprechen.

Barbara Larson, meiner geduldigen Verlegerin, für ihr Vertrauen und ihre Unterstützung.

Emma Neale für ihr feines Ohr und scharfes Auge.

Jen Bornholdt für Ermutigung und Begeisterung im entscheidenden Augenblick.

ES IST EIGENTLICH KEIN ABC

Kate de Goldi
Die Anarchie der Buchstaben
Hardcover
160 Seiten
ISBN 978-3-551-56003-2

Jeden Donnerstag besucht Perry ihre Oma im Heim Santa Lucia. Oma weiß nicht immer, wer Perry eigentlich ist, und außerdem findet sie, Perry sei ein Jungenname. Aber Perry macht das nichts aus. Und dann hat sie diese gute Idee mit dem ABC! Ein Buch über alle und alles in Santa Lucia, bei dem Oma und die anderen mitmachen sollen. Es geht zwar etwas durcheinander, und das Ganze wird eher ein ACB oder ein ABV. Aber ein bisschen Anarchie hat noch niemandem geschadet.

KÖNIGSKINDER www.koenigskinder-verlag.de

Zitate auf den Seiten 159, 160, 172, 173, 175, 178, 184, 205 aus
Jerry Spinelli: Asche fällt wie Schnee, Dressler Verlag 2006.
Deutsch von Andreas Steinhöfel; mit freundlicher Genehmigung.

FSC
www.fsc.org
MIX
Papier aus verantwortungsvollen Quellen
FSC® C014496

www.koenigskinder-verlag.de

Originalverlag: Penguin Random House New Zealand
Originaltitel: From the Cutting Room of Barney Kettle
Umschlaggestaltung und -typografie: Suse Kopp
Umschlagfotografie: © plainpicture/Anja Weber-Decker, © plainpicture/
Aleksandar Zaar, © IStock/Kannaa
Aus dem Englischen von Ingo Herzke
Lektorat: Barbara König
Herstellung: Björn Liebchen
Satz: Pinkuin Satz und Datentechnik in der Prinzessinnenstraße in Berlin
Druck: GGP Media GmbH, Pößneck
ISBN: 978-3-551-56032-2
Printed in Germany